# REBECCA SKY

# LOVE CURSE
## GEFÄHRLICHE KÜSSE

ROMAN

Aus dem Amerikanischen
von Sabine Schilasky

heyne›fliegt

Die Originalausgabe erscheint unter dem Titel
*Heartstruck: Love Curse 2*
bei Hodder Children's Books, Hachette, London

Sollte diese Publikation Links auf Webseiten Dritter enthalten, so übernehmen wir für deren Inhalte keine Haftung, da wir uns diese nicht zu eigen machen, sondern lediglich auf deren Stand zum Zeitpunkt der Erstveröffentlichung verweisen.

Verlagsgruppe Random House FSC® N001967

Copyright © 2019 by Rebecca Sky
Copyright © 2019 der deutschsprachigen Ausgabe
by Wilhelm Heyne Verlag,
in der Verlagsgruppe Random House GmbH,
Neumarkter Str. 28, 81673 München
Alle Rechte sind vorbehalten.
Redaktion: Diana Mantel
Umschlaggestaltung: Das Illustrat, München,
unter Verwendung von Motiven von © iStockphoto (jarih) und
© Shutterstock (Kseniia Perminova, Parilov)
Satz: Leingärtner, Nabburg
Druck und Bindung: CPI books GmbH, Leck
Printed in Germany

ISBN: 978-3-453-27219-4

Sie sagen, es sei für immer.
Dass ich mehr sei als die Götter
Und dass meine Berührung jeden dazu bringe, alles zu tun.

*Sie halten mich in Ketten.*
*Fürchten meine Macht.*
*Aber ich kenne die Wahrheit – ihre wahre Furcht …*

… sie wollen nicht, dass es endet.

*Anakreon, Fragment 413*

*Wieder einmal schleudert Eros seinen*
*blutroten Ball nach mir:*
*Er ruft mich, herauszukommen und zu spielen.*

# KAPITEL 1

Als Erstes fällt mir der Geruch auf – warm, metallisch und salzig wie Tränen. Das kann nur eines sein. Blut.

Ich liege auf einer Fläche, die hart gegen meinen Rücken drückt; meine Knochen und Gelenke schmerzen, als hätte ich mich seit Tagen nicht bewegt. Und ich habe keine Ahnung, wo ich bin oder was gerade passiert.

Obwohl mein Körper nach Schlaf verlangt, öffne ich mit aller mir noch verbliebenen Kraft die Augen. Ein grelles Licht blendet mich. Blinzelnd will ich die Hände heben, um meine Augen abzuschirmen, doch sie sind gefesselt. Es ist ein richtiger Kampf, auch nur meinen Kopf zu heben und meinen Mund zu bewegen. Die Panik zwingt meine ausgetrockneten Lippen dazu, um Hilfe zu rufen. Es kommt allerdings nur ein heiseres »Hallo?« heraus, das sich anhört, als hätte ich üblen Husten gehabt.

Niemand antwortet.

Meine Haut kribbelt vor Kälte, und ein leises, elektrisches Brummen summt über mir. Bald passen sich meine Augen an, fixieren ein schimmerndes Netzding, das an der Decke hängt und von der Lampe oben erhellt wird. Als ich die Augen verenge, erkenne ich, dass es sich bei dem Netz um Dutzende durchsichtiger Plastikschläuche handelt, gefüllt mit einer glitzernden pastellblauen Flüssigkeit. Ich folge dem Verlauf der Schläuche, bis sie aus meinem Sichtfeld verschwinden. Leider kann ich noch nicht einmal erahnen, wohin sie führen, doch der dumpfe Schmerz in meinen Armen lässt mich befürchten, dass ich an genau diesen Schläuchen hänge. »Was soll das?« Hastig will ich mich aufsetzen, stelle jedoch fest, dass sogar mein Hals festgebunden ist.

»H-Hallo?«, würge ich heraus und schaffe es, meinen Kopf weit genug zu drehen, dass ich einen kleinen Teil eines sterilen Raums sehe, dessen Wände und Decke in der Farbe eines nebelverhangenen Himmels gehalten sind, sowie die obere Kante einer Maschine, aus der noch mehr Schläuche ragen. Das Atmen wird beinahe unmöglich.

Ich zerre an meinen Fesseln, immer wieder, und verdrehe mich dabei, ignoriere aber die Schmerzen, als hinge mein Leben davon ab. Das Letzte, woran ich mich erinnern kann, ist der Friedhof, auf dem mein Begräbnis vorgetäuscht wurde. Ich hatte meine Familie und meine Freunde gesehen, die von mir Abschied nahmen ... und ich konnte mitverfolgen, wie die Gabe bei ihnen zu wirken aufhörte. Dann war auf einmal etwas passiert. Nicht nur mit mir, auch mit Eros und Ben. Und dieser seltsame blaugelbe Pfeil fällt auf einmal auch wieder mir ein. Mein Rücken tut weh, als ob es dort einen Bluterguss gäbe, dort, wo er mich getroffen hat. Ich versuche mich zu beruhigen, damit ich wieder auf Hinweise lauschen kann, wo ich sein könnte. Aber mein Herz klopft viel zu laut.

»Hilfe!«, rufe ich, diesmal lauter, und rüttle an den Fesseln um meine Handgelenke. »Ben? Eros?« Immer noch keine Antwort.

Schweißperlen bilden sich auf meiner Stirn. Dass ich sie nicht wegwischen kann, verstärkt das Gefühl der Hilflosigkeit, ähnlich einem rasenden Fluss, der einfach über mich hinwegrauscht. Das Summen der Lampen, ihr künstliches Sonnengelb, das enervierende Gurgeln der Maschine, die blassblaue Flüssigkeit in den Schläuchen, alles wird intensiver, bis es schier überwältigend ist. Ich will an dem, was immer da in mich hereintropft, vorbei in die Ecke des Raums sehen, wo Gelbschimmel in langen Streifen auf den Wänden blüht, so wie der Wasserschaden auf dem Dachboden im New Yorker Stadthaus meiner Eltern. Ein Kloß bildet sich in meinem Hals. Meine Familie. Ich bin an eine Maschine angeschlossen, habe keinen Schimmer, wo ich bin, und meine Familie … Ich ertrage den Gedanken nicht, was mit ihnen passieren könnte.

Wieder zerre ich an meinen Fesseln, will meine Hände befreien. Meine Haut wird wund vom vielen Ziehen. Ich sehe auf einmal Bens rot geschwollene Unterarme vor mir, als ich ihn auf unserer Reise mit den plüschbesetzten Handschellen an die Bootsreling gefesselt hatte. Wenn ich ihn das nächste Mal sehe, muss ich mich bei ihm entschuldigen. *Falls es ein nächstes Mal gibt.*

Ein sanftes Pochen vertreibt Ben aus meinem Kopf. Die Tür geht auf, und eine kühle Brise, die ein wenig nach Rauch riecht, weht herein. Die Luft um mich herum verwandelt sich mit einem Schlag in Eis. Ich verdrehe meinen Hals in der Zwinge um meinen Hals, versuche etwas zu sehen und frage zögerlich: »Hallo?« ·

»Du bist wach!«, sagt eine fremde Männerstimme, die ein wenig scheppernd klingt, als würde dieser Mann in eine Blechdose sprechen. Er bewegt sich mit plumpen, unregelmäßigen Schritten und pfeift eine vertraute Melodie, als er sich nähert.

Ich recke meinen Hals und kann den oberen Teil seines Kopfes ausmachen: leuchtend violettes Haar, zu einem Knoten gebunden, der bei jeder seiner Bewegungen wippt. Er bleibt mit dem Rücken zu mir am Bett stehen, ganz in Schwarz gekleidet, und sein langer Mantel ist weniger wie ein klassischer Trenchcoat geschnitten als vielmehr wie ein Laborkittel. Er dreht sich um, beugt sich über mich und betrachtet mich, als sei ich kein lebendiger Mensch, sondern nur ein Objekt, das er gerade studiert. Stirnrunzelnd sehe ich seine fast schon grau wirkende Haut an und die dunklen Ringe um seine kleinen Augen. Es scheint, als hätte er seit Tagen nicht geschlafen, und mich überrascht, wie jung er ist – vielleicht ein oder zwei Jahre älter als ich.

»Wer bist du? Was willst du von mir?«, frage ich.

Er hört auf zu pfeifen und geht um die Liege herum, ohne von seinem Klemmbrett aufzuschauen. »Wie fühlst du dich?«, fragt er in einem Ton, der eher an eine Computerstimme erinnert als an eine menschliche Stimme.

»Was ist los?« Ich rüttle an meinen Fesseln. »Was willst du?« Schmerzhaft drücke ich mit dem Hals gegen den Gurt, um ihn zu sehen, und bemerke noch den Rest eines Augenverdrehens.

Er seufzt. »Heda wird bald hier sein. Sie beantwortet dann all deine Fragen.«

»Heda?«

Kalte Finger umfangen mein Handgelenk, und ich ziehe es zuckend zurück. Mich anzufassen sollte ihm doch eigentlich wehtun. Nein, mir fällt wieder ein, dass ich meine Gabe verloren habe. Dafür hat ja Bens Kuss gesorgt.

Schmetterlinge flattern in meinem Bauch, als sich ein komischer, mir nicht vertrauter Teil von mir selbst meine Kraft zurückwünscht. Dann könnte ich sie auf Kommando aktivieren und nutzen, um diesen Jungen zu verwandeln und dazu zu bringen, alles zu tun, was ich sage. Mit meiner Gabe könnte ich mich leicht aus dieser Lage befreien und Ben suchen. Ich schließe meine Augen und suche in meinem Körper nach irgendwelchen Spuren von der Elektrizität, die einst dort vorhanden war. Doch stattdessen sickert etwas Dunkles, Einsames in mich hinein.

Ich kämpfe mit den Tränen und fixiere die blassen, knochigen Finger an meinem Unterarm, wo die Fingerspitzen auf meinen Puls pressen und dabei unangenehm nah an meine aufgeschürfte Haut kommen. »Weißt du, wo Ben und Eros sind?«, frage ich.

Seine kleinen Augen verengen sich zu Schlitzen. »Du stellst eine Menge Fragen.« Nun lässt er meine Hand los und notiert etwas auf dem Klemmbrett.

»Ich muss wissen, ob es ihnen gut geht.« Ich will mich aufsetzen, werde jedoch von dem Halsriemen zurückgerissen. »Bitte«, huste ich. »Nick einfach, wenn es ihnen gut geht.«

Er starrt mich eine ewige Minute lang an, starr wie eine Statue; nur die vorgewölbten Augen bewegen sich. Angst und Einsamkeit drohen, mich zu verschlingen. Schließlich nickt er so schnell, dass ich es beinahe verpasse. Dann huscht er weg von der Liege und hin zu der Maschine.

Zum ersten Mal atme ich richtig tief ein. Es geht ihnen gut. Wo sie auch sein mögen, was auch mit ihnen passieren mag, wenigstens geht es ihnen gut.

Etwas zupft an meinem Arm, und ein stechender Schmerz durchfährt mich. »Aua!«

Der Junge kommt ans Bett zurück und beginnt jetzt damit, die Schläuche aufzuwickeln. Jede neue Schlinge brennt schlimmer als die davor. Er ignoriert meine Schmerzen und fängt wieder an zu pfeifen. Jetzt erkenne ich den Klassiker »Take Me Out To The Ball Game«. Mir kommt der Song zu heiter vor für diese Situation.

»Hör auf, ja?«, sage ich. »Das tut weh.« Ich strecke mich so gut ich kann, um nachzusehen, was er macht, aber meine Fesseln sind zu festgezogen.

Der Lilahaarige seufzt. »Halt bitte still. Ich löse jetzt deine Kanülen.«

Ich gehorche, auch wenn es bei jedem Schlauch, der aus mir gezogen wird, ein Kampf ist. »Wie viele von denen habe ich in mir?«

»Vier.«

»Vier?«

»Etwas übertrieben, klar«, sagt er. Diese seltsame Beiläufigkeit seiner Worte lässt ihn umso mechanischer wirken. »Eigentlich brauchen wir nur einen. Aber ich mag die Zahl Vier. Vier ist ein Home-Run.«

Ich verkneife mir ein Augenverdrehen ob dieser schrecklichen Baseball-Anspielung.

Er legt einen Schalter um, und das Gurgeln verstummt. Nur noch das Schlurfen seiner Füße, das Summen der Deckenlampen und unser Atmen füllen die Leere, als der letzte Rest schillernde Flüssigkeit die Schläuche hinaufläuft. Obwohl sie im Licht hübsch schimmert, kann ich nichts als Angst empfinden, bevor ich nicht weiß, was zum Teufel sie in mich reinpumpen.

»Was ist das? Diese Flüssigkeit?«

»Heda wird bald hier sein. Dann beantwortet sie deine Fragen.«

»Das hast du schon gesagt. Wer ist Heda?«

Er unterbricht seine Arbeit und blickt herüber. »Hedone.«

Ein Schauer jagt mir durch den Leib. »Hedone? Wie Eros' Tochter? Die erste Liebesgöttin?«

»Genau die«, antwortet er, schiebt die letzten Schläuche auf seine Schulter, dreht sich dann um und humpelt zur Tür.

»Warte.«

Seine ungleichen Schritte verstummen.

»Kannst du wenigstens meinen Halsriemen lösen?«

Er geht weiter.

»Bitte«, sage ich. Ich hasse es, wie verzweifelt ich klinge. »Ich kann kaum atmen.« Das letzte Mal habe ich mich so gefühlt, als ich auf der Rückbank eines alten Pizzalieferwagens eingequetscht war und zusehen musste, wie meine Mutter verhaftet wurde. So etwas möchte ich nicht noch einmal durchleben.

Er brummt etwas, bevor er zurückkommt. Seine dünnen Finger mühen sich mit meinem Halsband ab, doch zum Glück macht er weiter und murmelt leise vor sich hin, bis der letzte Haken gelöst ist und der Lederriemen lose nach unten hängt.

Ich will mir den Hals reiben, aber das geht nicht. Tonlos ringe ich nach Luft, als die Fesseln aufs Neue in meine wunde Haut schneiden. »Du kannst wohl nicht auch eine Hand losbinden, oder?«

Er sieht mich verärgert an und geht weg. Dabei zieht er das linke Bein nach.

Sobald die Tür zu ist, setze ich mich auf und warte, dass das Schwindelgefühl nachlässt, bevor ich meine Stellung auf dem Stahlbett verändere, um möglichst genug Hebelkraft zu bekommen, dass ich meine Handfesseln lostreten kann. Mit dem Kinn ziehe ich mein Bein hinter meinen Arm und zerre mir dabei prompt einen Muskel. Nun bin ich verdreht und habe noch mehr Schmerzen, kann aber trotzdem kaum Druck auf den Riemen ausüben. Meinen Fuß wieder loszubekommen ist schwierig, allerdings bemerke ich dabei, dass meine linke Hand nicht ganz so fest gefesselt ist wie meine rechte. Ich nutze das aus und versuche, das Riemenende zu erwischen. Gleichzeitig rutsche ich auf der Liege nach unten. Es ist ein einziger Kampf, so weit zu kommen, dass ich den Riemen mit meinen Zähnen erreiche.

Beim Vorbeugen verspanne ich mich noch mehr, und das Leder wird glitschig von den mittlerweile offenen Wunden. Mir fehlen nur noch Zentimeter. Ich beuge mich wieder vor, noch ein Stückchen schneller, und die Bewegungen ähneln einem Sit-up-Training. Im zweiten Versuch kann ich eine Ecke schnappen. Mein Schwung wirft mich allerdings zurück. Der Riemen rutscht weg, und mein Rücken knallt auf die Liege. Einen Moment bleibe ich liegen, um Luft zu holen, meinem Handgelenk eine kurze Pause zu gönnen und meinen Nacken zu strecken, ehe ich es wieder versuche.

Ich ziehe die Fesseln so hoch, wie es geht, und stecke meine gesamte Kraft ins nächste Sit-up. Dann schieße ich nach vorn, schnappe nach dem Riemen und beiße so fest zu, dass meine Kiefer schmerzen. Doch ich weigere mich aufzugeben, bis ich genügend Halt habe, dass ich anfangen kann, den Riemen mit zwei Fingern durch den Haken zu führen. Er lockert sich, und ich kann endlich meine Hand herausziehen.

Aus meinem roten, aufgeschürften Handgelenk sickert die schillernde Flüssigkeit, die auch in den Schläuchen war. *Keine Zeit, panisch zu werden.* Ich muss Ben und Eros finden, und dann raus hier.

Wo immer »hier« auch sein mag.

Nachdem ich meine andere Hand befreit habe, schwinge ich die Beine von der Liege. Ich habe eine Art blauen Trainingsanzug an. Das Einzige, was mir bekannt vorkommt, sind meine Converse-Turnschuhe. Doch es ist keine Zeit, mich jetzt darum zu sorgen. Also springe ich von der Liege, schwanke einen Moment und bin unsicher, ob meine schmerzenden Beine mein Gewicht halten können. Sie tun es, und auf Zehenspitzen schleiche ich zur Tür, die ich einen Spalt weit öffne. Bei jedem Quietschen der Angeln verziehe ich das Gesicht und linse nach draußen. Da ist noch ein Zimmer, trübe und leer bis auf eine Ansammlung von Geräten, die nicht aussehen, als wären sie für diesen Ort gemacht. Außerdem stehen hier eine Maschine und eine Stahlliege wie die in meinem Zimmer. In der Mitte versperrt mir der Lilahaarige größtenteils die Sicht auf jemanden, der durch eine Kette mit einem gigantischen Metallhaken an der Decke verbunden ist. Die Zehen desjenigen berühren kaum den Boden, und Dutzende Schläuche ragen aus der Person.

Der Junge mit dem violetten Haar lehnt sich zur Seite, um etwas zu greifen, sodass ich bessere Sicht habe. Mir wird übel.

»Eros«, hauche ich und halte mir sofort eine Hand vor den Mund.

Doch der Junge hat mich anscheinend nicht gehört. Er bürstet Eros' Locken und tupft ihm die Lippen mit einem feuchten Tuch. Dann bückt er sich, um Eros' Füße zu waschen, und ich habe freien Blick. Die Flüssigkeit in den Schläuchen lässt Eros' Haut kränklich blau schimmern; sein Bart ist zottelig, sein gebrochener Körper ausgemergelt. Wüsste ich nicht, dass er ein Gott ist, wäre ich niemals auf so eine Idee verfallen. Mich überkommt der Impuls, ihn zum Abendessen mit nach Hause zu nehmen, ihm eine heiße Dusche und saubere Kleidung anzubieten. Fast kann ich die Stimme meiner Mutter hören. »Noch ein Obdachloser?«, würde sie sagen, halb genervt, weil ich wieder einen Fremden nach Hause bringe, aber auch stolz, weil ich das Richtige tue.

Der Junge fragt Eros etwas, und dieser bemüht sich zu antworten, öffnet den Mund, schließt ihn wieder und beschränkt sich auf ein Nicken. Über den violetten Haarknoten hinweg sieht er warnend zu mir. Der Rücken des Jungen versteift sich. Er dreht sich um, folgt Eros' Blick. Ich kann nirgends hin, deshalb schließe ich die Tür, laufe zu der Liege und versuche, eine meiner Hände wieder festzubinden und die andere zurück durch den Riemen zu schieben.

Die Tür geht auf, und der Lilahaarige sieht herein. Er runzelt die Stirn, kommt zu mir und zieht an dem Riemen, den ich nicht zubekommen hatte. Er rutscht zur Seite.

Der Junge sieht mich prüfend an. »Heda will keine Schwierigkeiten«, sagt er und zieht den Riemen erneut stramm. Das Leder schneidet in meine Haut. Wieder zieht er daran, versucht ihn noch fester zu bekommen, und panisch entwinde ich ihm meinen Arm. Seine Hand rutscht ab, bevor er den Riemen festzurren kann. Das ist meine Chance. Ich ergreife sie und setze mich auf.

Unsere Köpfe knallen zusammen. Der Junge fasst sich an die Stirn und stolpert zurück. Ich achte nicht auf meinen pochenden Schädel und zerre verzweifelt an meiner Hand, doch obwohl er sie nicht völlig festgeschnallt hatte, bewegt sich der Riemen nicht. Ich beuge mich nach unten, will ihn mit den Zähnen packen. Gleichzeitig rappelt sich der Junge wieder auf, wobei er sein linkes Bein in einem unnatürlichen Winkel beugt.

»Was haben wir hier?«, kommt es auf einmal aus Richtung der Tür, die Stimme eisig und schneidend aber doch melodisch.

Ich drehe mich um und sehe eine alte Frau in einer blauen Seidenrobe. Ihr langes, grau meliertes, einst blondes Haar fällt ihr offen über die Schultern. Etwas an ihr kommt mir so vertraut vor. Als sie auf mich zu geschlendert kommt, wehen ihr Haar und ihre Robe wie in einem Windkanal auf, und ich kann mich nicht entscheiden, vor wem ich mehr Angst haben soll: vor ihr oder den beiden maskierten Wachen, von denen eine in grauer und eine in roter Kampfuniform ist. Sie flankieren die Frau und sind mit elektronischen Geräten und schwertähnlichen Waffen ausgerüstet. Mein Herz rast, und ich ziehe die Knie dicht an meine Brust. Dabei wünsche ich mir, meine Hände wären frei und ich könnte mich wirklich verteidigen.

»Heda«, sagt der Lilahaarige, richtet sich hastig auf und zieht sein Bein wieder gerade hin.

Mich durchfährt ein eisiger Schauer. *Heda?* Wie kann sie Hedone sein, Eros' Tochter, die Frau, die wir in St. Valentine's praktisch angebetet haben? Ich habe so viele Porträts von ihr gesehen, jedoch keines, das die alte Frau vor mir dargestellt hätte. Je näher sie kommt, desto weniger lässt sich allerdings ihre Ähnlichkeit mit Eros leugnen – die Gesichtsform, die Augen und ihre Körperhaltung. Dennoch sieht sie nicht wie seine Tochter aus, sondern eher wie seine Großmutter. Das alles ergibt überhaupt keinen Sinn.

Der Junge mit dem violetten Haar verbeugt sich tief, wobei er sein zitterndes Bein festhält. Dann tritt er zur Seite, sodass sie näher an mich herantreten kann. Heda nickt den Wachen zu, und sie bewegen sich vorwärts. Aus diesem Blickwinkel erkenne ich, dass die in Rot eine Frau ist und nur wenig größer als ich. Meine beste Fluchtchance bestünde darin, dass ich sie zu überwältigen versuche. Mir bleiben nur wenige Sekunden, bevor sie bei mir sind, und ich werde auf gar keinen Fall kampflos aufgeben. Bleiben würde bedeuten, dass ich nie herausfinde, was mit Ben und Eros passiert ist. Mit einem weiteren Sit-up fange ich den Riemen ein und beiße fest darauf.

Heda lacht. »Na, du bist aber gelenkig!«

Ich ziehe so sehr, dass mein Kinn bebt. Die rote Wache braucht nur Sekunden, bevor sie neben mir steht. Mit ihren Händen, die in Handschuhen stecken, zieht sie meinen Kopf zurück. Ich werfe mich wild hin und her, doch die andere Wache packt meinen Arm. Bald sind Hand- und Halsfesseln wieder fest und so straff, dass meine Haut beim Schlucken an dem Leder reibt. »Bitte«, sagte ich, »warum tut ihr das?« Ich blicke an den Wachen vorbei zu Heda, die halb auf einem Stahlhocker sitzt, ihr Gewicht fest auf die Füße gestützt, als wolle sie jeden Moment aufspringen und sich auf mich stürzen. Trotz ihres Alters bin ich sicher, dass sie es könnte. Die Art, wie sie mich beobachtet, hat etwas Raubtierhaftes. In mir schrillen sämtliche Alarmglocken.

Heda nickt erneut. Die rote Wache greift nach einer neuen Spule mit Schläuchen und verbindet meine Arme wieder mit der Maschine. Sie ist gröber und hastiger als der Junge mit dem violetten Haar. Mit jedem Schlauch schiebt sich eine Nadel in meine bereits lädierte Haut, und ich muss mich zusammenreißen, nicht zu schreien. Als sie fertig ist, tritt sie hinter Heda zurück.

Der Lilahaarige sagt: »Sie hat noch nichts gegessen. Ihre Kräfte sind …«

»Sie wird es überstehen«, fällt Heda ihm ins Wort. »Ich will eine volle Ladung.«

»Bitte«, krächze ich, »bevor ihr das tut, verratet mir zumindest, ob es Ben gut geht …«

»Ben?«

Ich komme nicht mehr dazu, nach Eros oder meiner Familie zu fragen.

Heda steht von dem Hocker auf. Mit großen Schritten kommt sie auf mich zu und hält ihren Rücken so steif wie meine Nani, wenn ihre Arthritis besonders schlimm ist. Sollte Heda Schmerzen haben, lässt sie es sich allerdings nicht anmerken. Sie bleibt neben der Liege stehen und wendet sich zu der Wache in Grau um. »Gut gemacht«, sagt sie zu ihm. »Jetzt verabschiede dich von Rachel.«

Ich rechne damit, dass der Mann auf seinen Platz neben der roten Wache zurückkehrt. Doch stattdessen hebt er die Hände, die ebenfalls in Handschuhen stecken, und hakt den Kinnriemen seines Helms auf, um ihn abzunehmen. Dunkles Haar fällt um sein Gesicht und rahmt leere Augen ein. Als er mich ansieht, fühle ich mich auf einmal wie in einem Eisklotz gefangen. Alles verschwimmt, und mein Herz setzt aus. Mir wird schlecht.

Die Wache mit dem Helm, die geholfen hatte, mich an diese gruselige Maschine anzuschließen …

Sie ist Ben.

# KAPITEL 2

Ich beiße die Zähne zusammen und starre ihn an. »Was habt ihr mit ihm gemacht?«

Heda grinst spöttisch. »Was haben wir denn mit dir gemacht?« Mit einem Nicken bedeutet sie Ben, dass er antworten soll.

»Rachel«, sagt er, und mich erstaunt, dass seine Stimme wie immer klingt. »Sie haben nichts mit mir gemacht.«

»Nein.« Ich drehe den Kopf weg, was durch das enge Halsband so schwierig ist. Ich kann es nicht glauben.

»Sieh mich an, Rachel.«

Ich weigere mich, konzentriere all meine Kraft darauf, nicht zu weinen.

Er seufzt. »Lass es mich erklären.«

Das kann nicht Ben sein. Er würde mir nie wehtun. »Nichts, was du sagst, könnte dein Verhalten hier rechtfertigen.«

»Erzähl es ihr«, sagt Heda und geht um die Metallliege herum, sodass ich nun sie ansehen muss. Ich schließe die Augen, aber auch da ist Bens Gesicht. Wenigstens ist sein Blick in meinem Geist nicht so leer; da ist er klug, nachdenklich und sehr wachsam.

»Rachel«, sagt er leise und legt eine Hand auf meinen Arm. Ich bewege ihn weg, so weit es geht. »Du verstehst das nicht.«

»Stimmt, tue ich nicht.« Ich verdrehe mich zu sehr, und der Lederriemen schürft die dünne Haut an meinem Hals auf. Während ich ganz bewusst atme, um den Schmerz zu ertragen, blicke ich wütend zu ihm auf. Warmes Blut rinnt mein Schlüsselbein hinunter. Das kann nicht derselbe Junge sein, der versprochen hat, sich im Tod an mich zu erinnern und die Ewigkeit mit mir gemeinsam im Elysium zu verbringen. Ich schaue sein Gesicht an, jeden mir so vertrauten Zug. Doch als mein Blick wieder auf seine Augen fällt, kommt er mir wie ein Fremder vor. Diese davor immer so vorherrschende Wachsamkeit, die mir sogar in den schwersten Momenten meines Lebens ein Trost war, ist verschwunden. Der einst starke, selbstbewusste Junge ist nur ein Schatten seiner selbst, schlimmer als zu der Zeit, als die Liebesgöttinnen-Macht seinen Willen geraubt und ihn zu Marissas Marionette gemacht hat. Ich kenne sein Gesicht und seine Mimik wie meine eigene, und so verwirrend es auch ist, sie verraten mir nun, dass dies hier nicht erzwungen ist. Egal, was ihn verändert hatte, es ist seine eigene Entscheidung gewesen.

Wie lange ist unser Kuss her, der unser Leben auf den Kopf gestellt hat? Auf was hat er sich eingelassen?

»Warum?«, frage ich. »Warum tust du das?«

Wieder legt er die Hand auf meinen Arm, und diesmal lasse ich es als Erinnerung an all die Momente zu, in denen ich mich nach seiner Berührung gesehnt habe. Nun kann er mich anfassen, was mich erst recht verwirrt.

Er beugt sich näher zu mir, streicht mir eine Locke aus dem Gesicht. Seine zitternden Finger verharren im Haar hinter meinem Ohr. »Es tut mir leid, Rachel. Du weißt, dass ich dir nie wehtun würde.« Nun senkt er die Stimme noch mehr. »Aber das ist der einzige Weg.« *Der einzige Weg wohin?*

Trauer spiegelt sich in seinen Augen, weicht jedoch gleich einer festen Entschlossenheit, als versuchte er, mir etwas mitzuteilen, das er nicht laut sagen kann. Und das gibt mir Hoffnung. Irgendwo tief da drinnen ist er immer noch Ben.

Mir ist klar, dass ich nicht nach uns fragen darf. Da war Furcht in seiner Berührung eben zu spüren, als wäre ich eine kaputte Teetasse, deren Scherben wieder zusammengesetzt, aber noch nicht geklebt sind. Er schien weniger zu fürchten, dass er mich zerbrechen, als dass er mich nicht im Ganzen bewahren könnte. Welchen Grund er auch haben mag, Hedas Wache zu mimen, ich muss ihm vertrauen. Ihn jetzt zu fragen wäre sinnlos, weil er mir vor ihnen nicht die Wahrheit sagen kann.

Ich blicke wieder zu Heda, ihrer anderen Wache und dem lilahaarigen Jungen, und auf einmal muss ich fragen, sei es bloß, um auszusprechen, dass es etwas gibt, was mir gehört. »Erinnerst du dich, was du auf dem Friedhof gesagt hast, bevor wir geholt wurden?«

Er schweigt und sieht nur die Schläuche in meinen Armen an. Heda stößt einen spöttischen Laut aus. Jetzt hasse ich sie sogar noch mehr als zu meiner Schulzeit in St. Valentine's, wo ich alles über sie lernen musste.

Ben atmet langsam aus, wie er es oft tut, wenn er eine

Frage beantworten will, über die er ausgiebig nachgedacht hat. Ich sehe wieder zu ihm. Sein Mund ist geschlossen, und seine Augen fragen mich, was ich eigentlich wissen will.

»Meinst du das immer noch ernst?«, frage ich. Was ich nicht sage, was er aber versteht, ist: *Liebst du mich noch?*

Sein Blick huscht kurz zu Heda, während er an einem der Schläuche nestelt. »Es wird immer einen Teil von mir geben, der das tut. Es ist nur …«

»Nur was?«

Mein harscher Ton lässt ihn zusammenzucken. Mir ist bewusst, dass er nicht offen sprechen kann, doch ich bin frustriert und muss wissen, warum er vorgibt, Heda zu dienen. Ausgerechnet er, der Unsterbliche und deren Nachkommen hasst. Nie würde er einem von ihnen freiwillig helfen. Was hat sich auf einmal geändert?

Ben reckt das Kinn. »Da wir nicht mehr zusammen sein können …«

»Nicht mehr zusammen sein können?«, platze ich panisch heraus. Seine Augen sagen mir, dass das nicht gelogen ist. Er glaubt das wirklich.

»Mich langweilt das alles hier«, unterbricht Heda uns mit einem warnenden Unterton. »Zurück an die Arbeit.«

Ben nickt, betätigt einen Schalter an der Maschine, und die schillernde Substanz füllt aufs Neue die Schläuche.

Ich sehe ihm nach, doch er hält den Kopf gesenkt. Also schaue ich wütend zu Heda. Sie mag mir das hier – was immer es sei – antun, aber ich werde ihr nicht die Genugtuung bereiten, mich vor ihr zu winden. Als sich unsere Blicke begegnen, recke ich trotzig das Kinn. »Verrätst du mir wenigstens, was das für eine Flüssigkeit ist?«

»Es ist verdünntes Ichor«, antwortet sie. Dabei sieht sie verträumt zu den Schläuchen.

»Ichor?« Ich weiß, dass mir der Begriff etwas sagen sollte.

»Das Blut der Unsterblichen«, ergänzt sie eindeutig verärgert, weil ich überhaupt danach fragen muss.

Mir wird eiskalt. Das Letzte, was ich will, ist das Blut der Götter in meinem Körper. Ich konnte es nicht ausstehen, eine Liebesgöttin zu sein, habe es gehasst, dass der Pfeil in meinem Blut meine Berührung zu etwas gemacht hat, das Menschen zwang, mich zu lieben. Alles habe ich verabscheut, was diese Kraft mit mir tat. Und jetzt führen sie Experimente mit mir durch. Eben war ich die Liebesgöttinnen-Fähigkeit losgeworden, da will ich sie gewiss nicht wieder zurück.

Mein Herz rast, und meine Stimme bebt. »Warum pumpt ihr mich mit Ichor voll?«

Heda lacht leise raspelnd. »Dich vollpumpen?«

Ihre Gegenfrage bewirkt, dass sich mir der Magen umdreht.

Sie tätschelt meine Hand. »Anscheinend hat mein Vater dir nicht alles erzählt.« Ihre Finger zittern an meinen; entweder ist ihr kalt, oder sie wartet auf etwas.

*Vater?*

»Eros?« Unwillkürlich wandert mein Blick zur Tür. »Was hat er mir nicht erzählt?«

Sie geht zu ihrem Hocker zurück, wobei sie beinahe stolpert. Die rote Wache prescht vor und legt einen Arm um

27

sie. Heda lehnt sich an sie, kann sich kaum selbst auf den Beinen halten. Das ist solch ein befremdlicher Widerspruch zu der starken, Furcht einflößenden Frau, die erst vor wenigen Minuten ins Zimmer kam. Ich versuche, zu ihr zu sehen, aber der Riemen gräbt sich nur noch tiefer in meinen Hals, also gebe ich es auf und neige den Kopf wieder nach unten.

»Vielleicht solltest du dir die Schläuche mal genauer ansehen«, sagt Heda, deren Stimme zittert, als sie sich zurück auf den Hocker setzt und nach Luft ringt.

Auch wenn es extrem unangenehm ist, drehe ich den Kopf zur Seite und konzentriere mich auf die Schläuche, die in meinen Körper führen. Winzige Luftbläschen gleiten durch die schimmernde Flüssigkeit. Und jetzt sehe ich, dass sie sich von mir weg und zur Maschine bewegen.

Dieses Zeug läuft nicht in mich herein, sondern aus mir heraus!

»Wie …«

Heda lacht, was sofort in ein Husten übergeht, bevor sie sagen kann: »Erinnerst du dich an die Phiole Ambrosia, die er dir gegeben hat?«

Ich denke an meine erste Begegnung mit Eros zurück, auf dem Feld mit den Skulpturen in Little Tokyo, und an die leuchtend rote Phiole, die er mir damals gegeben hat und die farblich beinahe vollständig mit dem Rot meines Lederhandschuhs verschmolz. Der Tag, als ich den Inhalt inmitten einer aufgebrachten Menge vor der Polizeiwache trank, war derselbe, an dem Ben mir versprach, mich niemals zu vergessen.

»Ja«, antworte ich halb erstickt.

»Ra-chel.« Mein Name ist ein sanftes Wispern, die Stimme so vertraut. Erst als sich Heda, der Lilahaarige und die Wachen zur Tür drehen, wird mir klar, dass es Eros war, der eben meinen Namen gesagt hat.

Heda sieht erst erbost zu dem Jungen, dann zu ihrer Wache in Rot. »Geh und bring ihn zum Schweigen!«

Der Junge hält die Tür auf, steht zwischen den beiden Räumen, als sich die weibliche Wache mit dem elektrischen Schwert in der Hand an ihm vorbeidrängt. Es folgt ein dumpfer Schlag, und Eros stöhnt vor Schmerz. Ich beobachte Ben, und selbst aus meinem Blickwinkel bin ich sicher, dass er zusammenzuckt.

»Und er ist im Aus!«, sagt der Lilahaarige munter, scheint es witzig zu finden, und ich kann nicht beurteilen, ob er von seinem wieder mal lahmen Baseball-Witz verzückt ist oder von der Tatsache, dass Eros verletzt wurde.

»Väter, was?« Heda schüttelt den Kopf, und der Junge grinst. Sie zeigt zu mir. »Kommt sie mit einer vollen Runde klar?«

»Sie hat nichts gegessen«, wiederholt er, neigt den Kopf zur Seite und blinzelt nachdenklich. »Ist ein bisschen früh, aber ihr Blutdruck ist stabil.«

Während sie mein Schicksal besprechen, sehe ich Ben an. Sein Blick ist überall, meidet jedoch meine Richtung.

»Was ist mit der Ambrosia?«, frage ich wieder, weil ich verstehen will, was los ist.

Bens blaue Augen changieren zwischen Wut und Kummer. Es ist eine exakte Spiegelung dessen, was ich bei ihm gesehen habe, als er von dem Autounfall seiner Familie erzählt hat – der ihn zum Waisen machte.

»Dieses Ambrosia«, antwortet Heda. »Es macht dich unsterblich.«

# KAPITEL 3

Als sie fort sind, fühlt sich der Raum noch kälter an, und mein Herz schmerzt schlimmer als mein Körper. Bens Blick hat sich in mein Denken eingebrannt. Er hasst Unsterbliche – und ich werde gerade zu einer.

Doch wie er mich angesehen und mein Gesicht berührt hatte … Es kann nicht sein, dass er für Heda arbeitet. Da ist noch mehr. Da muss noch mehr sein.

Sie lassen die Tür zwischen meinem und Eros' Raum offen, sodass sich sein pfeifendes Atmen mit dem Gurgeln der Maschine und dem Summen der Deckenleuchten vermengt. Ich sehe zu den Schläuchen, in denen hübsches Regenbogenblau wirbelt. Es ist schwer zu glauben, dass das aus mir kommt. Ichor. *Mein Blut.* Es ist hellblau, nicht rot. Was bedeutet das?

Warme Flüssigkeit rinnt mir über den Hals. Ich stemme mich gegen die Halsfessel und wimmere leise, als das Lederband tiefer in meine Haut schneidet, kann aber hinunter zu meiner Hand sehen. Der Riemen, den Ben so straffgezogen hatte, ist nicht mehr richtig eingerastet. Mir stockt der Atem. Es ist das Zeichen, auf das ich gehofft hatte. Ben hat das sicher absichtlich getan, um mich wissen zu lassen, dass er auf meiner Seite ist, sich jedoch als Insider ausgibt – genau wie er es damals bei der Polizei in New York getan hat, als er ihnen falsche Hinweise zukommen ließ. Und ich werde diesen nicht ungenutzt lassen.

Angestrengt bewege ich meine Finger, bis der Riemen aufgeht und meine Hand frei ist. Dann befreie ich eilig den Rest von mir, bevor ich die Schläuche aus mir herausrupfe. Der Schmerz ist unangenehm, aber ich presse die Lippen zusammen, um nicht zu schreien. Schließlich wische ich mir über den Hals und sehe an meiner Hand pastellblau schimmerndes Blut. Ohne weiter auf die Panik zu achten, die sich in mir regt, wische ich mir die Hand an meinem Oberteil ab und laufe durch die Tür zu Eros.

Er ist so schwach, dass sein Kopf nach unten gekippt ist und ich ihn anheben muss. Ich hoffe, dass er sagen wird, dass es ihm halbwegs gut geht. Doch er bringt nur ein schwaches Nicken zu der Wand zustande, an der die Ketten gesichert sind, die ihn in seiner Hauptkette an der Decke halten. Behutsam lasse ich sein Kinn los, laufe hinüber und ziehe die Ketten vom Haken. Sie gleiten durch die Schlaufe, und Eros sackt zu Boden. Sofort danach prasseln die Ketten auf ihn herunter. Ich eile zu ihm, um mich zu vergewissern, dass ihm nichts passiert ist, ziehe den Haufen Metall von ihm und rolle ihn in eine bequemere Lage, wobei ich gleichzeitig die Schläuche aus seinen Armen ziehe. Sein Blut ist blauer als meines, ein tiefes Königsblau, und die Spiegelungen der Halogenleuchten über uns verursachen Regenbögen, die wie ein seltsames Stroboskoplicht wirken. So hatte ich mir immer das Licht bei einem Schulball vorgestellt, nur fanden in St. Valentine's keine Schulbälle statt.

»Die … Tür«, bringt er mühsam heraus.

Ich hebe vorsichtig seinen Kopf von meinem Schoß und gehe zu der großen Doppeltür gegenüber der, die unsere beiden Räume verbindet. Sie ist vom selben Blau wie mein Trainingsanzug. Ich ziehe die Kette und den Ring durch die Griffe, um sie geschlossen zu halten. Diese Sicherung wird nicht halten, sollten Heda und die Wachen zurückkommen, aber wenigstens verschafft sie uns ein bisschen Zeit zu überlegen, wie wir Ben helfen können, uns hier rauszuschaffen.

Als die letzte Kette gesichert ist, kehre ich zu Eros zurück und knie mich neben ihn. »Also, deine Tochter«, beginne ich und hebe seinen Kopf wieder auf meinen Schoß. Er biegt seinen Rücken ein wenig durch, sodass mich nur sehr wenig von ihm berührt, als ich seine verklebten blonden Locken aus seiner Stirn streiche und sie aus dem feuchten schwarzen Metallhalsband löse. »Sie ist … anders, als ich erwartet hatte.«

Wohl niemand hätte eine irre ältere Frau als Tochter eines jungen Gotts erwartet, obwohl ich vermute, dass Eros im Grunde ebenfalls nicht mehr jung ist, sondern nur so aussieht.

Fast lacht er, verzieht jedoch sofort das Gesicht vor Schmerz. Erst jetzt bemerke ich, dass die Haut an seinem Hals entzündet ist und Blasen wirft. »Was ist das?«, frage ich und greife nach dem schwarzen Halsband.

Er weicht zurück. »Nein!«

Sein Atem geht schwer, und er keucht, als er sich von mir wegkämpft und sich an einem der Beine der Stahlliege aufstützt. »Anti … magie … Sprach … hemmer.«

»Warum wollen sie nicht, dass du sprichst?«, frage ich, ehe mir einfällt, dass ihm die Antwort Schmerzen bereiten wird. »Antworte lieber nicht.«

Er krallt die Hände in sein schweißdurchnässtes lila Shirt und versucht, sich das Band vom Hals zu reißen. »Wollen … nicht … dass … ich … dir … die … Wahrheit …« Sein Shirt beginnt zu qualmen, und er atmet fauchend aus, ehe er die Hand herunternimmt. Inzwischen erscheinen frisch gesengte Löcher in dem lila Stoff.

»Sie wollen nicht, dass du mir die Wahrheit sagst?«, wiederhole ich. Er nickt und neigt den Kopf nach hinten, um einige Male tief Luft zu holen.

Ich habe so viele Fragen, darf ihm aber nicht mehr zumuten. Selbst wenn er nur nickt, drückt seine Haut gegen das Halsband. Wir müssen es also runterbekommen. Im Geiste gehe ich die Liste der wichtigsten Dinge durch, die hier zu tun sind. Mein Herz sagt mir, dass ich Ben fragen soll, aber ich verlege mich auf: »Also, wie kommen wir hier raus?«

Eros nickt zu der mit Ketten gesicherten Tür und zuckt mit den Schultern.

»Ich kann mir nicht vorstellen, dass wir durch diese Tür raus können. Wo sind wir hier überhaupt?«

Er senkt den Kopf, und ich weiß, dass das ein Nein ist. Nun sehe ich zu dem unordentlichen Haufen an Schläuchen, die ich aus ihm herausgezogen habe, und zu der dunkelblauen, durchsichtigen Lache, die sich auf dem Zementboden gebildet hat.

»Wie kann es sein, dass Heda älter ist als du?«

»Altern … Halbgott … nicht ganz unsterblich«, erklärt er mühsam stockend.

Ich fahre zusammen, als er »unsterblich« sagt, als wäre das der schlimmste Ausdruck überhaupt. »Warum hast du das getan? Warum hast du mich mit einer Täuschung dazu gebracht, etwas zu tun, das mich unsterblich macht?«

Ruckartig hebt er den Kopf, und in seinen strahlend blauen Augen spiegelt sich pures Bedauern. Er streicht über meine Hand und hält inne, um Atem zu schöpfen. »Die ... einzige ... Möglichkeit ... zu ... retten ...«

»Die einzige Möglichkeit, mich zu retten?«, helfe ich ihm und ziehe meine Hand weg. Er weiß, wie ich zu den Liebesgöttinnen stand, denn ich hatte keine Zweifel daran gelassen, dass ich ein normales Mädchen sein wollte, ohne irgendwelche Superkräfte. »Also hast du mich gerettet, indem du mich zu dem einen gemacht hast, das ich wirklich hasse. Ist schon irgendwie pervers.«

Er nickt. »Ich weiß«, flüstert er. »Tut mir leid.«

Ich möchte ihm sagen, dass seine Entschuldigung rein gar nichts ändert.

Eros beobachtet mich, und mir fällt wieder ein, dass er meine Gedanken lesen kann. Was mir jetzt gerade völlig egal ist. Mich interessiert nur, wie wir hier endlich rauskommen können.

»Hast du eine Ahnung, wie wir diesen Halsriemen loswerden?«, frage ich und streiche über die wunde Haut an meinen Handgelenken.

Achselzuckend blickt er zu meiner Wunde. »Wie?«

»Wie ich mich befreit habe?«

Er nickt.

»Weiß ich nicht genau. Ich glaube, Ben hat mir geholfen.«

»Nein«, erwidert er laut und scharf, und gleich ringt er nach Luft vor Schmerz. »Ben hilft nicht.«

Er weiß etwas, und so, wie er mich ansieht, möchte ich es lieber nicht erfahren. Doch er irrt sich, wenn er Ben auf Hedas Seite glaubt.

»Vergiss …« Eros fällt das Sprechen sehr schwer. »Vergiss Ben.«

Ich stehe auf und beginne, auf und ab zu gehen. Eigentlich kann ich Eros nicht trauen. Er hat mich unsterblich gemacht, ohne es mir auch bloß zu sagen. Und ich kann nicht einschätzen, ob er mich aus irgendeinem perversen Grund gegen Ben einnehmen will. Doch ich werde mich nicht gegen Ben wenden, und ich werde herausfinden, wie ich ihm helfen kann, uns hier rauszubringen.

Als Erstes muss ich wissen, was eigentlich los ist und wo wir überhaupt sind.

Im Nebenraum beginnt die Maschine, an die ich angeschlossen war, rot zu blinken. Ich laufe hin und öffne ein Fach, in dem ich einen Plastikkanister halbvoll mit Ichor finde. Was für eine bizarre Vorstellung, dass das alles in mir war und dass mein Blut nicht mehr rot ist.

Ich kehre zu Eros zurück. »Warum ist dein Blut so viel blauer als meines? Liegt es daran, dass du vollkommen unsterblich bist?«

»Ja.« Er beißt die Zähne zusammen. »Und es wäre … dunkler … mächtiger … königlich … ohne dieses Halsband.«

Hinter den verriegelten Doppeltüren sind Stimmen zu hören. Mein erster Impuls ist, mich wieder auf die Liege zu schnallen, aber Eros ist auch nicht mehr an die Decke gekettet, und um beides nachzuholen, bleibt mir keine Zeit.

Jemand rüttelt an der Tür. Ich laufe zu dem Metallhocker

und halte ihn wie einen Cricketschläger, während ich langsam zurück zu Eros gehe. Er versucht aufzustehen, muss sich aber an der Liege abstützen.

»Rachel?«, sagt eine vertraute Stimme hinter der Tür.

Das letzte Mal habe ich sie am Telefon gesprochen, als sie gerade mit meinem Cousin Kyle in eine Straßensperre der Polizei gekracht war. Nun weiß ich nicht, ob ich lachen oder weinen soll.

»Marissa?«

»Geht es dir gut?«, fragt sie. »Was versperrt die Tür?«

»Wo sind wir? Was ist hier los, Marissa?«

Es dauert, bis endlich eine Antwort von ihr kommt. »Wir sind in einer Einrichtung des Gremiums«, antwortet sie schließlich.

»In welcher Einrichtung?«, frage ich. Die großen, von denen ich weiß, befinden sind in London und in Griechenland.

»Mach die Tür auf, und ich erkläre dir alles.«

Ich sehe fragend zu Eros, und er schüttelt den Kopf. Damit hat sich jede Hoffnung auf Hilfe zerschlagen. »Warum überrascht es mich nicht, dass du mit Heda und ihren Schlägern unter einer Decke steckst?« Es kostet mich meine gesamte Kraft, mit fester Stimme zu sprechen.

»Schlägern?« Sie seufzt genauso wie früher in St. Valentine's, bevor sie mir eine ihrer »Genieße die Gabe«-Ansprachen hielt. »Klar ist das alles verwirrend«, fährt sie fort, »aber du musst wissen, dass Heda nicht hier ist, um dir wehzutun.«

»Dann war das Blutabzapfen nur Spaß?«

Marissa räuspert sich. »Sie versucht bloß zu helfen. Bitte, lass mich rein.«

Ich sehe zurück zu Eros, und wieder schüttelt er den Kopf. Doch ich will nun mal wissen, was vor sich geht, und durch Marissa könnte ich es herausfinden.

Also lockere ich die Ketten so weit, um die Tür einen Spalt zu öffnen. Ein Schwall kalter, rauchiger Luft dringt herein.

»Nein … halt …«, krächzt Eros.

Ich beachte ihn nicht und spähe nach draußen. Marissa trägt eine graue Wächteruniform ohne Helm. Ihre Hosenbeine sind unten aufgekrempelt, um die hochhackigen blauen Schuhe zur Geltung zu bringen, die Ärmel sind gleichfalls hochgekrempelt, und sie benutzt eine Schleife als Gürtel. Aber ihr Versuch, diese Kleidung aufzuhübschen, ist gnadenlos gescheitert – sie sieht wie eine schräge Kombination aus einer Wache und einem Gebrauchtwagenverkäufer aus einer Bananenrepublik aus. Sie hält mir ein Tablett mit einer Wasserflasche, einem Apfel und einem Sandwich in Wachspapier entgegen. »Hast du Hunger?«, fragt sie.

Bisher war keine Zeit, um an Essen zu denken, aber da sie es jetzt erwähnt … »Ich könnte etwas essen.«

»Mach die Tür auf, dann bringe ich es hinein.«

»Reich die Sachen einfach durch.«

»Ich muss mich entschuldigen«, sagt sie, anstatt mir das Essen zu geben. »Für die Sache mit Kyle.«

»Mit ›Sache‹ meinst du hoffentlich nicht, dass du meinen schwulen Cousin mit deiner Gabe umgedreht und in dich verliebt gemacht hast.« Deswegen bin ich immer noch rasend wütend auf sie.

»Ich würde mich gerne persönlich entschuldigen«, sagt sie. Wie zum Beweis unserer Freundschaft schiebt sie das Tablett nahe genug zu mir, dass ich nach dem Sandwich greifen kann. Ich stelle den Hocker ab, schnappe das Sandwich, wickle es aus und stelle fest, dass es wie eines von den selbst gemachten Samosas meiner Mutter aussieht, allerdings mit knuspriger Kruste. Ich teile das Brot in zwei Hälften und gebe eine Eros, bevor ich in die andere beiße. »Das schmeckt gut«, sage ich zu Marissa. »Danke.«

»Spanakopita. Ich dachte, das würdest du mögen.«

Das Essen kratzt in meinem ausgetrockneten Hals. Was würde ich jetzt für einen großen Becher von Mas Masala Chai geben! Die Wasserflasche auf dem Tablett ist verlockend, deshalb überlege ich, die Tür zu öffnen. Hinter mir verschluckt Eros sich an seinem Essen.

Ich nicke zu der Flasche. »Gib mir das Wasser.«

»Lass mich rein, und du kannst es haben. Ich muss mich vergewissern, dass du okay bist.«

»Warum? Damit du oder einer von Hedas Schlägern mich wieder an die Maschine fesseln kann? Sieh dir meinen Hals an, Marissa. Sieh dir meine Arme an.« Ich zeige ihr die verblassten Blutergüsse an einem Arm und neige den Kopf nach hinten, damit sie meinen Hals sieht.

Sie ringt nach Luft. »Es tut mir leid, Rachel. Heda hat ihnen gesagt, dass sie dich nicht verletzen dürfen.«

Eros lacht würgend.

Marissa runzelt die Stirn bei Eros' Lachen und drückt die Tür so weit auf, wie sie kann. »Hast du Eros losgemacht?«, fragt sie besorgt.

Ich stoße gegen die Tür und sie damit zurück. »Warum macht ihr das mit uns?«

»Rachel, bitte.« Marissa lächelt gekünstelt. »Lass mich rein, und ich erkläre alles. Es ist nicht so, wie du denkst.«

Sie hält mich für blöd genug, auf ihre Lügen hereinzufallen. »Ich habe es satt, mir diesen Spruch anzuhören.« Nachdem ich die Ketten wieder strammgezogen habe, gehe ich zu Eros und setze mich neben ihn auf das Metallbett. Dabei ignoriere ich die Ichor-fleckigen Riemen und den durch Schweiß entstandenen Umriss eines Körpers, der sich auf dem Bett abzeichnet. »Verrate mir wenigstens, wie lange ich schon hier bin.«

»Hier drinnen?«, fragt sie vorsichtig. »Ein paar Tage.«

»Und vorher?«

»Weiß ich nicht, Rachel. Sie haben mich endlich kommen lassen, um nach dir zu sehen. Willst du wirklich so unsere gemeinsame Zeit verbringen? Wir müssen über so vieles reden.«

»Klar. Zum Beispiel, wie du der Polizei entkommen bist.«

Da sie nicht antwortet, hake ich nach: »Du wurdest verhaftet, Marissa. Und jetzt bist du plötzlich hier und arbeitest für Heda?«

»Eigentlich« – Marissa späht durch den Spalt – »war das damals gar keine Polizeisperre. Nicht so richtig. Ich meine, war es schon, aber unter der Kontrolle des Gremiums.«

»Was?«, hauche ich und sehe zu Eros, ob er das gewusst hat. Er meidet meinen Blick.

Mir fällt wieder ein, wie ich einmal auf dem unbequemen Chorstuhl im Büro der Mutter Oberin saß und sie mir einen Vortrag über die Bedeutung des Gremiums hielt. »*Im Laufe der Jahre hat das Gremium gelernt, dass sie die Götter mithilfe der Liebesgöttinnen leichter kontrollieren können. Jetzt, da sich die Götter nicht mehr in unsere Welt einmischen, hat sich das Gremium der Weltpolitik zugewandt und versucht, Frieden zu verbreiten, indem es Liebesgöttinnen in einflussreichen und strategischen Positionen platziert.«* Hatte sie das mit »der Weltpolitik zugewandt« gemeint?

Ich sehe zu Marissas Gesicht, das mir immer noch aus dem Spalt entgegenblickt. »Dann arbeitet das Gremium, das angeblich von den Göttern ernannt wird, um über die Liebesgöttinnen zu herrschen und den Weltfrieden zu wahren, jetzt für Heda?«

Marissa spielt mit ihrem Haar. »Heda hat überall Unterstützer …«

Sie redet weiter, doch meine Gedanken schweifen zu meiner Familie ab, zu meiner Mutter und ihrem Misstrauen gegenüber dem Gremium. Ich versuche, meine Sorge um sie unter Kontrolle zu bringen.

»Super. Was sonst weiß ich nicht? Wo ist meine Familie?«

Marissa verzieht das Gesicht. »Wenn du die Tür aufmachst, erzähle ich dir alles. Ehrlich, Rachel, ich lasse nicht zu, dass dir etwas Schlimmes passiert.«

»Noch Schlimmeres, meinst du?«

Sie kneift die Lippen zusammen. »Heda wollte nie ohne deine Zustimmung Ichor von dir nehmen, aber uns blieb keine Zeit mehr. Sie hatte keine andere Wahl.«

Ich will etwas erwidern, als schwere Schritte zu hören sind, die nach einer ganzen Armee klingen. Eros reißt die Augen weit auf.

Marissa stößt einen stummen Schrei aus, tritt von der Tür zurück und verbeugt sich. »Lass mich rein, sofort«, flüstert sie, ohne den Kopf zu heben. Und ich habe das Gefühl, dass ich auf sie hören sollte. In all den Jahren, die ich Marissa kenne, habe ich sie nie so unterwürfig erlebt wie jetzt. Es ist beinahe, als hätte sie Angst, und wenn ihr die wütenden Predigten der Mutter Oberin in St. Valentine's oder ein Aufenthalt in einer Arrestzelle der Polizei keine Angst machen konnten, muss es wirklich übel sein, was da kommt.

»Mach auf, bevor sie sich gewaltsam Zugang verschaffen und es zu spät ist!«

# KAPITEL 4

Ich lasse den Rest von meinem Spanakopita fallen, greife mir den Hocker und linse durch den Türspalt zu den nahenden Wachen. Die meisten scheinen Frauen zu sein, was nicht verwunderlich ist, da nur Frauen Liebesgöttinnen sein können.

Unter ihnen ist Heda, die von Ben und dem Jungen mit dem violetten Haar gestützt wird. Sie lehnt sich mit ihrem ganzen Gewicht auf die beiden, während sie vorwärts schlurft. Es scheint, als wäre sie seit unserer letzten Begegnung um zehn Jahre gealtert.

»Warum bist du auf dem Flur? Wer kümmert sich um sie?«, fragt sie Marissa. Sie klingt aufgebracht und verzweifelt. Nun bemerkt sie, dass ich sie durch den Türspalt beobachte, stemmt sich von Ben weg und versucht, allein weiterzugehen, schwankt dabei jedoch bedenklich. Sie hält inne, um Atem zu schöpfen, und ich sehe Ben an. Er lächelt mir verhalten zu.

Für einen kurzen Moment sind alle Fragen zwischen Ben und mir weggeblasen, und es gibt nur uns, eine Armeslänge voneinander entfernt. Ich muss meine gesamte Selbstbeherrschung aufbringen, nicht die Ketten wegzureißen und mich in seine Arme zu stürzen. Dann wandert sein Blick nach unten, und das Lächeln erstirbt. Ich bin mir ziemlich sicher,

dass er meine Hände an dem Hocker ansieht und die aufgeschürfte Haut. Er tritt näher zu Heda und packt entschlossen ihren Arm. Es ist wie ein Dolchstoß, ihn dabei zu beobachten, wie er ihr hilft. Aber mein Herz glaubt, dass er nur
versucht, das Richtige für mich zu tun, dass er eine Rolle
spielt, damit er auf mich aufpassen kann. Schließlich hatte er
vorhin ja auch mein Handgelenk nicht richtig gefesselt. Das
kann kein Versehen gewesen sein, sondern muss etwas bedeuten.

Ich versuche, Blickkontakt zu ihm herzustellen, da lenkt
mich ein Gesicht hinter ihm ab – umrahmt von einem vertrauten Kranz aus Korkenzieherlocken. Es ist nach unten zu
einem kleinen schwarzen Kästchen mit Goldprägung geneigt,
das die Person in den Händen hält.

»Paisley?« Ich habe Angst, dass ich mich irre und es doch
nicht meine Freundin ist, und noch größere Angst, dass ich
recht habe und auch sie in Hedas Fänge geraten konnte. Ben
schaut auf, aber ich konzentriere mich jetzt ganz auf das Mädchen. Es blickt sich unter den Wachen um, wer nach ihm gerufen hat. Und ja, es ist Paisley, ohne Zweifel. Ich knalle den
Hocker an die Tür. »Paisley, hier drüben!«

»Rachel, hör auf«, warnt Ben.

Paisley sieht zu mir und lächelt. Dann dreht Heda sich um
und sagt etwas zu ihr, das ich nicht verstehe, worauf sie wieder
ernst wird. Paisley nickt und wirft mir einen ängstlichen Blick
zu, ehe sie sich wieder in die Reihe hinter Heda zurückzieht
und das Kästchen noch fester umklammert.

Heda kommt näher und sieht an mir vorbei, wo sie Eros
entdeckt. »Öffne die Tür, Vater.«

Eros richtet sich auf und wiegt sich eine Weile auf der Stelle, um seine Beine wieder an sein Gewicht zu gewöhnen. Erst dann geht er mit langsamen, unsicheren Schritten los.

Er kann doch nicht ernsthaft auf sie hören!

»Was tust du?«, frage ich, sobald er bei mir angelangt ist.

Er greift nach der Tür.

»Denk nicht mal dran, sie aufzumachen.«

Seine Finger umschlingen die Ketten.

»Aber gib nicht mir die Schuld, wenn sie dich wieder aufhängen«, sage ich, gehe zurück zu Eros' Liege und hocke mich auf die Kante. Immer noch halte ich den Hocker in beiden Händen, als könnten mir die vier Metallbeine Hedas Armee vom Hals halten *oder mich davon abhalten, zu Ben zu rennen.*

Eros starrt durch den Spalt seine Tochter an. Inzwischen umfängt er die Ketten mit seinen beiden zitternden Händen. »Ich liebe dich und werde dich immer lieben. Aber du bist … eine … Enttäuschung«, sagt er. Seine Stimme ist relativ fest, auch wenn seine steife Körperhaltung verrät, dass er Schmerzen hat.

»Das beruht auf Gegenseitigkeit«, entgegnet Heda.

Eros löst die Ketten nicht, wie ich gedacht habe. Stattdessen schließt er die Tür, zieht sie fest und wickelt sich die losen Enden der Ketten um den Arm.

Jemand hämmert von außen an die Tür.

»Macht auf!«, befiehlt Heda. »Hebt die Tür aus den Angeln, wenn es sein muss.«

Ich stehe auf. Das letzte Mal hatte sie mich von Ben und der roten Wache wieder an die Maschine anschließen lassen. Meine Kraft ist noch nicht wiederhergestellt; das bisschen

Essen hat nicht gereicht, und ich habe nur diesen Metallhocker, um mich zu verteidigen. Ich gehe hinter die Liege, und schließlich lässt Eros die Kettenenden los und folgt mir. Wir stehen Seite an Seite, den Hocker erhoben, als sie gegen die Tür rammen. Die Ketten rasseln, der Spalt wird breiter, und eine der Wachen quetscht sich hindurch. Eros will sich vor mich stellen, doch ich dränge ihn zurück und hebe den Hocker an, als hätte ich keine Angst, die Wache damit zu schlagen.

Aber ich habe Angst – vor allem, dass sie mich wieder an die Liege fesseln.

Dass sie mich wieder an die Schläuche hängen und mir mein Blut abzapfen. Sie würden nicht noch einmal denselben Fehler begehen und sich jetzt doppelt vergewissern, dass alle Riemen festsitzen.

Ben und der Lilahaarige kommen als Nächste durch den Spalt. Der Hocker zittert in meinen Händen, dennoch fühle ich mich sicher, weil Ben näher kommt. Der Junge mit den violetten Haaren bleibt an der Tür, löst die Ketten und lässt die anderen herein. Sie strömen an ihm und Ben vorbei und füllen den wenigen Raum zwischen uns ganz aus.

Ich will Ben ansehen, ihn stumm fragen, was hier passiert, aber es sind zu viele Wachen. Eros schiebt mich hinter sich, als er zurückweicht und die Liege mit uns zieht, als könnte uns dieses flache Metallding vor ihnen schützen. Ich umklammere den Hocker fester, fühle mich wie ein Löwendompteur, der seine Wildtiere im Zaum hält. Und die Wachen sind Bestien. Sie haben Waffen dabei, lange, glühende Stäbe, die vor Elektrizität knistern.

Ich kann mir vorstellen, wie es sich anfühlen muss, von solch einem Ding getroffen zu werden. Eine Demonstration ist unnötig.

Marissa hilft Heda nach vorn, näher an die Liegenbarrikade. Heda zeigt zu dem Raum hinter uns, in dem sie mich gefangen gehalten hatten, und gibt dem Jungen mit dem lila Haar ein Zeichen, bevor sie sich wieder uns zuwendet. »Stell den Hocker hin, und lass uns wie zivilisierte Leute reden.«

»Nehmt erst die Lichtschwerter runter«, erwidere ich.

Ben tritt vor. »Rachel, bitte.«

Heda hebt ihre Hand, und die Wachen erstarren. Einzig Ben geht weiter, bis er neben Heda ist, die sich auf Marissa stützt und ganz auf den Jungen konzentriert ist, der den Blutbehälter aus meiner Maschine zieht.

»Es ist noch keine volle Ladung«, ruft er.

»Wir können nicht mehr warten.« Heda packt Marissa fester und benutzt sie wie eine Krücke, um zu dem Lilahaarigen zu gelangen. »Der Hocker!«, kommandiert sie mit einem Fingerschnippen.

Eine Wache lässt blitzschnell einen Arm vorschnellen. Ich bin darauf nicht gefasst, und sie entreißt mir den Hocker mühelos. Mit ihm läuft sie zu Heda, die sich daraufsetzt und einen Arm vorstreckt wie eine Süchtige.

Der Junge hat sichtlich Schwierigkeiten, den Behälter mit dem Ichor unter einem Arm zu balancieren, als er zurückkommt. Er humpelt zu ihr und rafft seinen schwarzen Laborkittel vorn zusammen. »Du solltest wirklich das Blut deines Vaters nehmen. Du brauchst die Lebenskraft, nicht …«

»Du weißt, was ich brauche«, fällt Heda ihm ins Wort.

Marissa rollt den blauen Seidenärmel nach oben, und der Junge gibt nach. Er schließt einen frischen Schlauch an den Venenzugang an, der bereits in Hedas Arm ist. Dann verbindet er das andere Ende des Schlauchs mit einem Stutzen an dem Behälter, öffnet das Ventil, und bald fließt mein Blut den Schlauch hinauf und in Hedas Arm. Eros kommt näher. Seine Körperwärme ist das einzig Tröstliche in diesem bizarren Moment.

Nachdem der Großteil des Behälterinhalts in sie gepumpt wurde, rollen sich ihre Augen nach hinten, und sie hört auf zu zittern. Dann steht sie aus eigener Kraft auf. Ihre Wangen nehmen wieder etwas Farbe an, und das Feuer kehrt in ihre Augen zurück. »So ist es besser, vorerst«, sagt sie, nimmt ihm den Ichorbehälter ab und inspiziert den Rest. »Aber ich brauche bald Ichor von meinem Vater.«

Der Junge humpelt nach vorn, wo sein violettes Haar im Schein der Deckenlampe leuchtet. »Du solltest erst den Pfeil absorbieren und sehen, wie du es verkraftest.«

*Den Pfeil?*

Heda gibt einen genervten Laut von sich. »Na gut. Verarbeite das, was wir von Vaters Ichor haben. Wir dürfen keinen Tropfen verschwenden.«

Er nickt und greift nach dem Behälter mit meinem Ichor, doch sie hält ihn fest und zeigt zu Eros' Maschine. Also schlurft er hinüber, öffnet das Fach und zieht umständlich den Behälter mit Eros' Blut heraus.

Als Heda wieder zu mir schaut, wirkt sie irgendwie jünger, wie nach einem Lifting oder so. Am liebsten möchte ich mich unter der Liege verstecken.

Eros hält mich, als wäre er in meinem Geist und verstünde meine Angst. Normalerweise würde mich das irre machen, doch gerade ist er das Einzige, was mich davon abhält, meiner Furcht nachzugeben.

# KAPITEL 5

Heda streckt Marissa ihren Arm hin, damit sie den Ärmel wieder herunterrollt, und sieht erst zu Paisley, dann zu dem Kästchen in deren Händen. Es ist gruselig, dass Hedas plötzliche Veränderung mit meinem Blut zu tun hat.

Und ich muss wissen, warum. »Du bist jetzt stärker ... durch mein Blut? Was passiert hier?«

»Nicht durch dein Blut – Eros' Ichor macht mich stark, deines stillt nur meinen Durst.« Grinsend beobachtet sie mich, während sie auf einmal ein Messer aus Bens Gürtel zieht und es einer Wache neben ihr in die Seite rammt. Alles geschieht so schnell, dass ich nicht sicher bin, ob das Ganze real ist oder ich es mir bloß einbilde. Aber die Wache greift sich an die Seite, wo tiefrotes Blut an ihrer grauen Uniform aufblüht, und sackt auf die Knie.

Ich weiche an die Wand zurück. Eros packt schützend meine Hand, doch ich ziehe sie weg. Zum einen bin ich wütend auf ihn, weil ich seinetwegen hier bin, zum anderen will ich vor Heda und Marissa nicht schwach erscheinen.

Marissa holt den Behälter mit dem Rest meines Blutes heran, und Heda zieht ihn zu sich. Allerdings sieht sie zu dem Jungen mit Eros' Blut und bedeutet Marissa, zu ihm zu gehen.

Ihre grauen Augen richten sich wieder auf mich, und ihr Blick brennt sich förmlich in meine Haut. Ich höre ihre Stimme in meinem Kopf. *Zwei, vielleicht drei Liter*, höre ich, als würde sie schätzen, wie viel Blut sie mir abpumpen kann, ohne mich umzubringen. Die Stimme wirkt so klar, dass ich mich frage, ob sie es vielleicht doch laut gesagt hat. Nur habe ich nicht gesehen, dass sich ihr Mund bewegte.

Ich sehe zu Eros, ob er es auch gehört hat, aber er beobachtet, wie Marissa der verwundeten Wache einen Schluck von seinem Blut gibt. Sattblau. Die königsblaue Flüssigkeit rinnt in den Mund der Frau, und die nimmt die Hand von ihrem Bauch, um den Behälter zu umklammern und gierig davon zu trinken.

Es ist grotesk, dennoch kann ich nicht wegsehen.

Sie trinkt, bis sie den Behälter ganz geleert hat. Danach steckt sie noch den Finger hinein, um noch den Rest davon zu bekommen, und leckt ihn ab.

»Ist noch mehr da?«, fragt sie.

Heda lacht. »Du hast genug bekommen.«

»Der Stich ging gerade mal sechs Zentimeter tief«, ergänzt der Junge mit dem violetten Haar. »Eine halbe Tasse hätte da auch schon gereicht.«

»Wofür hätte das gereicht?«, platze ich heraus.

Sie drehen sich zu mir.

»Zeig es ihr«, sagt Heda.

Die Wache steht auf, zieht ihr blutgetränktes Shirt nach oben und enthüllt einen unversehrten Bauch. Nirgends eine Spur von einer Stichwunde oder Blut. Meine Knie knicken ein, und ich muss mich auf die Metallliege stützen. Zugleich wird mir eiskalt.

Das Blut hat sie geheilt.

»Wie …?« Ich blicke zu Paisley, die an der Tür des Raums steht und nach wie vor das schwarzgoldene Kästchen festhält, als hinge ihr Leben davon ab. Und da Heda alle paar Sekunden zu ihr sieht, würde es mich nicht wundern, wenn dem so wirklich wäre. Dieses Kästchen und die seltsame Heilung der Wache machen mir Angst.

»Der Vorzug der Unsterblichkeit«, sagt Heda. »Du wirst bald sehen, dass das Ichor dich stärker macht.«

*Bald.* Bei dem Gedanken fröstle ich.

Heda streicht ihre blaue Robe glatt und geht in Richtung Tür. Marissa schreitet ihr voraus und verlässt den Raum vor ihnen. Die anderen warten, bis Heda draußen ist.

Sie lässt sich Zeit, bleibt neben Paisley stehen, schiebt ihre Ärmel hoch und streicht mit beiden Händen über das Kästchen. Paisley tritt nervös von einem Fuß auf den anderen, was für mich bestätigt, dass der Inhalt gefährlich ist. Im Geiste male ich mir aus, wie ich über die Liege springe, die Wachen beiseitestoße und mir das Kästchen schnappe – anstatt hinter Eros zu kauern.

Heda lächelt, als wüsste sie, welche Angst ich habe, setzt den Ichorbehälter an ihre Lippen und trinkt die letzten Tropfen, bevor sie dem Jungen das Gefäß gibt. »Schaff sie da raus, fessle sie mit Ketten, und füll ihre Behälter neu auf.«

»Beide?«, fragt er und sieht kurz zu mir.

»Beide«, antwortet sie. »Rachel muss begreifen, wie ernst ich es meine.«

Mein Herz rast. Alles, was ich habe, sind eine Liege und Eros, der kaum allein stehen kann, geschweige denn mir helfen, die anderen abzuwehren.

Ben sieht mich nicht an, verändert jedoch beinahe unmerklich seine Haltung zwischen mir und den heranrückenden Wachen, eine Hand an seinem Waffengürtel.

Inmitten der gebrüllten Befehle, der unregelmäßigen Schritte und des schweren Atems aller in dem kleinen Raum, nehme ich ein Flüstern wahr … »*Das Kästchen.*«

Ich schwöre, dass es von Paisley kommt, suche in der Menge nach ihr und entdecke sie hinter Heda, schlotternd wie ein Reh im Scheinwerferlicht, aber mutig genug, um mir das Kästchen hinzuhalten.

Die Wachen kommen näher. Sie drängen sich an Ben vorbei, der unsicher dasteht und aussieht, als wolle er jeden Augenblick zu meiner Rettung stürmen. Aber ich weiß, dass er uns nur beide in Gefahr bringen würde, wenn er mir hilft.

Endlich kann ich seinen Blick einfangen und ihm bedeuten zurückzubleiben. Es gibt nur zwei Wege hier raus: Entweder lasse ich mich fangen und an die Decke ketten, in der Hoffnung, dass Ben etwas einfällt, wie er mich retten kann, oder ich kämpfe.

Der Weg zu Paisley wird immer schmaler. Es heißt jetzt oder nie. Eros stupst mich leicht an, als würde er meinen Zwiespalt fühlen, und ich nehme das als Zeichen. Eilig springe ich über die Liege und in die Lücke zwischen den Wachen.

Ich lande auf den Füßen, als hätte ich so etwas schon unzählige Male gemacht, und mein Instinkt übernimmt, womit ich nicht bloß die Wachen, sondern auch mich selbst überrasche. Hastig packe ich den Hocker und schwinge ihn wild um mich, wodurch ich drei Wachen niederstrecke, ehe die anderen auch nur kapieren, was los ist. Die meisten laufen zur Tür, weil sie denken, dass ich zu fliehen versuche, und Paisley ist ungeschützt.

Hedas hektische Befehle sind widersprüchlich, und die Wachen wissen nicht, welche sie befolgen sollen. Knurrend stürzt sie sich selbst auf mich. Ich nutze den Hocker, um sie auf Abstand zu halten, und greife mit der freien Hand nach dem Kästchen von Paisley.

Hedas Faust fliegt auf uns zu. »Du hast es ihr überlassen!«

Ich weiche ihrem Schlag aus und sprinte mit dem Kästchen zurück zur Liege. Die Wachen sind wieder auf den Beinen und setzen mir nach. Heda schubst Paisley grob und packt sie an den Haaren. »Dafür wirst du bezahlen!«

Umgehend fühle ich mich schuldig, weil ich nicht auf Paisley gewartet habe. »Lass sie in Ruhe!«, rufe ich, husche hinter die Metallliege und hebe den Deckel des Kästchens hoch. Alles verstummt. Würde ich nicht fühlen, wie sich Eros' Brust an meinem Arm hebt und senkt, ich könnte glauben, wieder bei all den Skulpturen in Little Tokyo zu sein.

In dem Kästchen liegt ein rotes Samtbündel, in das etwas eingewickelt ist. Ich nehme das Bündel auf und spüre Hitze und Vibrieren durch den Stoff. Als zusätzlichen Schutz ziehe ich meinen Ärmel nach unten und zupfe den Stoff in dem Kästchen so zur Seite. Darunter kommt ein Armreif mit einem verdrehten schwarzen Pfeil zum Vorschein.

Unwillkürlich denke ich an mein Lehrbuch von St. Valentine's, *Eros' Pfeile: Betörung und Gleichgültigkeit*. Sein goldener Pfeil bewirkt Verliebtheit, sein schwarzer Gleichgültigkeit. Aber dies kann doch nicht der seit Langem verschollene Pfeil der Gleichgültigkeit sein.

Anscheinend werde ich Eros' Pfeile einfach nicht los.

Ich ziehe die Samthülle weiter zurück und drehe das Ding, um es genauer ansehen zu können. Eine der schwarzen Metallfedern am Pfeilende löst sich und fällt herunter, neben meinen Fuß. Ich trete darauf und hoffe, dass es niemand gesehen hat. Um die anderen abzulenken, schwenke ich den Armreif.

»Nicht anfassen!«, kreischt Heda.

»Sonst was?«, frage ich und halte meine bloße Hand über das Ding.

»Nicht«, keucht Eros. Ich kann nicht umhin zu bemerken, dass der Pfeilarmreif und sein Halsband vom selben dumpfen Schwarz sind. Er hat mir gesagt, dass das Halsband ein Magieunterdrücker ist, und ich frage mich, ob das auch für den Armreif gilt. Und tatsächlich will ich ihn nicht anfassen. Schon jetzt brennt er durch meinen Ärmel, und an Eros' Hals sehe ich, was er mit bloßer Haut tun kann.

Bevor ich mir überlegt habe, was ich machen will, spaltet sich die Gruppe der Wachen an der Tür. Alle drehen sich dorthin um, als die rote Wache hereingeschlendert kommt. Sie geht geradewegs auf Heda zu, zieht ein Messer aus ihrem Gürtel und hält es Paisley an den Hals.

In meinem Hals bildet sich ein Kloß, sodass ich schlucken muss. Nun liegt er mir wie ein Stein im Magen.

Heda klopft sich die Hände ab und kommt auf mich zu. »Wenn der Armreif nicht bei drei in dem Kästchen und mir ausgehändigt ist, stirbt Paisley.« Die rote Wache drückt das Messer fester an Paisleys Kehle, bis ein einzelner roter Tropfen über ihren Hals rinnt.

»Aufhören!«, rufe ich.

Heda hebt eine Hand, und die rote Wache lässt nach.

»Ich gebe ihn dir«, sage ich und recke trotzig das Kinn, »aber im Gegenzug will ich hier raus, mit Paisley und Eros.« Flüchtig schaue ich zu Ben, in dessen Augen dieser vertraute Ausdruck von Verlust auftaucht. Er muss begreifen, dass ich wiederkommen und ihn holen werde – doch Heda jetzt um seine Freiheit zu bitten, würde ihn lediglich in Gefahr bringen.

»Du vergeudest meine Zeit«, entgegnet Heda, verdreht die Augen und senkt den Arm, woraufhin die rote Wache abermals mit der Klinge auf Paisleys Kehle drückt.

»Warte!«, schreie ich. Die Tränen in den Augen meiner Freundin sind unerträglich.

»Auf was?«, fragt Heda gelangweilt.

»Ich muss wissen, dass meine Freunde und meine Familie in Sicherheit sind. Wenn du mir das versprichst, bin ich bereit, dir mehr von meinem Blut zu geben … ohne mich zu wehren.«

»Und du gibst mir den Armreif?«, fragt sie.

»Ja, hier hast du ihn.« Ich werfe das Kästchen in ihre Richtung und empfinde sogleich pure Erleichterung, es nicht mehr in den Händen zu halten, während das Teil über den Boden schlittert. Paisley reißt die Augen weit auf. Garantiert hält sie mich für bekloppt, dass ich es Heda überlasse, ehe die meine Bedingungen akzeptiert hat. Aber sie weiß nichts von dem Stück, das sich gerade durch meine Schuhsohle brennt.

Heda sieht wütend zu Paisley. »Gib es mir«, sagt sie. Die rote Wache stößt Paisley von sich, die auf den Knien landet. Sie schluckt ihre Tränen herunter und krabbelt auf den Armreif zu. Die Kette, die Marissa einst verloren hatte, das Raumschiff mit den Reißzähnen, baumelt wieder an Paisleys Hals. Sie muss die Kette ersetzt haben. Mich erinnert sie an die Schule und wie viel einfacher dort alles war.

Mit bloßen Händen hebt Paisley den Pfeil auf. Ich zucke zusammen, weil ich mit einem Schmerzensschrei rechne, der aber ausbleibt. Es scheint, als wäre das Ding für Paisley nur ein Stück Metall.

Heda wickelt den Ärmel ihrer Robe um ihre Hand, ähnlich einem Boxer, der sich für den Kampf bereitmacht, und streckt sie so geschützt zu Paisley aus, die den schwarzen Pfeil hineinlegt. Ich will zu Paisley laufen und sie vor ihnen schützen, fürchte jedoch, dass nur eine weitere Schlacht folgen würde.

Heda hält den Pfeil wie ein Kind einen Schmetterling – behutsam, doch voller Angst, er könnte davonfliegen. So kommt sie wieder zu der Liege, wickelt den Pfeil in den Samt ein und legt ihn in das Kästchen. Ich beiße die Zähne zusammen und bete, dass sie den Geruch von meiner verbrannten Gummisohle nicht bemerkt. Als sie den Deckel schließt und sich zurück zu den Wachen wendet, atme ich erleichtert auf, gebe vor, meine Converse neu schnüren zu wollen, und schmuggle das Stück von dem schwarzen Pfeil in meinen Ärmel.

Dabei versperrt das Bettgestell die Sicht auf mich, aber Paisley ist noch auf den Knien, auf Augenhöhe mit mir, und beobachtet alles. Als Heda ihr den Rücken zukehrt, lächelt sie mir zu und beginnt auf einmal loszuschreien.

»Was ist mit ihr? Hör sofort mit dem Krach auf!«, befiehlt Heda.

Die rote Wache packt Paisleys Arm und zieht sie nach oben. Paisley heult weiter dramatisch und verschafft mir so die nötige Ablenkung. Rasch wickle ich das Pfeilfragment in den breiten Gummibund unten an meiner Trainingshose und sichere es zwischen meiner Socke und meinem Schuh. Ich hoffe bei den Göttern, dass es sich nicht zu meinem Bein durchbrennt. Als ich fertig bin, geht Paisleys Schreien in ein leises Wimmern über.

Heda reicht der roten Wache das Kästchen und mustert Paisley von oben bis unten, ehe ihr Blick auf dem Blut an ihrem Hals verharrt. »Lass das untersuchen«, sagt sie.

Paisley greift sich an den Hals und nickt.

Mit einem zufriedenen Lächeln dreht Heda sich zu mir um. »Komm her.« Sie winkt mich zu sich.

Ich rühre mich nicht.

»Möchtest du nicht, dass ich unsere Vereinbarung einhalte und dich wieder mit deiner Familie vereine?«

»Was?« Zögerlich trete ich einen Schritt vor und stoße gegen die Liege. »Meine Familie ist hier?« Das letzte Mal hatte ich sie auf meiner Beerdigung gesehen. »Wer? Meine Ma, mein Dad? Kyle?«

Niemand antwortet, doch Bens Blick sagt alles, was ich wissen muss.

»Wo sind sie?«, frage ich und befürchte, sie in einem ähnlichen Raum und an ähnlich verstörende Maschinen angeschlossen zu finden.

»Die Gästezimmer sind den Flur hinunter. Ich kann dich hinbringen, wenn du willst«, sagt Heda, die sich inzwischen wieder voller Kraft bewegt.

Ich nicke und wage mich noch einen Schritt weiter. Diesmal komme ich hinter der Liege vor. Keine Wachen stürmen auf mich zu. Alle bleiben abwartend hinter Heda.

»Ich folge dir«, sage ich.

Sie grinst spöttisch, nickt und geht los. Eros verlässt hinter mir den Schutz der Liege. Wir gehen zögerlich, Seite an Seite. Als wir fast an der Tür sind, schaut Heda sich zu dem Jungen mit dem violetten Haar um. »Ich brauche Ersatz für das verlorene Ichor.«

Er gibt den Wachen ein Zeichen. »Ihr habt sie gehört.« Fünf von ihnen laufen auf uns zu, und ich wappne mich für einen Kampf. Doch dann packen sie Eros.

Zwar wehrt er sich, doch obwohl er größer ist als sie, überwältigen sie ihn mit Leichtigkeit. Die Tür steht offen, meine Familie ist gleich den Flur hinunter. Ich könnte jetzt loslaufen.

Eros schreit auf vor Schmerz.

Und ich reagiere instinktiv, greife nach einer der Wachen und versuche, sie von ihm wegzuzerren. Paisley hat Tränen in den Augen, als sie bei dem Kampf zu mir schaut. Die rote Wache hat das Kästchen in einer Hand und Paisleys Arm in der anderen. Ich zerre energischer an der Wache und bekomme einen Ellbogen gegen die Brust gerammt. Nach Luft japsend stolpere ich zurück, warte aber nicht, bis ich wieder bei Atem bin, bevor ich mich erneut auf sie stürze und sie fester packe. In dem Getümmel flüstert Heda Ben etwas zu, dreht sich um und geht. Die rote Wache zieht Paisley hinter sich her.

»Rachel«, sagt Ben zittrig, »du kannst bleiben und mit Hedas Wachen kämpfen oder mitkommen und deine Familie sehen.« Sein Tonfall kommt einem Flehen gleich.

Jede Faser meines Körpers will bleiben und Eros verteidigen, doch mein Herz ist bei meiner Familie. Eros' und mein Blick begegnen sich, und seine blauen Augen sind voll Kummer. »Geh«, bringt er mühsam heraus. Dann gibt er den Kampf auf und lässt sich die Ketten an die Arme und um die Taille legen. Die Haut um sein schwarzes Halsband herum ist röter als zuvor, und ich bin ihm dankbar, dass er mir die Entscheidung abgenommen hat.

»Ich komme dich holen«, sage ich.

Er nickt, als hätte er nichts anderes erwartet. Mich von ihm abzuwenden fällt mir ungeheuer schwer.

Ben wartet an der Tür auf mich. Jeder Schritt, den ich mich von Eros wegbewege, ist bleiern von Schuldgefühlen. Das Rasseln der Ketten, sein angestrengtes Atmen, die Gespräche der Wachen – ich möchte platzen. *Es tut mir leid*, denke ich.

Und ich schwöre, dass ich ihn sagen höre: *Ich weiß.*

# KAPITEL 6

Ben schließt die Tür, sodass ich in dem eisigen Flur gefangen bin. Während ich neben ihm hergehe, reibe ich mir die Arme und halte so viel Abstand wie möglich. Mein Denken und mein Körper sind sich dauernd uneins; mein Körper sehnt sich nach dem Trost seiner Berührung, nach seinem vertrauten Duft und seiner Wärme, während mein Verstand schreit, dass er auch meine Hand nehmen könnte, es aber nicht tut.

Als ahne er meine Verwirrung, nickt er über seine Schulter zu einer anderen grauen Wache wenige Meter den Flur hinunter. Ich richte meinen Blick stur nach vorne und gehe ganz vorsichtig, damit sich das Stück von dem schwarzen Pfeil, unten in meinem Hosenbein, nicht bewegt. Und anstatt Ben all die Dinge zu sagen, die ich ihm sagen will, präge ich mir meine Umgebung ein, damit ich zu Eros zurückfinden kann.

Der Korridor ist schmucklos und ohne jede Farbe, dafür mit Schmutzflecken überall. Der Estrichboden ist rissig, was ihm etwas von einer ehemaligen Fabrik verleiht. Ein schwacher Schwefelgeruch liegt in dem kalten Wind aus den großen Lüftungskästen. Wir gehen unter einem hängenden Schild vorbei, mit Worten in einer Sprache, die mir bekannt vorkommt, auch wenn ich nicht sagen kann, woher. Die Übersetzung ist von Hand darunter aufgemalt, *Lade- und Entladezone*, gefolgt von einem Pfeil in die Richtung, in die wir gehen. Wir kommen an vielen blauen Türen vorbei, die ich mitzähle. Ben geht langsamer, sieht hin und wieder zu mir, als wolle er etwas sagen – ich will ihm jedoch gerade nichts sagen. Ich darf nicht riskieren, dass er sieht, wie sehr ich Trost brauche – und würde ich ihn ansehen, könnte er meine Gefühle sofort erkennen.

Dennoch muss ich das Schweigen zwischen uns brechen und denke, dass ich vielleicht ein paar Informationen von ihm bekommen kann, ehe die andere Wache uns einholt. Ich blicke mich kurz zu ihr um und frage dann leise in Bens Richtung: »Was hat es mit dem schwarzen Armreif auf sich?«

Er schüttelt den Kopf und nickt nach hinten.

»Sie kann uns nicht hören. Sag schon.«

Nichts. Keine Antwort.

»Dann finde ich es eben selbst heraus.«

Ben versteift sich merklich, und im nächsten Augenblick hält er meine Schultern und drückt mich gegen die Wand. Seinen Körper trennen nur Zentimeter von meinem. Meine Brust hebt und senkt sich unter meinen Atemzügen, und Wärme erfüllt mich bis in die Fingerspitzen. So nahe waren wir uns seit unserem Kuss auf dem Friedhof nicht mehr.

Ich sehe erst seine Lippen an, dann zu seinen Augen. »Du fehlst mir«, flüstere ich.

Sein Blick ist kalt, doch er wandert zu meinem Mund und verharrt ein bisschen zu lange dort. Das und sein unregelmäßiges Atmen verraten mir, dass auch er mit unserer Nähe zu kämpfen hat.

»Ich weiß, dass du ein Stück von dem Pfeil hast«, sagt er warnend. »Ich habe es herunterfallen sehen.«

Natürlich hat er das. Ben sieht alles.

»Es ist gefährlich«, fährt er fort. »Berühre es nicht und lass Heda nicht wissen, dass du es hast. Hast du verstanden?«

Ich öffne den Mund und will antworten, als schwere Schritte hinter uns angelaufen kommen.

»Alles in Ordnung?«, fragt die Wache mit gezücktem Stromschwert.

Ich will nicht, dass Ben Schwierigkeiten bekommt oder Hedas Vertrauen verliert. Die Tatsache, dass sie ihn von einer Wache verfolgen lässt, legt nahe, dass sie ohnehin kein großes Vertrauen in ihn hat. Also tue ich das Einzige, was mir einfällt.

»Dieser Idiot lässt mich nicht in Ruhe.« Ich stoße Ben weg. »Ich habe ihm gesagt, dass ich es mir anders überlegt habe und kein Blut mehr spenden will. Es ist grausam von Heda, mir das zu nehmen.«

Bens Augen werden größer, als er begreift, was ich tue. »Eigentlich«, sagt er und geht auf Abstand, wobei er so sehr wie ein Soldat wirkt, dass ich ihn fast nicht wiedererkenne, »ist Blut abzunehmen nicht grausam, wenn das betreffende Blut Krankheiten heilen und anderen helfen kann. Grausam ist es, diese Hilfe zu verweigern.«

Er ist so ernst, dass ich mich frage, ob er wirklich denkt, Heda würde das Richtige tun.

»Macht sie das? Anderen helfen? Ihre Methode fühlt sich jedenfalls grausam an.« Ich halte ihm meinen Arm hin, stelle jedoch fest, dass die Blutergüsse an meinen Handgelenken beinahe fort sind. »W-was ist mit dem Ding an Eros' Hals?«, ergänze ich hastig. »Das verbrennt ihm die Haut.«

Die Wache sieht Ben an, als wäre ich nicht ganz dicht. »Wenn er kooperiert, bekommt er eine Salbe, mit der das Brennen verschwindet«, sagt sie.

Ich verdrehe die Augen. »Wie nett!«

»Ja, das ist nett«, bestätigt Ben. »Heda schuldet ihm nämlich gar nichts.«

Mit geballten Fäusten stemme ich mich von der Wand ab. Mir ist gleich, wie toll er das hier spielt, genug ist genug.

Die Wache tritt vor und richtet ihre Waffe auf mich. »Wollen wir sie zurück zu Heda bringen?«, fragt sie.

Ben fährt sich mit einer Hand durchs Haar, und eine verirrte Strähne bleibt in seiner Stirn hängen. »Nein«, antwortet er und wirft dem Mädchen ein charmantes Grinsen zu. Unwillkürlich erwidert sie es. »Ich habe das im Griff.« Er wendet sich wieder zu mir. »Und bleiben wir lieber bei der Abmachung, nicht?«, fragt er leiser. »Willst du immer noch deine Familie sehen?«

Ich nicke und muss dabei schwer schlucken. Ben spielt seine Rolle zu gut.

Die Wache bleibt bei uns und sieht immer wieder zu Ben, als wir weiter den Flur entlanggehen. Vor den nächsten Türen, die größer sind als die bisherigen und ordentlich verrostet, bleiben wir stehen. Ich habe zehn Türen seit dem Ichor-Raum gezählt. Die Zahl kann man sich gut merken.

Über der Türklinke ist wieder ein Schild, dessen Beschriftung unten drunter übersetzt ist: *Sicherheitsverwahrung.*

Beim Lesen läuft mir ein kalter Schauer über den Rücken.

Ben drückt den Knopf auf der Schalttafel neben der Tür.

»Sicherheitsausweis scannen«, ertönt eine blecherne Stimme aus dem Lautsprecher.

»Ich habe keinen«, antwortet Ben ins Mikro.

»Name und Sicherheitsnummer.«

»Benjamin Blake, Sicherheitszertifikat 278HUM-18.«

Eine kleinere Schalttafel in der großen Tür klickt auf. Wieder drückt Ben einen Knopf. »Container 112 bitte.«

»Wird erledigt.«

Ben sieht mich an. »Hör zu, Rachel …«

»Meine Familie ist da drin?«, frage ich verwirrt, weil Ben nach einem Container verlangt.

»Ja, aber …«

Ich dränge mich an ihm vorbei, ignoriere das Kreischen der großen Stahlangeln, und lande auf einem riesigen Balkon mit Blick auf ein Lagerhaus voller Schiffscontainer, die sich vom Boden bis zur Decke stapeln. Ein kleines Holzruderboot mitsamt Rettungswesten lehnt an der Brüstung, und auf dessen Seiten stehen Worte in derselben Sprache wie auf dem Schild vorhin. Der abgestandene Geruch von Meersalz und rostigem Eisen erfüllt die Luft.

Aber ich sehe niemanden.

Und ich bekomme Panik. »Wo ist meine Familie?«

Ben nimmt ein Tablet, das an der Wand angebracht ist, in die Hand und tippt das Display an. Er wischt lange darüber, bis er findet, wonach er sucht, und hält mir das Tablet dann hin: Live-Aufnahmen von Leuten in kleinen, kastenartigen Zellen. Sie haben jeweils ein Bett, Licht und einen mit einem Vorhang abgetrennten Bereich, von dem ich annehme, dass es sich um das Bad handelt. Zuerst verstehe ich nicht recht, warum er mir das zeigt, bis ich wieder auf das Meer aus Stahlcontainern sehe.

»Die sind alle …« Ich zeige zu den Containern, und mir ist, als würde jemand mein Herz in seiner Faust zerquetschen.

»Ja.« Er nickt.

Endlose Reihen von Schiffscontainern – voller Menschen.

Ich brauche so viel Luft, dass meine Atemorgane nicht mehr hinterherkommen. »Meine Familie …« Nicht mal die Frage kann ich aussprechen.

Als er zu der Übertragung von jemandem kommt, den ich kenne, hält er mir das Tablet wieder hin. Zuerst fällt mir das Sehen schwer, weil ich Tränen in den Augen habe. Deshalb erkenne ich die Person nicht richtig, bin mir aber dennoch sicher, dass es Paisleys Ma ist. Ben wischt über den Bildschirm und zeigt mir die Mutter Oberin und einige der anderen Nonnen aus St. Valentine's. Ich will, dass er aufhört zu wischen, was er nicht tut.

Erst, als er bei meinem Dad ist.

Dad liegt auf einer Matratze auf dem Boden und streicht mit den Fingern an der Wand entlang. Mein Herz rast vor Kummer und Freude zugleich. Ich kann es nicht erwarten, ihn richtig zu erleben, meinen wahren Dad, der mir mein Leben lang vorenthalten wurde. Eine weitere Männergestalt erscheint. Der Eindringling dreht sich zur Kamera und nutzt die Spiegelung, um sein Haar in Form zu streichen.

»Kyle«, hauche ich. »Ihn haben sie auch?«

»Sie haben jeden«, antwortet Ben. Da ist kein Anflug von Bedauern, aber seine Augen wirken, als wäre er den Tränen nahe.

»Geh zurück zu meinem Dad.«

Und er tut es.

Dad sieht überhaupt nicht wie der Weichling aus, als den ich ihn früher gekannt habe. Selbst jetzt, als Gefangener des Gremiums, sieht er eher wütend als verängstigt aus.

Und ich bin auch wütend. »Warum werden sie gefangen gehalten?«

Ben sieht aus, als wolle er mir alles erzählen, aber die Wache macht es unmöglich. Stattdessen zeigt er über meine Schulter, und ich drehe mich zu einem großen Krallenkran um, der einen der verwitterten Container anhebt. Er schwenkt ihn in unsere Richtung und lässt ihn auf dem freien Bereich vor uns auf dem Balkon runter, auf dem wir stehen. Die Nummer 112 hat ein in Gelb umrahmtes Fenster. Hinter dem Glas bewegt sich etwas, dann gehen die Lichter drinnen an, und ich kann dort eine vertraute Gestalt ausmachen.

# KAPITEL 7

Unsere Blicke begegnen sich, und ich laufe zu Mas Käfig.

»Rachel!« Ma legt ihre Hände an die Glasscheibe. Tränen schwimmen in ihren Augen.

Ich lege meine Hand auf der anderen Seite der Scheibe über ihre und beginne ebenfalls zu weinen. »Hi, Ma.«

Ihr langes Haar, das normalerweise zu einem Knoten aufgesteckt ist, hängt offen nach unten, und sie haben sie gezwungen, einen blauen Trainingsanzug wie meinen zu tragen. Sogar die gold-schwarze Perlenkette, ohne die ich sie noch nie gesehen habe, ist fort. Sie wirkt so fremd, gar nicht wie sie selbst, und vollkommen hilflos.

Ihre Lippen beben, formen sich aber dennoch zu einem breiten Lächeln. »Als sie mir gesagt haben, dass du lebst, wollte ich es nicht glauben. Aber ich musste das Risiko eingehen.«

Mich schockieren ihre Worte so sehr, dass ich zurückweiche. »Du bist meinetwegen hergekommen?« Ich zeige zu dem Container. »Das ist meine Schuld?«

»Ich bitte dich! Ich wäre in die Unterwelt und zurück gegangen für dich.«

»Sei vorsichtig mit deinen Wünschen«, murmelt Ben hinter mir.

Ich beachte ihn nicht und konzentriere mich auf Ma. »Sie haben Dad und Kyle?«

»Denen geht es gut«, sagt sie und streichelt die Glasscheibe, als wäre sie meine Hand. »Ich sehe sie jeden Tag, wenn wir in den Speisesaal gebracht werden.«

»Ist Nani auch da?«

Meine Mutter schüttelt den Kopf. »Sie habe ich hier noch nicht gesehen.«

Der Geruch von brennendem Stoff wird stärker als der nach Meerwasser und Schwefel in dem Containerlager. Ich blicke nach unten zu meiner Hose und sehe eine kleine Rauchwolke aufsteigen. Das Pfeilstück kann auf keinen Fall in meinem Knöchelbund bleiben, sonst brenne ich demnächst selbst. Die Wache neben Ben behält mich unablässig im Blick, daher ist es keine Option, dass ich mich runterbeuge und das Ding einfach rausnehme. Stattdessen benutze ich mein anderes Bein und gebe vor, mich am Fuß zu kratzen, um die Scherbe herauszubekommen. Ma sieht mich stirnrunzelnd an.

»Rachel? Geht es dir gut?«

»Ja, ich …« Das kleine Metallnings springt heraus und schlittert außer Reichweite. Die Wache scheint es nicht zu bemerken, Ben aber sehr wohl, denn er zieht fragend eine Augenbraue nach oben.

Alles in mir schreit, dass ich die Scherbe verstecken muss, weil sie mein eigenes Druckmittel gegen Heda sein könnte, aber sicherheitshalber sollte ich in diesem Moment lieber nichts unternehmen. »Hedone hat das Gremium übernommen. Sie hat jeden unter Drogen gesetzt oder bestochen, damit sie herkommen. Es war der absolute Irrsinn. Über Wochen waren die Quiver-Chatrooms voller Geschichten von einem blau-gelben Hubschrauber, der plötzlich auftauchte, und von Liebesgöttinnen und ihren Familien, die nach und nach verschwanden. Du darfst keinem trauen.«

»Das«, erklingt Hedas heisere Stimme hinter uns, »ist die wichtigste Lektion.«

Ma reißt die Augen weit auf, und ich drehe mich zu Heda um, die von ihrer Traube grauer Wachen und dem Jungen mit dem violetten Haar umgeben ist. Ganz hinten ist die rote Wache, die Paisley mit der Spitze ihres elektrischen Schwertes vor sich hertreibt. Diesmal trägt Heda selbst das schwarzgoldene Kästchen, daher mache ich mir Sorgen, warum sie Paisley überhaupt mitgebracht haben.

»Wie schön, euch wiedervereint zu sehen«, beginnt Heda. »Doch jetzt, da wir uns alle begrüßt haben, kommen wir zum Eigentlichen.«

Ma schlägt mit der Hand gegen das Glas. »Lass meine Tochter in Ruhe!«

»Ist das eine Art, deine Dankbarkeit zu zeigen? Schließlich habe ich dafür gesorgt, dass du aus dem Gefängnis freigekommen bist.«

»Sie sieht nicht sehr frei aus«, erwidere ich und bewege mich vorsichtig auf die Pfeilscherbe zu.

»Touché«, sagt Heda. »Dennoch ist Priya mir etwas schuldig.« Sie ist jetzt nicht mehr die gebrechliche Frau, die mein Blut gebraucht hat, um aufrecht stehen zu können, und das macht mich panisch.

»Ich schulde dir gar nichts!«, entgegnet meine Mutter.

Da ist noch mehr zwischen ihnen, was in der Art deutlich wird, wie Heda den Namen meiner Mutter ausspricht. Und ich habe noch nie erlebt, dass meine Ma so die Beherrschung verliert.

»Warum hältst du sie fest?«, frage ich, um Hedas Blick von meiner Mutter abzulenken.

»Meine Liebe, sie alle hier sind ein Kollateralschaden.«

»Warum?«, fauche ich praktisch. »Was willst du von uns?«

»Du weißt, was ich will.«

»Das Ichor«, flüstere ich und sehe dabei zu Ma.

Sie ist entsetzt. »Dann stimmt es, was sie über dich sagen? Hat Eros …« Sie verstummt, denn mein Gesichtsausdruck dürfte ihr alles sagen. »Oh, Liebes.« Ma weiß, wie sehr ich die Liebesgöttinnen und die Macht des Pfeils verabscheue. Nun, da ich unsterblich bin – wie mein Blut bewiesen hat –, besitze ich noch eine ganz andere teuflische Kraft. Ma legt beide Hände an das Glas. Sie muss nichts sagen, denn mir ist klar, was sie denkt.

Ich wende mich wieder zurück zu Heda, wütend, weil meine Familie abermals hinter Gittern ist. Ganz sicher bin ich nicht, was sie von mir braucht. Ginge es um das Ichor, wäre das von Eros viel stärker. »Was willst du von uns?« Ich zeige auf das Meer, bestehend aus Containern voller Liebesgöttinnen, und nutze die Bewegung, um seitlich zu der Pfeilscherbe zu gehen und sie dann schnell mit meinem Fuß zu bedecken.

Grinsend streichelt Heda den Deckel des Kästchens und malt die Ränder und die goldenen Intarsien nach, als würden ihre Finger einem heiligen Pfad folgen. Dann öffnet sie den Deckel langsam und nimmt mit bloßer Hand den mattschwarzen Armreif heraus. Das Metall absorbiert das wenige Licht, das auf den Reif fällt, und der ganze Raum wirkt auf einmal dunkler. Heda schreit nicht vor Schmerz, als sie den Reif über ihre nackte Haut streift, verzieht jedoch das Gesicht. Trotzdem schiebt sie ihre Hand durch den Reif, bis er ihr Handgelenk erreicht. Dabei ist sie sehr vorsichtig, und das erinnert mich daran, wie ich als Kind versucht hatte, den Schmuck anzuprobieren, den Ma mir anzufassen eigentlich verboten hatte. Die Pfeilspitze zeigt über ihren Mittelfinger, und Heda hält die Hand nach oben, bewegt sie im Licht. Die Wachen unmittelbar um sie weichen zurück.

Heda tritt vor, die Hand wie ein Schwert erhoben. »Nach allem, was du mir genommen hast, wird dies« – sie dreht den Armreif – »sicherstellen, dass ich bekomme, was ich will.«

Ich habe ihr nichts genommen, es sei denn sie meint, dass Ben und ich Schluss mit der Macht der Liebesgöttinnen gemacht haben.

Meine Verwirrung bringt Heda zum Lächeln. Sie schaut sich um, die Hand mit dem Pfeil weiter erhoben. »Le-Li, kommst du bitte her?«

Der Junge mit den violetten Haaren huscht herbei. Er starrt den Pfeil an und flüstert: »Du solltest ihn nicht zu lange anbehalten.«

»Erzähl mir nicht, was ich zu tun habe.« Mit jeder Silbe wird ihr Ton härter. Sie sieht wieder zu mir und ringt sich ein Lächeln ab. »Du kennst Le-Li, meinen besonderen Jungen?«

»Leider ja«, antworte ich und verschränke die Arme vor der Brust, weil ich glaube, jeden Nadelstich in meine Arme aufs Neue zu fühlen.

Sie beachtet mich nicht mehr, sondern rückt den Pfeil an ihrem Handgelenk zurecht. »Seine Mutter ist eine weltberühmte Biologin, doch weil sein Vater ein Gott ist, hat das Gremium ihn gejagt und versucht zu ermorden. Zum Glück habe ich mich eingeschaltet. Wir dürfen solch einen wertvollen Besitz nicht vergeuden.«

Ich sehe zu Le-Li und suche nach dem Göttlichen in ihm. Er senkt den Kopf und lächelt wie jemand, der zu lange für ein Foto posiert hat und dessen Mund zu einem seltsam erzwungenen Grinsen gefroren ist.

»Tatsächlich ist sein Vater mein Lieblingsgott«, fährt Heda fort. »Der Einzige, der Äther aus Sternen gewinnen und zu Waffen schmieden kann.« Sie wendet sich zu Le-Li. »Das stimmt doch, oder?«

Er nickt.

»Zeig es ihr«, sagt sie und legt die Hand ohne den Reif auf seine Schulter. Er zuckt zusammen und zieht seinen Kittel auseinander, um eine ungewöhnliche Ansammlung von Metallapparaturen zu enthüllen. Ich bin beinahe sicher, dass da ein Kassettendeck an genau der Stelle eingebaut ist, wo sein Herz sein sollte, und dass sein Bein aus zwei Baseballschlägern aus Stahl besteht. Jetzt verstehe ich, warum er humpelt. »Darf ich vorstellen? Der Sohn des Hephaistos, Gott der Schmiede, bekannt für halb menschliche, halb mechanische Automaten.«

»Automaten?«, wiederhole ich und kann nicht glauben, dass ich einen Jungen sehe, der zur Hälfte aus Metallteilen besteht.

Heda schmunzelt. »Bemerkenswert, nicht wahr?«

Le-Li nimmt es als Stichwort und drückt einen Knopf an

seinem Kassettendeckherzen. Es erklingt etwas, das sich wie die Übertragung eines Sportturniers anhört. Und nicht irgendeines. Es handelt sich um ein Baseballspiel.

»Stell das ab«, sagt Heda. Er tut es und zieht sein Shirt wieder nach unten. »Le-Li ist der letzte lebende Automat. Was ein Jammer ist, weil solche Automaten praktische kleine Helfer sind. Sie tun alles, was man ihnen sagt.«

Tja, das erklärt einiges.

»Außerdem hat sein Vater ihn alles gelehrt, was er über Waffentechnik und Anatomie weiß. Heph ist erstaunlich. Er hat übrigens Eros' Pfeile gemacht.« Sie redet weiter, doch ich kann nicht aufhören, Le-Li anzustarren, dieses Halb-Junge-halb-Roboter-Ding.

Heda winkt, sodass ich wieder sie anschaue. »... Zeus' Blitz, jeder Gott, der etwas darstellt, hat eine von Hephs Waffen.« Ehrfürchtig betrachtet sie den schwarzen Pfeil. »Ich vermute, man könnte sagen, dass er auch diesen geschaffen hat, mit Hilfe von Le-Li, der ihn zu einem Armreif umgewandelt hat.«

Le-Li grinst sichtlich stolz.

»Die Fertigkeiten meines kleinen Automaten in Waffentechnik und Biologie sind bemerkenswert. Er hat die Schmiede seines Vaters genutzt, um einen besseren Behälter für Zeus' Blitz herzustellen.« Sie gibt der roten Wache ein Zeichen, worauf diese ihre Waffe aktiviert, sodass sie elektrisch blau aufleuchtet. »Und von dem, was er mit DNS anstellen kann, will ich gar nicht erst anfangen. Mit Le-Lis Hilfe werde ich das Unmögliche wahrmachen. Ich werde dir den Sternenstaub nehmen.«

»Was?« Ich recke mein Kinn.

»Möchtest du wissen, was ich damit tun werde?«

Ich antworte nicht, und sie schwenkt einen Arm wie zum Beweis zu Mas Container. »Ich werde mit ihm Waffen herstellen.«

Meine Gedanken überschlagen sich, als ich zu begreifen versuche, warum ich nicht wie alle anderen in einem Container bin. Heda braucht das Ichor, um unsterblich zu bleiben, doch dafür hat sie Eros. Etwas an meinem Blut muss anders sein, dass sie es dringender will als Unsterblichkeit. Und sie kann daraus Waffen machen.

Plötzlich fällt mir Le-Lis eigenartige Bemerkung wieder ein, nachdem Heda mein Blut getrunken hatte. *»Du solltest erst den Pfeil absorbieren und sehen, wie du es verkraftest.«*

Der Pfeil. Meine Beine zittern und drohen einzuknicken.

Das kann es nicht sein. Ben und ich haben der Gabe ihre Wirkung genommen, Eros' Fluch gebrochen. Die Macht des Pfeils ist nicht mehr in unserem Blut. Aber was ist es dann? Ich möchte heulen, schreien. Falls es immer noch irgendwie in mir ist und Heda denkt, sie kann es mit meinem Blut entnehmen, kann es bedeuten, dass sie es in jedem zurückbringen will. Aber wie wäre das überhaupt möglich? Mein ganzer Körper bebt vor Wut. Und es wird schlimmer, wenn ich an Hedas glasigen Blick denke, als mein Blut in sie hineingeflossen ist.

»Finde jemand anderen für deinen nächsten Schuss!«, sage ich patzig. »Lieber sterbe ich, als dir zu helfen.«

»Gut, das macht die Sache leichter.« Heda hält einen Finger in die Höhe, worauf die rote Wache Paisley in die

Arme einer anderen stößt und vorspringt. Ich schaffe es, die Pfeilscherbe unbemerkt zu Mas Container zu kicken, bevor die Wache ihre Hand um meinen Arm schlingt. Meine Mutter streckt verzweifelt die Hände hinter dem Glas aus.

»Lass mich los!« Ich ramme dem Mädchen den Ellbogen vor die Brust, doch sie hält mich nur noch fester. Auf einmal bin ich wieder im Gefängnis in New York, wo sich die Finger des Officers in meinen Arm graben. Das stehe ich kein zweites Mal durch.

»Ich fürchte, das können wir nicht tun«, sagt Heda. »Kooperiere, und dir passiert nichts.«

Ich schubse die Wache, aber sie rührt sich nicht. Zwei Wachen in Grau nähern sich ihr mit gezückten Elektroschwertern von hinten. Eine versucht, mich zu packen, und ich weiche zur Seite aus, während ich ihr das Schwert aus der Hand schlage – leider nicht schnell genug, um eine Berührung zu vermeiden.

Und prompt werde ich nach hinten geschleudert.

Schmerz durchfährt mich mit demselben vertrauten Brennen wie die Liebesgöttinnen-Kraft. Er zerreißt mich innerlich, Molekül für Molekül. Schreiend krümme ich mich, umklammere meine Hand und versuche, Luft zu bekommen. Die rote Wache sticht mir ihre Waffe in die Seite, und die beiden anderen tun es ihr gleich. Stich für Stich zerfällt mein Inneres. Weiße Lichter schießen hinter meinen Lidern auf. Ich konzentriere mich auf den Schmerz, will, dass er verschwindet, *flehe ihn an*.

Als mich die Wachen erneut packen, wird der Schrei ohrenbetäubend. Und mir kommt die grausame Erkenntnis, dass dies jetzt mein Leben ist.

Dann sehe ich sie. Die Wachen. Auf dem Boden, wo sie sich schreiend die Bäuche halten. Das war nicht ich, die eben geschrien hat. Irgendetwas ist mit den Wachen passiert.

»Ergreift sie, jetzt!«, befiehlt Heda und schwenkt ihre Pfeilhand im weiten Bogen.

Ich stütze mich auf und sehe eine neue Truppe von Hedas Wachen auf mich zu stürmen. Ich bin umzingelt. Ihre Waffen sind gezückt, bannen mich in einem elektrischen Käfig. Jemand sticht mir in den Rücken. Ich falle nach vorn in ein weiteres Schwert. Blitzschlag auf Blitzschlag durchzuckt mich, als sie ihre Waffen in meinen Körper rammen.

Ich zucke unkontrollierbar. In der Ferne höre ich Ma meinen Namen schreien und Paisley, die Heda anfleht, mich zu verschonen. Ich fürchte, dieser Schmerz wird nicht aufhören.

»Stopp!«, ruft Ben.

Sie gehorchen ihm und weichen zurück. Ich sinke auf meine Knie und japse nach Luft.

»Stopp?«, fragt Heda ungerührt.

»Es gibt eine wirksamere Methode, von ihr zu bekommen, was du willst«, sagt er.

»Und die wäre?« Heda scheint amüsiert.

»Einer deiner Kollateralschäden.« Ben holt das Tablet hervor und tippt drauf. »Holt Container 300.«

»Eine interessante Wahl«, sagt Heda.

Sechs glühende Schwerter sind auf meinen Hals gerichtet, als ich nach Atem ringe und beobachte, wie der Kran einen anderen Container anhebt. Und ich befürchte, dass ich weiß, wer in diesem Container ist.

Heda packt das Kästchen mit einer Hand und die rote Wache mit der anderen. Ich habe nicht mal mitbekommen, wie die Wache wieder aufgestanden war. Sämtliche Farbe scheint aus Heda zu weichen; sogar ihr Haar wird rapide weiß. Ich kann nur vermuten, dass den schwarzen Pfeil zu tragen ihr irgendwie Kraft entzieht.

Der Kran setzt den Container neben dem meiner Mutter ab.

»Nein!«, schreit Ma.

Und nun sehe ich, wer drinnen ist. Die eine Person, die sich am meisten über das aufregen wird, was ich getan habe – die Person, die am dringendsten wollte, dass ich es genieße, eine Liebesgöttin zu sein.

»Nani«, hauche ich.

Sie steht an ihrem Fenster und beäugt verwirrt die Szene draußen. »Rachel? Was hat das hier zu bedeuten?«

Bevor ich antworten kann, beugt Ben sich zu mir. »Wirst du jetzt kooperieren?«, fragt er mit einem beinahe flehenden Blick.

Obwohl ich nach wie vor glaube, dass er schauspielert, kann ich nichts gegen die Wut tun, die in mir aufsteigt. Gerade er sollte wissen, wie sehr der Verlust von Angehörigen schmerzt. Sie als Alternative anzubieten, ist nicht okay, selbst wenn es die einzige Möglichkeit ist, mich zu schützen. »Das wagst du nicht!« Ich will mich auf ihn stürzen, erstarre jedoch, als ich einem der Schwerter wieder nahekomme.

Hinter mir wird langsam geklatscht. »Anscheinend brauche

ich das hier nicht.« Heda nimmt den Armreif ab und öffnet das Kästchen, das nun die rote Wache hält. Sie legt den Reif so zärtlich hinein wie eine Mutter, die ein schlafendes Baby ablegt, und dreht sich dann wieder zu uns um.

»Wie es aussieht, habe ich dich unterschätzt, Benjamin Blake.«

# KAPITEL 8

Die Wachen treten zurück, als ich mich mühsam in dem wenigen Raum aufrichte, den sie mir lassen. Paisley entwindet sich der Wache, die sie hält, und kommt zu mir gelaufen, drängt sich durch die Waffen und legt einen Arm um mich.

Heda wirft der Wache, die Paisley losgelassen hatte, einen wütenden Bick zu und behält eine Hand auf dem Kästchen, als müsse sie es eventuell wieder öffnen. »Wie lautet deine Antwort, Rachel? Wirst du kooperieren, oder soll deine Familie bezahlen?« Das war von Anfang an ihr Plan. Sie hat mir meine Familie bloß gezeigt, damit ich weiß, was auf dem Spiel steht, sollte ich ihr nicht helfen.

Ich habe Mühe, meinen Kopf zu heben. Ma und Nani drücken ihre Gesichter voller Sorge an das Glas, die Augen geschwollen von Tränen. Sie sind alles, was ich noch habe. »Meine Familie«, bringe ich angestrengt heraus. »Lass sie gehen.«

»Rachel, nein!«, brüllt Ma.

»Keine Diskussion«, sagt Heda, und ihrem Ton nach meint sie es ernst.

»Lass sie in Frieden und alle zusammenbleiben. Wenn du mir das versprechen kannst, tue ich es. Dann kooperiere ich.«

Heda schüttelt den Kopf. »Du scheinst nicht zu wissen, was *Nein* bedeutet.«

Ich hole tief Luft. »Du brauchst mich, und das sind meine Bedingungen.«

»Ist das alles?« Ihre Worte triefen vor Sarkasmus.

Ich sehe zu den Containern. »Keiner wird verletzt. Keiner von ihnen.«

»Du überschätzt dich. Siehst du nicht die Wachen um dich herum?«

Paisley hält mich fester.

»Nein«, sage ich und hebe mein Kinn. »Du unterschätzt mich.«

Heda gefällt sichtlich nicht, vor ihren Wachen herausgefordert zu werden. »Und wie das?«

Sie will, was in meinem Blut ist, aber es gibt noch etwas, das ihr teuer ist. Und das habe ich.

Den schwarzen Pfeil.

Ich verstehe immer noch nicht ganz, was er bewirkt. Heda sagt, er verschafft ihr, was sie will, und manchen Leuten tut es weh, ihn zu berühren; anderen hingegen, wie Paisley, geschieht bei einer Berührung nichts. Ich sehe zu Ben und höre im Geiste seine Warnung, *»Sag Heda nicht, dass du ihn hast.«* Doch mir bleibt keine andere Wahl. Sie bedroht meine Familie. Ich versuche, mich so gerade wie möglich aufzurichten, dabei ist es Paisley, die mich auf den Beinen hält. »Ich habe ein Stück deines Armreifs.«

»Was?« Heda reißt das Kästchen auf. Als sie sieht, dass eine Feder fehlt, knurrt sie wütend. »Durchsucht sie!«

Die Wachen nähern sich.

»Sie werden das Stück nicht finden«, sage ich hastig. »Ich habe es nicht bei mir.«

Ben wirft mir einen besorgten Blick zu.

Zögerlich macht Heda einen Schritt in meine Richtung. »Du bist bereit für eine weitere Ichor-Spende, nicht wahr?« Sie senkt die Stimme. »Deine Familie hängt davon ab.«

»Heißt das, wir haben einen Deal? Wird meine Familie in Sicherheit sein, genauso wie alle Liebesgöttinnen?«

»Solange du mit mir zusammenarbeitest, ja.«

Mir ist bewusst, dass sie niemanden gehen lassen wird. Das hat sie hinreichend klargemacht, als sie die rote Wache auf mich gehetzt hat. Aber ich kann zumindest meine Familie schützen, bis mir ein besserer Plan einfällt oder Ben einen Weg für uns hier raus findet. Hoffentlich geschieht das, ehe Le-Li es schafft, das zu bekommen, was Heda aus meinem Blut braucht. Ich sehe erst zu Le-Li, dann zu Ben – der die Rolle als ihre Wache perfekt spielt. Der Junge, der geschworen hat, mich zu lieben. »Ja«, sage ich. »Ich bin bereit.« Ben blinzelt nicht einmal.

»Gut.« Sie wendet sich an Le-Li. »Bring sie zurück zum Ichor-Raum und sieh nach meinem Vater, wenn du da bist. Und, Ben« – sie schaut mich an – »lass den Rest ihrer Familie herbringen. Wenn sie zusammen sein sollen, können sie es ebenso gut hier.«

Ben spricht ein Kommando ins Tablet. Der Kran löst seine Greifer von Nanis Container und schwenkt weg, um einen anderen zu holen.

»Geht jetzt«, befiehlt Heda.

Le-Li winkt uns vorwärts, aber ich verschränke meine Arme. »Erst will ich sie sehen.«

Heda seufzt. »Die Verhandlungen sind vorbei. Ich stehe zu meinem Wort, und ich vertraue darauf, dass dasselbe für dich gilt.«

Es ist nicht zu übersehen, dass sie mit ihrer Geduld am Ende ist. Das Letzte, was ich jetzt brauche, ist noch ein Kampf. Ich glaube Heda nicht, dass sie meiner Familie nichts tun würde, um mir eins auszuwischen. Deshalb nicke ich und gehe auf Le-Li zu. Dabei knicken meine Beine ein. Paisley fängt mich schnell auf. Ich lehne mich an sie, denn mein Körper ist noch extrem geschwächt von den elektrischen Prügeln, die er eingesteckt hat.

»Hilf ihr zu dem Raum, Paisley.« Das kommt nicht von Heda – Ben sagt es. Zwar ist da keine Spur von Sorge, dennoch nehme ich es als Freundlichkeit wahr.

Die rote Wache will Paisley folgen, wird aber von Heda zurückgehalten. »Ich brauche dich hier für die Suche nach dem fehlenden Teil.« Sie tippt auf das schwarze Kästchen und nickt Ben zu. »Du gehst mit und achtest darauf, dass sie Le-Li keine Schwierigkeiten machen.«

Ich bleibe stehen. Was könnte die Suche nach der Scherbe für meine Familie bedeuten?

Paisley schiebt mich weiter. »Du kannst nichts tun als beten, dass sie nichts findet«, sagt sie.

Paisley und ich humpeln zum Korridor, als der Kran einen neuen Container absetzt. Ich will nachsehen, wer es ist, doch Le-Li schließt die Tür hinter Ben, was ich mit einem erbosten Blick quittiere. Dann lege ich den Arm fester um Paisley, bevor wir weitergehen.

Der Korridor kommt mir kälter vor als auf dem Hinweg.

Ich dränge mich dicht an Paisley, um mich an ihr zu wärmen, und zähle die zehn Türen mit, die wir passieren, um nicht an meine Familie zu denken. Gerade muss ich darauf vertrauen, dass Heda Wort hält und der Kran Kyle und meinen Dad geholt hat.

Vor dem Ichor-Raum bleiben wir stehen, und ich löse mich von Paisley, um allein zu stehen. Irgendwie fühle ich mich jetzt stärker. Le-Li entriegelt die Tür, und Ben hält sie uns auf. Als ich Eros sehe, der wieder angekettet ist, möchte ich kehrtmachen und weglaufen. Wenigstens haben sie ihm diesmal den Hocker zum Sitzen gegeben. Trotzdem sieht er erschöpft aus und hat Mühe, den Kopf zu heben. Er schaut unter seinen schlaffen Locken zu uns auf, die Augen stumpf vor Schmerz, und ringt sich ein kleines Lächeln ab.

Paisley legt sanft eine Hand auf meinen Rücken, was mich mehr tröstet, als sie auch nur ahnen kann. Mit ihr hier fühle ich mich weniger allein. Sicher, Ben ist auch da, aber eigentlich nicht bei mir, nicht so wie Paisley. Es ist schön, sie in der Nähe zu haben. Ich wäre schon viel länger eine Gefangene des Gremiums gewesen, hätte es nicht all die Quiver-Unterhaltungen mit Paisley gegeben, in denen sie mir Informationen zukommen ließ, um eine Gefangennahme zu vermeiden und mir zu helfen, meine Mutter zurückzubekommen. Wenigstens weiß ich, dass hier jemand ist, dem ich vertrauen kann.

»Keine Schwierigkeiten machen, klar?«, sagt Le-Li, legt eine Hand auf meine Schulter und dirigiert mich zu der Liege beim Nebenraum.

Nach wie vor will ich kämpfen, und mein Herz schlägt weiterhin schneller als normal. Ich reiße mich von Le-Li los, gehe zu der Liege neben Eros, lege mich darauf und kremple den Ärmel des fiesen blauen Trainingsanzugs hoch. Dann strecke ich ihm meinen Arm hin.

»Wo willst du den Zugang?«, frage ich.

Ben lehnt in der Tür und beobachtet alles neugierig und verwundert, als wäre er nicht sicher, ob ich wirklich nachgebe.

Le-Li rollt die Apparatur aus meinem alten Raum herbei. Diesmal legt er mir nur einen Zugang. Danach betätigt er einen Schalter, und das mechanische Gurgeln beginnt. Seine Bewegungen sehen steif aus, und ich frage mich, ob sie immer so waren oder es mir jetzt bloß auffällt, weil ich weiß, was er ist. Ich habe so viele Fragen an ihn, angefangen mit der, was genau ein Automat ist. Ist er schon halb aus Metall geboren oder erst so gemacht worden?

Er humpelt zurück zu Eros, und ich betrachtete die blauen Bläschen. Wie geht es meiner Familie? Ich hoffe, dass sie wieder alle zusammen sind, auch wenn es nur in ihrem Schiffscontainer-Gefängnis ist.

Paisley beugt sich über die Liege und streicht mir eine Locke hinters Ohr, worauf eine andere hervorspringt. Mir fehlen die kleinen Blumen, die sie im Garten von St. Valentine's oft gepflückt und mir ins Haar gesteckt hat. »Hey«, sagt sie mit einem matten Lächeln.

»Hi«, antworte ich.

»Also.« Für einen kurzen Moment wird sie ernst. »Was war mit den Wachen los?«, fragt sie flüsternd. »Kaum hatten sie dich angegriffen, gingen sie auf einmal alle zu Boden.«

»Ich habe keinen Schimmer.« Ein Schauer durchfährt mich,

als ich an die Stromschläge denke, die mir in den Leib gerammt wurden.

»Das war schräg.« Sie schnippt gegen den Schlauch in meinem Arm. »Und es ist zum Kotzen, dass das alles hier überhaupt passiert.«

»Ja, ich bin auch kein Fan von dieser Sache.« Ich blicke zu Ben. Er sieht uns an, und seine Mundwinkel zucken, als wolle er etwas sagen.

Paisley scheint angestrengt zu überlegen, wie sie mich aufmuntern kann. »Das vorhin mit dem Pfeil-Armreif war ziemlich beeindruckend«, sagt sie und schaut zu der Stelle, an der Heda sie auf den Boden zwang, um ihn wieder aufzuheben. »Wir sind ein gutes Team.«

»Sind wir«, bestätige ich. »Hätten wir uns in der Schule Freundinnen aussuchen dürfen, wären wir da sicher schon damals beste Freundinnen geworden.«

Sie lächelt mich an. »Wir können uns das jetzt aber aussuchen. Und weißt du was? Wir sind mehr als Freundinnen oder ein gutes Team. Wir sind Komplizinnen.«

»Ach ja?«

»Ich sorge für Ablenkung, und du überwältigst Heda. Eine Win-win-Situation.«

Ich lache.

»Also, was willst du damit machen?«, fragt sie.

Unweigerlich blicke ich zur Tür und denke an Bens Warnung. »Auf jeden Fall es nicht anfassen.«

Paisley lacht, während sie Le-Li zusieht, der einen vollen Behälter von Eros' Blut gegen einen leeren austauscht.

Ich stütze mich auf die Ellbogen auf, neige mich zu Paisley

und sage leise: »Wozu braucht Heda so viel von unserem Blut?«

Nervös sieht Paisley zwischen Le-Li und mir hin und her.

»Ist das alles für sie?«, hake ich nach. »Um sie jung zu halten oder so?«

»Nein, ein bisschen mehr als das.«

»Paisley«, ruft Le-Li streng. »Ich brauche dich, sofort!«

Achselzuckend hüpft Paisley von meiner Liege und geht zu ihm. Ich zupfe einen losen Faden aus meinem blauen Oberteil und denke über ihre seltsame Bemerkung nach. Als sie wenige Minuten später wiederkommt, hat sie zwei kleine Glasampullen und eine Spritze bei sich.

»Ich hasse es, aber ich soll dir die hier geben«, sagt sie und legt die Ampullen neben mich auf die Liege. Dann sticht sie die Spritzennadel in eine von ihnen und zieht die Flüssigkeit auf, klopft die Luft raus und dreht sich zu mir. Dabei wirkt sie geübt, als hätte sie das hier schon sehr oft gemacht.

»Ich bin zuckerkrank«, erklärt sie, als sie meinen Blick bemerkt. »Also gebe ich mir selbst oft Spritzen. Na ja, tat ich früher, ehe sie die Tests ...«

»Paisley!«, ruft Le-Li herüber.

*Tests?*

Sie sieht kurz zu ihm, dann wieder zu mir. »Das hier wird sich kühl anfühlen.«

»Was ist das?«, frage ich.

»Das sind Vitamine und etwas, das dir hilft zu schlafen.«

»Das Schlafmittel können wir weglassen. Ich habe in letzter Zeit genug geschlafen.« Ich will nicht mal daran denken, was sie mit mir anstellen, während ich schlafe. Schließlich hatte mich jemand beim letzten Mal sogar entkleidet und mir diesen blauen Trainingsanzug angezogen.

»Die sind miteinander vermischt«, antwortet sie bedauernd.

»Ich habe ihnen gesagt, dass ich mitmache. Sie müssen mich also nicht in Schlaf versetzen, und ich brauche keine Vitamine.«

»Doch, brauchst du«, widerspricht Le-Li.

»Mir geht es gut.«

Le-Li richtet jetzt seine volle Aufmerksamkeit auf uns. »Du warst in einen Kampf verwickelt, und darum hat Adrenalin deinen Kreislauf geflutet. Das macht es schwieriger, damit zu arbeiten. Es sabotiert all meine Experimente. Ein Totalausfall.«

»Experimente?«, wiederhole ich.

»Mit Blut lässt sich leichter arbeiten, wenn es im Schlaf abgenommen wird«, fährt er fort. »Dann enthält es nämlich weniger Stresshormone. Und du hast nicht gegessen oder dich richtig ausgeruht. Die Vitamine helfen, das auszugleichen.«

Er nickt Paisley zu, und ehe ich fragen kann, welche *Arbeit* er mit meinem Blut durchführt, sticht sie die Spritze schon in meinen Zugang und injiziert den Inhalt.

Es fühlt sich wirklich kalt an. Durch und durch kalt.

Sie füllt die Spritze erneut auf. Als die letzten Tropfen der Flüssigkeit in mein Blut gelangen, habe ich das Gefühl, von einem schweren Gewicht nach unten gedrückt zu werden. Ich will mich aufsetzen, kann es aber nicht. Alles, wozu ich imstande bin, ist, den Kopf zu drehen. Meine Augen fangen Bens frostigen Blick auf. Ich stelle mir vor, wie er früher war, voller Fürsorge und endloser Fragen, und das hilft mir, ein wenig ruhiger zu werden.

Plötzlich tritt Ben vom Türrahmen weg und steht stramm. Seine Miene macht mich panisch. Und dann sehe ich sie: Heda und ihre Entourage von Wachen, die hereingerauscht kommen. Ihre Robe bläht sich in der Luft auf, was die Illusion erzeugt, sie würde schweben.

Paisley beugt sich rasch über mich und flüstert: »Stell dich schlafend.«

Verwirrt runzle ich die Stirn.

»Jetzt«, fügt Paisley hinzu, ergreift meine Hand und dreht sich zu ihnen um.

Ich bin nicht sicher, was geschieht, doch ich vertraue Paisley. Das Letzte, was ich sehe, bevor ich die Augen schließe, ist Ben, der sich nach unten beugt und Heda etwas zuflüstert.

»Hat sie ihre Medikamente bekommen?«, fragt Heda.

»Ja.« Paisley hält meine Hand weiterhin fest.

»Wie lange ist das her?«

»Sie geht in diesem Moment in die REM-Phase über.« Paisley drückt meine Hand kurz, was wohl heißen soll, dass ich Tiefschlaf mimen soll. Ich atme betont ruhig und langsam, hebe und senke meine Brust, und schnell übermannt mich der Wunsch, wirklich einzuschlafen. Aber ich versuche, ihm nicht nachzugeben.

»Gut«, sagt Heda. »Le-Li, wir haben es nicht gefunden, und jetzt bin ich aufgewühlt. Ich hätte gern eine kleine Kostprobe. Kannst du das arrangieren?«

Mein Herz rast. Hoffentlich meint sie, dass sie das Stück von dem Pfeil nicht gefunden hat, das ich unter den Container meiner Mutter gekickt hatte.

»Das kann ich«, antwortet er. »Aber …«

»Aber?«, fragt sie schneidend.

»Gleich«, sagt Le-Li monoton.

Seine Schritte schleifen über den Boden, dann geht die Klappe an der Maschine auf und wieder zu. »Paisley, Schätzchen, bist du bereit für deine nächsten Tests?« Heda schluckt, schmatzt dabei sogar und stößt dann ein zufriedenes Brummen aus.

Paisleys Hand an meiner zittert. »Ja«, sagt sie leise.

»Sehr gut. Le-Li wird den Operationssaal für dich vorbereiten. Geh mit ihm.«

Wieder läuft ein kalter Schauer durch meinen Körper. Was sie auch mit Paisley anstellen mögen, es kann nicht gut sein.

»Ja«, sagt sie mit bebender Stimme.

»Jetzt«, befiehlt Heda genervt.

Noch einmal drückt Paisley meine Hand und lässt sie dann los. Ich möchte einfach nur aufspringen und sie zurückhalten. Stattdessen folge ich ihrer Bitte und stelle mich weiter schlafend, während ich ihren mutlosen Schritten lausche, die sich zur Tür bewegen, gefolgt von Le-Lis humpelnden.

# KAPITEL 9

Mir schwirrt der Kopf, und es fällt mir zunehmend schwerer, nicht einzuschlafen.

»Lasst uns allein«, befiehlt Heda.

Es sind eine Reihe von Schritten zu hören, dann klickt die Tür zu. Bis auf das keuchende Atmen von Eros ist zunächst nichts zu hören. Dann rasseln seine Ketten, und er schreit auf vor Schmerz.

»Vater«, sagt Heda seufzend, »erzählst du es mir jetzt?«

Ich beiße mir innen auf die Lippe, um wach zu bleiben, und ignoriere den metallischen Geschmack, denn ich muss hören, was sie sagen.

»Du … weißt … ich … kann nicht.« Das leise Zischen von verbrennender Haut knistert durch den Raum, und Eros pfeift durch die zusammengebissenen Zähne. Es muss von seinem Halsband kommen. Doch es ist nicht sein Hals, der ihn am meisten schmerzt. Purer Kummer ist in jedem seiner Worte zu hören. Was sie auch gegeneinander aufgebracht haben mag, die Tochter gegen den Vater, es muss ihm das Herz brechen.

Ich denke an meinen eigenen Vater, den Mann, den ich immer kennenlernen wollte, aber nicht durfte, weil er von der

Macht der Liebesgöttin kontrolliert wurde und nicht mal mitbekommen hatte, dass ich existiere. Und jetzt, als er mich kennenlernen will, trennen uns andere. Es ist grausam und irgendwie ironisch.

Heda scheint genau hinter mir zu stehen. »Die ganze Zeit hattest du, was ich gebraucht habe. Ich hätte zu Mutter zurückkehren können, aber du hast es diesem Mädchen gegeben.« Das Wort *Mädchen* klingt wie ein Fluch. Ich weiß, dass sie über mich und die Ambrosia redet. *Die Unsterblichkeit.* Womit die Frage bleibt: *Warum* hat er sie mir gegeben und nicht seiner Tochter?

»Seit ... wann ... liegt dir ... an deiner Mutter?«, keucht Eros.

»Du weißt gar nichts«, entgegnet Heda.

»Ich weiß ... dass du ... ihr das Herz ... gebrochen hast.«

»Ich ihr das Herz gebrochen? Was soll ich denn tun? Ich kann nicht einfach losziehen und bei ihr sein. Verrate es mir, Vater, bitte, denn ich bin ganz Ohr. Das letzte Mal, dass ich nachgesehen habe, durfte ich nicht in den Olymp. Keiner von den Halbgöttern darf es. Jedenfalls keiner von denen, die noch übrig sind.« Hedas Stimme bebt. »Hera hat das Gremium gegründet, um uns zu jagen und zu töten, und du hast nichts getan, um sie aufzuhalten.«

»Ich habe deine Mutter ... die Liebe meines Lebens ... für dich verlassen.« Da ist ein Unterton von Trauer, als würde es ihn bis heute schmerzen. »Um den ... Liebesgöttinnen-Fluch ... zu brechen ...«

»Fluch? Dieser *Fluch* war das Einzige, was mich am Leben gehalten hat.«

»Dir ist … Macht wichtiger als … die Familie. Ich habe es versucht …«

»Du? Soll das ein Witz sein?« Hedas Robe raschelt über den Boden, als sie auf und ab geht. Ich beiße mir fester auf die Lippe. Mehr Blut füllt meinen Mund und rinnt meine Kehle hinunter. Aber ich kämpfe gegen den Schmerz, denn ich muss wach bleiben.

»Du hättest mir die Ambrosia geben können, um mich so zu einer wahren Unsterblichen zu machen. Dann hätte ich auf den Olymp zurückkehren und bei dir und Mum sein können.«

Mir wird schmerzlich klar, dass ich nun unsterblich sein werde und was das bedeutet. Ich werde mitansehen, wie geliebte Menschen alt werden und sterben, während ich erneut eine Sklavin der Kräfte in mir bin. Das ist alles zu viel für mich. Eine Träne tritt zwischen meinen Wimpern hervor und auf meine Wange. Ich hebe eine Hand, um sie wegzuwischen, da fühle ich, wie bei meinen Bewegungen die Liege vibriert. Schnell lasse ich meinen Arm sinken und erstarre.

Heda verstummt. Es ertönt ein Rascheln, als sie sich auf dem Estrichboden umdreht. »Schau nach ihr!«, befiehlt sie.

Jemand kommt zu mir geeilt, ergreift mein Handgelenk, um meinen Puls zu fühlen, und neigt ein Ohr zu meinem Mund. Ich weiß, dass es Ben ist, ehe er etwas sagt. Sein vertrauter Geruch nach Papier und Meer füllt meinen Kopf aus.

»Sie schläft noch«, sagt er. »Aber anscheinend ist es kein richtig tiefer Schlaf.«

Mich wundert, dass er hier ist, denn ich hatte ihn nicht

hereinkommen gehört. Ich dachte, dass ich mit Eros und Heda allein wäre.

»Gib ihr noch eine Dosis«, befiehlt Heda.

Bens Hand verharrt auf meinem Arm, eine verbotene Berührung, und mit dem Daumen malt er Kreise auf meine Haut. Das macht es umso schwieriger, mich auf Heda und Eros zu konzentrieren.

»Deine Mutter …«, fährt Eros fort, »sie war … so verzweifelt, als du weg bist … Sie drohte, sich selbst aus … aus dem Olymp zu stürzen.«

»Vater«, seufzt Heda. »Mutters Unsterblichkeit ist an den Olymp gebunden. Sie kann nicht weg, sonst würde sie sterben.«

Eros antwortet nicht, und nach ein paar Momenten beginnt Heda, ungeduldig mit der Fußspitze auf den Boden zu tippen. »Warum sollte sie das aufgeben?«, fragt sie und klingt gelangweilt von der Unterhaltung.

»Deinetwegen … sie ertrug ein Leben ohne ihre Tochter nicht.«

»Und du, Vater, konntest du ein Leben ohne mich auch nicht ertragen? Hast du deshalb die Liebe deines Lebens in ihrem Unglück verlassen?«

Wieder schießt mir kalte Flüssigkeit in die Ader, und ich begreife, dass Ben mir gerade mehr Schlafmittel gibt. Schon jetzt habe ich Mühe wachzubleiben – diese neue Dosis wird es unmöglich machen.

»Tut mir leid, Rachel«, flüstert Ben mir zu. Sein warmer Atem streicht über mein Ohr. »Wenn du Frieden willst, mach dich auf einen Krieg gefasst.«

Ich widerstehe dem Drang, die Stirn zu runzeln und ihn zu

fragen, was er meint, doch seine Schritte entfernen sich sowieso schon von mir, und ich höre Eros' Stimme.

»Ich musste meinen Fehler korrigieren«, ächzt er unter Schmerzen. »Den Liebesgöttinnen ein Ende machen … Zeus hat versprochen … wenn ich jemanden finde, der sein Herz einer Liebesgöttin schenkt … beendet er den Fluch und vereint unsere Familie …«

»Zeus? Ha! Es ist seine Schuld, dass dies alles überhaupt geschieht. Er hatte eine Affäre nach der anderen, hat seine Halbblutsprösslinge überall verteilt!«

Wie angewidert *Halbblut* aus ihrem Mund klingt.

»Natürlich schämt Hera sich wegen der Taten ihres Gemahls«, sagt Heda. »Sie ist diejenige, die das Gremium ins Leben gerufen hat. Sie wollte ihre Schande ausradieren lassen. Und jedes andere Halbgottungeheuer gleich mit.«

Ich bin nur noch halb bei Bewusstsein und schnappe lediglich Fetzen von dem auf, was sie reden. Wenn ich es richtig verstehe, hat Zeus' Gemahlin befohlen, dass alle Halbgötter aus dem Olymp verbannt wurden, und hat dann das Gremium gebildet, um sie zu jagen und zu töten. Doch Zeus traf eine Vereinbarung mit Eros, dass er mit seiner Familie wiedervereint werde, falls er den Fluch der Liebesgöttinnen aufheben könnte. Warum wollte Zeus den Fluch rückgängig machen? Eines steht fest: Zum ersten Mal erkenne ich etwas von mir in Heda. Wir beide sind voller Kummer und Wut, fühlen uns von den Menschen verraten, die wir lieben. Ich denke an Ben, und im Geiste raffe ich die Erinnerungen an ihn zusammen und vergrabe sie ganz tief in mir.

Das Rasseln von Eros' Ketten reißt mich aus dem Halbschlaf. Ich versuche, die Augen zu öffnen, die wie zugeklebt sind, und meine Arme sind zu schwer, um sie zu bewegen. Eros atmet pfeifend ein.

»Keine Sorge, Vater«, sagt Heda. »Wenn ich hier fertig bin, zeige ich dem Olymp, wie falsch sie bei uns Halbgöttern lagen. Wir sind nicht schwach. Wir verdienen Unsterblichkeit und nicht das, was auch immer dieses verlängerte Altern sein mag. Wir sind stärker, als sie sich jemals vorgestellt haben.«

Meine Müdigkeit wird zunehmend überwältigender.

»Ist das dein Plan?« Eros hustet. »Du willst dich in … den Olymp einschleichen? Und was dann?«

Eros und Heda werden zu fernen Radiostimmen.

»Schleichen? Nein«, sagt sie, und jetzt setzt ein statisches Rauschen ein. Dunkelheit senkt sich auf mich. Als ich ihr endlich nachgebe, höre ich noch ganz zuletzt Heda sagen: »Ich werde ihr Tor erstürmen. Und sie werden sich vor mir verneigen.«

# KAPITEL 10

Als ich wieder aufwache und die Augen öffne, stelle ich enttäuscht fest, dass ich immer noch in dem Ichor-Raum bin. Es ist still. Zu still. Ich brauche eine Weile, um mich aufzusetzen, mich zu strecken und das Schwindelgefühl zu vertreiben. Solange ich warte, dass es aufhört, sitze ich einfach nur da und klammere mich an den Kanten der Liege fest, bis sich nicht mehr alles um mich herum dreht. Eros hebt den Kopf und lächelt matt.

»Sind wir allein?«, frage ich.

Er nickt.

Die Worte, die meine Mutter so oft zitiert hatte, gehen mir durch den Kopf: *Wenn du dich der Liebe ergibst, findet Eros dich. Eros achtet auf die Seinen.* Könnte Ma ihn so sehen, würde ihr klar werden, was für ein Witz das ist. Vorsichtig stehe ich auf und halte meinen Schlauch fest, damit ich nicht die Kanüle aus meinem Arm reiße. So gehe ich zur Tür. Sie ist verschlossen.

Ich kehre zu der Liege zurück, und wir beide schweigen, ich auf der Liege, er auf dem Hocker. Mit den Fingern schnipse ich den Schlauch an und sehe das Ichor aus mir fließen. Mich verwirrt nach wie vor, was es tut und wofür Heda es braucht. Wenn ich mich nicht irre, will sie irgendwie die Liebesgöttinnenmagie aus meinem Blut gewinnen. Aber die Frage ist, wie diese überhaupt immer noch in mir sein kann. Ich blicke zu der Stelle, an der Heda auf die Wache eingestochen hat, der sie danach Eros' Blut zu trinken gab. Und mir fallen Bens Worte wieder ein: »*Blut zu nehmen ist nicht grausam, wenn das Blut die Kraft hat, Krankheiten zu heilen und anderen zu helfen.*«

»Tut mein Blut das?«, platze ich heraus.

»Was?«, fragt Eros würgend und folgt meinem Blick zu dem im Schlauch blubbernden Ichor.

»Leute heilen?«

»Alles Blut von Unsterblichen heilt«, antwortet er und bläst die schlaffen blonden Locken weg, die ihm ins Gesicht hängen. »Aber du bist nicht unsterblich … noch nicht.«

»Was?« Mein Herz rast. Mir fällt es schwer zu hoffen, dass er mir die Wahrheit sagt.

»Noch nicht. Aber dein Übergang geschieht schneller als erwartet.«

Wieder sehe ich zu der leuchtend blauen Flüssigkeit, die seine Maschine füttert, und kann nicht umhin, sie mit dem Pastellblau in meiner zu vergleichen. »Oh.« Ich bin enttäuscht und verwirrt, und ich muss wissen, ob ich mit meiner Theorie richtig liege. »Und warum braucht Heda mein Blut? Ist deines nicht stärker?«

»Du hast Ambrosia genommen, bevor du den Fluch beendet hast.«

Mir wird schlecht. »Was soll das heißen?«

»Ambrosia macht Magie unsterblich. Sie ist der Quell des

Lebens. Auch wenn Benjamin und du den Fluch gebrochen habt, ist die Fähigkeit der Liebesgöttinnen …«

»Immer noch in mir?« Ich muss gleich kotzen. Dann fallen mir all diese Container voller Liebesgöttinnen ein und Hedas Worte, dass sie die Magie aus meinem Blut nehmen und sie zur Waffe machen will, und jetzt dreht sich mir erst recht der Magen um. Das ist mein schlimmster Albtraum. »Und warum braucht sie es?«, frage ich in der Hoffnung, dass ich mich irre und sie nicht vorhat, den Fluch zu erneuern.

»Sie war an die Macht gewöhnt. Und sie lechzt nach ihr, jetzt, da sie fort ist.«

Was erklärt, warum sie wie ein Junkie nach meinem Blut giert.

»Aber ich fühle es nicht. Keine Elektrizität. Keine Macht.« Noch während ich es ausspreche, spüre ich eine Regung, die ich als Angst abtue.

Eros sieht zum Fußboden. »Im Übergang fühlst du nur die Fähigkeiten, die du fühlen willst.«

»Das war es dann also. Ich bin für immer eine Liebesgöttin.« Aber nun begreife ich, was er sagt. Die Wände scheinen näher an mich heranzurücken, und mir wird die Brust eng. »Welche Fähigkeiten? Gibt es mehr als eine?«

Er sieht nicht zu mir. »Jeder Unsterbliche ist anders. Aber wir alle haben bestimmte Fähigkeiten.«

Ich erinnere mich, wie er bei den Skulpturen in Little Tokyo aus dem Nichts aufzutauchen schien und ein zweites Mal in dem Baum auf dem Friedhof. »Warum benutzt du dann nicht deine Kräfte und verschwindest von hier?«

Eros zeigt auf seinen Hals. »Dieses Halsband ist aus dem Pfeil der Gleichgültigkeit gemacht.«

»Der schwarze Pfeil«, flüstere ich, und er nickt. »Und das heißt, du kannst deine Kräfte nicht einsetzen?«

»Nein.«

»Aber du sprichst besser«, sage ich, denn mir wird klar, dass er nicht mehr mitten im Satz unterbricht und seit einer Weile nicht mehr vor Schmerz gestöhnt hat.

»Es tut nicht mehr ganz so weh. Meine Haut muss verschorfen. Aber sicher brennt es sich auch bald durch.«

Ich sehe hinunter zu meinem Arm mit den gelben und lila Blutergüssen um den Venenzugang. Vielleicht muss ich mich nicht mehr um den Übergang sorgen, wenn sie genug aus mir herausgesaugt und all diese Kräfte aus mir gepumpt haben. Ich blicke wieder auf. »Was sind diese Fähigkeiten, die alle haben?« Eigentlich will ich es lieber gar nicht wissen. Schon die Kraft der Liebesgöttin wollte ich nicht, und andere möchte ich noch weniger.

»Da wäre ewige Jugend, das ist ja offensichtlich. Dazu Heilen, Teleportieren, Gedankenlesen …«

»Gedankenlesen?« All die Male, die ich gedacht habe, jemanden in meinem Kopf zu hören – Eros, Heda … Nein, das kann nicht sein. Das darf nicht sein!

»Liebes? Geht es dir gut?«

Ich versuche zu atmen, aber es reicht nicht, was ich an Luft bekomme.

»Gewiss gibt es hier viel zu verkraften«, sagt er. »Du musst dich nicht wegen der anderen Fähigkeiten sorgen. Die erste ist die Unsterblichkeit, und die hast du schon erlebt.«

Verwirrt neige ich den Kopf zur Seite.

»Du hast es schließlich überlebt, erschossen zu werden.«

»Stimmt.« Das hatte ich.

»Der Rest sollte sich über Monate nicht zeigen, vielleicht sogar über Jahre. Das ist kein Übergang, der über Nacht stattfindet.«

»Okay«, sage ich und frage mich, ob ich ihm von den Stimmen erzähle oder es lieber lassen soll. Wahrscheinlich haben die nichts zu bedeuten.

»Vielleicht schließt du deinen Übergang gar nicht ab, und alles geht weg«, ergänzt er und reibt seinen Kopf an seinem Arm, um sich die Locken aus dem Gesicht zu wischen.

Mein Herz schlägt schneller. »Was soll das heißen?«

»Es gibt eine Möglichkeit, die Unsterblichkeit aufzuheben.« Er senkt die Stimme und beugt sich näher, sodass er sein Gewicht in die Ketten hängt. »Heda würde nicht wollen, dass du das weißt. Sicher hat sie mir deshalb dieses verfluchte Halsband angelegt.«

Eros' Stimme klingelt in meinen Ohren, und in meinem Kopf hallt »Unsterblichkeit aufheben« so intensiv nach, dass mir schwindlig wird. Ich muss mich an der Liege festhalten.

»W-wie?«, frage ich zitternd.

»Du siehst nicht gut aus. Vielleicht solltest du dich hinlegen und ein bisschen ausruhen. Das alles war eine ziemliche ...«

»Wie?«, wiederhole ich und greife die Metallkante noch fester, weil sie das Einzige ist, was mich in der Realität verankert.

»Es gibt zwei Wege, aber einer ist unmöglich, und der andere wird dir nicht gefallen.«

»Erzähl mir, was möglich ist.«

Er seufzt. »Na gut. Vor deinem vollständigen Übergang musst du …«

An meiner Maschine beginnt ein rotes Licht zu blinken, und ein schriller, ohrenbetäubender Alarm geht los, sodass ich Eros kaum noch verstehen kann.

»Der Behälter ist voll«, sagt er. »Sie kommen ihn gleich holen.«

Am liebsten würde ich mir die Ohren zuhalten. »Was soll ich tun?«

Er schüttelt den Kopf. »Das wird dir nicht gefallen.«

»Sag es einfach.« Ich bin versucht, rüberzugehen und ihn zu würgen, Halsband hin oder her.

»Aber behaupte hinterher nicht, ich hätte dich nicht gewarnt.«

Ich werfe die Hände in die Höhe. »Eros!«

»Du brauchst die Lebensenergie eines sterblichen Verwandten.«

Er sagt das so leicht dahin, vermengt mit dem irritierenden Blinken und Heulen der Maschine, dass ich überzeugt bin, mich verhört zu haben. »Was soll das denn heißen?«

»Es könnte ausreichen, dass du nur eine Tasse von ihrem Blut trinkst oder so, falls du bisher keine von deinen Kräften genutzt hast. Eklig, aber es wird im Grunde niemand verletzt.«

Ich denke an all die Stimmen, die ich höre, und an den Zwischenfall mit den Wachen. Es könnte schon zu spät sein.

»Und falls ich meine Kräfte bereits genutzt habe?«

»Das würde den Übergangsprozess beschleunigen. Was

Monate dauern kann, würde innerhalb von Tagen geschehen. In dem Fall bräuchtest du etwas Stärkeres.«

»Was?«

Kopfschüttelnd verdreht er die Augen.

Die Tür klappert, und jemand schließt auf.

»Beeil dich«, bettle ich.

Die Tür öffnet sich.

Ich halte Eros' Blick und flehe ihn an, mir zu antworten.

Er tippt sich auf die Brust. Dabei rasseln seine Ketten und reflektieren das rote Licht an der Maschine, sodass sie wie blutbenetzt aussehen. »Ihr Herz«, antwortet er.

Beinahe falle ich zurück auf die Liege. »Ich müsste ihr Herz essen?«

Mir wird schwindlig und übel. Ich kämpfe gegen die Sorge, dass es zu spät ist, dass ich meine Kräfte bereits genutzt habe, dass jemand sterben muss, um es zu korrigieren. Stattdessen konzentriere ich mich auf die wichtigste Frage. »Welcher Verwandte? Meine sind alle zumindest halbe Liebesgöttinnen, also nicht unsterblich, aber auch nicht sterblich.« Und während ich es ausspreche, weiß ich es.

»Mein Vater«, hauche ich.

# KAPITEL 11

Le-Li schaltet den Alarm aus und stöpselt die Maschine ab. »Der Zeitpunkt könnte gar nicht günstiger sein«, murmelt er, als er den vollen Ichorbehälter auf eine Art Teewagen hebt. »Wir sind so nahe dran.«

»Nahe an was?«, frage ich und beobachte, wie er sich hinkniet, um einen leeren Behälter anzuschließen.

Bei seinem Lächeln blitzen die dunklen Augen auf. »An den Antworten.«

»Antworten?« Ich hoffe, das bedeutet, dass sie einen Weg gefunden haben, die Kraft der Liebesgöttin aus meinem Blut zu extrahieren, und schöpfe neue Hoffnung. Vielleicht habe ich sie doch nicht in mir.

Le-Li klappt das Fach zu, richtet sich auf und schiebt die Hände in seine Kitteltaschen. Seine Finger tippen gegen seinen Metallbauch. »Hast du gewusst, dass wir bei dir besondere Nadeln verwenden müssen?« Er wartet meine Antwort nicht ab. »Eine Mischung aus Chirurgenstahl und Staubpartikeln vom Pfeil der Gleichgültigkeit.«

Ich blicke zu Eros' Halsband. Eros zuckt mit den Schultern.

»Damit dein Körper sie nicht abstößt«, erzählt Le-Li. »Das

Problem hatten wir anfangs. Du hast dich selbst geheilt und so.«

Doch seine Worte bringen mich auf eine Idee. Eros' Halsband hemmt Magie, und die Nadeln verhindern, dass ich mich heile. Heda wollte nicht, dass ich den Armreif berühre, und ist ausgeflippt, als sie erfuhr, dass ich eine Scherbe von ihm habe. Könnte die kleine abgebrochene Feder meinen Übergang in die Unsterblichkeit verhindern?

Bei dem Gedanken läuft mir ein kalter Schauer über den Rücken. Und von der Vorstellung, dass ein wenig von dem schwarzen Pfeil in mir ist, wird mir erst recht schlecht. Das Zeug soll raus. Ich will keinen der Pfeile je wieder in mir haben. »Hör mal, ich habe mitgemacht und euch noch mehr Blut gegeben. Darf ich jetzt meine Familie sehen?« Mein Magen grummelt, und mir wird bewusst, dass ich bisher nur ein kleines Stück Spanakopita gegessen habe – keine Ahnung, wie lange das her ist. »Und etwas zu essen bekommen?«, füge ich hinzu.

»Das lässt sich wohl einrichten. Ich frage nach.« Le-Lis lila Haarknoten wippt, als er nickt und pfeifend den Wagen auf den Flur schiebt.

Die Tür fällt hinter ihm ins Schloss, und ich springe von der Liege, achte allerdings darauf, mir dabei nicht den Zugang herauszureißen. So gern ich ihn los wäre, weiß ich nicht, wann Le-Li zurückkommt. Also wickle ich den Schlauch ein wenig auf und gehe zu Eros, um ihm das verklebte Haar aus dem Gesicht zu streichen. »Wie kann ich helfen? Soll ich die Ketten ein bisschen herunterlassen?«

»Wozu die Mühe? Wir bleiben garantiert nicht lange allein.«

Er hat nicht einmal ganz ausgeredet, als die Tür schon wieder aufgeht und Marissa hereinschaut. »Ich war eben bei Paisley. Sie hat mich gebeten, nach dir zu sehen. Wie fühlst du dich?«

Ich war so auf mich fixiert gewesen, dass ich Paisley völlig vergessen hatte. Jetzt holt mich die Angst um sie wieder ein. »Was machen sie mit ihr? Sie haben etwas von Tests gesagt.«

Marissa schlüpft herein, macht die Tür hinter sich zu und kommt zu mir. »Tests?«, fragt sie. Sie zupft an ihren Fingernägeln, als hätte sie keine Ahnung, wovon ich rede. Es ist eine solch offensichtliche Lüge, dass ich eine Grimasse schneiden möchte.

»Sie testen dein Blut an deiner Freundin«, antwortet Eros für sie.

»Was? Warum?«

»Ach, *die* Tests«, sagt Marissa, als würde ihr auf einmal alles klar. »*Tests* ist ein komischer Ausdruck dafür. Du weißt doch, dass Ichor heilt, oder? Sie benutzen es, um Paisley zu helfen.«

Paisley hatte mir erzählt, dass sie sich kein Insulin mehr spritzt. Sollte mein Ichor helfen, ihre Diabetes zu heilen, kommt wenigstens etwas Gutes bei der ganzen Sache heraus. Aber wenn das alles ist, warum schien Paisley so unwohl dabei zu sein? »Und warum nehmen sie mein Ichor und nicht das von Eros?«

»Wir müssen wissen, wie mächtig deines wird«, sagt sie, erwähnt jedoch nicht, dass Heda meine Liebesgöttinnen-Kraft will.

»Und das hier« – ich zeige zu dem Schlauch, der aus meinem Körper ragt – »ist nicht nur Heda, die Unsterblichkeit will? Sie benutzen es wirklich, um anderen zu helfen?« Ich muss herausfinden, ob ich ihnen trauen kann, ob sie mir von Hedas Plan verraten, mein Blut zu einer Waffe zu machen. Sie waren nicht da, als Heda es mir erzählt hat, also haben sie keine Ahnung, dass ich es weiß.

Eros sieht mich direkt an.

Ich verschränke die Arme. »Also?«

Er atmet langsam ein, schürzt die Lippen und sieht misstrauisch zu Marissa. »Heda braucht, was in dir ist«, formuliert er es vorsichtig.

Marissa ist wütend. »Rachel, du musst sofort zurück auf die Liege. Herumzulaufen ist garantiert weder für dich noch für die Maschine gut. Ich hole Le-Li. Er muss nachsehen, ob hier alles richtig funktioniert.«

Ich ignoriere ihre Befehle und mache noch einen Schritt auf Eros zu. »Auf keinen Fall will ich einer Süchtigen etwas vorenthalten«, bemerke ich spitz.

Marissa dreht sich verärgert zu mir. »So würde ich sie nicht nennen.«

»Ich weiß, dass es nicht nur um Unsterblichkeit oder Heilung geht, Marissa. Ich weiß, dass sie nach der Kraft in meinem Blut giert.«

Marissa antwortet nicht, aber Eros drückt die Ketten zusammen, als wolle er bejahen. »Wäre das doch nur alles«, sagt er zynisch, atmet pustend aus und blickt auf. »Liebes, dein Blut ist das Beste, was Heda bekommen kann, um sich die Kraft der Liebesgöttinnen zu verschaffen. Wegen meines idiotischen Fehlers, den Pfeil der Gleichgültigkeit in ihrer Mutter zu verstecken.« Kaum erwähnt er seine Frau Psyche, Hedas

Mutter, senkt er den Blick. »Heda wurde von ihrer Zeugung an an den Pfeil gewöhnt. Seit du und Ben den Fluch umgekehrt und damit die Magie des Pfeils aufgehoben habt, sind ihre Entzugserscheinungen unerträglich.«

Näher werde ich der Wahrheit nicht kommen, aber ich fühle mich erleichtert, weil mir klar wird, dass ich Eros vertrauen kann.

»I-ich hole lieber Heda«, sagt Marissa panisch. »Sie kann alles erklären.«

Selbst nach all den Jahren, in denen ich Marissas Lügen schon höre, möchte ich ihr noch eine Chance geben, ausnahmsweise ehrlich zu sein. »Was erzählst du mir nicht?«

Eros sieht erst Marissa, dann mich an, und sein harter Blick wird weicher, vielleicht sogar ein bisschen traurig.

Sie wirft ihm einen kurzen Blick zu. »Nichts. Ich habe dir alles erzählt.«

Es macht mich traurig, dass Marissa mir, egal wie sehr ich nachbohre, nie verraten wird, worum es Heda wirklich geht. Sie will nicht nur ihre Gier stillen oder Menschen mit Ichor helfen, sondern die Macht der Liebesgöttinnen wiederherstellen. Beim Anblick meiner einstigen Ausbildungs-Partnerin fügt sich alles zusammen. Und all die Wut, die sie in mir schon ausgelöst hat, kehrt zurück. »Ich hätte es wissen müssen, Marissa. Hier geht es nur darum, dass du wieder eine Liebesgöttin sein willst. Deshalb hilfst du ihr!«

»Sei nicht blöd, Rachel. Darum geht es gar nicht.«

Der Raum dreht sich um mich. Ich erinnere mich an Hedas Worte bei den Containern. »Ihre Waffen.«

»Ihre Armee«, stimmt Eros zu.

All die Container – all die Liebesgöttinnen – meine Ma, meine Nani.

»Heda mag imstande sein, sie wieder zu Liebesgöttinnen zu machen«, schreie ich Marissa förmlich an, »aber sie werden ihr niemals dienen. Nicht mehr!«

»Doch, werden sie.« Eros senkt den Kopf. »Sie hat meinen Bogen und die Pfeile. Mit ihnen bringt sie jeden dazu, alles zu tun, was sie will.«

Fröstelnd schaue ich zu dem Bluterguss um die Nadel in meinem Arm, dem winzigen Teil eines der Pfeile.

»Wir müssen sie aufhalten«, sage ich.

»So darfst du nicht reden«, warnt Marissa.

»Du weißt, was du tun musst«, sagt Eros.

Zunächst bin ich unsicher, was er damit meint. Dann tippt er auf sein Herz, und ich erinnere mich wieder. Wenn ich meine Sterblichkeit zurückbekomme, kann sie weder Marissa noch eine andere Person wieder zu Liebesgöttinnen machen. Ich kann es auch mit der Pfeilscherbe versuchen, nur weiß ich nicht, wie ich sie einsetzen muss oder ob die Folgen dauerhaft wären. Sollten diese Optionen nicht aufgehen, kann ich nur eines tun, um das alles hier zu stoppen.

Auf keinen Fall kann ich warten, bis Ben seinen Plan umsetzt, was auch immer der sein mag. Ich muss fliehen, ehe Le-Li meinem Blut die Kraft entnimmt und daraus ein Heer von Liebesgöttinnen erschafft. Bei dem Gedanken an eine Legion von Frauen unter Hedas Kontrolle, die fähig sind, Männern ihren Willen zu rauben, wird mir eiskalt. Es würde katastrophalen Schaden anrichten.

# KAPITEL 12

Ich rupfe mir die Nadel aus dem Arm, lasse den Schlauch einfach fallen und schaue zu, wie Ichor über meine Haut und auf den Estrichboden rinnt. Eros hebt den Kopf und runzelt fragend die Stirn. Doch ich dränge mich an der entsetzten Marissa vorbei zur Maschine. »Wie schalte ich dieses Ding aus?«

»Rachel, nein!« Marissas Absätze klackern laut auf dem Boden, als sie zu mir gelaufen kommt. Sie versucht, mich zu packen, erwischt aber nur eine Handvoll ihres Oberteils.

»Das ist Le-Lis ... Abteilung«, antwortet Eros mit vor Schmerzen zusammengebissenen Zähnen.

»Dein Hals?«, frage ich und versuche, vorbei an Marissa, die sich zwischen mich und die Maschine geschoben hat, zu ihm zu sehen.

»Ich glaube, das Band ... durchdringt den Schorf«, antwortet er.

Ihn so zu sehen macht mich umso entschlossener. Ich muss hier raus. Wir müssen hier weg.

Ich folge dem Stromkabel von der Maschine zur Wand.

»Rachel, hör auf!«, befiehlt Marissa. Als ich nicht gehorche, ruft sie: »Wenn du sie ausstöpselst, bekommt Heda ein Alarmsignal.«

Ich stoße sie zurück. »Das war dir vor fünf Minuten auch egal, als du gedroht hast, sie zu holen.«

»Ich versuche doch nur, dir zu helfen!« Sie holt einmal tief Luft, zurrt an ihrem Gürtelband und blickt zu Eros. »Pass auf, wem du traust.«

»Sicher doch.« Ich schlinge die Hände um das Kabel. »Weil es immer so gut für mich war, dir zu trauen.«

»Rachel, hör auf! Ich würde das nicht tun.«

Ich starre sie an. »Wir kennen uns schon lange, Marissa. Inzwischen solltest du wissen, dass all das, was du nicht tun würdest, ich wahrscheinlich tue.«

Eros lacht leise, und Marissa verschränkt die Arme vor der Brust. »Ich versuche doch nur, dich zu beschützen.«

»Das kann ich selbst«, erwidere ich und ziehe das Kabel aus der Wand. Es fühlt sich gut an, das zu sagen. Viel zu lange habe ich andere über mich bestimmen lassen: meine Ma, Ben, Eros, manchmal sogar Marissa.

Die Maschine piepst und verstummt. Halb rechne ich damit, dass das Blinken und Heulen wieder losgehen, was aber nicht passiert. Ich verkneife mir das triumphierende Grinsen, das ich Marissa zuwerfen möchte, und laufe zu Eros, schiebe die Ketten und sein Haar aus dem Weg und sehe mir seinen Hals genauer an. Die Haut unter dem Band ist wund und eitert.

»Jetzt nehmen wir dir das mal ab.«

»Nein!« Marissa stürzt sich auf mich und packt meinen Arm. Das hier scheint sie schlimmer zu finden als mein Ausstöpseln der Maschine. Natürlich. Ohne dieses Halsband kann Eros wieder seine Kräfte nutzen. Und damit könnte er sie und alle anderen stoppen.

Ich reiße mich los und will nach dem Halsband greifen, aber Eros weicht zurück. »Nein. Der Pfeil der Gleichgültigkeit schmerzt übler als diese Stäbe, die sie verwenden.«

»Das ist so falsch«, stöhne ich. »Alles hier ist falsch.«

Marissa legt mir ganz sanft die Hand auf die Schulter. »Ich weiß, es ist furchtbar, aber du musst Wort halten und Heda dein Blut geben. Es steht so viel mehr auf dem Spiel.«

Ich verdrehe die Augen. »Du meinst, du willst wieder eine Liebesgöttin sein.« Ich trete zur Seite, und ihre Hand rutscht bei meiner Bewegung weg.

»Nein, ich …« Sie bricht ab und setzt sich auf die Kante der Metallliege. »Du hast recht, das will ich. Aber das ist nicht, worum ich mir Sorgen mache.«

So ehrlich habe ich sie bisher noch nicht erlebt. Ihr Gesicht, das normalerweise eine schützende Maske ist, wirkt irgendwie verwundbar, und ich bin versucht, ihr zu glauben.

»Was dann? Worum machst du dir Sorgen?«

»Um dich, du Irre.«

»Entschuldige, wenn es mir schwerfällt, das zu glauben.«

Sie lacht auf. »Ich weiß, dass ich manchmal ein bisschen narzisstisch sein kann, aber …«

»Manchmal?«, fragt Eros.

»Ein bisschen?« Wieder muss ich mir das Grinsen verkneifen, doch ich setze mich zu ihr.

Marissa gibt mir einen spielerischen Klaps auf den Arm, und für eine Sekunde vergesse ich, wo wir sind und was wir durchgemacht haben. Es ist fast so, als würde ich einfach nur mit einer guten Freundin zusammensitzen.

»Das habe ich verdient«, sagt sie lächelnd.

Und ich erwidere ihr Lächeln, bis mir einfällt, dass ich ihretwegen hier bin. Sie hatte Ben geküsst, hatte Kyle umgedreht, und ihre Taten haben das Gremium direkt zu mir geführt. Sie hat unsere Freundschaft so oft verraten, dass ich nicht glaube, dass sie sich wieder kitten lässt. Außerdem waren wir eigentlich nie richtige Freundinnen, sondern nur Ausbildungs-Partnerinnen.

Ich balle die Fäuste, rutsche von der Liege und gehe auf Abstand zu ihr. Sie sieht zu der Ichorpfütze auf dem Boden. »Kann ich irgendwas tun, um das alles wiedergutzumachen?«, fragt sie.

Eros sieht mich an. Er versucht, mir etwas mitzuteilen, aber ich bin zu verwirrt, um es zu verstehen. Und bevor ich es kann, füllt seine Stimme meinen Kopf aus. »*Liebes, glaub ihr nicht.*«

»Nein!« Ich drücke beide Hände an meinen Kopf. »Nicht! Tu das nicht!«

»Was ist los?«, fragt Eros verwundert. Die Tatsache, dass er es nicht begreift, lässt mich hoffen, ich hätte es mir bloß eingebildet.

»Rachel? Was ist los?« Marissa ist neben mir und reibt meinen Rücken. »Setz dich lieber hin. Du siehst nicht gut aus.«

»Mir fehlt nichts.« Ich weiche zurück und gehe zur anderen Seite des Raumes.

»Rachel?«, fragt Marissa.

»*Rachel?*«, wiederholt die Stimme in meinem Kopf.

»Nein, nein, nein!«

»Rachel?«, ruft Paisleys melodische Stimme von der Tür.

Ich bleibe stehen und drehe mich um, fast überzeugt, dass

dort niemand ist und ich mir auch Paisley nur einbilde. Aber dann schiebt Ben sie in einem Rollstuhl in den Raum, und die Anspannung in meiner Brust lässt nach.

»Sie dürfte gar nicht hier sein«, sagt Marissa.

Ben beachtet sie nicht und schiebt Paisley weiter ins Zimmer. Er sieht zu dem baumelnden Schlauch, dann zu meinen Armen und schließlich stirnrunzelnd zu meinem Gesicht.

»Der ist rausgefallen«, lüge ich.

»Alles okay?«, fragt Paisley.

»Das sollte ich dich fragen«, antworte ich und sehe kurz zu Ben, bevor ich mich vor Paisley hocke. »Was ist mit dir?«

Es strengt sie sichtlich an, ihren Kopf gerade zu halten, und sie wirkt viel fragiler als das Mädchen, das ich kenne. Ihre schöne umbrafarbene Haut hat einen kränklichen Farbton angenommen, und sie hat dunkle Ringe um die Augen.

»Mir geht es gut.« Sie sieht sich zu Ben um. »Darf ich mit ihr allein reden?«

Marissa lächelt uns verhalten zu und hakt sich bei Ben ein.

Der schüttelt den Kopf. »Ich soll Paisley zurückbringen zu …«

»Gib ihnen fünf Minuten«, sagt Marissa und grinst mir zu, während sie ihn Richtung Tür zieht.

Sie will mir weismachen, dass es ihr wirklich nur um mein Wohl geht, doch ehe ich das glauben kann, muss noch etwas ganz anderes passieren. Ich sehe ihnen nach. Marissa war von je her scharf auf Ben gewesen. Und jetzt gerade kann ich nichts deswegen unternehmen.

Paisley räuspert sich, und ich schaue sie an. Verständnis

spiegelt sich in ihren freundlichen braunen Augen. »Am besten setzen wir uns dort drüben hin«, sagt sie und zeigt zur Liege. Ich stehe auf und will schon hingehen, als ich bemerke, dass sie Mühe hat, den Rollstuhl zu bewegen. Also helfe ich ihr und hocke mich dann vor ihr auf die kalte Liege.

Mein Blick schweift zur Tür, und ich frage mich, ob Ben draußen wartet oder weggegangen ist.

»Er hat dir viel bedeutet, nicht?«

»Ben?«

Sie nickt.

Ich schaue nach unten zu meinen Converse-Turnschuhen. Die trug ich an dem Tag unserer ersten Begegnung. Ich hätte nie gedacht, dass sie uns hierher führen würden.

*Er bedeutet mir alles.* Obwohl ich Paisley und Eros vertraue, kann ich das nicht laut aussprechen, denn hinter der Tür könnte jemand lauschen. »Früher mal«, sage ich. *Früher bedeutete er mir alles.*

»Ja, das hat Marissa mir erzählt. Sie hat gesagt, dass ihr beide verliebt wart. Dass ihr es geschafft habt, die Kraft der Liebesgöttinnen zu umgehen. Ich kann mir nicht vorstellen, wie es ist, solch eine Liebe zu haben und sie zu verlieren.«

Bei dem Wort »verlieren« fröstle ich.

Paisley hüstelt und muss erst wieder zu Atem kommen, ehe sie mehr sagen kann. »Echt, du lebst *MLAAV*.«

»*MLAAV?*«

»*Mein Leben als Alien-Vampir.*«

Ich kichere. »Hätte ich mir denken können.« Ich stelle mir die perfekt aussehenden Leute aus ihrer Lieblingsserie vor, die auf extravagante Dates gehen und Menschenblut trinken.

Und ich sehe zu der Infusion hinten an ihrem Rollstuhl. »Nein, eher nicht.«

»Doch, im Ernst.« Paisley folgt meinem Blick zur Ichor-Maschine. »Nicht nur das Bluttrinken.« Sie sieht zu ihren Händen, doch als sie wieder aufschaut, ist da ein vertrautes Blitzen in ihren Augen. »Es ist dieses Übernatürliche, und diese ganze Geschichte mit dir und Ben erinnert mich an die Folge, in der Harry erfährt, dass ihn seine Seelenverwandte Britt betrügt, und er sich daraufhin versucht umzubringen.«

Ich kralle die Hände in das blaue Sweatshirt. Die Folge habe ich nie gesehen, kann aber nachvollziehen, wie Harry empfunden hat. Wenn der eine Mensch, der einen verstehen soll – so richtig, mit den dunklen und den besten Seiten – einen nicht mehr will, wer dann? Eine einsame Stimme tief in mir flüstert, dass das genau meine Wirklichkeit ist: Vielleicht gibt Ben nicht vor, für Heda zu arbeiten; vielleicht tut er es tatsächlich. Trotzdem hatte Harry eines falsch gemacht: Der Tod ist keine Antwort. Jedenfalls nicht für mich.

Paisley wird bewusst, was sie gesagt hat. »Oh nein, ich meinte nicht, dass du versuchen sollst …«

»Weiß ich«, sage ich. Ich hätte nie gedacht, dass es mit Ben und mir so enden würde.

»Und, tust du es?«, fragt Paisley.

»Was?«

»Ihn lieben.«

Ihre Frage erwischt mich eiskalt, denn auch nach allem, was gewesen ist, will ich automatisch bejahen. Dann ist die Erinnerung wieder da, wie er mich festgehalten hat, während mir die rote Wache die Fesseln so stramm angelegt hat, dass sie in meine Haut schnitten. Dieser Mann ist nicht Ben, bloß einer von Hedas Schlägern. Vor Heda hat er mich nie verletzt, nicht einmal, als er mich für einen von Paisleys Alien-Vampiren hielt. Ein Lederriemen streift meine Hand – einer wie der, den Ben nicht festgezurrt hatte. Die Türen zum Raum nebenan stehen offen, sodass ich die leere Liege sehe, auf der ich gelegen habe. Gedankenverloren streiche ich über die frisch verheilte Haut an meinem Handgelenk. Mich verwirrt das alles.

»Ja, ich schätze, das tue ich«, sage ich. »Na ja, den Ben, in den ich mich verliebt habe. Bei diesem Ben« – ich nicke zur Tür – »bin ich mir nicht so sicher.« Ich muss daran denken, was er mir zugeflüstert hat, als er mir das Schlafmittel gab. »Er hat etwas Merkwürdiges gesagt.«

Paisley sieht mich neugierig an. »Was?«

»Er hat gesagt, ›Wenn du Frieden willst, mach dich auf einen Krieg gefasst.‹ Hast du eine Ahnung, was das heißen soll?«

Paisley lacht. »Das hat er ganz klar aus dem *Punisher* zitiert.«

»Dem *Punisher*?« Ich erinnere mich an unsere Bootstour nach New York und das Comic-Heft, das er gekauft hatte. Er hat mir erzählt, dass seine Mutter ihm mit *Punisher*-Comics Spanisch beigebracht hatte. War es seine Art, mir zu bestätigen, dass er auf meiner Seite ist? Mein Herz pocht wie wild.

Paisley beugt sich leicht vor. »Er hat einen Stapel *Punisher*-Comics in seinem Zimmer und bei den meisten Mahlzeiten eines dabei. Der Junge braucht ein Hobby.«

Ich lache.

»Tja«, sagt Paisley, »denkst du, ein Teil von ihm liebt dich noch?«

Ich erkenne die Sorge in ihren Augen und will ihr die

Wahrheit sagen, die ganze Wahrheit. Stattdessen antworte ich: »Ist es falsch, dass ein Teil von mir hofft, dass er es tut?«

Sie sagt nichts, deshalb rücke ich näher zu ihr. »Paisley?«

»Ich muss gerade daran denken, was die Schwestern in St. Val früher gesagt haben. ›Liebe ist die mächtigste Magie.‹«

Wie konnte diese Unterhaltung bei unserer Highschool landen?

Sie lächelt zu mir auf. »Das fand ich immer cool.« Mit zittrigen Armen stützt sie sich auf und beugt sich vor. »Vielleicht ist da mehr dran.«

»Was?«

»Na ja, ich weiß nicht, vielleicht dass deine Liebe ihn retten kann.«

Ich blicke hinüber zu Eros. Er hat den Kopf gesenkt, um uns so viel Privatsphäre zu geben, wie er kann. »Mag sein«, murmle ich. Doch ein Teil von mir hofft, dass sie recht hat, dass Liebe die mächtigste Magie ist und meine Liebe, so verkorkst und durcheinander sie ist, ausreicht, um uns zu retten. Fast möchte ich lachen. Nach all der Zeit als Liebesgöttin, in der ich die Macht magischer Liebe besessen und sie gleichzeitig gehasst habe, wünsche ich mir jetzt, dass meine Liebe magisch *wäre*.

# KAPITEL 13

Die Tür geht auf, und Marissa kommt hereingestöckelt. Mir wird bewusst, wie dringend ich diesen kurzen Moment mit Paisley gebraucht habe. So normal habe ich mich schon lange nicht mehr gefühlt, und jetzt ist dieser Augenblick vorbei. Ben folgt ihr und bleibt an der Tür stehen, um auf jemanden zu warten. Ich rechne damit, nach Marissas mehrfachen Drohungen Heda zu sehen, und bin seltsam erleichtert, dass es nur Le-Li mit seinem Dutt ist, der um die Ecke kommt. Ich springe von der Liege, greife nach dem Schlauch und springe wieder zurück auf die Liege. Hoffentlich sieht er nicht allzu genau hin.

Zum Glück ist er von Eros abgelenkt und schiebt seinen Teewagen aus Edelstahl hinüber zu dem Gott. Auf dem Wagen sind leere Ichor-Behälter aufgereiht sowie mehrere Ampullen, in denen eine klare Flüssigkeit hin und her schwappt. Ich fixiere die winzige Ampulle mit dem Schlafmittel, das mich zurück in die Dunkelheit schicken soll.

Das darf ich nicht zulassen. Wenn sie mich wieder in Schlaf versetzen, schließen sie mich erneut an die Maschine an und lassen mehr von meinem Blut ab, bis sie eine Methode gefunden haben, um die Kräfte zu übertragen. Ich sehe zu der Tür und überlege, ob ich losrennen soll. Zwar bin ich schnell, aber auch schwach von zu wenig Nahrung und dem vielen Blutverlust. Mein Blick fällt auf den Waffengürtel an Bens Hüfte. Würde er Le-Li helfen, mich aufzuhalten? Ben hatte mich schon einmal festgehalten und auf die Liege geschnallt.

»Na, willst du mehr holen?«, frage ich Le-Li. Den Schlauch halte ich hinter meinen Rücken, bevor er merkt, dass ich ihn herausgezogen habe. Mein Herz rast. Ich hoffe zu erfahren, dass er mehr Blut braucht, denn das würde bedeuten, dass sie noch nicht haben, was sie wollen. Dass noch Zeit bleibt.

»Ja«, sagt er, ohne von Eros' Maschine aufzusehen, und ergänzt murmelnd: »So nahe. Ich bin so dicht dran.«

»Dann hast du es bisher nicht hinbekommen?«, frage ich.

Le-Li neigt den Kopf zur Seite und überlegt.

Ben steigt vorsichtig über die trocknende Pfütze meines Ichors und greift nach Paisleys Rollstuhlgriffen. »Ich muss Paisley zu ihrem Zimmer zurückbringen«, sagt er. Offensichtlich will er nicht, dass Le-Li mir erzählt, er hätte meine Magie noch nicht in meinem Blut isolieren und extrahieren können.

»*Oder vielleicht*«, sagt die Stimme, »*will er verhindern, dass Le-Li mitbekommt, wie viel du weißt.*«

Ich möchte *Nein!* schreien und meinen Kopf zusammenpressen, bis die Stimme für immer fort ist, doch das Letzte, was ich brauche, ist, Aufmerksamkeit auf mich zu lenken. Aus irgendeinem Grund haben weder Marissa noch Ben verraten, dass ich mir die Kanüle selbst gezogen und die Maschine ausgeschaltet habe. Dafür bin ich dankbar, denn ich könnte definitiv keinen Weg hier raus finden, wenn sie mich wieder fesseln, und ich möchte nicht wissen, was Heda mit meiner

Familie machen würde, sollte ich meinen Teil der Abmachung nicht einhalten.

»Können wir noch ein bisschen bleiben?«, fragt Paisley.

Ich lächle. Sie ist eine wahre Freundin, und es fühlt sich so viel besser an als die erzwungenen Freundschaften, die ich bisher in meinem Leben hatte.

Ben hält ihren Rollstuhl neben Le-Lis Wagen an und wartet.

»Kein Grund zur Eile«, sagt Le-Li und holt Eros' vollen Behälter aus der Maschine. »Ich bin noch eine Weile hier, weil ich den hier austauschen und Eros' Wunden reinigen muss.« Ächzend richtet er sich auf und bewundert den Behälter mit dem leuchtend blauen Blut in seinen Händen. »Das wird Heda ein paar Jahre verschaffen«, raunt er vor sich hin. Er balanciert den Behälter auf der Kante des Wagens, winkt Marissa zu sich und gibt ihn ihr. Sie hat Mühe, ihn richtig zu halten. »Bring den zu Heda.«

Sie will ihn zurückgeben. »Ich bin nicht deine …«

Le-Li schlägt sich auf den Schenkel, und das metallische Knallen hallt durch den Raum. »Sofort!« Kaum ist der Befehl über seine Lippen, zieht er den Kopf ein, als wolle er sich kleiner machen oder schäme sich seines Ausbruchs. Eventuell beides. »Tut mir leid.« Rasch dreht er sich um, kollidiert allerdings mit Eros, sodass dessen Ketten rasseln. »Tut mir leid«, wiederholt er. »Ich habe eine Menge zu tun, und ich möchte nicht ungehorsam gegenüber Heda sein. Ich brauche zusätzliche Hilfe und …«

»Okay, okay«, sagt Marissa eingeschnappt, macht unsicher einen Schritt rückwärts und stößt dabei gegen den Wagen.

Drei Ampullen kullern über die Kante und landen auf Paisleys Schoß. Das ist genau die Chance, auf die ich gewartet habe. Ben hält Marissa gerade die Tür auf, Le-Li ist damit beschäftigt, die Wunden an Eros' Hals zu säubern. Ich versuche Paisley ein Zeichen zu geben, doch sie sieht in diesem Moment nicht her, sondern legt vorsichtig die Ampullen zurück auf den Wagen.

Ich winke ihr, erstarre jedoch, als Le-Li sich halb in meine Richtung dreht. Dann wendet er sich wieder zurück, um Eros' Ketten zu richten.

»Paisley«, flüstere ich und wedle mit den Händen wie eine Bekloppte. Sie sieht es nicht. »Psst.« Ich trete seitlich gegen die Liege. Einzig Ben schaut herüber. Schnell starre ich auf meine Füße und warte, dass er sich wieder auf Marissa konzentriert. Als ich aufschaue, beobachtet Paisley mich, die zweite Ampulle in der Hand.

Ich nicke mit flehendem Blick zu dem Ding.

Sie bewegt die Ampulle in Richtung des Wagens, und ich schüttle den Kopf. Nach einigen Sekunden werden ihre Augen größer. Endlich hat sie mich verstanden, und sie schiebt die zweite Ampulle, zusammen mit der dritten, unter den Saum ihres Shirts. Ich mache ihr stumm vor, wie eine Nadel in meinen Arm sticht, und zeige zum Wagen. Zuerst runzelt sie die Stirn, doch dann sieht sie über ihre Schulter, ehe sie nach einer Spritze auf dem Wagen greift.

Ben schließt die Tür und Paisley wird panisch, reißt ihre Hand zurück, wobei sie einige Phiolen umwirft. Auf das Klimpern hin dreht Le-Li sich um und greift zu dem Taser an seiner Seite.

»Nimm Eros' Halsband ab!«, brülle ich, damit er zu mir sieht. Zwar könnte er jetzt bemerken, dass ich nicht mehr an die Maschine angeschlossen bin, aber anders geht es nicht. »Sieh dir an, was es ihm antut. Saubermachen allein hilft nicht.«

Le-Li schüttelt den Kopf. »Sonst kann ich nichts tun.«

»Es verbrennt ihm die Haut«, sage ich. Kurz sehe ich zu Paisley, die nach einer Spritze greift. Mein Herz rast. Wir könnten es tatsächlich schaffen.

»Was ist mit einer Salbe?«, frage ich. »Ben hat gesagt, es gibt eine, die ihm helfen kann.«

Le-Li sieht ehrlich besorgt zu Eros. »Ich frage Heda …«

»Sie wird … Nein sagen.« Eros atmet laut aus vor Schmerz.

Le-Li wringt den Lappen aus, von dem Wasser auf den Boden tropft. Er zieht den Wagen neben sich und greift wieder in den Eimer. Ich sehe fragend zu Paisley, die beide Daumen reckt.

Le-Li ruft nach Ben. »Ich bin fast fertig. Bring Paisley zu den restlichen Tests«, sagt er und tupft Eros mit dem Lappen ab. »Ich bin gleich da.«

Ben nickt und will Paisley zur Tür schieben.

»Warte!«, sage ich und klammere mich an die Kante der Liege, um nicht runterzuspringen und mich zu verraten.

Die Jungen sehen verwirrt zu mir.

»Ich möchte Paisley gerne umarmen, bevor sie geht.«

»Na gut«, sagt Le-Li. Er bedeutet Ben, sie zu mir zu schieben. »Aber sei vorsichtig, dass du den Schlauch nicht löst.«

»Bin ich«, verspreche ich. Dann kniet Le-Li sich hin und beginnt, Eros so sanft wie das letzte Mal die Füße zu waschen.

Es ist immer noch befremdlich anzusehen, auch wenn ich jetzt gerade froh über die Ablenkung bin. Erleichtert atme ich auf, gleite von der Liege und schleiche auf Zehenspitzen hinüber. Ben verdreht die Augen, als er den Schlauch in meiner Hand sieht, aber ich beachte ihn nicht und beuge mich nach unten, sodass ich Paisleys Körper mit meiner Schulter abschirme.

»Ich habe vier Spritzen. Soll ich die für dich aufziehen?«, flüstert sie und tippt auf die Beule an ihrem Bauch.

»Nein, nur zwei«, antworte ich und ergänze lauter: »Ich werde dich so vermissen! Hoffentlich sehen wir uns bald wieder.« Während ich das sage, blicke ich erst zu Ben, dann zu Le-Li. Sie scheinen nichts mitzubekommen. Eros hingegen fixiert Paisley mit seinem Blick und lächelt halb.

Ihre Hände zittern unter dem Shirt, dennoch schafft sie es, die Spritzen schnell aufzuziehen. Dann hilft sie mir, sie von ihrem Shirt in meinen Ärmel zu schmuggeln. Die zusätzliche Ampulle schiebt sie in meinen Hosenbund.

»Danke, BFF«, sage ich zu ihr.

»Bis bald, Partnerin.« Sie lächelt und sagt stumm: »Sei vorsichtig.«

»Du auch«, antworte ich. Ich mache mir Sorgen, weil sie so schwach und bleich aussieht. Schnell umarme ich sie richtig. »Bis dann.«

Eigentlich möchte ich noch mehr sagen, aber Ben zieht bereits den Rollstuhl zurück. Ich halte den leeren Ichor-Schlauch hoch und sage stumm »Danke« zu Ben. Dass er mich nicht verrät, bedeutet mir eine Menge.

Und ich möchte schwören, dass er mir ein schiefes Grinsen

zuwirft, bevor er Paisley auf den Flur schiebt. Die Tür fällt ins Schloss, und Le-Li steht auf. Ich muss zur Liege zurück und weiter vorgeben, an der Maschine zu hängen. Ohne den Blick von Le-Li abzuwenden, springe ich über die Pfütze aus hellblauem Blut.

Mein Hosenbund rollt sich auf, und der Inhalt fällt herunter. Glas zerbricht.

# KAPITEL 14

Le-Li lässt sofort seinen Lappen fallen und dreht sich zu dem Geräusch um. Mit einer Spritze in jeder Hand wirble ich auf den Fersen herum und laufe auf ihn zu. Sollte ich ihm diese Drogen nicht verabreicht haben, bevor er sieht, dass ich nicht mehr angeschlossen bin, ist alles zwecklos. Denn wenn er aufwacht, wird er wissen, was ich getan habe, und dafür sorgen, dass ich geschnappt und nie wieder unbeaufsichtigt gelassen werde. Oder, schlimmer noch, er wird Paisley bestrafen, weil sie mir geholfen hat. Das ist also meine einzige Chance.

Er greift nach dem Taser an seiner Seite.

Ich schaffe es nicht.

Immer noch laufe ich, die Spritzen vor mich gestreckt. So oder so werde ich versuchen, hier rauszukommen.

Le-Li hat mir noch den Rücken zugewandt, wird mich aber jeden Augenblick sehen, und mich trennen einige Schritte von ihm. Der Taser ist in seiner Hand, allerdings hält er ihn komisch, als wäre er nicht an das Ding gewöhnt.

Ein dumpfes Rasseln ertönt, wie von kaputten Windspielen, und mit einem kleinen Ächzen schlägt Le-Li der Länge nach hin.

Eros steht wacklig da, die Ketten in seinen geballten Fäusten. »Gern geschehen«, sagt er.

Eilig nutze ich seine Starthilfe, überwinde das letzte Stück und halte Le-Li mit dem Knie unten. Als er sich wehrt, ratscht eine scharfe Kante an seinem Patchwork-Rücken über mein Schienbein. Ich ramme beide Spritzen in seinen Nacken – der erste entblößte Fleck Haut, den ich finde. Er schreit auf vor Schmerz, doch mir gelingt es, ihn unten zu halten, während ich warte, dass er einschläft. Ich weiß, wie es sich anfühlt, und obwohl er teils aus Metall ist, sollte die doppelte Dosis schnell wirken.

Schließlich hört Le-Li auf, sich zu wehren. Ich lasse die leeren Spritzen fallen, sacke neben ihm auf den Boden und ringe mit den Tränen, als ich mein nun aufgeschürftes Schienbein halte. Mir ist zuwider, dass ich jemanden verletzt habe, selbst wenn er für Heda arbeitet.

»Liebes, du hast keine Zeit, Trübsal zu blasen«, sagt Eros. »Beeil dich lieber.«

»Soll ich dich von der Maschine nehmen?«

»Nein, ich möchte, dass sie mein Blut bekommt. Sie braucht es.«

Womit sich ein Berg neuer Fragen ergibt. Aber er hat recht. Ich darf nicht bleiben, denn ich kann nicht einschätzen, wie lange Le-Li mit seinem halb metallischen Körper schlafen wird.

»Ich komme wieder und hole dich hier raus«, verspreche ich und stehe auf.

Er nickt nur.

Bevor ich verschwinde, hake ich seine Ketten los und höre

zu, wie sie durch den Ring an der Decke gleiten. Eros atmet stöhnend aus. Ich greife mir Le-Lis Taser und eine Handvoll Ampullen, mit denen ich rasch weitere Spritzen fülle. Mein Trainingsanzug hat keine Taschen, also verstaue ich sie in meinem BH.

»Eros, wenn du mich klopfen hörst, kannst du dann zur Tür kommen und mir aufmachen?«

»Weiß ich nicht. Blockier sicherheitshalber« – er muss eine Atempause machen – »den Schließmechanismus.«

»Gute Idee.« Ich sehe mich nach etwas um, das ich dafür benutzen kann, und entscheide mich für eine der Spritzen. Ich nehme mir noch eine vom Wagen und öffne dann die Tür weit genug, um die Nadel in den Schnapper zu rammen und abzubrechen. Dann probiere ich es; der Schnapper klickt und greift nicht mehr.

Nun spähe ich nach draußen auf den Flur. Er ist leer. Ich gehe hinaus und lasse die Tür leise hinter mir zufallen. Entgegen meiner Befürchtung geht kein Alarm los. Ich teste nochmals, ob sich die Tür wieder öffnen lässt, was sie tut.

Auf dem Flur ist alles still. Zu still. Kalte, rauchige Luft bläst aus der großen Lüftung an der Wand mir gegenüber. Ich hake mir die Klemme des Tasers an den Hosenbund ein und schiebe die Hände in die Ärmel, um mich zu wärmen. Sollte meine Erfahrung mit den Medikamenten mich nicht täuschen, habe ich hoffentlich genügend Zeit, meinen Plan auszuführen, bis Le-Li aufwacht; eventuell mehr, weil er die doppelte Dosis bekommen hat. Ich muss meine Familie finden und hier raus.

Ein schrilles Piepen lässt mich erstarren. Der Lärm hört

genauso plötzlich auf, wie er angefangen hat. Ich atme auf und eile weiter, wobei ich möglichst vorsichtige Schritte mache, damit meine Converse nicht auf dem Estrich quietschen. Mein Herz pocht so schnell, dass ich beinahe sicher bin, jemand würde es hören und angelaufen kommen. Alle paar Meter pustet eine Lüftung Kälte in den Gang. Ich wünsche mir eine Decke, die ich mir zum Schutz umhängen kann. An der ersten Tür bleibe ich stehen und horche. Ich habe keine Ahnung, was dahinter ist, ob es sich um einen Ausgang handelt. Hören kann ich nichts.

Das Piepen ertönt wieder, und diesmal erkenne ich, dass es vom Ende des Korridors kommt. Ich gehe weiter und drücke die Klinke der nächsten Tür. Abgeschlossen.

Eilig gehe ich zur vorherigen Tür zurück. Es ist riskant, da ich mich auf das Piepen zubewege. Die Tür ist gleichfalls verschlossen. Ich reibe mir bibbernd über die Arme und gehe weiter.

Wenn ich richtig mitgezählt habe, bin ich inzwischen sechs Türen vom Ichor-Raum entfernt. Ich ringe nach Luft, als Stimmen durch den Flur hallen. Drei, vielleicht mehr von Hedas Wachen nähern sich.

Aus der anderen Richtung wird das Piepen lauter.

Ich bin umzingelt.

Mir bleibt keine andere Wahl, als zu Eros zurückzukehren. Dieser Plan ist gescheitert.

Die Stimmen werden lauter, und anscheinend kommt auch das Piepen hinter mir näher. Meine Hand wandert zu dem Taser. Ich werde mir meinen Weg freikämpfen, wenn ich muss.

Inzwischen bin ich nur wenige Meter vom Ichor-Raum entfernt, da sehe ich sie. Es sind zu viele, als dass ich den Kampf aufnehmen könnte.

Mich haben sie noch nicht bemerkt, aber sollte ich loslaufen und die Tür öffnen, werden sie es.

Die Lüftung bläst mir einen weiteren eisigen Luftschwall entgegen. Ich schlinge die Arme um den Oberkörper, den Taser unter meinen Arm geklemmt, und überlege, was ich tun soll.

Die Lüftung!

Ich laufe hinüber und zerre an der Abdeckung, die zum Glück auf Anhieb nachgibt. Dann ziehe ich sie weit genug ab, um darunterzuschlüpfen, ziehe meine Beine ganz nahe an mich, drehe mich dann vorsichtig um und schließe die Abdeckung wieder. Hier drinnen ist es eng, und der Taser drückt unangenehm in meine Hüfte. Außerdem ist es eisig. Ich muss mich anstrengen, ruhig zu atmen und nicht mit den Zähnen zu klappern, während ich den Deckelrost festhalte. Gleichzeitig bete ich zu den Göttern, dass die Wachen nicht gesehen haben, wie ich hier hereingestiegen bin.

Bei jedem Ausatmen bildet sich eine Wolke vor meinen Lippen. Meine Finger werden taub, und ich fürchte, dass ich die Abdeckung fallen lasse. Jedes Mal, wenn meine Haut an das kalte Metall kommt, brennt sich die Kälte an dieser Stelle ein. Doch ich kann meine Position nicht verändern, weil zu wenig Platz ist. Über meinen Arm hinweg linse ich durch die Lamellen, als das Piepen lauter wird. Wenig später taucht ein kleines vierrädriges Gefährt auf, das eine Art Pritschenanhänger zieht.

Die Wachen kommen von der anderen Seite, und der Fahrer hält direkt vor meinem Lüftungskasten an, um mit ihnen zu reden. Das Piepen verstummt.

»Wie geht's?«, fragt eine der Wachen.

»Immer dasselbe«, antwortet der Fahrer. »Bident hat schon wieder Mist gebaut. Ich bringe die Bescherung zum Verbrennen.«

»Was war los?«, fragt jemand.

Der Fahrer zeigt zu seiner Ladung. »Hat dem Mädchen direkt durch den Bauch gestochen. Dachte wohl, die Ichor-Behandlung bringt's schon wieder in Ordnung. Tja, Überraschung, ist nicht direkt verheilt.«

Ich folge seinem Zeigefinger zu einem schwarzen Leichensack hinten auf der Pritsche und schnappe hörbar nach Luft.

Eine der Wachen legt den Kopf leicht schräg und lauscht. Prompt bin ich wie versteinert, wage nicht mal mehr zu atmen und hoffe, das Rattern der Klimaanlage reicht aus, um jedes andere Geräusch zu übertönen. Nach einem ewig langen Moment wendet sich die Wache wieder der Gruppe zu. Sie reden weiter, aber ich blende sie aus, zu benommen und zu kalt, um zuzuhören. War ich das? War es mein Ichor, das jemanden umgebracht hat?

Eros' Vorschlag, dass ich Blut von meinem Vater trinke, um meine Unsterblichkeit rückgängig zu machen, klang noch nie verlockender als jetzt. Was ist schon ein bisschen Blut, wenn es das hier stoppen kann – was auch immer es sein mag? Ein bisschen Blut. Vorausgesetzt, ich habe noch nicht zu viele meiner neuen Kräfte genutzt, und etwas Blut allein reicht noch aus.

»Wir müssen weiterhoffen«, sagt eine andere weibliche Wache. »Wir sind dicht dran.«

»Ja«, stimmen die anderen zu.

Es kommt mir unendlich lang vor, bis die Wachen und der Fahrer ihr Gespräch beenden und weitergehen. Als die Pritsche vorbeirollt, sehe ich ein wenig Haar, das aus dem Leichensack fällt. Etwas daran kommt mir seltsam bekannt vor. Dann, als der Wagen über einen Hubbel im Boden fährt, geht der Leichensack auf und enthüllt ein Gesicht. Ein Schrei steigt in meiner Kehle auf. Ich lasse die Abdeckung fallen, und sie gleitet mit einem metallischen Kreischen zu Boden. Es hallt durch den engen Schacht. Doch mich interessiert weder der Lärm noch die Gefahr, entdeckt zu werden. Mich interessiert einzig und allein das Mädchen in dem Leichensack mit dem mir so vertrauten Haar und dem aufgeschlitzten Bauch, an dem mein heilendes Blut getestet wurde.

Nur hat mein Blut nicht geheilt. Es hat Paisley den Tod gebracht.

# KAPITEL 15

Noch nie habe ich einen solchen Schmerz empfunden. Ich würde lieber hundert Schläge mit den Stromschwertern nehmen, tausend. Unsagbare Schuldgefühle reißen an meiner Seele. Paisley ist tot. Sie ist tot. Ich glaube nicht, dass ich mich jemals wieder gut fühlen werde.

Ich sollte tiefer in den Schacht krabbeln, damit mich die Wachen nicht packen und rausziehen können. Aber meine Arme und Beine sind halb erfroren, und selbst wenn sie es nicht wären, würde ich mich zu benommen fühlen, um mich zu rühren.

Ihre Gespräche wehen mir in Wellen zu.

»... Was war das?«, fragt eine Wache.

»Einer von den verfluchten Lüftungsdeckeln ist runtergekracht. Ich rufe einen Hausmeister, damit er den wieder festmacht.«

»Dieser ganze Laden fällt auseinander.«

»Tat er übrigens schon, bevor Heda hergekommen ist.«

»Ich habe gehört, dass er verflucht ist ...«

Sie könnten am Schachteingang stehen und mich beobachten, darauf warten, dass ich rauskomme und sie mich wieder an die Maschine schnallen können. Ich würde es nicht wissen und nicht mal wissen wollen. Meine Augen sind blind vor Tränen, und ich sehe nichts als Schwarz. Es ist, als würden Geier in meinen Schädel picken. Im Geiste sehe ich Paisleys warme braune Augen. Die Erinnerung überdauert nur eine Sekunde, obwohl ich sie festhalten möchte und mich gegen den unterbewussten Drang sträube, mir klarzumachen, was wirklich mit ihr passiert ist – mit ihrem zitternden Körper im Rollstuhl, dem mein Blut aufgezwungen wurde, durch den man ein Schwert rammte; ihr Blut von der Farbe, wie Blut sein soll, das im Bogen heraussprüht – ihr Körper, in einer schwarzen Plastikhülle, ihre lächelnden Augen, die nun leer waren. Die einzige Idee, die mir einfällt, um mit all dem fertig zu werden, wiederholt sich in meinem Kopf in einer Endlosschleife: Wer *Bident* auch sein mag, das Monster wird bezahlen.

# KAPITEL 16

Der Gedanke, Rache für Paisley zu nehmen, verleiht mir die nötige Kraft, um mich zusammenzureißen. Ich wische mir über die Augen und spähe den Flur entlang. Inzwischen ist er leer, keine Wachen. Irgendwie haben sie mich übersehen. Es kostet einige Kraft, mich aus dem Schacht zu schieben, und ich sacke auf den Estrichboden draußen. Dort hole ich die Ampullen und Spritzen aus meinem BH und packe sie in den Schacht, vielleicht können sie später noch mal nützlich sein. Alles tut mir weh, von meiner Seele bis zu meinen Knochen. Benommen hänge ich die Abdeckung wieder vor den Schacht und lande wie fremdgesteuert vor dem Ichor-Raum, eine Hand an der Klinke, in der anderen den Taser.

Ich öffne die Tür, ziehe die Spritzennadel aus dem Schnapper und fädle sie unten in mein Shirt. Als ich hinüber zu der Liege gehe, muss ich um Le-Li am Boden herum. Eros zeigt auf mich. »Der Taser.«

Ich werfe ihn zu Le-Li und treffe sein Bein damit.

Mein Blick huscht wild umher, zu allen Stellen hier, an denen Paisley vor Kurzem noch war – neben dem Teewagen, neben dem Bett, an der Tür. Sie ist überall. Ich stöpsle die Maschine wieder ein, die quietschend anspringt, und ihr lautes

Sauggeräusch ähnelt dem eines Babys, das an einer leeren Flasche nuckelt. Dann nehme ich den Schlauch und die Infusionsverbindung, die ich vorhin herausgerissen hatte, und steige wieder auf die Liege. Grob ramme ich mir die Kanüle in den Arm, und hellblaues Blut beginnt sich zu sammeln. Der Schmerz ist fies, bedeutet mir mein Körper mit einem Zucken, doch mein Verstand registriert es nicht einmal. Ich schließe die Augen, sodass ich in meinem Geist gefangen bin, und alles, was mich dort erwartet, ist die Leiche meiner Freundin.

»Was ist passiert?«, fragt Eros. Er wirkt noch besorgter, als ich mich umdrehe und er mein Gesicht sieht. Aber er drängt mich nicht zu antworten, wofür ich ihm dankbar bin, weil ich nicht glaube, dass ich schon bereit bin, es auszusprechen. Stattdessen nickt er zu Le-Li am Boden, der zu sich kommt. Ich lege mich hin und sehe zu, wie das eklige blaue Ichor den Schlauch füllt.

Le-Li wird wach, bemerkt, dass er auf dem Boden liegt und rappelt sich schnell auf. Er stolpert, noch groggy von dem Schlafmittel, und stützt sich an dem Teewagen ab, um sein Bein in die richtige Position zu bringen. Dann reibt er sich den Nacken. Ich stelle mich schlafend. Mir ist klar, was jetzt kommen wird: Fragen, die zu beantworten mir die Kraft fehlt.

»Du bist auf der Ichor-Pfütze da ausgerutscht und mit dem Kopf aufgeschlagen«, lügt Eros für mich.

»Bin ich? Ich erinnere mich ni…« Le-Li stockt. »Die Ketten?«, flüstert er unsicher. »Ich muss gehen.«

Er eilt zur Tür, und ehe seine Schritte draußen verhallt sind, nähert sich ein anderes Paar Schritte vorsichtig.

»Ben«, sagt Eros, was weniger eine Begrüßung ist, als dass es mir sagen soll, wer da ist. Was unnötig ist, denn ich erkenne Bens Gang, seine Art zu atmen, seine sanfte Berührung meines Arms, die ich kurz zulasse. Zu gerne würde ich mich in seine Arme werfen und mich von ihm halten lassen, mich an seiner Schulter ausweinen. Doch ich ziehe meinen Arm weg.

Kaum ist seine Berührung fort, fühlt sich meine Haut noch kälter an als an dem Metall im Lüftungsschacht.

»Rachel?« Er schüttelt mich sanft. »Ich weiß, dass du wach bist. Ich habe dich oft genug schlafen gesehen, um den Unterschied zu erkennen.«

Trotzig halte ich meine Augen geschlossen; vor allem soll er meine Trauer nicht sehen. Denn die würde er sofort bemerken. Er ist schließlich Ben, und nicht einmal diese bizarre Situation ändert etwas an der Tatsache, dass er mich liest wie eines seiner Comic-Hefte.

Da ist ein Reißen an meinem Arm, als er mich von der Maschine nimmt. Sein warmer Atem ist nur Zentimeter von meinem Gesicht entfernt. Ich spüre ihn überall um mich, und mein Körper verzehrt sich vor Sehnsucht nach ihm. Mir ist bewusst, dass ich bloß den Kopf ein wenig zur Seite drehen muss, damit sich unsere Lippen berühren. Und die ziehen mich magnetisch an.

»Was tust du da?«, fragt Eros.

Ben antwortet nicht. Er streicht mir eine Locke aus der Stirn, schiebt einen Arm unter meine Knie und einen unter meine Schultern, um mich von der Liege zu heben. Ich schreie auf – nicht vor Schmerz, sondern vor Kummer, weil ich das alles hier erlebe, während Paisley alles genommen wurde. Und ich bin zu erschüttert, um Bens Tun infrage zu stellen, lasse mich einfach von ihm zur Tür tragen.

»Wo willst du hin?«, fragt Eros.

Ben dreht sich mit mir in den Armen um. »Es ist etwas Entsetzliches passiert. Ich bringe sie zu ihrer Familie, denn die braucht sie jetzt.«

# KAPITEL 17

Er trägt mich den kalten Korridor hinunter, und mit jedem Schritt wird das Verlustgefühl intensiver. Ich lasse weiterhin die Augen geschlossen, weil ich nicht sehen will, wohin wir gehen. Ich weiß, dass es dieselbe Richtung ist, in die der Pritschenwagen mit dem Leichensack gefahren ist. Das schwache Piepen hallt mir noch in den Ohren.

So vieles ist fort. All das, was ich nicht richtig zu schätzen wusste, als ich es hatte – Paisleys fröhliches Geplapper allen voran; wie ihre Augen geblitzt haben, wenn sie ununterbrochen über ihre Lieblingsserien redete, und unsere vielen nächtlichen Quiver-Chats. Am meisten vermisse ich, dass ich zum ersten Mal im Leben jemanden gefunden hatte, der freundlich zu mir war, ohne etwas im Gegenzug zu erwarten. Mich überwältigt der Drang, diesen oder diese Bident zu finden und zu fragen, warum das alles geschehen ist. Warum er oder sie Paisley ermordet hat.

Ben wird langsamer. Wir müssen nahe an der Containerhalle sein, denn Marissa kommt zu uns geeilt. Ich erkenne es an dem Klackern ihrer Absätze und dem Geruch ihres geliebten Rosmarin-Minz-Shampoos. Wie eigenartig, dass sie das Zeug hierher geliefert bekommt – wo immer wir hier sein mögen. Im nächsten Moment schäme ich mich, dass ich an etwas so Banales wie Shampoo denke.

»Rachel?« Marissa wischt mir eine Träne von der Wange.

Jetzt brauche ich es wahrlich nicht, dass mir meine falsche Freundin Mitgefühl vorgaukelt. Ich kneife die Augen fester zu und drehe mein Gesicht zu Bens Brust. *Was ich sofort bereue.* Sobald ich ihm noch näher bin, ihn berühre, wie ich es mir so oft gewünscht habe, ist es nur verwirrend und bricht mein ohnehin zerschmettertes Herz noch mehr.

Ein leises Schluchzen entfährt mir. Paisley, Marissa, Ben, alle in Hedas Einrichtung gefangen. Es ist einfach zu viel.

»Hast du es ihr schon gesagt?«, fragt Marissa.

Ben verlagert mein Gewicht in seinen Armen, sodass ich noch näher an ihm liege. »Nein, ich habe sie so gefunden.«

Marissas kalte Hand streift meinen Hals, als sie mir übers Haar streicht. »Armes Ding. Die Blutabnahme muss ihr echt zusetzen.«

Bei der Erwähnung von Blut sehe ich wieder Paisley in dem Leichensack vor mir.

Doch ich verdränge das Bild und konzentriere mich auf Marissas seltsames Verhalten. Ihre Worte klingen ehrlich, andererseits schien sie noch nie irgendwas sonderlich zu betreffen – solange es ihr nicht nützlich war. Ich schätze, dass sie mal wieder versucht, sich bei Ben einzuschmeicheln.

»Kannst du die Tür aufmachen?«, fragt Ben, der angestrengt atmet. »Ich habe keine Schlüsselkarte.«

»Oh, hast du sie verloren?«

»Nein, ich hatte nie eine.« Er verlagert mich wieder in seinen Armen, sodass mein Kopf höher an seiner Brust lehnt, unter seinem Kinn. »Die Tür«, wiederholt er. »Sie ist schwerer, als sie aussieht.«

»Ich kann stehen.« Hastig entwinde ich mich seinen Armen. Leider hat der Kummer mich ausgelaugt, und meine Schritte sind wacklig.

»Damit meinte ich nicht …« Ben bricht mitten im Satz ab, weil ich stolpere.

Marissa fängt mich am Arm ab.

Ich reiße mich los. »Schon gut«, sage ich und stütze mich an der verrosteten blauen Tür ab, deren Farbe unter meiner Hand weiter abblättert.

»Okay.« Marissa hängt sich eine kleine Reisetasche über die Schulter und weicht mit erhobenen Armen zurück, in einer Hand eine Schlüsselkarte, die sie über den Scanner zieht. Die Tür geht mit einem Klicken auf. Marissa macht einen Schritt, greift nach der Klinke und hält inne. »Ich hätte gerne Container …« Sie dreht sich zu Ben um. »Welche Nummer hat der Container von Paisleys Mutter? Ich lasse ihn nach oben bringen.«

Ich beiße die Zähne zusammen und balle die Fäuste. Gerade jetzt will ich dringender denn je weit weg von Marissa sein. Wie kann sie so ungerührt über Paisley reden? Vor mir?

»Woher soll ich das wissen?«, erwidert Ben und sieht mich genervt an.

Marissas Frage nach Paisleys Mutter verrät mir nichts, was mir der Leichensack nicht schon gesagt hätte, aber das erzähle ich ihnen nicht.

»Wie lauten die Befehle?«, ertönt es aus der Sprechanlage.

Marissa sieht Ben fragend an. »Du hast doch die Nummern

von Rachels Familie gewusst. Ich dachte, die anderen kennst du …«

»Kenne ich nicht. Ich habe bloß …« Seine Züge verhärten sich, und seine Haltung wird steifer. »Ich habe sie im Blick behalten« – er räuspert sich – »für Rachel.« Seine Worte passen nicht zu seiner Körpersprache, und das ist jetzt gerade zu viel für mein Gehirn.

»Die Befehle?«, kommt erneut aus der Sprechanlage.

Marissa neigt sich zu dem Mikro. »Bring mir Mrs. T-Turn…, Turning, Turnel?«

»Turner«, sage ich, und die Trauer trifft mich mit voller Wucht in den Bauch.

Ich werde Paisleys Mutter gegenüberstehen. Was soll ich ihr sagen? Dass Paisley wegen meines Blutes gestorben ist?

Ben reicht mir eine Hand, verzieht das Gesicht und hält inne. »Autsch.« Er zupft eine verbogene Nadel aus seinem Shirt. Die muss sich irgendwie von meinem Oberteil gelöst und in seines verhakt haben. »Komisch«, sagt er und sieht mich fragend an.

»Bitte, lass mich einfach rein.« Meine Arme sind viel zu gummiartig, um sie zu heben, geschweige denn diese schweren Türen zu öffnen. Ich möchte zu meiner Familie, muss sie sehen, von ihnen in den Armen gehalten werden, mich in ihrer Umarmung ausweinen. Sie sind alles, was ich noch habe.

»Brauchst du Hilfe?«, fragt Marissa.

»Nein, alles gut.« Ich spüre, dass Ben mich ansieht, und schaue nur kurz zu ihm. Dann senke ich den Blick zu meinen Converse, weil ich mich nicht in den Gefühlen verfangen will, die unweigerlich kommen, wenn er mich so ansieht.

Lieber zähle ich die kleinen abgeblätterten Lackfetzen von der Tür, die sich auf meinen Schuhspitzen angesammelt haben.

Nichts ist für immer.

Marissa geht voran in die Containerhalle und lässt ihre Tasche neben der Tür fallen. Ich folge ihr auf den einst leeren Balkon, auf dem nun fünf witterungsgepeitschte Container stehen, so angeordnet, dass sie fast wie ein riesiges Fragezeichen wirken. Vier von ihnen sind dicht beieinander und formen einen Halbkreis; der fünfte ist ein wenig abgewinkelt. Fünf. Ich zähle nach: Ma, Nani, Dad, Kyle; der fünfte muss Mrs. Turners sein.

Unsicher trete ich einen Schritt vor. Ich will zu meiner Familie laufen. Ben bleibt dicht hinter mir, sodass ich seine Hand nur Zentimeter von meinem Rücken entfernt fühle, als würde er damit rechnen, dass ich umfalle.

# KAPITEL 18

Je näher ich meiner Familie komme, desto sicherer werden meine Schritte. Nanis Container ist der erste und der einzige mit einem Fenster in meine Richtung. Die anderen können mich nicht kommen sehen. Nani steht drinnen, eine Decke wie einen Paluv um sich gewickelt und ein Ende über ihre Schulter geworfen. Ihr schwarzes Haar mit den grau melierten Strähnen vorn, die ihr Gesicht umrahmen, fließt ihr vollkommen glatt über die Schultern und glänzt, als hätte sie eben erst Öl hineingerieben. Ihr Blick huscht zwischen Ben und mir hin und her, und sie presst ihre Hände gegen das Glas, als ich näher komme.

»Rachel?«, ruft sie. Ihre Züge leuchten förmlich auf.

Mir kommen die Tränen, als ich versuche, schneller zu gehen. Das letzte Mal habe ich sie auf meiner inszenierten Beerdigung gesehen, und das letzte Mal, dass ich sie umarmt habe, war ich noch ein Kind auf der Heimreise von meinem Besuch in Gujarat. Ich wünsche mir so sehr, sie jetzt wieder in den Arm zu nehmen. Es ist hart, dass sie sonst so weit weg lebt, und die Entfernung macht es leicht, den Kontakt zu verlieren. Aus Stunden werden Tage, dann Wochen, und schnell sind es Monate, bis man wieder voneinander hört. Aber dazu ließ Nani es nicht kommen. Verlässlich wie ein Uhrwerk rief sie jeden Sonntag an. Ich bereue die Male, die ich abends laufen war, um diese Anrufe zu meiden. Hat man eine Freundin verloren, überdenkt man seine Prioritäten neu.

Nani tritt von dem Fenster weg und läuft zur Tür. Sie reißt sie auf und lüpft die Beine ihrer Jogginghose, wie Ma es tut, bevor sie in ihrem Sari losläuft. Ich will mich schon in ihre Arme werfen, da bleibt sie abrupt stehen.

»Nani?« Ich gehe noch einen Schritt näher. »Kommst du raus?«

»Ich muss hierbleiben.«

»Warum?«

»Ich … weil … weil ich muss.« Nani blickt zu ihren Füßen. Ihre Zehenspitzen sind direkt an der Schwelle. Sie hebt einen Fuß an, um ihn nach vorn zu bewegen. Er zittert, und sie stellt ihn wieder ab.

»Du musst?«

»Wo bist du gewesen?«, fragt sie. »Wir waren krank vor Sorge.«

Auch das hat mir gefehlt: Dass sie ständig alles wissen will. »Ich habe dich auch lieb, Nani«, sage ich.

Ein mattes Lächeln erscheint auf ihrem sonst so strengen Gesicht, und sie winkt mich zu sich. »Komm rein, wir haben viel zu besprechen.« Dabei sieht sie Ben fragend an. »Zum Beispiel, wo mein liebster Sprössling da hineingeraten ist.«

»Ich werde Ma nicht verraten, dass du das gesagt hast.« Eigentlich möchte ich meine Mutter sehen und meinen Vater richtig kennenlernen, der endlich nicht mehr im Bann einer Liebesgöttin steht. Aber dieser Moment mit Nani fühlt sich richtig an. Wir sind nicht immer einer Meinung, dennoch verstehe ich, dass sie nur mein Bestes will, selbst wenn ihre Vorstellungen sich drastisch von meinen unterscheiden. Die Umschläge mit den Profilen heiratswilliger junger Männer, die sie dutzendfach geschickt hatte oder ihr Streben, mich zur mächtigsten Liebesgöttin zu machen. Jetzt jedoch könnte ich einiges von Nanis Glauben gebrauchen. Und vielleicht weiß sie, wie wir hier rauskommen. Sie weiß mehr über die Liebesgöttinnen und die Götter als jeder andere, den ich kenne. Ich hätte wohl doch lieber im Unterricht aufpassen sollen.

Es ertönt ein gedehntes Läuten wie das zwischen den Stunden in St. Valentine's, und Nani hebt den Kopf. »Mittagessen«, sagt sie, tritt aus dem Container und geht an mir vorbei, als wäre ich gar nicht hier.

»Nani?« Ich drehe mich zu ihr um und stelle fest, dass Ben noch direkt neben mir ist. »Wo gehst du hin?«, rufe ich ihr nach.

Sie schreitet weiter auf eine einzelne Stahltür in der Wand zu. »Zum Essen«, antwortet sie.

Als Nächstes gehen Ma, dann Dad und Kyle und schließlich Paisleys Mutter an mir vorbei. Kyle wirft eine zusammengerollte Socke in die Luft und fängt sie wieder, als er Nani folgt. Meine Rufe ignorieren sie, als wäre ich ein Phantom, das sie nicht sehen können.

»Das liegt an den Fußketten«, flüstert Ben.

Ich sehe ihn an, will »Was?« fragen, doch es kommt kein Laut über meine Lippen.

»Hast du die goldenen Bänder an ihren Füßen gesehen? Sie sind aus dem Pfeil der Betörung«, erklärt er.

Der Pfeil der Betörung, die Machtquelle der Liebesgöttinnen, jene Waffe, die jeden dazu bringen kann, alles zu tun.
Die Waffe, die noch in mir ist. Aber jetzt, da ihre Magie nicht
mehr aus Hedas Blut kommt, wer kontrolliert sie dann?

Mir fallen Eros' Worte ein: »*Sie hat meinen Bogen und meine
Pfeile. Mit ihnen kann sie jeden dazu bringen, alles zu tun, was
sie will.*«

Sie hat den Bogen und die Pfeile.

Und »jeder« ist in diesem Fall meine Familie.

# KAPITEL 19

Ich folge meiner Familie. Wenn ihre goldenen Fußketten sie zwingen, etwas Blödes für Heda zu tun, will ich wenigstens wissen, um was es da geht.

»Rachel«, ruft Ben.

»Versuch nicht, mich aufzuhalten, Ben.«

»Es ist nur ... ich muss dir etwas sagen.« Er erwähnt Paisley nicht, aber ich bin mir sicher, dass es ihm um sie geht.

»Ich weiß es schon.« Ich sehe weiter nach vorn, wo die weiße Tür mit der roten Aufschrift *Notausgang* hinter Mrs. Turner zugeht. »Aber jetzt gerade muss ich mich vergewissern, dass meiner Familie nichts passiert. Können wir nachher darüber reden?«

»Klar, sicher.« Er kommt angelaufen und hält mir die Tür zu einem Treppenhaus auf.

»Danke.« Mich verwirrt, wie freundlich er heute zu mir ist. Der wahre Ben blitzt durch die Ritzen seiner Maske. Liegt es daran, dass meine Freundin gestorben ist und er sich schuldig fühlt, oder ist da noch mehr?

Ich folge den Schritten meiner Familie die Stahltreppe hinunter. Ben ist stets zwei Schritte hinter mir.

»Wo gehen sie hin?«, frage ich.

»Im Untergeschoss gibt es eine Cafeteria.«

»Und da gehen sie hin, wenn sie die Glocke hören?«

»Ja. Anscheinend sind sie auf unterschiedliche Geräusche programmiert.« Ben seufzt laut, was ich so deute, dass er nicht mit dem einverstanden ist, was vor sich geht. Ich bin kurz versucht, stehen zu bleiben und mich umzudrehen, um sein Gesicht zu sehen. Doch stattdessen laufe ich schneller.

»Wir verlieren sie nicht, keine Sorge«, sagt Ben. »Ich weiß, wo die Cafeteria ist.«

Ich nicke und verschnaufe kurz, bevor ich in normalem Tempo weitergehe. Mir wird bewusst, dass ich nicht sagen könnte, ob ich schneller gelaufen bin, weil ich meine Familie einholen wollte, oder um von Ben wegzukommen. Meine chaotischen Gefühle haben sich seit Paisleys Tod noch intensiviert. Ich bin sicher, dass das hier genau wie damals ist, als er seine Jacke bei mir ließ, wo Officer Matos sie dann gefunden hat, er also nur vorgibt, Heda zu dienen, um auf mich aufzupassen. In den Tiefen meiner Seele bestätigt mir ein Wispern, dass das so ist.

Wir erreichen den unteren Treppenabsatz, von dem nur eine Tür abgeht. Die öffne ich, bevor Ben es kann, und stehe vor einer Wand aufgestapelter Container. Von oben hatte ich die kleinen Metallleitern nicht gesehen, die zu den Containertüren führen. Ich kann mir nicht vorstellen, dass meine Nani eine von denen hinunterklettern muss, und bin froh, dass ihr Container oben auf dem Balkon steht, nicht vier Stockwerke hoch wie manche von diesen. Von oben aus sah es nicht so riesig aus.

Ich entdecke meine Familie weiter vorn, wo sie sich in eine

Reihe von Gefangenen stellen, die sich zwischen Wand und Containern bildet. Sie alle tragen die fiesen blauen Trainingsanzüge und haben zerzaustes Haar. Mich erstaunt, dass Dad und Kyle nicht die einzigen Männer sind, die hier festgehalten werden.

»Sie haben jeden einkassiert, der von den Liebesgöttinnen wusste«, erklärt Ben.

»Jeden?«, wiederhole ich. »Sind Officer Matos und meine Tante Joyce auch in einem der Container?«

Er nickt. »Ja, angeblich hatte Heda alle Liebesgöttinnen observiert.«

Natürlich hatte sie das.

Immer mehr Gefangene reihen sich ein.

»Wir müssen uns beeilen, sonst verlieren wir sie«, sage ich. Als wir das Ende der Schlange erreichen, drängle ich mich vor, um meine Familie zu suchen.

Jemand ruft: »Hinten anstellen!« Plötzlich strecken die Leute in der Schlange ihre Arme vor, um mir den Weg zu versperren. Ich stecke zwischen zwei Fremden und der Wand fest.

»Ich will bloß zu meiner Familie«, sage ich.

»Hinten anstellen«, erwidern sie im Chor.

Ich drehe mich zu Ben um, der in der Schlange wartet. Einige Leute reihen sich hinter ihm ein.

»Ich konnte dich nicht mehr warnen«, sagt er.

Wütend starre ich die Frau an, die mich mit ihrem Arm blockiert. Dann fällt mir ein, dass sie von der Fußkette kontrolliert wird, und ich lächle ein wenig. Ich frage mich, wer sie ist und woher sie sein mag. Als ich zu Ben zeige, lässt sie mich vorbei.

»Alles klar!«, brüllt sie mit einem starken deutschen Akzent. Sofort senken alle die Arme.

Ihr Akzent erinnert mich an Heinz und Frieda und sorgt dafür, dass ich sie schlagartig vermisse – genauso wie ihr verrücktes Zuhause mit den vielen Skulpturen in »Little Tokyo«. Und ich vermisse die wertvolle Zeit, die Ben und ich miteinander verbringen durften, auf dem Boot, das die beiden uns verkauft hatten. Jetzt ist alles anders.

Als ich wieder bei Ben bin, muss er sich ein Grinsen verkneifen. Ich kann mich nicht entscheiden, ob es mich erst recht ärgert oder beruhigt.

»Heda mag Befehle eben richtig gerne«, sagt er. »Sie ist ganz besessen davon.«

»Ja, das sehe ich.« Ich verschränke meine Arme und tippe ungeduldig mit dem Fuß. Die Container in der unteren Reihe stehen mit der Rückseite zu uns; keine Fenster, in die man hineinschauen, keine Leute, die man sehen kann. Nach einer gefühlten Ewigkeit erreichen wir die Spitze der Schlange. Die Gefangenen vor uns krempeln ihre Ärmel hoch und halten die Arme hin. Eine Wache an der Tür injiziert ihnen etwas, bevor sie nach drinnen gehen, wo sie eine weitere Wache zum Büfett führt.

»Ich lasse mir nichts spritzen«, sage ich panisch. Mich holt das Bild von Paisleys schwachem, zittrigem Körper ein. »Was geben die ihnen?« Ich hoffe, es ist nicht das, was ich befürchte. *Ichor.*

»Irgendein Vitaminpräparat, das Le-Li entwickelt hat. Sie bekommen hier kein Sonnenlicht, und Heda will, dass sie bei Kräften bleiben.«

Ja, sie sollen ja ihre Armee werden.

Als wir uns dem Eingang nähern, sehe ich in einen Raum, der wie aus einer Serie über amerikanische Highschools anmutet: Reihen von rechteckigen Tischen, die Wände in einem gewollt heiteren Gelb und an einem Ende ein Büfett. Ich schaue mich nach meiner Familie um, kann sie aber nicht entdecken.

Wir kommen zur Tür, und die Wache weist mich an, meinen Arm hinzustrecken.

»Sie gehört zu mir«, sagt Ben und schiebt mich durch. Die Wache hält uns nicht auf, was wohl an Bens grauer Uniform liegt. Der einzige Unterschied ist, dass Ben keinen Helm trägt. Plötzlich geht mir auf, warum sie die tragen: Alle hier sind miteinander verbunden. Wir alle sind verwandt und befreundet – und Liebesgöttinnen. Die Wachen arbeiten für Heda, sie kontrolliert das Gremium, und die kennen wahrscheinlich die Leute hier nicht bloß vom Kontakt zwischen Wachen und Gefangenen, sondern weil sie Liebesgöttinnen oder mit welchen befreundet sind. Nun will ich wissen, wer unter den Helmen steckt. Wer würde sich so gegen seine eigenen Leute wenden und warum? Ich blicke zum Knöchel der Wache am Büfett. Werden sie gezwungen, ihre eigenen Leute zu verraten, oder tun sie es freiwillig? Eines von beidem wäre unverzeihlich.

Ich kann nicht erkennen, ob sie Fußketten tragen, daher schaue ich mich wieder nach meiner Familie um und folge der Schlange zum Essen. Obwohl ich sie unbedingt sehen will, ist mir auch flau vor Hunger. Ich nehme mir ein Tablett und beginne, mir Sachen aufzuladen.

»Rachel?«, ruft jemand.

Ich drehe mich um und sehe Schwester Hannah Marie, meine alte Lehrerin, die mir von ihrem Tisch aus zuwinkt.

»Ja, sie sind es«, sagt sie.

Die Mädchen neben ihr sind Schülerinnen der St. Valentine's, jede Menge aus dem ersten Jahr und sogar ein paar aus dem Jahr unter mir. Mir wird die Brust eng, und all die Gefühle, die ich an der Schule empfunden habe, rauschen wieder auf mich ein. Ich umklammere mein Tablett fester, ringe mir ein Lächeln ab und verdränge die Wut, die Verbitterung und die Scham. All diese Gefühle sind lächerlich, denn ich habe gerade weit größere Probleme. Trotzdem macht es mir Sorgen, dass es selbst jetzt, da der Fluch gebrochen und die Schule geschlossen ist, noch nicht vorbei ist. Ich könnte bis zu meinem letzten Atemzug gegen Heda kämpfen, sie würde immer noch einen Weg finden, den letzten Rest Kraft aus mir zu saugen und diese Leute wieder zu Liebesgöttinnen zu machen.

Ben schiebt mich behutsam weiter. Ich nehme mir noch einige Sachen vom Büfett, doch mein Appetit ist nicht mehr so groß wie eben noch. Als ich das Büfettende erreicht habe, dirigiert mich eine Wache zu einem freien Platz an einem der Tische. Ich sehe mich zu Ben um und stelle fest, dass er sich nichts zu essen genommen hat. Er steht neben einer anderen Wache und unterhält sich leise mit ihr.

»Zu deinem Platz«, wiederholt die Wache.

Ich lächle den Liebesgöttinnen am Tisch verhalten zu und setze mich. Während ich ein Stück Röstkartoffel aufspieße, suche ich wieder nach meiner Familie. Das wiederhole ich, bis mein Teller halb leer ist und viele Menschen an meinem Tisch gekommen und wieder gegangen sind. Beim nächsten Umschauen begegnet mein Blick dem von Ben. Er lächelt und nickt mir zu, dann deutet er hinter mich. Ich drehe mich um, kann aber nichts erkennen und will schon aufgeben, als ich auf einmal Dads leuchtend rotes Haar bemerke.

»Dad!«, schreie ich, springe auf und laufe um andere Leute herum. »Dad!«

»Rachel?« Er richtet sich langsam auf, dreht sich um und strahlt, als er mich sieht. Fast rechne ich damit, dass er mich über die Entfernung hinweg nach Ma fragt, aber das tut er nicht. Er steht einfach da, lächelt, und Tränen steigen ihm in die Augen. »Wie schön, dich zu sehen«, sagt er und wendet sich halb zurück – ohne den Blick von mir abzuwenden, und sagt zu meiner Mutter, Nani und Kyle ihm gegenüber: »Seht mal, es ist Rachel!«

Mein Herz rast.

Ma schaut von ihrem Pappbecher auf und bekommt große Augen. »Rachel?« Sie lässt den Becher fallen, sodass sich Tee auf den Tisch ergießt, und bewegt sich durch die Menge zu mir.

Auch Kyle springt auf. Er beugt sich über den Tisch. Sein dunkles Haar scheint noch ein Stückchen länger geworden zu sein; die blond gebleichten Spitzen hängen ihm ins Gesicht. Dennoch würde ich ihn allein an seiner Körperhaltung erkennen. Sogar jetzt in diesem blauen Trainingsanzug und unter Beobachtung der Wachen wirkt er so lässig selbstbewusst wie ein Filmstar im Urlaub. Die Mädchen an den Tischen um ihn herum bemerken ihn ebenfalls. Sie werden rot und tuscheln untereinander, während sie jede seiner Bewegungen verfolgen. Zweifellos sind sie genauso sprachlos, wie ich es damals war, als ich ihn in Nashville zum ersten Mal gesehen habe, als er in seiner Baseballmontur aus seinem Truck stieg. Sie dürften enttäuscht sein, wenn sie erfahren, dass sie allesamt nicht sein Typ sind.

»Cousinchen!«, ruft er breit grinsend. »Wie nett, dass du dich endlich hier blicken lässt.«

Inzwischen steht meine ganze Familie, winkt mich rüber, und ich lächle zum ersten Mal seit Tagen richtig.

Ich schaffe es an den letzten Stühlen in meiner Reihe vorbei.

»Zurück auf deinen Platz«, befiehlt eine Wache auf einmal.

»Ich will mich nur zu meiner Familie setzen.«

»Geh zurück auf deinen Platz«, wiederholt sie. Ihre Hand wandert zu dem elektrischen Knüppel an ihrem Gürtel.

»Aber …« Ich sehe zu Ben, der bereits auf dem Weg zu mir ist. »Ben wird es erklä…«

Die Wache packt mich und drückt mich mit dem Gesicht auf den Tisch. Sie hält mich im Nacken und zerrt mir die Hände auf den Rücken.

»Rachel!«, schreit Ma.

Meine Nase wird unangenehm auf die Tischplatte gequetscht.

Nun brüllt meine ganze Familie.

Es gelingt mir, den Kopf rechtzeitig zur Seite zu drehen, um mitzubekommen, wie Kyle einer der Wachen einen Fausthieb verpasst.

Zwei andere stürzen sich auf ihn und drücken ihn an die Wand.

Bald sind alle auf den Beinen. Essen und Tabletts fliegen durch den Raum. Wachen werfen sich in das Chaos, die Knüppel geladen und erhoben. »Löst den Alarm aus!«, ruft eine von ihnen.

Leute schreien, als sie mit Stromschlägen malträtiert werden, schwärmen jedoch weiter auf die Wachen zu und kämpfen mit all ihrer Kraft. Ich wehre mich gegen die Wache, die mich festhält, möchte mich befreien und meiner Familie helfen.

Dann bläst jemand in eine Hundepfeife, und alle in blauen Trainingsanzügen fallen schlagartig zu Boden, wo sie reglos liegen bleiben.

Alle in blauen Trainingsanzügen – außer mir.

# KAPITEL 20

Die Wachen durchschreiten den Raum. Die Liebesgöttinnen und die anderen, die in der Cafeteria waren, liegen auf dem Boden aus wie Reihen von blau gekleideten Puppen. Nur ich werde immer noch auf den Tisch gedrückt, und meine Arme schmerzen, weil die Wache sie so weit nach hinten gedreht hat. Ich bin die Einzige ohne Fußkette, was mich abermals an Hedas Plan für uns erinnert.

Ben ist neben mir, will die Wache überreden, mich loszulassen. Aber sie drückt mich nur noch gröber auf den Tisch.

»Heda ist verständigt. Sie wird gleich hier sein«, sagt sie.

»Super«, stöhne ich, was mir ein erneutes Drücken auf meinen Kopf einbringt.

»Hey, was machst du denn?«, höre ich Marissas schrille Stimme. »Lass sie los. Sie ist Hedas Gast!«

Die Wache lockert ihren Griff.

»Jetzt übergib sie an mich«, befiehlt Marissa.

Mit einem verärgerten Murren schubst die Wache mich und lässt los, sodass ich noch über den Tisch gebeugt liegen bleibe. Marissa legt einen Arm um meine Taille und hilft mir auf.

»Meine Familie«, sage ich leise.

»Ich weiß«, antwortet sie.

Ben bietet uns seine Hand an, aber sie winkt ab. »Es geht schon«, sagt sie. »Hol den Rest ihrer Familie und Mrs. Turner. Wir treffen uns auf dem Balkon.« Dann führt sich mich zu einer Tür hinten im Raum. Neben einer Wache dort, einer Frau, die noch ein gutes Stück größer als Kyle sein dürfte, bleibt sie stehen. »Wenn Ben mit den anderen kommt, lass sie durch.«

Die Wache nickt und hält uns die Tür auf. Bevor wir in einen mit Teppich ausgelegten Korridor treten, schaue ich mich um und sehe, wie Ben Nani aufhilft. Das bringt mich beinahe zum Lächeln. Doch ich bemerke, dass Marissa mich beobachtet.

»Er ist noch in dich verliebt, weißt du das?«, fragt sie.

Fast kann ich seinen Herzschlag und seine Wärme an meiner Wange spüren. »Darüber will ich nicht reden, Marissa.« Ich entwinde mich ihr. »Ich kann allein gehen.«

»Heute Morgen, als sie …« Sie bricht ab und wählt ihre Worte mit Bedacht. »Heute ist etwas Schlimmes passiert.«

Etwas Schlimmes? So nennt sie den Mord an Paisley?

»Keiner konnte ihn davon abhalten, zu dir zu gehen«, fügt sie hinzu. »Glaub mir, Heda hat es versucht.«

Ich erinnere mich an die Zärtlichkeit in seiner Stimme und in seiner Berührung, als er mich auf der Liege gefunden hat und zwischen uns so viele unausgesprochene Worte waren. Meine Theorie, dass er nur vortäuscht, Heda zu helfen, um auf mich aufzupassen, scheint immer glaubwürdiger. Aber wenn sie stimmt, muss ich auch ihn schützen. Was bedeutet, dass sie weiter glauben müssen, er würde für sie arbeiten. »Uns hat früher einmal etwas miteinander verbunden, sonst nichts«, sage ich.

Für mich ist die Unterhaltung damit beendet. In diesem Teil der Einrichtung bin ich noch nie gewesen, und ich muss ihn mir einprägen. Paisleys Tod hat noch einmal bestätigt, wie gefährlich Heda ist. Und jetzt, nachdem ich all die Container und einige der Gefangenen aus der Nähe gesehen habe, frage ich mich unwillkürlich, wie viele von ihnen ihr Experiment, die Kraft der Liebesgöttin zurückzubekommen, überleben werden. *Und wie viele sterben werden.*

Für mich hat inzwischen die Flucht von diesem Ort nicht mehr die oberste Priorität. Ich muss den Bogen und die Pfeile von Heda wegbekommen. Ohne die hat sie keine Macht.

Marissa führt mich einen breiten Korridor, ähnlich dem oben, hinunter, doch die Decke ist niedriger und mit einem professionell aussehenden neuen Sprinklersystem ausgestattet. Die Rohre glänzen silbern; die Decke darüber ist staubig und voller Wasserflecken. Anstelle von Türen führen hier Bogendurchgänge zu allen möglichen Räumen; in einigen stehen Konferenztische, in anderen Kartonstapel. Im Gegensatz zu dem Flur oben ist es in diesem hier warm, fast zu warm, und es riecht streng nach Schwefel.

Ich wische mir Schweißperlen von der Stirn. Marissa scheint die Hitze weniger auszumachen. Sie schwitzt kaum, und der zart glänzende Film auf ihrer Haut sieht eher wie gepudert aus. Ich verdrehe die Augen und fächle mir Luft zu.

»Die Klimaanlage in diesem Teil der Einrichtung funktioniert nicht so gut«, erklärt sie mir.

Anscheinend gar nicht. »Wo sind wir überhaupt?«

»Beim Aufzug«, sagt sie und bleibt vor dem nächsten Türbogen stehen, in dem sich eine Fahrstuhltür befindet. Sie drückt den Knopf nach oben. »Ich kann Ben verstehen«, fährt sie fort, ehe ich eine Chance habe, genauer nachzufragen, wo genau wir uns in der Einrichtung befinden. Oder gar, wo diese Einrichtung liegt. Es ist ein komisches Gefühl, nicht zu wissen, wo ich bin. Marissa drehte eine Locke mit ihren Fingern auf. »Ich könnte es ihm auch nicht so leicht verzeihen, hätte er mich eingetauscht.«

*Mich eingetauscht?*

»Als könnte Heda ihm tatsächlich seine tote Familie zurückbringen.« Marissas Worte gleiten in meinen Verstand und wieder hinaus. Ich weiß nicht, wie ich das, was sie sagt, verstehen soll. Heda hatte Ben angeboten, seine Familie wiederzusehen, wenn er für sie arbeitet? Das kann nicht stimmen. Es ist unmöglich, dass jemand aus dem Elysium zurückkehrt. Die Tore zu den Anderwelten hat das Gremium schließlich vor Jahren fest versiegelt. Nur so konnte garantiert werden, dass die Götter oder die Halbgötter aus dem Olymp sich nicht auf der Erde einmischten. Sogar *ich* hatte gut genug in der Schule aufgepasst, um das zu lernen. Sollte Heda es doch können, würde Ben ohne Zweifel wieder mit seiner Familie vereint sein wollen. Das hat er sich immer gewünscht. Aber ich kann nicht glauben, dass er bewusst eine Liebe, die stark genug war, um den Fluch der Liebesgöttinnen zu brechen, für ein vages Versprechen von einer gestörten alten Frau aufgibt. Ben würde so etwas sofort durchschauen.

Doch ich erinnere mich, wie er mich unten gehalten hat, als mich die rote Wache auf die Liege schnallte, und auf einmal bin ich mir nicht mehr so sicher.

Die Fahrstuhltüren gleiten mit einem Gonglaut auf, und

ich stürme hinein. Gleichzeitig verdränge ich Ben aus meinem Kopf, damit ich mich auf das Wesentliche konzentrieren kann: Wie ich die Gefangenen hier rausbekomme. Es dürfen nicht noch mehr Leute zu Opfern von Heda werden. Und ich darf keine Zeit mehr mit dem Warten auf Bens Hilfe verschwenden.

# KAPITEL 21

Der Aufzug hält ruckelnd an, und die Türen gehen auf. Wir treten nahe der Treppenhaustür auf den Balkon hinaus. Ben und meine Familie sitzen auf der Kante eines Ruderboots um die weinende Mrs. Turner herum.

Marissa zieht mich zu ihnen, doch meine Schritte sind schleppend, denn egal wie gern ich meine Familie in die Arme nehmen würde, Ben ist ebenfalls dort. Ich weiß nicht, was ich zu ihm sagen soll.

»Ich glaube es nicht.« Marissa lässt meinen Arm los, als ich bei ihrer Geschwindigkeit nicht mehr mitkomme. Ihre Absätze klackern entschlossen, als sie auf Ben zueilt, ihm auf die Schulter tippt und ihn beiseitezieht. »Warum hast du ihnen schon erzählt, dass Paisley tot ist? Du hast doch gewusst, dass ich hier sein wollte, wenn sie es erfahren.«

Sie platzt einfach so damit heraus, und es ausgesprochen zu hören, schmerzt noch einmal neu. Bis zu diesem Moment hatte ich Paisleys Tod tief in mir vergraben. Jetzt jedoch ist er zu einem Virus geworden, der sich durch die Luft auf die Menschen überträgt, die ich liebe.

»Marissa«, zischt Ben und sieht sich zu Mrs. Turner um. Der Kreis löst sich und gibt ihr den Weg frei.

»Paisley ... was? Du lügst«, sagt Mrs. Turner und tritt zitternd einen Schritt vor.

Kyle wirft Marissa einen tödlichen Blick zu.

Ich ertappe meinen Vater dabei, wie er mich neugierig ansieht. Vor der Szene in der Cafeteria hatte ich ihn zuletzt zusammengesunken vor meinem Grab gesehen, wo er um die Beziehung trauerte, die wir nie hatten. Ich hatte nicht mal Zeit zu überlegen, was ich zu ihm sagen soll. Dies wird das erste Mal sein, dass wir ein Gespräch führen können, bei dem er seinen Willen selbst kontrolliert. All die Ängste und Hoffnungen auf eine normale Vater-Tochter-Beziehung sind wieder da. Er lächelt mich an und hebt seine Hand. Ich erwidere den Gruß und hoffe, dass er nicht denkt, meine Trauer um Paisley würde ein Desinteresse an ihm mit sich ziehen. Denn nichts könnte abwegiger sein.

Ben versperrt Marissa den Weg zur Gruppe. »Mrs. Turner war doch nur erschüttert wegen der Kämpfe in der Cafeteria«, erklärt er. »Eine Freundin von ihr wurde schwer verletzt. Darum hat sie geweint.«

Marissa reißt die Augen weiter auf. »Ich dachte, du hast ihr gesagt, dass ... Ich ...«

»Du hast gerade einfach gemacht, was du wolltest«, fällt Kyle ihr ins Wort. »Wie üblich, nicht? Dich interessiert niemand außer dir selbst.«

Sie wirkt den Tränen nahe. So habe ich sie noch nie gesehen. Und dann läuft sie mit einem Absatz-Stakkato weg.

»Das ist gelogen. Ich habe Paisley heute Morgen doch noch gesehen«, murmelt Mrs. Turner vor sich hin.

Kyle und ich wechseln einen Blick, und wir wünschen

wohl beide, wir könnten mehr sagen, aber das ist nicht der richtige Zeitpunkt.

Ma streichelt über Mrs. Turners Arm. »Komm, setzen wir uns.«

Aus dem Augenwinkel bemerke ich, dass mein Dad sich durch die Gruppe bewegt, und frage mich, was er vorhat. Als er neben mir stehen bleibt, zucke ich fast zusammen vor Überraschung.

»Hi«, sagt er über Mrs. Turners Schluchzen hinweg.

Obwohl ich ihn in der Cafeteria sprechen gehört habe, kommt mir seine Stimme so anders vor, dass ich ihn ansehen und mich vergewissern muss, denselben Mann vor mir zu haben, den ich aus meiner Kindheit kenne. Äußerlich ist er derselbe: dieselben Sommersprossen, dieselbe bleiche Haut, dasselbe rote Haar, dieselbe Narbe oberhalb der Augenbraue. Ich fasse nicht, wie anders er klingt. Der britische Akzent ist noch da, genauso wie diese vertraute Unsicherheit und Verwirrung, die wohl vom Fluch der Liebesgöttin herrühren; allerdings höre ich etwas wie Sorge. Ich stelle fest, dass ich schneller atme.

»Hi«, antworte ich.

Er kickt mit dem Fuß nach dem Estrich, und seine roten lockigen Haare reflektieren das grelle Deckenlicht, sodass sie sich zu bewegen scheinen. »Das mit deiner Freundin tut mir leid. Habt ihr euch nahegestanden?«

»Ja«, antworte ich. So nervös war ich selten, und mir fehlen die Worte.

Er lächelt traurig. Sein Lächeln ist ein wenig schief, und zum ersten Mal fällt mir auf, dass wir die gleiche kleine Lücke zwischen unseren Schneidezähnen haben. Ich möchte ihn so vieles fragen, doch ich sehe dieselbe Neugier in seinen Augen und will, dass er als Erster fragt. Zumal ich denke, dass mir der Mut fehlt.

Er neigt sich näher zu mir. »Jetzt ist zwar nicht der günstigste Moment, aber ich würde wirklich gern mehr mit dir reden. Wenn du das möchtest, versteht sich.«

Ich will hüpfen und schreien: »*Ja, natürlich, auf diesen Tag warte ich schon mein ganzes Leben!*« Stattdessen sage ich nur: »Ja.«

»Sehr schön.« Er nickt, schwingt ein Bein zur Seite und macht einen linkischen Schritt von mir weg. Ich will etwas sagen, ihn aufhalten, da höre ich klackernde Schritte kommen. Ich drehe mich um und bin erstaunt, Marissa mit ihrer Reisetasche zurückkehren zu sehen. Eigentlich hatte ich erwartet, dass sie wegläuft, wie sie es stets tut, wenn es schwierig wird. Aber sie stellt die Tasche auf den Boden und zieht eine zusammengefaltete blaue Uniform heraus. Obenauf liegt Paisleys Kette – ein Raumschiff mit Reißzähnen.

Ein tiefes Heulen entfährt Mrs. Turner, als sie sich aus der Umarmung meiner Mutter windet. Falls ein gebrochenes Herz ein Geräusch macht, muss es dieses sein. Sie sackt neben dem Ruderboot zu Boden und rollt sich zu einer Kugel zusammen. Ma und Nani knien sich neben sie und streicheln ihr den Rücken.

Meine Mutter sieht mich aus tränenverhangenen Augen an. Mrs. Turner war ihre Ausbildungspartnerin in der Schule. Es gibt nichts, was sie nicht füreinander tun würden. Paisley war für Ma wie eine Nichte. Entsprechend fühlt sie mit ihrer Freundin und auch mit mir. Sie weiß, wie nahe Paisley und ich uns waren. Aber sie weiß nicht, dass mein Schmerz tiefer geht als der Verlust einer Freundin. Darüber hinaus habe ich quälende Schuldgefühle, weil mein Blut, *mein Ichor*, Paisley nicht heilen konnte.

Nach einer Weile trocknet Mrs. Turner sich die Augen und hebt den Kopf. »W-wie ist es passiert?«

Ben will antworten, doch Marissa kommt ihm zuvor. »Sie haben versucht, ihr Eros' Blut zu geben.« Rasch wirft sie mir einen Blick zu, als ob sie mir damit bedeuten wolle, dass ich auf gar keinen Fall etwas dazu sage.

Sowohl meine Mutter als auch Nani sehen zu uns. Ich bin zu baff von Marissas Lüge, um zu antworten. Es war doch gar nicht Eros' Blut. Es war meines, und das weiß sie. Sie deckt mich.

»Um ihre Diabetes zu heilen«, ergänzt Marissa.

Paisleys Mutter fängt wieder zu weinen an.

Marissa verschränkt die Hände vor ihrem Bauch. »Da war sie schon zu schwach. Sie hat sein Blut abgestoßen.«

»Das kann nicht sein«, sagt Nani. »Eros' Blut ist eine der mächtigsten Quellen der Unsterblichkeit. Es heilt alles.«

»Heda hat ihm ein Halsband angelegt, dessen Material den Pfeil der Gleichgültigkeit enthält.« Marissa lächelt mir unsicher zu. »Es hemmt seine Kräfte.«

Nani winkt ab, als wäre Marissa ein lästiges Kind, das ihr ein kaputtes Spielzeug verkaufen will. Ihr ist nicht klar, dass dies der falsche Moment ist, über die Fähigkeiten der Götter zu diskutieren. In einem Punkt hat sie allerdings recht: Eros' Blut hätte Paisley geheilt. Ich möchte ihnen sagen, dass sie Paisley mein Blut gegeben hatten, ertrage aber die Vorstellung nicht, was die Wahrheit für Mrs. Turner bedeuten würde. Lieber soll sie denken, dass der Tod ihrer Tochter ein Unfall war, als zu erfahren, dass Paisley als Versuchsperson für Experimente zur Wiederherstellung der Liebesgöttinnen-Kraft herhalten musste und dann brutal ermordet wurde. Marissas Lüge ist die bessere Wahl.

Gerne würde ich mich auch neben Paisleys Mutter knien und mit ihr weinen, doch ich bin es leid, mir von Heda Fetzen meiner Seele herausreißen zu lassen. Meine Trauer wird zu Wut. Es wird Zeit, Antworten einzufordern.

Ich packe Marissas Arm und ziehe sie von der Gruppe weg, bis wir außer Hörweite sind.

Hier reißt Marissa sich von mir los, doch ihre Züge werden weicher, als sie in meinen die Mischung aus Wut und Kummer sieht. »Das mit Paisley tut mir leid, Rachel. Ich wünschte, ich hätte etwas tun können.«

»Wer ist Bident?«

»Das solltest du wissen, das haben wir schließlich in der Schule gelernt.«

Ich blinzle, und sie runzelt die Stirn.

»Hades' Waffe«, erklärt sie und wickelt eine ihrer goldenen Locken auf, als wolle sie jetzt das Thema wechseln.

»Hades?«, wiederhole ich.

»Der Gott der Unterwelt, Zeus' Bruder …«

»Ich weiß, wer er ist.«

»Seine Waffe«, sagt sie betont langsam. »Das Zepter mit den beiden Spitzen, der Zweizack. Der heißt Bident.«

»Ich habe dich nicht gefragt, *was* ein Bident ist, sondern *wer* Bident ist.«

Marissa scheint meine Frage endlich zu verstehen, zieht jedoch sofort eine nachdenkliche Miene.

Ich trete einen Schritt näher. »Marissa, sag es mir. Ich muss es wissen.«

»Warum?«

»Sag schon.«

»Okay.« Sie lässt ihre Locke los und zupft an ihren Fingernägeln, wobei sie mich aufmerksam beobachtet. Ich halte ihren Blick, bis sie schließlich sagt: »Es ist der Spitzname von Hedas Wache, der ganz in Rot.«

Mein Hals zuckt bei der Erinnerung, wie sie den Lederriemen so strammzog, dass ich nicht atmen konnte, und wie sie mir zum ersten Mal eines der Stromschwerter in den Leib rammte. Die rote Wache war es also. Sie hat Paisley ermordet.

»Wo ist sie?«, frage ich und laufe bereits zur Tür.

»Rachel, halt!« Sie eilt mir nach.

»Erst, wenn ich mit Bident fertig bin.«

»Wieso regst du dich so über sie auf?«

»Sie war es, die Paisley umgebracht hat.«

»Was?«, haucht Marissa, packt meinen Arm und dreht mich zu sich. »Wo hast du das gehört? Mir wurde erzählt, dass es die Behandlung war. Dass sie zu viel für sie war. Sie hat das Ichor nicht vertragen, weil sie zu krank war.«

Ein eisiger Schauer jagt mir über den Rücken. »Du meinst, sie hat *mein* Ichor nicht vertragen.«

»Sag doch nicht so etwas, Rachel.«

Ich gehe wieder auf die Türen zu.

»Rachel, warte. Ich kann dich nicht gehen lassen.«

»Warum nicht?«

»Ich … weil ich nicht kann.«

Ich halte inne. Diese Antwort gleicht auf unheimliche Weise der Antwort meiner Nani, warum sie vorhin nicht aus dem Container gehen konnte. Andererseits ist Marissas Knöchel entblößt, weil sie die Hosenbeine aufgekrempelt hat. Trägt sie vielleicht doch eine Fußkette, die sie bloß in dem Aufschlag versteckt?

Ich schaue mich auf dem Balkon um, suche nach irgendetwas, das all dem hier einen Sinn verleiht, und mein Blick fällt auf Ben, der mit Kyle und meinem Dad redet. Er sieht zu mir und runzelt die Stirn. »Alles in Ordnung?«, ruft er und kommt schon zu uns gelaufen.

»Das wird es sein, wenn ich Bident finde.« Ich trete einen Schritt zurück, und die große Tür hinter mir geht auf. Doch als ich mich umdrehe, finde ich mich Heda und ihren Wachen gegenüber. Alle tragen graue Uniformen und Helme – Bident ist also nicht dabei. Bei dem Gedanken an sie bebe ich vor Zorn. Ich weiß nicht, was ich tun werde, wenn ich sie das nächste Mal sehe. Wieder einmal stelle ich mir mich selbst als Jeanne d'Arc vor, so wie ich es auf der St. Valentine's tat – und ich stelle mir vor, wie ich auf sie zulaufe, die Hände um ihre Kehle schlinge und ihr das Leben aus dem Körper würge, genauso wie sie Paisleys Leben ausgelöscht hat. Es ist ein grausamer, aber befriedigender Tagtraum.

Und mich ängstigt, wie sehr ich mir genau das wünsche.

Obwohl sie nicht hier ist, stürme ich auf die Gruppe zu. Die Wachen ziehen ihre Stromschwerter, als ich zu nahe komme. Doch Heda hebt die Hand mit dem mattschwarzen Armreif am Gelenk, und sie stecken ihre Waffen wieder weg.

»Wo ist Bident?«, fauche ich und stolpere rückwärts, als ich erkenne, dass sie um Jahre jünger wirkt als beim letzten Mal. Sie könnte jetzt für Anfang fünfzig durchgehen. Ich weiß nicht, woran es liegt, aber wieder habe ich diese Ahnung, dass ich ihr früher schon begegnet sein muss. Wahrscheinlich weil sie, je jünger sie wird, immer mehr wie Eros aussieht.

Sie grinst spöttisch. »Interessante Frage.«

»Sag es mir.«

Heda reckt ihr Kinn und grinst so breit wie Kali der Dämon. Es ist die Art Grinsen, die man an Halloween in Kürbisse schnitzt, und es macht mir Angst.

»Bident ist noch bei Eros beschäftigt«, sagt sie. »Sie wird in Kürze hier sein.«

# KAPITEL 22

Im Geiste sehe ich Bident, die Eros mit ihren Schwertern durchbohrt. Ich sage mir, dass er unsterblich ist, aber da ist das schwarzgoldene Kästchen, das die Wache direkt hinter Heda trägt, und ich denke an Eros' dunkles Halsband. Sie hat ja bereits einen Weg gefunden, Eros von seinen Kräften zu trennen – mit dem Pfeil der Gleichgültigkeit.

Was das für seine Unsterblichkeit bedeutet, weiß ich nicht.

»Marissa?«, ruft Heda. »Beschleunige das hier für uns ein wenig und hole Bident dazu. Ich bin gespannt, was Rachel für sie geplant hat. Und wenn du schon dabei bist, lass ein weiteres Feldbett und einige Decken herbringen.« Sie verstummt, um sich zu vergewissern, dass Marissa ihr zuhört. Letztere ist sichtlich sprachlos. Herumkommandiert zu werden hat ihr noch nie gefallen – Marissa zieht es vor, selbst zu kommandieren. »Und schick auch Le-Li«, fügt Heda hinzu. »Ich habe unseren Lagebericht heute Nachmittag versäumt, weil jemand eine Prügelei in der Cafeteria angezettelt hat.« Sie macht eine kurze Pause. »Und wir werden wahrscheinlich sein medizinisches Können brauchen, wenn Bident hier fertig ist.« Sie sieht mich an, und ich verschränke die Arme vor der Brust.

Marissa geht zur Tür. Da ich nicht warten will, bis Bident kommt, folge ich ihr.

Heda seufzt. »Ben, könntest du bitte Rachel festhalten?«

Schwere Schritte eilen mir nach. Ich gehe weiter.

»Rachel, halt!«

Mit Mrs. Turners Weinen im Hintergrund und nach dem, was Marissa mir über seinen Handel mit Heda erzählt hat, bin ich jetzt wirklich nicht in der Stimmung, mit Ben zu reden.

Er holt mich ein und ergreift meinen Arm.

Ich entwinde mich ihm und drehe mich um. »Ist das wahr?«, entfährt es mir.

»Ist was wahr?«, fragt er.

»Dass du zugestimmt hast, für Heda zu arbeiten, damit du deine Familie wiedersiehst?«

»Um Himmels willen.« Heda hebt eine Hand an ihr Herz. »Das dürfte interessant werden.«

Ben fixiert meine Converse-Turnschuhe. »Das stimmt.«

»Aber sie sind tot.« Ich bereue es, sobald ich seinen wütenden Blick sehe.

»Du bist für mich auch tot.«

Bens Vorstellung ist zu echt, um für Heda gespielt zu sein. Vielleicht hat Marissa die Wahrheit gesagt. Meine Hoffnung schwindet rapide. »Ja, habe ich gesehen.«

»Was soll das heißen?«

Ich schaue an ihm vorbei zu Heda und ihren Wachen, die uns beobachten. Fehlt nur noch Popcorn.

»Tja, was wohl, Ben?«, frage ich sarkastisch. »Der erste Hinweis könnte gewesen sein, dass du einer Mörderin geholfen hast, mich an eine Maschine anzuschließen, die mir das Blut aussaugt.«

»Uuuh«, sagt Heda belustigt.

Bens blaue Augen sind eisig. Mir ist bewusst, dass es ein Schlag unter die Gürtellinie war, denn der Ben, den ich geliebt habe, hätte nie irgendjemandem absichtlich wehgetan. Aber das ist nicht dieser Ben. Er wendet sich ab, bleibt aber stehen und dreht sich dann zurück zu mir. »Wenigstens werde ich nicht mehr allein sein«, sagt er mit einer Mischung aus Furcht und Wut. »Dank Heda werde ich meine Familie wiedersehen. Das ist mehr, als du mir jemals gegeben hast.«

Mir fällt es schwer, eine Antwort zu finden, und als ich sie habe, kommt sie nur flüsternd heraus. »Und was ist aus deinen Worten geworden, dass du mich liebst und wir im Elysium für immer zusammen sein werden?« Es kostet mich einiges, nicht zu weinen.

Er sieht zu seinen Stiefeln, und etwas in ihm verändert sich. Mit einem Mal ballt er die Fäuste und versteift sich. »Was daraus geworden ist? Was passiert ist, verdanken wir deiner Entscheidung, die Ambrosia zu nehmen, ohne an mich zu denken. Wir können nicht mehr zusammen sein. Unsterbliche kommen nicht ins Elysium. Gib nicht mir daran die Schuld, Rachel. Es war deine Entscheidung.«

Das hatte er gemeint, als er gesagt hat, dass wir nicht mehr zusammen sein können. Mir bricht das Herz aufs Neue. »Aber du weißt, warum ich es getan habe. Ich habe versucht, alle zu retten. Ich hatte keine Ahnung, was die Ambrosia …«

»Aber du warst bereit, mich dafür zu vergessen, Rachel.

Mir war nicht klar, wie sehr es wehtut, bis …« Er verstummt und sieht mich an.

»Du weißt, dass ich dich nicht verlassen wollte. Wie oft muss ich dir noch sagen, dass ich nicht geahnt habe, dass mich die Ambrosia unsterblich macht?«

Heda schnaubt hämisch. »Hat dir das keiner gesagt? Ambrosia ist die Nahrung der Götter.«

Ich verdrehe die Augen und blicke zu meiner Familie. Sie sind damit beschäftigt, Mrs. Turner zu trösten, und bekommen nichts von dem hier mit.

Ben bedeutet mir, Heda zu antworten.

»Doch, aber«, sage ich seufzend, »ich habe nicht gewusst, dass es die Quelle ihrer Unsterblichkeit ist.«

Ben wirft die Hände in die Höhe, was mich umso wütender macht.

»Wir hätten gemeinsam einen Ausweg finden können.« Dann senke ich die Stimme, weil nur Ben meine nächsten Worte hören soll. »Du hast uns aufgegeben, Ben.«

»Das ist nicht fair!«

»Tja, es ist aber die Wahrheit.« Ich kehre ihm den Rücken zu, damit er meine Tränen nicht sieht.

»Du willst über die Wahrheit reden? Okay, reden wir.« Er räuspert sich hörbar verärgert. »Also wusstest du das von der Ambrosia nicht. Aber du hattest entschieden, mich zu verlassen.«

Ich drehe mich zu ihm. »Wie kannst du das behaupten?«

»Wie ich … Ist das dein Ernst?« Er fährt sich mit der Hand durchs Haar. »Du hast gewusst, was du auch nimmst, es würde die Erinnerung an mich aus deinem Kopf verbannen.

Eros hat dir gesagt, was der Preis ist.« Seine Wangenmuskeln zucken. »Der Preis, den Fluch der Liebesgöttinnen zu beenden, war, mich zu vergessen. Du hast ihn akzeptiert. Unsterblichkeit hin oder her, das ist zum Kotzen.«

Mir fällt das Herz in die Hose.

»Es ist schlimmer als der Tod meiner Familie, Rachel. Sie hatten nicht entschieden, mich zu verlassen.«

»Das ist anders«, erwidere ich flehend. »Ich wusste nicht, wie du empfindest, und ich dachte, ich tue, was das Beste für dich ist.« Meine Worte gehen ineinander über, weil ich nicht mehr atme. »Ich habe dir deinen Traum zurückgegeben …«

»Ich war es nicht, der aufgegeben hatte, Rachel. Ich wäre für dich durch die Hölle gegangen. Aber du hast mich nicht gelassen. Du hast entschieden, was das Beste für mich ist, ohne auch nur zu fragen. Du hast den einfachen Ausweg gewählt.«

»So, wie du es jetzt tust?« Ich zeige zu Heda.

»Ja, ungefähr so.«

Mein Dad tritt zwischen Ben und mich. Ich hatte ihn nicht mal kommen gesehen. »Ich denke, ihr zwei habt genug ›erzählt‹.«

Er führt mich an Heda und ihren Wachen vorbei, die diesen Auftritt viel zu amüsant finden, um ihn unterbrechen zu wollen, und bringt uns zu Ma und Nani, die immer noch versuchen, die verwirrte und verzweifelte Mrs. Turner zu trösten. Kyle steht hinter ihnen und wirkt unsicher, ob er mit Ben reden oder zu mir kommen soll. Ich bin froh, als er mich ansieht und zu uns kommt.

Mir fällt auf, wie sehr er sich seit meiner vorgetäuschten

Beerdigung verändert hat, und das nicht bloß, weil er nicht mehr unter dem Liebesgöttinnen-Einfluss steht oder sein Haar etwas länger scheint. In seinen wachen braunen Augen sehe ich den vertrauten Übermut blitzen, aber auch noch etwas Neues. Ich brauche eine Weile, um zu erkennen, dass es Traurigkeit ist. Dann bemerke ich seine Hände, deren Fingerknöchel geschwollen und rissig sind von der Schlägerei mit der Wache in der Cafeteria. Mir wird übel. Meinetwegen wurde Kyle von seiner Mutter getrennt, wurde ihm sein freier Wille genommen, und ist er jetzt ein Gefangener. *Meinetwegen ist er durch die Hölle gegangen.*

Kyle nickt zu Ben. »Das war ein unschöner Streit.« Er beugt sich vor und legt seinen Arm um meine Schultern. »Kommst du klar, oder soll ich hingehen und ihn zusammenschlagen?«

Die Tatsache, dass er nach allem, was er durchgemacht hat, noch für mich einstehen will, rührt mich zu Tränen. »Geht nicht beides?«, frage ich und ringe mir ein Lächeln ab.

»Sei nicht so frech«, sagt Dad und knufft mich mit dem Ellbogen.

Kyle lacht, und Dad lächelt richtig, was sich so warm anfühlt wie ein Sommertag, an dem man im Gras liegt und die Sonne auf sich einwirken lässt.

Ich atme aus und lasse damit ein wenig von der Enttäuschung aus meiner Unterhaltung mit Ben los. Mir gefällt, dass mein Dad mich beruhigen kann. Das konnte er früher nie. Und unwillkürlich frage ich mich, was ich noch an ihm mag. Nach wie vor bin ich nicht sicher, wie ich mich ihm gegenüber verhalten soll. Es ist, als wäre mein alter Dad von einer aufmerksameren Version seiner selbst besessen.

Er und Kyle führen mich an Ma und Nani vorbei. Im Grunde erwarte ich, dass Dad stehen bleibt und nach Ma sieht, doch er geht mit uns weiter zu einem der Container, wo wir uns in die offene Tür setzen. Ich weiß nicht, wessen Container es ist, bin jedoch neugierig, denn die Wände drinnen sind voller faustgroßer Dellen. Mir ist das Gefühl bekannt, seine Gefühle an irgendwas auszulassen. Heute ist ein furchtbarer Tag, einer von der Sorte, bei der man nur noch auf eine Wand einschlagen will. Ich habe eine Freundin *und eine Liebe* verloren.

Kyle und Dad sitzen still neben mir und beobachten mich voller Sorge.

Nein, ganz so schlimm ist der heutige Tag doch nicht. Inmitten all des Schmerzes wurde ich ja gerade mit meinem Cousin wiedervereint und ... habe endlich einen Vater gewonnen.

# KAPITEL 23

Meine Mutter löst sich von Mrs. Turner und kommt zu uns. »Kann ich mit dir reden, Rachel?« Sie nestelt am Saum ihres Shirts und reibt sich gedankenverloren mit der anderen Hand über ihr Schlüsselbein, wo früher ihre Perlenkette hing. Die hatte sie zu Ehren der seltsamen Ehe mit meinem Vater getragen. Heda nahm sie ihr genauso weg wie alle anderen Dinge, über die meine Mutter sich definiert hatte: über die ordentliche Art, wie sie sich das Haar hinten aufgesteckt hat und über ihren sorgsam gebügelten Sari. Nun muss sie dieselbe blaue Kluft tragen wie alle anderen, und ihr dunkles Haar hängt offen nach unten. In dieser gleichförmigen Kleidung sehen wir alle ein wenig wie Comic-Figuren aus, wie die mit den weißen Hüten und der blauen Haut – ihr Name fällt mir gerade nicht ein. Paisley würde ihn wissen – sie war die Königin der Popkultur. Ich blicke zu der silbernen Kette auf den zusammengefalteten blauen Sachen in Reichweite von Mrs. Turner, als mir bewusst wird, dass ich die Frage meiner Mutter nicht beantwortet habe.

Zum Glück beobachtet sie meinen Dad zu aufmerksam, um das zu bemerken. Er lächelt ihr zu, und ihre Lippen biegen sich zu einem sehr scheuen Lächeln.

Abwechselnd sehe ich die beiden an und frage mich, was ich hier verpasse. Doch als ich das nächste Mal zu meiner Mutter schaue, erkenne ich einen Anflug von Verlegenheit.

»Ja, gehen wir«, sage ich, springe auf und grinse den beiden anderen zu, bevor ich meiner Mutter zu ihrem Container auf der anderen Seite des improvisierten Hofes folge, vorbei an Ben, der mit Heda und deren Wachen zusammensteht. Ich versuche, nach der Pfeilscherbe zu sehen, die ich zum Container meiner Mutter gekickt hatte, was allerdings schwierig ist, ohne es zu offensichtlich zu machen. Als wir an Nani und Mrs. Turner vorbeigehen, sieht Nani auf und bettelt praktisch mit ihrem Blick, dass jemand für sie übernehmen möge.

»Ich bin gleich wieder da«, sagt Ma zu ihr.

Als wir weitergehen, hakt sie sich bei mir ein, neigt sich zu mir und sieht dabei zu Heda und den Wachen, die uns beobachten. »Du hast mir gefehlt, Rachel«, flüstert sie.

»Du mir auch, Ma.«

Ihr Gesichtsausdruck wird strenger, aber nicht so, als wäre sie verärgert, sondern eher so wie in Momenten, wenn sie Angst davor hat, mich traurig zu machen.

Ich bleibe stehen. Weiß sie von meinem Ichor, das Paisley umgebracht hat? »Was ist?«

»Nach dem, was mit Paisley passiert ist, will ich keine Geheimnisse mehr zwischen uns«, sagt sie.

Jetzt bekomme ich Angst. Zum einen bin ich noch nervöser, was mein Ichor angeht. Zum anderen ist Ma von jeher sehr darauf bedacht, ihre Geheimnisse zu wahren. »Das wünsche ich mir auch, Ma.«

»Ich muss dir erzählen, wie dein Vater damals meiner

Macht als Liebesgöttin verfallen ist. Damals ist mehr passiert, als du weißt.« Ma nickt zu Heda. »Aber ich will es dir nicht hier draußen erzählen.« An der Schwelle zu ihrem Container blickt sie sich kurz zu Dad um. Dann setzen wir uns auf ihr Feldbett, und Ma streicht den losen Stoff ihrer blauen Jogginghose zu einer Falte, die sie unter dem Bund feststeckt. Als sie bemerkt, dass ich sie beobachte, schmunzelt sie. »Alte Gewohnheit«, sagt sie achselzuckend.

Plötzlich ist da jedoch eine Trauer in ihren Augen, wie ich sie noch nie zuvor gesehen habe. Nein, keine Trauer. Bedauern. »Rachel«, haucht sie meinen Namen, bevor sie so schnell spricht, dass man glauben könnte, sie müsse es jetzt sofort sagen oder könne es nie. »Es war kein Zufall, dass ich deinen Vater ausgewählt hatte. Wir waren früher sehr gute Freunde.«

Ich will etwas fragen, aber ich kann nicht sprechen, weil ich befürchte, dass ich die Geschichte sonst nie erfahre.

»Wir haben uns kennengelernt, als er nach St. Valentine's kam, um die Computer dort zu installieren.« Ich versuche, mir Ma in St. Valentine's in Uniform vorzustellen, aber das kann ich nicht. Bevor ich herkam, hatte ich sie nie in etwas anderem als in einem Sari gesehen, und ich weiß nicht, was komischer ist: Ma in einem Trainingsanzug oder dass Dad auch mal an meiner Schule war. »Irgendwie hat er es geschafft, die Schul-Server zu hacken«, fährt sie fort. »Und anstatt ihn loszuwerden, hat das Gremium ihn angeheuert, damit er ihnen bei der Sicherheit hilft.« Sie blickt zur Containertür, als würde sie in jene Zeit zurückversetzt. »Er war immer so klug. Mit neunzehn hat er Quiver eingerichtet. Ich war eine der ersten Nutzerinnen, und wir haben nächtelang über alles und nichts geschrieben. Es waren immer wunderbare Unterhaltungen.«

Also ist mein Dad ein Genie. Ich muss lächeln, weil es mir gefällt, das zu hören.

»Es war damals eine schwierige Zeit für mich«, sagt Ma. »Weit weg von deiner Nani.« Wieder sieht sie zur Tür. »Aber er konnte mich immer zum Lachen bringen. Und wenn ich gelacht habe, konnte ich vergessen, wie weit weg ich von meinem Zuhause war.«

»Dad ist witzig?«, platze ich heraus. Das Genie finde ich nachvollziehbar, aber ich fand ihn nie lustig.

»Oh ja«, antwortet sie, »aber nicht unbedingt absichtlich.«

Jetzt muss ich schmunzeln, denn ich stelle mir vor, wie mein rothaariger britischer Vater einen schlechten Witz reißt. Und prompt werde ich betrübt, weil für mich mein Leben lang die bloße Existenz meines Vaters ein schlechter Witz war. Einmal hatte ich Ma gebeten, ihn von ihrer Liebesgöttinnen-Macht zu befreien und ihm seinen Willen wiederzugeben. Und ihre Antwort war damals: »So einfach ist das nicht.«

Nun sehe ich ihr an, dass sie heute dasselbe sagen würde.

»Und warum hattest du ihm seinen Willen genommen?«, frage ich und ziehe meine Knie eng an mich, während ich die Antwort auf die Frage abwarte, die ich schon mein ganzes Leben lang stelle.

Sie zupft an der fadenscheinigen Decke, die ordentlich auf dem Bett ausgebreitet ist. Es passt nicht zu Ma, so ernst zu werden.

Und ich warte auf eine Erklärung, die nicht kommt. »Wenn du nicht antworten willst, kannst du mir wenigstens sagen, warum du ihn all die Jahre unter deinem Zauber gehalten hast?«

Wieder sieht sie zur Tür, hängt den Erinnerungen an Dad nach, wie er mal war, und ich betrachte ihr Gesicht.

»Also?«, hake ich nach. »Bist du bei ihm geblieben, weil du ihn liebst?«

Nun sieht sie mich an, und mir wird klar, wie sehr das Dunkelbraun ihrer Augen dem von Paisleys ähnelt. Kein Wunder, dass ich mich in ihrer Nähe so wohlgefühlt habe.

»Natürlich«, sagt Ma. »Vor allem liebe ich, dass ich dank ihm dich habe.«

Damit hatte ich nicht gerechnet.

»Wenn du *ihn* nicht liebst, wäre es da nicht richtiger gewesen, ihn gehen zu lassen? Ich meine, er wäre nicht wieder ganz er selbst geworden, aber doch ein bisschen, oder?«

»Diese Fragen haben sich erübrigt. Du hast die Macht der Liebesgöttinnen beendet.«

Sie weiß nichts von der Magie, die noch in meinem Blut ist. »Ma, bitte, ich brauche eine Antwort, weil sie für mich wichtig ist.«

»Na schön.« Ma legt die Hand auf mein Knie. »Du solltest es nie erfahren, aber als du noch sehr klein warst, hat dein Vater seinen Bruder verloren.«

»Dad hat mir erzählt, dass sein Bruder vor meiner Geburt gestorben ist.«

»Es war eine Tragödie, mit der er nicht fertig geworden ist. Dein Dad wurde zu einem Schatten seiner selbst, und … nun ja, er hat versucht, sich das Leben zu nehmen.«

»Wie bitte?«

Sie drückt mein Knie. »Erinnerst du dich an das Gemälde von Eros in St. Valentine's? Das mit dem Pfeil und Bogen?«

»Ja, aber was hat das mit Dad zu tun?«

»Ein paar Jahre nach meinem Schulabschluss hatte ich plötzlich das Gefühl, jemanden vor mir zu sehen, den keiner außer mir bemerkte – und der wollte, dass ich ihm nachgehe. Und … dieser jemand sah genauso aus wie Eros auf dem Bild. Also bin ich ihm gefolgt, und er führte mich zur Wohnung deines Vaters. Ich … ich fand ihn fast schon verblutet auf dem Boden seines Badezimmers. Ich heilte ihn, aber meine Berührung … du weißt schon. Sie hat ihn verändert. Zu der Zeit wollte ich ein Kind in meinem Leben, und ich dachte mir, es wäre in Ordnung, einem Mann den Willen zu nehmen, der ohnehin keinen mehr hatte. Es war die beste Art, dich zu bekommen. Und ich bereue meine Entscheidung nicht. Ich habe sie vor mir als Rechtfertigung benutzt, weil es wegen ihr nun zwei Leben gibt, wo keines gewesen wäre. Und ich mochte ihn wirklich.« Ihre Hand rutscht von meinem Knie, und sie senkt den Kopf. »Auch wenn ich mir eine schönere Lösung gewünscht hätte, war sie die beste, die sich anbot.«

Die jahrelang gehegten Gedanken, meine Mutter wäre eine Art Monster, verpuffen, und jetzt begreife ich erst, was sie für meinen Dad und mich getan hat. Trotzdem drängt es mich, sie zu fragen, warum sie ihm seinen Willen genommen hat. Doch da kehrt die Traurigkeit in ihre Augen zurück. Ich beuge mich vor und streiche ihr das Haar aus dem Gesicht. »Wie ist es heute? Bist du glücklich?«

»Ja, das bin ich.« Sie hebt den Kopf. Eine Träne läuft ihr über die Wange, doch sie lächelt. »Ich habe ja dich.«

In diesem Moment verstehe ich sie. Ich nehme ihre Hand und halte sie fest. »Was sollen wir tun?«

»Wegen deines Vaters?«, fragt sie verwirrt.

»Ja, na ja, ihm und … allem anderen.« Für eine Sekunde möchte ich Jeanne d'Arc für meine Familie sein. Zu erfahren, dass mein Vater nicht vor Jahren seiner Träume beraubt wurde, um zum Schoßhund einer Liebesgöttin zu werden, lässt mich meine Mutter in einem besseren Licht sehen. Es ist eine ungeheure Erleichterung. »Ma, ich muss dir etwas erzählen.«

»Was ist, Rachel?«

Ich drücke ihre Hand. »Es geht um Heda. Sie will mein Blut benutzen, um …«

Die Schulglocke ertönt wieder. Schlagartig bekommt meine Mutter einen glasigen Blick, steht auf und geht zur Tür.

»Ma?«

Sie antwortet nicht. Die verdammte Fußkette zwingt sie zum Gehorsam.

Ich stehe neben ihr und beobachte, wie Mrs. Turner und der Rest meiner Familie zu ihren Containern gehen. Kyle geht zu dem mit den Dellen in den Wänden, und es bricht mir das Herz. Seine Mutter ist nicht hier. Er ist praktisch allein.

Und all dies geschieht, weil ich keine Liebesgöttin sein wollte. Weil ich die Macht abgelehnt habe, die nun für immer in mir ist. Meine Entscheidungen haben zu dem hier geführt. Meine Familie ist unter Hedas Kontrolle, und Paisley ist tot. *Hätte ich nur damals die Macht angenommen …*

# KAPITEL 24

»Du meine Güte«, sagt Heda, als Mrs. Turner auf dem Weg zu ihrem Container an ihr vorbeigeht. »Welche Hingabe! Als hätten sie etwas Wichtiges vor.«

Meine Familie steht an den jeweiligen Eingängen ihrer Container, starr wie Heinz' Skulpturen in Little Tokyo.

»Das ist nicht fair!« Ich stürme aus dem Container meiner Mutter auf Heda zu.

»Fairness ist eine Illusion«, erwidert Heda.

Ich richte mich auf. »Du hast versprochen, dass meine Familie zusammen sein kann und nicht verletzt wird.« Dann zeige ich zu den Containern. »Es verletzt uns, wenn du uns so trennst.«

»Ich bin mir ziemlich sicher, dass ich gesagt habe, ich würde euch *in Frieden* und alle zusammen bleiben lassen. Und das war von deiner Kooperation abhängig.«

»Es ist dasselbe«, sage ich.

»Ach, ist es das?«, fragt Heda mit einem Grinsen, das mich zu sehr an Marissas erinnert, wenn sie mich ärgert. Ich weiß, dass ich nicht anbeißen sollte, aber es geht nicht.

»Ich sagte, niemand wird verletzt … Paisley ist tot.«

»Ein bedauerlicher Unfall.«

Unweigerlich balle ich die Fäuste. »Machen wir uns nichts vor, Heda. Du brauchst mich.«

»Na und?« Sie klingt nicht mehr amüsiert und rauscht in ihrer blauen Seidenrobe auf mich zu.

Hätte ich nur Zeit gehabt, die schwarze Pfeilscherbe zu finden. »Und solange du dich an unsere Abmachung hältst, hast du Zugriff auf mein Ichor.« Natürlich erzähle ich ihr nicht, dass ich selbst auch nicht vorhabe, mich an die Abmachung zu halten. Ich will meine Familie in Sicherheit wissen, während ich mir überlege, wie ich uns hier raushole. Hedas Hand mit dem Armreif ruht auf dem schwarzen Kästchen, das sie irgendwann der Wache abgenommen hatte, und ich fürchte, dass jede Flucht sinnlos ist, ehe ich nicht an den Bogen und die Pfeile komme.

Ich wünschte, Eros wäre hier, denn er weiß, wie er Hedas Aufmerksamkeit von mir ablenkt. Beim Gedanken an ihn wird mir flau – denn er ist mit Bident allein. Inzwischen könnte ihm alles Erdenkliche zugestoßen sein.

Plötzlich regt sich etwas in mir, ein Verlangen nach der Magie in dem so nahen Kästchen. Es ist, als wirke der Pfeil wie ein Magnet auf die Unsterblichkeit, die sich in mir ausbreitet. *Ihre Macht vergrößert.* Wenn ich mich auf die konzentriere, wie Eros gesagt hat, könnte ich stark genug sein, Hedas Wachen zu überwältigen und mir das Kästchen zu greifen, bevor sie den Pfeil nutzen kann, um meine Fähigkeiten zu hemmen.

Ich sehe zu Ben. Er hat mir nie vergeben, dass ich diese Macht angenommen habe. Doch warum ist mir das noch wichtig? Ich schaue zu meiner Familie, die reglos im Eingang ihrer Container steht, gebannt von den Fußketten, und deren

Augen flehen, mir möge nicht passieren. Ich darf sie nicht mitansehen lassen, wie die Wachen mit ihren Schwertern auf mich losgehen oder Heda den Pfeil benutzt. Sie haben mich schon einmal beerdigt.

Heda erkennt meinen Konflikt und grinst berechnend. »Falls sie glauben, wo nichts ist, kann man auch nichts holen, kennen Sie Le-Li schlecht.«

Mir reichen diese Spielchen. Le-Li hatte mir erzählt, dass er mehr Blut bräuchte, weil er die Lösung bisher nicht gefunden hat. Ich hoffe, das trifft immer noch zu. »Trotzdem sind auch seinem Können Grenzen gesetzt. Willst du das Risiko eingehen?«

»Risiko?«, fragt sie belustigt.

»Dass du deine *Lösung* hast, bevor mein letzter Tropfen Blut verbraucht ist?«

»Pass lieber auf, wem du drohst«, sagt sie, sieht zu meinem Vater und fährt sich mit zwei Fingern über die Kehle. »Hallo, Daniel.«

Ehe ich reagieren kann, kommt Bident durch die offene Tür getänzelt. Die blutrote Gestalt rollt eine zusammengeklappte Liege vor sich her. Fast spüre ich, wie sich in mir alle Kampfgeister rüsten. Ben blickt zu mir und bedeutet mir, nichts zu tun. Aber ich will hinlaufen und ihr den Helm vom Kopf reißen. Ich will der Frau, die meine Freundin umgebracht hat, in die Augen sehen.

Heda folgt meinem wütenden Blick zu Bident. »Ah, endlich«, sagt sie. »Erhöhen wir den Einsatz und sehen, ob du wirklich zu deinem Wort stehst.«

Ich starre weiter Bident an.

»Also, tust du es?«, fragt Heda.

»Ja«, fauche ich.

»Wollen wir dann?« Heda tritt zwischen die Container. »Priya Patel, Anjali Patel, kommt her.«

Zuerst bin ich verwirrt, weil sie meine Mutter und Nani mit ihren vollen Namen anspricht. Dann bekomme ich Angst. »Was hast du vor? Du brauchst sie doch nicht.«

»Na, sieh an.« Heda schwenkt den Arm durch die Luft. »Du hast versprochen, mir keine Schwierigkeiten zu machen. Und jetzt fühlt es sich an, als würdest du doch.«

»Lass sie in Ruhe.«

Bevor ich auch nur blinzeln kann, werde ich nach vorn gestoßen. Bident drückt meinen Nacken nach unten und hält meine Hände fest. Genauso wie die Wache in der Cafeteria. Entweder war das auch Bident, oder sie haben alle die gleiche Ausbildung. Ich versuche, mich an jene Wache zu erinnern: Trug sie eine Maske? Hatte ich das Gesicht gesehen? Aber ich habe nur die roten hohen Stiefel vor Augen, die ich jetzt anstarren muss.

Heda beugt sich zu mir, sodass mir ihr Haar die Sicht verschleiert. Es ist inzwischen blonder, doch an einigen Stellen noch grau. »Also«, beginnt sie in einem Ton, als würde sie mit einem ungezogenen Kind sprechen, »es geht das Gerücht, dass du die Prügelei in der Cafeteria angezettelt hast. Ich wollte ja Vergangenes abhaken, aber dann musstest du ja durchdrehen.«

Ich reiße meinen Kopf weg und sehe kurz das Messer an Bidents Gürtel, bevor sie mich wieder nach unten drückt. Eine unbekannte Kraft blüht tief in mir auf. Könnte ich sie doch herbeibeschwören und irgendwie kontrollieren. Eros hat mir gesagt, jede Kraft, auf die ich mich konzentriere, manifestiert sich. Ich sehe zu meinem Dad, der alles nervös von seiner Tür aus beobachtet. Nein, ich muss Eros fragen, was geschehen könnte, ehe ich riskiere, dass meine Familie getötet wird.

»Okay«, sage ich und erschlaffe. »Ich wollte in der Cafeteria keine Schwierigkeiten machen. Ich hatte bloß meine Familie nach langer Zeit wiedergesehen. Mir war nicht klar, wie ernst die Befehle der Wachen gemeint waren. Es kommt nicht wieder vor.«

»Gut«, sagt Heda. »Lass sie los.«

Bident gibt meine Hände frei und stößt mich in Richtung Ma und Nani, die dastehen und auf ihre nächsten Anweisungen warten. Schützend strecke ich die Arme aus, sodass sie hinter mir sind, und sehe Heda an.

Sie schnalzt mit der Zunge. »Ich könnte deiner Mutter und Großmutter einfach sagen, dass sie herkommen sollen, und sie würde gehorchen. Aber wo bliebe da der Spaß?« Ihre Augen verengen sich zu Schlitzen »Bident, hol sie.«

Die rote Wache tritt vor.

»Das kannst du nicht machen!«

»Wenn ich fertig bin, kommen sie zurück. Ich habe heute ein wertvolles Versuchsobjekt verloren und muss es umgehend ersetzen.«

»Du hast nichts verloren. Sie wurde von Bident ermordet!« Ich bebe vor Zorn.

»Ich bin eine gerechte Frau, Rachel.« Sie hebt eine Hand, um Bident zurückzuhalten. »Such dir eine von beiden aus.

Wenn es dir lieber ist, könnte ich auch deinen Vater oder deinen Cousin benutzen – die Anatomie ist nicht mehr entscheidend für mich. Aber ich brauche ein Pfand, damit ich sicher bin, dass du gehorchst.« Sie schwenkt die Hand über den Balkon und die Containerstapel. »Erstaunlich, wie praktisch Kollateralschäden sein können.«

Was meint sie damit, dass die Anatomie nicht mehr entscheidend ist? »Du hast mir dein Wort gegeben.«

»Und ich werde es halten. Mit einigen freien Interpretationen. Willst du jetzt aussuchen oder nicht?«

»Du weißt, dass ich das nicht kann.«

Sie gibt der roten Wache ein Zeichen. »Schnapp dir eine, egal welche.«

Die rote Wache eilt vor.

In mir explodiert weißes Licht.

Mit einer fließenden Bewegung drehe ich mich zur Seite, reiße das Messer aus Bidents Gürtel und ramme es in ihre Hand.

# KAPITEL 25

Bident schreit auf. Ich lasse das Messer fallen und beobachte, wie es einen roten Streifen auf dem Boden hinterlässt. Gleichzeitig sehe ich auf meine zitternden, blutbefleckten Hände. Ich habe es getan. Ich habe jemanden mit einem Messer attackiert.

Das Summen kommt von den Stromstäben. Wieder umgibt mich eine blau glühende Wand. Heda hat den schwarzen Pfeil an ihrem Handgelenk und hält ihn zum Schuss bereit.

Meine Mutter packt ängstlich Nanis Arm. Aber nicht die Stromschwerter machen ihr Angst. Ich bin es.

Heda befiehlt der nächsten Wache: »Geh und sieh nach, warum Le-Li so lange braucht. Und er soll etwas von Eros' Blut mit herbringen.«

Die Wache sprintet hinaus auf den Korridor.

Ich drehe mich zu Ma um. »Was ist passiert?« Ich erinnere mich nur, dass mich eine rasende Wut überkam, und dann war da Licht – gleißend weißes Licht.

Bident presst die verletzte Hand auf ihren Bauch, und ihr Blut macht ihre Uniform dunkler.

»Du bist ausgeflippt«, antwortet Heda für meine Mutter. »Ich hatte dein Wort, und dann hast du meine Lieblingswache angegriffen. Das ist wirklich gegen die Abmachung. Jetzt wähle ich aus – und ich nehme beide.«

Ich will widersprechen, doch Nani geht bereits an mir vorbei und stellt sich in die Reihe hinter Heda.

»Nani, nein!«

»Keine Diskussion, Rachel«, winkt sie ab. »Ich gehe freiwillig.«

Meine Mutter sieht genauso besorgt aus. »Ma?«, fragt sie und macht zögerlich einen Schritt in Nanis Richtung.

»Ich bin alt«, sagt Nani. »Eine Liebesgöttin zu sein, ist mein Lebenswerk gewesen. Wenn ich die Macht der Unsterblichkeit in mir fühlen kann, bevor ich sterbe, habe ich wahrhaftig gelebt.«

»Aber …«

»Widersprich deiner Nani nicht.«

Jetzt muss ich dringender denn je mit Eros reden. Ich kann noch eine Blutspende anbieten. Dann hätte ich ein Auge auf Nani. Aber nach dem Zwischenfall mit Le-Li in dem Raum würden sie mich wohl kaum mehr allein lassen, erst recht nicht, wenn Le-Li begreift, dass Eros gelogen hat und er nicht auf der Ichor-Pfütze ausgerutscht war, sondern einen Hieb mit den Ketten auf den Kopf bekommen hatte und ihm Schlafmittel injiziert wurde. Ich muss es irgendwie schaffen, dass sie Eros herbringen. Und dann fällt es mir ein. Ich drehe mich zu Heda um.

»Du hast versprochen, dass meine ganze Familie zusammenbleibt.«

Sie verdreht die Augen. »Ich bringe deine Großmutter zwischen den Behandlungen zurück.«

»Kann ich darauf vertrauen, dass du diese Gnade meiner gesamten Familie erweist?«

»Ja«, sagt Heda, winkt ab und macht Anstalten, den Armreif abzunehmen und zurück in das Kästchen zu legen. Sie scheint zittriger und gebrechlicher, als wäre sie eben fünf Jahre gealtert. Der schwarze Pfeil wirkt auf jeden Fall schnell. Und ich frage mich, ob sie ausdrücklich nach Eros' Blut verlangt, weil sie jetzt einiges davon für sich selbst braucht. Ich wette, sie nimmt einen Schluck, ehe sie es Bident anbietet.

»Dann lass Eros herbringen«, sage ich. »Er gehört auch zu meiner Familie.«

Heda reißt ruckartig den Kopf hoch, eine Hand noch in dem Kästchen, und beginnt zu lächeln. »Du schlaues kleines Luder.« Sie klappt den Deckel zu und wendet sich langsam zu ihrer Wächterreihe um. Nachdem sie ihr ergrauendes Haar und ihre blaue Robe glatt gestrichen hat, brüllt sie: »Warum ist Le-Li nicht hier?«

Die Wachen sehen sich untereinander an. Besonders Ben ist angespannt.

»Mir ist egal, wer von euch Idioten geht, aber holt ihn sofort her!« Sie sieht erbost zu mir. »Und er soll meinen Vater mitbringen.«

Zwei Wachen bewegen sich zur Tür, zögern jedoch, weil sie unsicher sind, wer von ihnen gehen soll. »Idioten!«, schimpft Heda und dreht sich zu Bident um. »Geh du.«

Bident läuft aus dem Raum, wobei sie immer noch ihre verletzte Hand hält, und ich denke in diesem Moment, dass dieser Stich noch lange nicht ausreicht, um zu vergelten, was sie getan hat. Ich werde noch einen anderen Weg finden müssen, um sie für Paisleys Tod bezahlen zu lassen.

Heda neigt sich zu Ben und flüstert ihm etwas zu. Sein Blick wandert zu mir, dann nickt er, geht zu der Schalttafel neben der Tür und tippt einen Code ein. Eine Folge von kurzen Glockentönen erklingt, und Dad, Kyle und Mrs. Turner kommen aus ihren Containern. Mrs. Turner läuft zu Paisleys Sachen, nimmt alles in ihre Arme und atmet tief ein. Dann läuft sie zurück in ihren Container und schließt die Tür.

Meine Familie streckt sich und versammelt sich in dem kleinen Hof. Jenseits des Balkons werden Hunderte von Containertüren geöffnet und wieder geschlossen. Ich gehe an die Brüstung. Schwere Schritte folgen mir, doch ich bleibe nicht stehen, ehe ich bis zu den Containern schauen kann.

Türen öffnen sich, Leute steigen die Leitern hinunter und bilden Gruppen in den schmalen Fluchten zwischen den Stapeln.

»Heda schickt mich, um auf dich aufzupassen«, sagt Ben und stellt sich so dicht neben mich, dass sich unsere Arme streifen.

Mein Körper ist prompt wie elektrisiert. Ich rücke ein Stück zur Seite. Ben sieht zu den Containern, doch ich spüre, wie er sich sofort verkrampft, als ich auf Abstand gehe.

»*Ich wollte zu dir kommen*«, drängt sich seine Stimme in mein Denken.

Ich drücke die Hände an meinen Kopf und beobachte eine Gefangene, die sich die Leiter hinabmüht und der von einer Gruppe unten geholfen wird.

»Sie lässt sie einmal täglich raus, damit sie sich treffen können«, erklärt Ben.

Ich sehe hin, ob er wirklich spricht oder ich nur seine Gedanken höre. Doch er nickt zu den Containern und wartet auf eine Antwort von mir. Die nicht kommt. Es sind so viele Gefangene hier, Liebesgöttinnen aus der ganzen Welt. Mir war nie bewusst, wie viele es gibt. Wir waren ja immer isoliert in unseren Familien und den Schulen, konnten nur via Quiver Kontakt zu anderen haben. Dem Quiver von meinem Vater, wie mir da klar wird. Wie seltsam, dass er es eingerichtet hatte und ich das nie wusste.

»Rachel«, seufzt Ben meinen Namen, ohne zu mir zu sehen.

»Ja?«

Er stützt die Arme auf die Brüstung und lehnt das Kinn auf seine Faust, sodass er halb durch seinen dunklen Fransenpony zu mir aufschaut. Selbst im schwachen Licht leuchten seine blauen Augen.

Und als er mein Gesicht betrachtet und sein Blick auf meinem Mund verharrt, durchfährt mich ein Schauer, denn ich denke an seine Lippen auf meinen. Mein blöder, verräterischer Körper weigert sich, meinen Liebeskummer zu vergessen.

»Auch wenn es nichts bringt, mir tut leid, dass ich dich verletzt habe«, sagt er.

Ich nehme die Hände von meinem Kopf und presse sie auf meinen Bauch.

Wieder ertönt das Läuten, und die Menschen unten eilen zu ihren Containern.

Ben runzelt die Stirn. »Das ist zu früh«, sagt er, stemmt sich von der Brüstung ab und geht um die Container auf dem Balkon herum zurück. Mich übermannt die Neugier, und ich folge ihm.

Neben dem Container meiner Mutter bleibe ich stehen, denn ich sehe Le-Li und Heda auf den Aufzug warten. Im Schatten des Containers bemerken sie mich nicht. Le-Li reicht Heda ein Glas mit hellblauer Flüssigkeit. Sie schraubt den Deckel ab und trinkt gierig. »Es ist der Übergang«, erklärt er. »Ich kann es nicht isolieren, solange alles im Wandel ist.«

Ich bleibe sehr dicht an dem Container, weil ich mehr hören will. Mein Herz rast. Sie können also kein Liebesgöttinnen-Extrakt aus meinem Blut gewinnen. Das ist die erste gute Nachricht seit Langem.

»Erzähl mir nicht, dass wir das nicht schaffen.« Heda schleudert das leere Glas zu Boden. Es prallt ab, kullert über den Estrich und bleibt direkt hinter meinen Füßen liegen. »Was sind unsere Optionen?«

»Wenn wir den Plan vielleicht beschleunigen …«

»Rachel?«, ruft Ben und dreht sich zu mir um.

Ich winke fast schon ungeschickt und trete aus dem Schatten, um zu ihm zu gehen. Heda und Le-Li ignorieren den Aufzug, dessen Türen aufgleiten, und folgen mir hinüber zu Ben.

Ein lautes Stöhnen kommt von den Haupttüren, und wir sehen Marissa, die sichtlich Schwierigkeiten hat, Eros zu stützen. Er sieht noch schlimmer aus als vorhin.

Ben und ich laufen hin, übernehmen Eros und helfen ihm zu gehen.

»Hey«, sagt er ächzend. Die Haut um das Halsband herum pellt sich ab wie eine durchgeweichte Zwiebel. Mir fällt es schwer, nicht zu würgen.

»Nicht reden«, sage ich zu ihm. »Du musst dich ausruhen.«

Auf dem Weg zu meiner Mutter, die uns zu ihrem Container winkt, werfe ich Heda einen wütenden Blick zu. Nani hat die Augen weit aufgerissen und verneigt sich ehrfürchtig vor Eros.

Meine Mutter ruft Dad und Kyle zu: »Achtet auf Ma. Ich muss helfen.«

Sie gehen zu Nani, die in der Reihe der Wachen darauf wartet, zum Ichor-Raum gebracht zu werden. Wir wuchten Eros mühsam über die eine Stufe in den Container und zum Bett meiner Mutter. Bei jeder Bewegung streift das Halsband eine andere Hautstelle, und Eros ringt mit zusammengebissenen Zähnen nach Luft.

Ich sehe zu Ben. »Wir müssen ihm das Ding abnehmen.«

Er schüttelt den Kopf. »Es muss dranbleiben.« Ich weiß, dass Ben die Götter noch nie mochte, doch Heda bei dieser Aktion zu helfen, ist selbst für seine Verhältnisse grausam. Dennoch ist offensichtlich, dass es ihm nicht behagt. Und es gibt eine Salbe, die gegen die Schmerzen helfen könnte, allerdings glaube ich nicht, dass Ben sie für Eros beschaffen würde. Vielleicht, ganz vielleicht …

Ich greife nach dem Halsband.

Tausend Feuerblitze schießen mir durch die Finger, und ich lasse Eros los. Er sackt seitlich auf das Bett, und ich falle zu Boden, umklammere meine Hand und ächze genauso wie er. »Wie hältst du das aus?«, frage ich.

Zitternd balanciert er sein Gewicht auf einem Arm. Ben hält den Rest von ihm aufrecht, was ihn aber eindeutig viel Kraft kostet. Eros nickt an mir vorbei zur Tür. »Für meine Tochter … ertrage ich alles.«

# KAPITEL 26

Meine Hand ist geschwollen und von Blasen übersät, die sich inzwischen teilweise ablösen. Hellblaues Ichor, eine Nuance blasser als es in den Schläuchen aussah, sickert aus den offenen Wunden in meiner Handfläche und rinnt meine Finger herab. Unwillkürlich frage ich mich, ob es an dem schwarzen Pfeil liegt. Ob dieser kurze Kontakt mein Blut schon verdünnt hat.

Überall, wo mein Ichor hintropft, verschwindet der Schmerz. Bald ist es erträglich. Ich richte mich auf und blicke mich um. Ben ist weg. Hier sind nur Ma, Eros und ich.

Dad und Kyle lungern an der Tür herum, trauen sich aber anscheinend nicht herein. Alle beobachten stumm, wie Eros auf dem Bett liegt und laut genug schnarcht, um die Lüftungsventilatoren draußen zu übertönen. Sein Kopf hängt an einem Ende des Pritschenbettes über, seine Füße am anderen, was nur noch mal zeigt, wie groß er ist. Ich kann nicht mal erahnen, wie lange es her ist, seit er sich zuletzt hinlegen konnte.

Meine Mutter kniet neben ihm. Sie macht Anstalten, ihm die Locken aus der Stirn zu streichen, zieht die Hand jedoch wieder zurück. Es muss für sie überwältigend sein, dass sie einen Gott aus nächster Nähe sieht. Meine eigene Reaktion war ganz ähnlich, als er aus dem Nichts zwischen den Skulpturen in Little Tokyo aufgetaucht ist.

Sie hört meine Schritte, dreht sich um und stößt einen stummen Schrei aus. »Oh, Rachel, deine arme Hand! Ich muss dir helfen.« Meine Mutter sieht wieder zu Eros, und ich glaube, sie schämt sich, so von ihm gebannt zu sein, statt mich an die erste Stelle zu stellen, wie sie es sonst immer tut.

»Schon gut, Ma. Du kannst nichts tun.« Es ist merkwürdig, wie langsam es heilt.

Ich blicke zu Dad und Kyle und frage mich, warum sie keine Hilfe anbieten.

»Wir können nicht reinkommen«, sagt Kyle, als hätte er meine Gedanken gelesen.

»Die Fußkette?«

Dad nickt.

Ich setze mich neben Eros auf die Bettkante und lege meine verletzte Hand in den Schoß. Mit der anderen greife ich unter meinem Bein zu der zerschlissenen Decke und drücke sie fest, während ich ein Stück davon abreiße.

»Soll ich dir helfen, die Hand zu verbinden?«, fragt Ma.

»Nein, das ist für Eros«, antworte ich und schiebe den Stoffstreifen selbst unter das Halsband. Aus der Nähe höre ich das zischende Geräusch seiner brennenden Haut, als der Gegenzauber zu wirken beginnt. Er braucht dies hier dringender als ich.

Meine Ma hilft mir, und Eros' Atem wird ruhiger und ruhiger. Doch bald beginnt der Stoff zu qualmen, weil sich das Halsband sogar dort hindurchbrennt.

»Wir brauchen noch einen Streifen«, sage ich. Aber es ist

schwierig, ein weiteres brauchbares Stück der Decke zu finden, das man dafür verwenden könnte.

Eros öffnet die Augen einen Spalt und lächelt mir zu. »Schon gut … es hält sowieso nicht.«

»Hör auf zu reden, dann wird es.« Ich beginne, einen neuen Streifen unter das dicke schwarze Band zu stopfen. Von Nahem sieht es wie eine dunkle Öffnung aus, als könnte ich die Hand vollständig hineinstecken. Aber es täuscht, denn sie würde nur verbrennen.

»Verzieh dich, Marissa«, sagt Kyle hinter mir. »Keiner will dich hier haben.«

»Ich bringe nur das Bett«, entgegnet Marissa. Ich drehe mich um und sehe, wie Kyle davon stürmt, als sie an die Containertür klopft. »Hey, braucht ihr das hier?«, fragt sie und hebt die zusammengeklappte Pritsche herein. Anfangs hilft Dad ihr, gibt indes acht, nicht über die Schwelle des Containerrahmens zu greifen. Zwar steht er nicht unter der völligen Kontrolle der Liebesgöttinnen, aber ich hasse es zu sehen, wie sehr ihn der Pfeil der Gleichgültigkeit beherrscht.

»Schieb es da drüben hin«, sagt Ma und zeigt zur hinteren Wand.

Marissa rollt die Pritsche hinüber und legt zwei neue Decken obenauf. »Ich werde versuchen, euch noch ein Bett zu besorgen.«

»Danke«, sage ich. »Kannst du zufällig auch Pflaster beschaffen?« Ich halte meine Hand hoch, und sie ringt nach Luft.

»Was hast du da gemacht?«

Ich deute auf Eros' Halsband. »Es versehentlich angefasst.«

Die wahre Ursache kann ich ja schlecht verraten. Wie aufs Stichwort klopft Ben an die Tür, wartet jedoch nicht auf eine Einladung, sondern kommt direkt herein. Ich vermute, er hat keine Fußkette. Womit diese Theorie – *diese Hoffnung* – hinfällig ist. Er tritt ans Bett, blickt zu Eros' Hals und dann zu meiner Hand. Seine Hände ballen sich zu Fäusten, und seine Wangenmuskeln zucken, wie sie es immer tun, wenn er wütend ist.

Ma lehnt sich zu mir und flüstert: »Soll er gehen?«

»Nein, ist okay.« Ich beobachte Ben, der vorgibt, nicht zu lauschen.

Ma nickt und wendet sich wieder zu Eros. »Ich hätte nie gedacht, dass ich einmal die Möglichkeit haben würde, mit ihm zu reden«, sagt sie halb zu sich selbst. »Ich habe so viele Fragen.«

»Frag«, fordert Eros sie ächzend auf.

Sie sieht mich an, als wolle sie meine Erlaubnis. Auf mein Achselzucken hin geht sie näher ans Bett. »Warst du es? Hast du mich damals zu Rachels Vater geführt, bevor es zu spät war?«

»Ja.«

»Wusste ich es doch.« Ma dreht sich zu Ben um. »Wir müssen Eros helfen.«

»Ich kann nichts tun«, antwortet Ben mit gesenktem Blick.

»Dann finde einen Weg. Rachel gibt es nur dank Eros' Hilfe.«

Vielleicht ist es die Loyalität der Liebesgöttin, vielleicht etwas anderes, auf jeden Fall zollt sie ihm mehr Dank, als ihm zusteht. Klar, Eros hatte ihr geholfen, doch Ma hat gesagt, ihre Gefühle für Dad wären der Hauptgrund gewesen, warum sie ihn verwandelt hatte, und es war nicht Eros, der meine Eltern miteinander bekannt gemacht hatte. *Oder doch?* Mein Dad hatte für das Gremium gearbeitet. Ich schiebe den Gedanken beiseite und beobachte, wie Eros mühsam eine Hand hebt, meiner Mutter zweimal sanft auf die Schulter klopft und den Arm wieder sinken lässt.

Sie lächelt und setzt sich gerader hin. Ich fasse nicht, dass sie ihm das abkauft.

Ben beugt sich zu mir. »Erinnerst du dich, wie du mich vor einer Kugel gerettet hast?« Bei seinem Flüstern wehen die Haare an meinem Ohr auf, und ich erschauere. »Jetzt sind wir quitt.«

Etwas landet in meinem Schoß, als Ben an Marissa vorbei hinausgeht. Vorsichtig sehe ich nach unten und bemerke ein kleines Päckchen, nicht größer als eine Walnuss. Ich stecke es unter mein Bein, damit weder Marissa noch die Kameras es entdecken können. Nach wie vor bin ich unsicher, wie Marissa in diese ganze Sache reinpasst.

Ma hat die Arme verschränkt und die Augenbrauen hochgezogen. Ich nicke zu Marissa, und sie steht auf.

»Komm, Marissa«, sagt Ma, nimmt Marissas Arm und führt sie zu der Pritsche. »Hilfst du mir bitte, das hier aufzuklappen?« Während sie sich gemeinsam mit dem neuen Bett abmühen, wickle ich vorsichtig das Päckchen auf, wobei ich es weiter mit einer Hand von der Kamera abschirme. In der Papierhülle ist ein winziges Glas Goldstaub mit einer Notiz:

*Abrieb vom Schild des Achilles.*
*Er bricht die auslaugende Kraft des Pfeils*
*der Gleichgültigkeit.*
*Wasser hinzugeben, zu einer Paste verrühren*
*und äußerlich anwenden.*

Ich lächle. Ben hat uns geholfen, wie ich es gehofft habe. Meine Gefühle sind heillos durcheinander, aber in diesem Moment bin ich so froh, dass ich am liebsten zu ihm laufen und ihn umarmen würde.

# KAPITEL 27

Den Goldstaub verstecke ich zwischen meinen Knien. Ich klemme sie fest zusammen, denn Bens Geschenk darf nicht entdeckt werden. Aus dem Nichts erscheint eine graue Wache, deren große Gestalt den Türrahmen ausfüllt. Ich springe auf, und der Behälter rutscht tiefer.

»Marissa«, sagt die Wache, »wir gehen. Heda will, dass alle eingeschlossen sind.«

Ich beuge mich vor und versuche, mit einer Hand hinter meine Beine zu greifen, um den winzigen Behälter zu greifen, ehe er runterfällt.

»Bis später, Rachel«, sagt Marissa und folgt der Wache.

Als die Luft rein ist, schiebe ich den Behälter unter Eros' Bein und laufe hinter Marissa her zu Heda. »Was soll das mit dem Einschließen?«, frage ich.

»Sicherheitsmaßnahme«, antwortet sie und winkt ihre Wachen in Reih und Glied.

»Können wir bitte im Innenhof zusammenbleiben?«, frage ich.

»Das nennst du einen Innenhof?« Sie zeigt zu dem kleinen Bereich mit dem alten Ruderboot als Sitzmöglichkeit, umgeben von Wänden aus verwittertem Metall und beleuchtet von flackernden Deckenleuchten. Sie hat recht, viel gibt diese Umgebung nicht her – trotzdem ist es der einzige Ort, an dem wir zusammen sein können.

»Bitte«, wiederhole ich. »Benutz die Fußketten, um ihnen auf diese Weise zu befehlen, dass sie bleiben sollen.«

Sie beäugt mich misstrauisch. »Du weißt von den Fußketten?«

»Die sind irgendwie offensichtlich.«

»Sind sie?«

Ich blicke zu Nani in der Reihe der Wachen. »Schon deshalb, weil meine Nani sonst nicht so drauf steht, Befehle von anderen Leuten zu befolgen.« Nani sieht mit einem oberflächlich wütenden Blick zu mir, der in Wahrheit ein Lächeln ist.

»Tja, das habe ich gemerkt«, sagt Heda.

»Haben wir uns dein Vertrauen nicht verdient?«, frage ich. »Ich bin freiwillig zum Ichor-Raum gegangen, und morgen gehe ich wieder freiwillig hin.«

Sie merkt auf. »Du gehst also freiwillig, wenn ich es dir sage, morgen oder jetzt?«

»Ja, das habe ich gemeint.« Habe ich nicht. Ich will ihr nichts mehr von meinem Blut geben, aber das kann ich ihr schlecht erzählen. Stattdessen möchte ich ihr mit der schwarzen Pfeilscherbe drohen, obwohl ich unsicher bin, wo die sein mag. Und es ist noch nicht mal nötig.

»Na gut«, sagt sie. »Versammelt euch, Familie Patel, Mrs. Turner und du, Kyle, wer immer du sein magst.«

Sie stellen sich vor ihr auf. Dann greift Heda zu ihrem Kragen und hält dort etwas fest, während sie ihnen die strikte Anweisung gibt, den Balkon auf keinen Fall zu verlassen. Sie dürfen nur in diesen Innenhof oder in ihre Container. Ihr Verhalten ist seltsam, aber sie gibt mir, worum ich gebeten habe.

Als die Wachen uns endlich verlassen und die Haupttür sich schließt, nehme ich meine Mutter beim Arm und ziehe sie zurück in ihren Container.

»Was ist los, Rachel?«

»Wir brauchen Wasser«, antworte ich.

Sie nickt zu einem von einem Vorhang abgeteilten Bereich. »Warum? Worum geht es?«

Ich fasse vorsichtig unter Eros' Bein und hole das winzige Glas hervor. »Ich habe etwas gegen die Verbrennungen.«

Ma sieht mich verblüfft an.

»Das erkläre ich dir gleich«, sage ich auf dem Weg zu ihrem improvisierten Bad, wo ich den Vorhang zurückziehe. Es gibt hier nur einen Eimer und ein kleines Waschbecken. Angewidert rümpfe ich die Nase und drehe mich zu Ma um. »Hast du eine Tasse oder eine kleine Schale?«

»Nein, du musst das Wasser mit den Händen schöpfen.«

»Ich habe momentan nur eine brauchbare Hand. Kannst du das für mich erledigen?«

Sie kommt und formt ihre Hände zu einer Schale. Ich lasse wenige Tropfen Wasser hineinrinnen, bevor ich vorsichtig das Gläschen entkorke und etwas von dem Staub ins Wasser streue. Dann verrühre ich alles mit meinem kleinen Finger und fühle ein Kribbeln auf meiner Haut. Es ist wohltuend kühlend, und ich muss dem Impuls widerstehen, es auf meine verbrannte Haut zu streichen. Ich gebe noch mehr Gold und Wasser hinzu, bis sich eine Paste bildet.

»Dreh deine Hand um«, sagt Ma. »Dann tragen wir das dort auf.«

»Nein.« Ich sehe zu Eros.

Sie versteht und lächelt mich an. »Du hast ein großes Herz, Rachel.«

Danach setzt sich Eros auf und streckt seinen Hals. »Du ahnst nicht, wie gut sich das anfühlt«, sagt er. Sein Blick fällt auf meine Hand. »Danke, Liebes.«

»Schon gut. Mein Ichor macht, was es kann.«

Er nickt. »Ist aber nicht schön, solange man wartet.«

Ma steht jetzt vor ihm, sehr nervös, und verlagert ihr Gewicht von einem Fuß auf den anderen. Sie wirkt wie ein Teenager, der endlich mit seinem Idol sprechen darf, was mich zum Grinsen bringt, bis ich daran denke, was sie zusammengeführt hat. Sie muss erfahren, was vor sich geht. Alles. Ich ziehe die neue Pritsche an die Wand gegenüber von Eros, setze mich drauf und klopfe neben mich, damit auch Ma sich hinsetzt.

»Es gibt etwas, das wir dir erzählen müssen, Ma.«

Sie schaut abwechselnd Eros und mich an, hört zu und streicht aus Gewohnheit immer wieder die Falte an ihrer Hose glatt.

»Weißt du, wie ich es überlebt habe, von einer Kugel getroffen zu werden?«

Ma runzelt die Stirn. »Sie haben mir gesagt, dass du jetzt unsterblich bist. Danach habe ich mir keine großen Gedanken mehr gemacht, wie das alles geschehen ist. Ich war bloß froh, dass du lebst.«

Ich halte ihre Hand. »Es war Eros, Ma. Er hat mir die Ambrosia gegeben.«

»Ambrosia?« Sie sieht Eros, dann wieder mich an. »Das erklärt manches.«

»Es gibt noch mehr, was ich dir sagen muss.«

Ma hält meine Hand fester.

»Als ich sie genommen habe, war ich noch eine Liebesgöttin. Die Macht …«

Sie ringt nach Luft und greift sich mit zitternder Hand an ihr nacktes Schlüsselbein. »Sie ist noch in dir?«

»Ich glaube, ja. Ich weiß es nicht, aber Heda …«

»Sie will sie haben.«

Das sagt allerdings nicht Ma. Es ist Eros.


Ma hilft Eros auf den Innenhof, obgleich er mehrfach beteuert, dass er allein gehen kann. Er war die letzte Woche auf dem Hocker festgeschnallt, und seine Beine brauchen Bewegung. Kyle ist schon dort, macht Push-ups und Liegestützsprünge. Dads Containertür ist geschlossen, und das Licht drinnen aus.

Meine Mutter bemerkt, wohin ich sehe, und nickt. »Es ist Zeit«, sagt sie.

»Es ist Zeit«, wiederhole ich, atme einige Male tief ein und gehe hinüber. Zeit für mein erstes richtiges Gespräch mit meinem Vater. Ich bin entschlossen, diesmal mehr zu ihm zu sagen, hole abermals tief Luft und klopfe an.

»Ja?«

»Ich bin's, Rachel.« Wie bescheuert sich das anhört.

»Komm rein«, antwortet er.

Meine Mutter lächelt mir aufmunternd zu. »Dad?«, sage ich, öffne die Tür und gehe hinein. Er sitzt auf seiner Matratze auf dem Boden und streicht die Decke neben sich glatt, damit ich mich zu ihm setzen kann.

»Ich bin froh, dass du kommst«, sagt er. »Ich mache mir Sorgen um dich.«

»Du machst dir Sorgen um mich?« Ich meine, es ist eine Menge los, aber nicht in einer Million Jahre hätte ich erwartet, dass mein Dad zu mir sagt, er wäre um mich besorgt. Ich bin nicht sicher, ob ich lachen oder weinen soll.

Dad reibt sich verlegen seine Knie. »Tut mir leid. Für mich ist es noch neu, selbst zu bestimmen, was ich sage.«

»Okay, ja, das ist für mich auch neu.«

Lächelnd zeigt er neben sich. »Setz dich bitte.«

Ich hocke mich ganz ans Ende seiner Matratze, und sogar das fühlt sich für unser seltsames Verhältnis viel zu vertraut an.

»Was brauchst du?«, fragt er.

»Wie bitte?«

»Dein Besuch? Kann ich dir bei irgendwas helfen?«

»Ja, ähm, ich muss dir etwas erzählen.«


Dad lehnt sich an die Wand. Eine steile Falte gräbt sich zwischen seine Augenbrauen, als er verarbeitet, was ich eben erzählt habe. Gerade er weiß, wie gefährlich eine Armee von Liebesgöttinnen wäre.

»Darf ich offen zu dir sein, Rachel?«

Ich nicke.

»Du kennst mich nicht richtig, aber ich kenne dich genügend, um mir Sorgen zu machen.«

Mir ist unwohl, als ich ihn ansehe und er mir direkt in die Augen schaut, als würde er tatsächlich *mich* sehen wollen. Mein Leben lang hatte ich mir gewünscht, dass er mich so ansieht.

»Ich weiß, dass etwas zwischen dir und Ben vorgefallen ist«, sagt er. »Und mir ist bewusst, dass es schmerzhaft für dich sein muss.«

Von allem, was ich ihm erzählt habe, sucht er sich ausgerechnet das aus? Und um es noch schlimmer zu machen, war ich noch nicht mal bei dem Teil von Bens Verrat mir gegenüber. »Ja«, antworte ich, weil mir nichts anderes einfällt.

Wir schweigen beide unangenehm lange. Mir ist klar, dass er mir Raum lässt, bis ich mich sicher genug fühle fortzufahren, aber ich kann nicht mit ihm über Ben reden – über den anderen Mann, der mir das Gefühl vermittelt, ungenügend zu sein.

Dad atmet langsam aus und nickt. »Übrigens sieht Ben regelmäßig nach uns – das hat er sogar schon getan, bevor wir hergebracht wurden. Er hat deiner Ma und deiner Nani etwas von ihrem Lieblingstee mitgebracht und ist täglich mit Kyle zum Joggen gegangen. Das hat Kyle mehr bedeutet, als er zeigen würde.«

»Warum erzählst du mir das?«

Er streckt eine Hand nach mir aus, zieht sie sofort wieder zurück und verschränkt die Arme vorm Oberkörper. »Was glaubst du?«

Der Container fühlt sich zu eng und stickig an. Von all diesem Gerede über Ben, hier mit meinem Dad, schwirrt mir der Kopf. Ich zucke nur mit den Schultern.

Dad rollt seine Decke zusammen und schiebt sich die Rolle in den Rücken. »Hat deine Mutter dir je erzählt, wie sie mir das Leben gerettet hat?«

»Ja, sie hat gesagt, dass sie dich gefunden hatte als du …«

»Als ich versucht hatte, mich umzubringen«, beendet er den Satz für mich.

»Ja.« Ich blicke zu meiner teils verheilten Hand, weil ich nicht weiß, wohin ich sonst sehen soll.

»Das ist nicht die ganze Wahrheit.«

»Was?« Ich starre ihn an.

»Es war Hedone«, sagt er. »Sie wollte deine Ma rekrutieren. Ich sollte sie ködern und sie zusammen mit einigen der Mächtigsten deiner Art ins Hauptquartier locken.«

*Meiner Art?* »Was?« Mein Herzschlag wird langsamer, und der Raum scheint sich zu drehen.

»Das Problem war, dass ich gar nicht vorgaukeln musste, deine Mutter zu mögen. Ich hatte mich bereits in deine Ma verliebt, war verzaubert von ihrer Stärke, ihrer Schönheit und ihrer Liebe zur Tradition.« Er hält inne und sieht mich weiter an. »Du erinnerst mich so sehr an sie.«

Meine Wangen glühen. Ich fand schon immer, dass meine Ma die schönste Frau von allen war, und Dad vergleicht mich mit ihr? »Was ist dann passiert?«, frage ich.

»Ich weigerte mich und kündigte meinen Job. Inzwischen hatten Hedone und ihre Unterstützerinnen das Gremium übernommen. Sie befahl meinen Tod, um Spuren zu verwischen, und ließ ihn als Selbstmord inszenieren. Ich denke, das tat sie, um deine Ma zu verletzen.«

»Weiß Ma das?«

Beim Kopfschütteln wippen seine roten Locken. »Ich warte immer noch auf den richtigen Zeitpunkt, um es ihr zu sagen.«

»Wir müssen es ihr jetzt sagen!« Ich stehe auf und gehe zur Tür. »Komm!«

»Rachel, setz dich wieder hin.«

»Aber Ma …«

»Deine Ma hat so lange gewartet, da kann sie es noch ein wenig länger. Im Moment sorge ich mich mehr um dich. Komm bitte zurück.«

Meine Beine zittern, als ich zu ihm zurückkehre. Noch nie hat mein Dad mich meiner Ma vorgezogen. Ich kann nicht mal einschätzen, was ich in diesem Moment empfinde. Eines jedenfalls lehrt mich Dads Geschichte: Die Dinge sind nicht immer so, wie sie scheinen.

Und ich dachte an Bens kleine freundliche Gesten. Aber konnten sie Zeichen sein, wenn er uns für die Chance verriet, seine Familie wiederzusehen?

*Hat Ben noch Gefühle für mich?*

»Rachel«, wiederholt Dad. »Erzähl mir von Ben.«

Aus irgendeinem Grund tue ich es dann wirklich. Ich fange damit an, wie er mich gerettet hat, so wie Ma meinen Dad mit ihrer Liebe rettete. Und ende mit: »Jetzt arbeitet er für Heda. Wie sollen wir den Bogen und die Pfeile finden oder hier ausbrechen, wenn er immer da ist, eine Erinnerung an das, was verloren ist, und …« Ich fange an zu hyperventilieren, weil mir der Kummer alle Luft aus dem Leib drückt. Dad rückt näher zu mir und legt einen Arm um mich. Ich bleibe starr, denn ich habe keinen Schimmer, wie ich auf seine Berührung reagieren soll.

»Rachel«, sagt er und streicht mir übers Haar. »Diesmal brauchst du ihn nicht, um dich zu retten. Du brauchst nur dich selbst.«

Bei diesen Worten falle ich in seine Arme und weine.

# KAPITEL 28

Ich suche den gesamten Bereich um den Container meiner Mutter nach dem schwarzen Pfeilstück ab, kann es aber nirgends entdecken. In mir macht sich Panik breit, dass Heda es gefunden oder es sich in der Stiefelsohle einer ihrer Wachen verfangen hat, sodass es für immer verloren ist. Nach meiner fünften Runde gebe ich auf und sehe nach, ob sich eine der Fahrstuhltüren für mich öffnet. Meine Familie beobachtet mich von dem Ruderboot aus, denn sie sind durch die Fußketten weiterhin in ihrem Bewegungsradius eingeschränkt. Mir wird rasch klar, dass für alles eine Schlüsselkarte nötig ist. Ohne kann ich nicht mal einen Rufknopf für einen der Aufzüge drücken.

Seufzend kehre ich zu den anderen zurück und beschließe, später noch mal nach der Scherbe zu suchen. Wir hocken auf den Bänken im Boot, wo wir mit den Knien aneinanderstoßen, neigen die Köpfe zusammen, und ich erzähle ihnen alles, was ich weiß.

Mrs. Turner presst Paisleys Sweatshirt an ihre Brust und trägt die Alien-Halskette. »Eine Armee von Liebesgöttinnen?«, fragt sie und blickt zu Dads Container hinter ihr. Dann sieht sie nachdenklich zu den Hunderten von Containern jenseits des Balkons.

Ich nicke. »Deshalb müssen wir an den Bogen und die Pfeile gelangen. Ich weiß, dass sie den schwarzen, den Pfeil der Gleichgültigkeit, immer in einem Kästchen bei sich hat. Aber ich habe keinen Schimmer, wo sie den Bogen aufbewahrt oder den Pfeil der Betörung, der für die Fußketten verantwortlich ist.«

Kyle zieht sein Hosenbein hoch und dreht an der goldenen Kette. »Eines verstehe ich nicht. Marissa hat mir erzählt, nur Mädchen und Frauen können Liebesgöttinnen sein, ihre Magie wirkt aber nicht bei anderen Mädchen und Frauen.«

»Genau so ist es«, bestätigt Ma. »Andere Frauen werden durch den Zauber nur kurz bewusstlos.«

»Aber kommen die nicht von diesem Pfeil der … wie heißt er noch mal? Eben von dem, aus dem die Fußketten sind?«

»Betörung«, sagt Ma. »Stimmt.«

»Und wieso kann er dann dich dazu bringen, Dinge zu tun, nicht nur Mr. Patel und mich?«

»Nenn mich Onkel oder Daniel, bitte«, sagt Dad.

Ich sehe zu ihm. Es ist komisch, dass er jetzt noch Mr. Patel genannt wird, schließlich heißt er doch eigentlich Groundwater. Erst recht, da ich nicht einmal weiß, wie er und Ma gegenwärtig zueinander stehen.

»Der Pfeil wirkt bei jedem«, erklärt Ma.

»Das kapiere ich immer noch nicht«, sagt Kyle.

Ich beuge mich vor. »Der Pfeil der Betörung wurde mit Hedas DNS verwoben, als sie noch ein Embryo war, sodass er seine eigene Art Magie entwickelt hat, anders als der goldene Pfeil – er scheint nur bei Mädchen zu wirken. Und das ist genau das, was Heda jetzt aus mir herausholen will.«

Dad legt eine Hand auf mein Knie. »Und das lassen wir nicht geschehen.«

Ma lächelt.

»Also«, fährt Dad fort, »unser Plan. Wir reden beim Essen mit den Leuten. Ich kenne jemanden, der in Le-Lis Labor arbeitet. Und wir versuchen herauszufinden, wo sie den Bogen und die Pfeile lagern.«

»Was dann?«, fragt Kyle.

»Dann denken wir uns aus, wie wir sie bekommen«, antwortet Dad.

»Wie soll das gehen?« Kyle zeigt zu den Containern.

Dad schaut sich um, und sein Blick verharrt auf dem Kartenlesesystem neben den Haupttüren. »Wenn ich an einen Laptop komme, kann ich das System dort hacken.«

Kyle verschränkt die Arme vor der Brust. »Und was soll das bringen?«

»Ich könnte an den Alarm kommen und für ein bisschen Unruhe unter den Gefangenen sorgen. Und ich müsste das Schließsystem umpolen können, sodass keine Karten mehr nötig sind.«

Kyle öffnet den Mund, um eine weitere Frage zu stellen, doch ich komme ihm zuvor: »Wir sammeln Informationen und treiben einen Laptop auf.«

»Und was dann?«, fragt Kyle. »Sie greifen uns an, und wir sind zahlenmäßig unterlegen. Vielleicht sollten wir Eros fragen, was er denkt.«

»Er schläft«, antwortet Ma. »Und wir sind nicht unterlegen. Hier sind Hunderte von uns.«

»Die haben Waffen, wir nicht«, erwidert Kyle.

Mir kommt mein Ausflug in den Lüftungsschacht in den Sinn. »Ich weiß, wo genug Schlafmittel ist, um ein paar der Wachen auszuschalten. Es wäre nur ein Anfang, aber vielleicht können wir ihn nutzen, um einen Laptop zu ergattern.«

»Hervorragend.« Dad klatscht in die Hände. »Mit einem Computer müssten wir auch eine Karte der Einrichtung hier haben. Eventuell gibt es irgendwo eine Waffenkammer.«

»Nein«, sagt Ma, die das Sweatshirt ansieht, das Mrs. Turner umklammert. »Es ist zu riskant. Wir dürfen Rachel nicht allein da draußen herumlaufen lassen.«

Ich erzähle ihr nicht, dass ich schon allein dort herumgelaufen bin und so von Paisley erfahren habe. »Ich bin die Einzige ohne Fußkette, Ma. Wir haben keine andere Wahl. Außerdem wird sie mir nichts tun, zumindest nichts Extremes. Sie braucht schließlich mein Ichor.«

»Aber wenn sie dich schnappt, hast du noch mehr Probleme als ohnehin schon«, sagt Kyle.

»Wenn wir zusammenarbeiten, werde ich nicht geschnappt.« Ich sehe zu meiner Hand und frage mich, wann sie endlich heilt. Und ich denke daran, was Heda anrichten könnte, sollte sie mich erwischen.

»Rachel hat recht«, sagt Dad. »Wir werden ganz vorsichtig vorgehen. Gehen wir es einen Tag nach dem anderen und eine Aufgabe nach der anderen an.«

»Immer vorausgesetzt, es gibt hier überhaupt Computer und eine Karte«, murmelt Kyle.

»Das ist der erste Schritt«, sagt Dad. »Wir brauchen eine Karte, Vorräte und Waffen, und wir müssen herausbekommen, wo Heda den Bogen und die Pfeile aufbewahrt. Dann und nur dann können wir sie uns holen und kommen hier raus.«

Ich puhle ein loses Holzstück von der Sitzbank. »Wo sind wir eigentlich?«, frage ich, weil ich dringend eine konkrete Antwort brauche. »Was ist überhaupt außerhalb dieser Mauern?«

»Das wissen wir nicht«, antwortet Ma. »Wir glauben, dass wir irgendwo in Griechenland sind.«

»Griechenland?« Ich wollte schon immer mal nach Griechenland, nur nicht unter diesen Umständen.

Sie nickt Kyle zu. »Zeig es ihr.«

Kyle springt auf, sodass das kleine Holzruderboot schwankt, und geht zu seinem Container. Kurz darauf kommt er mit einem zerknickten Blatt Papier zurück und reicht es mir. »Das habe ich in meinem Container gefunden.«

Ich falte es auseinander. Es sieht wie ein Frachtbrief aus und ist in derselben Sprache wie all die Schilder in der Einrichtung. Und auf ihm ist ein Foto von einer Insel mit einem Vulkan und einer Fähre im Wasser sowie den Worten *Lemnos, Greece* zu sehen.

Beim Anblick des Vulkans habe ich das Gefühl, dass ich irgendwas begreifen müsste, nur komme ich nicht darauf, was es ist.

»Wie läuft es hier?«, unterbricht mich Marissas Stimme auf einmal. Ich habe nicht gehört, dass die Haupttüren aufgingen, also muss sie aus einem der Aufzüge gestiegen sein oder aus dem Treppenhaus kommen.

Ich falte schnell den Frachtbrief zusammen und gebe ihn Kyle zurück, bevor ich mich zu ihr umdrehe. Sie ist nach wie vor in ihrer grauen Uniform und hält ein Klemmbrett und einen Stift in den Händen.

»Was willst du?«, frage ich sie. Sofort wirkt sie gekränkt, und ich habe das ungute Gefühl, dass irgendwas nicht stimmt. »Wie geht es mit Nanis Behandlungen voran?«

Sie sieht nur kurz zu meiner Familie. »Kann ich mit dir unter vier Augen reden?«

»Antworte einfach, Marissa.«

»Deshalb bin ich hier.« Ihre Stimme zittert. »Es sieht nicht gut aus. Sie ist zu alt, und ihre Behandlungen machen sie krank.«

»Was?« Ma steigt aus dem Ruderboot und geht zu ihr. »Sag mir, was gerade mit ihr passiert. Wo ist sie?«

»Weiß ich nicht«, antwortet Marissa. »Wenn sie das Labor verlassen, gehen sie in Bereiche, in die ich nicht darf.« Sie sieht ängstlich zu uns auf. »Ich wollte euch das nicht verheimlichen. Heda würde mich umbringen, wüsste sie, dass ich hier bin.«

»Und warum bist du es dann?« Kyles Worte triefen vor Verachtung. Zwischen den beiden ist noch eine ganze Menge ungeklärt.

»Ich möchte helfen«, sagt sie. »Ich habe versucht, Heda zu überreden, dass sie jemand anderen benutzt, aber sie hat sich in den Kopf gesetzt, dass sie Rachel nur über ihre Familie kontrollieren kann.« Marissa sieht mich an und hält das Klemmbrett in die Höhe. »Ich dachte, wenn du Heda vielleicht einen Brief schreibst und dich verpflichtest, ihren Blutabnahmen zuzustimmen oder so, aber ich weiß es nicht. Was soll ich tun?«

220

Im Geiste sehe ich Nani in einem schwarzen Leichensack vor mir, und wie sie wie Paisley zum Verbrennungsofen gefahren wird. »Wir müssen dem ein Ende machen«, sage ich zu meiner Familie. »Wir haben keine Zeit mehr. Nani verlässt sich auf uns. Wenn Marissa uns Hilfe anbietet, sollten wir sie wohl annehmen.«

»Habt ihr denn einen Plan?«, fragt Marissa.

Dad blickt misstrauisch zu ihr. »Ich weiß nicht.«

»Auf keinen Fall!«, sagt Kyle.

»Ich möchte gerne helfen«, beteuert Marissa erneut. »Sagt mir, was ich tun kann.«

Kyle schüttelt den Kopf. »Wir sind doch nicht bekloppt. Dich interessiert keiner außer dir selbst.«

Sie tritt einen Schritt näher. »Das habe ich verdient, ganz besonders von dir. Was ich getan habe, ist unverzeihlich.«

»Du hast mich gezwungen, meine Sexualität zu ignorieren. Verdammt richtig. Das ist unverzeihlich.«

Marissa umklammert zitternd ihr Klemmbrett. »Das war falsch, und ich bereue es. Ich werde alles machen, dass du mir doch noch vergibst.«

Kyle funkelt sie wütend an. »Beweise es. Dein Wort ist für mich sonst null und nichtig.«

»Alles«, flüstert sie.

Dad schüttelt unsicher den Kopf, und Ma wirft mir einen warnenden Blick zu. Aber Nanis Leben hängt hiervon ab. Unser aller.

Ich sehe zu Marissa. »Wir brauchen eine Karte dieser Einrichtung, damit wir Nani finden und retten können.«

»Wie soll ich da helfen?«, fragt sie.

»Kannst du die aus dem Kopf zeichnen?«

»Ich kann ein bisschen zeichnen, aber in die meisten Teile darf ich gar nicht. Du hast eigentlich schon alles gesehen, wo ich auch rein darf.«

Dad steht von der Bootskante auf. »Kannst du mir einen Laptop besorgen?«

»Haha! Ich komme nicht mal an ein Handy, um bei meinen sozialen Netzwerken auf dem Laufenden zu bleiben. Wir sind hier total abgeschnitten von allem.«

»Okay«, sagt Dad, der nicht versteht, warum jemand in den sozialen Netzwerken auf dem Laufenden bleiben will. »Tja, gibt es hier wenigstens irgendwo einen Raum mit Zugang zu einem Computersystem?«

Marissa tritt stirnrunzelnd einen Schritt zurück.

»Marissa, bitte, weißt du, wo wir an einen Computer kommen können?«, wiederhole ich.

»Ich glaube nicht, dass ich euch da helfen kann. Ich könnte nicht mal einen Plan ausdrucken, ohne mich verdächtig zu machen.«

»Dann kopier uns einen.«

»Der einzige Ort, an dem es meines Wissens etwas in dieser Richtung gibt, ist Hedas Büro. Aber dort ist dauernd Hochbetrieb. Wenn die mich sehen, wie ich einen Plan kopiere, werden sie Fragen stellen.« Nervös tippt sie mit dem Stift auf das Klemmbrett. »Außerdem weiß ich nicht mal, wie man an einen Plan kommt, wenn wir an den Computer herankommen.«

»Jeder Computer könnte uns weiterhelfen«, sagt Dad. »Normalerweise ist schon aus Sicherheitsgründen eine Karte im System eingespeichert. Mit ein paar simplen Hacks sollte die zu finden sein.«

Marissa schüttelt den Kopf. »Ich weiß nicht. Ich kann nicht zeichnen, und ich bräuchte jemanden, der Schmiere steht. Aber ich kann keinem trauen, dass er Heda nichts verraten würde.«

Ich ergreife ihre Hand. »Dann nimm mich mit, und gib mir das Klemmbrett. Ich zeichne.«

»Nein, Rachel«, sagt Ma.

Marissa weicht zurück. »Wenn wir erwischt werden, wird sie …«

»Große Klappe und nichts dahinter«, höhnt Kyle hinter uns.

Marissas Unterlippe bebt.

Ich drücke ihre Hand. »Willst du uns helfen oder nicht? Das ist es, was wir brauchen und worum wir dich bitten.«

»Will ich, aber …«

Mit jeder Faser meines Körpers hoffe ich, dass sie wirklich auf unserer Seite ist und ich ihr trauen kann. Der gesamte Plan hängt von ihrer Entscheidung ab. Doch die Erfahrung sagt mir, dass ich auf Kyle hören soll. Dass Marissa nicht so unschuldig ist, wie sie tut.

Ich stelle mich hinter sie, um sie zu packen, sollte sie ablehnen. Denn hilft sie uns nicht, können wir sie nicht wieder gehen lassen. Sie würde sonst Heda alles erzählen. Eigentlich will ich meine letzte Freundin nicht verletzen, aber ich muss meine Familie schützen.

Marissa sieht Kyle an. »Na gut, ich mache es.«

Ich umarme sie vor Erleichterung, dass sie doch noch auf unserer Seite ist. »Danke!«

»Trau ihr nicht«, warnt Kyle. »Sie hat es nicht verdient.«

Er versteht nicht, dass wir keine andere Wahl haben. Wir brauchen einen Gebäudeplan. Nur so können wir herausfinden, wie wir an den Bogen und die Pfeile kommen, alle retten und fliehen. Vor allem versteht er nicht, dass ich verdammt vorsichtig sein werde.

# KAPITEL 29

Ma packt meinen Arm, als hätte sie Angst, dass ich davonschweben könnte. Sie ahnt bereits vor mir, was ich tun werde. Und sie hat recht. »Wir müssen sofort gehen.«

»Rachel, bitte«, fleht Ma.

»Jetzt?« Marissa dreht sich zu mir um. »Wir dürfen das nicht überstürzen.«

»Meine Nani braucht uns. Wir werden vorsichtig sein. Die erwischen uns nicht.«

Kyle seufzt genervt. »Spar dir das, Rachel. Sie hilft uns nicht.«

Marissa verschränkt die Arme vor der Brust und funkelt ihn wütend an. »Ich habe gesagt, dass ich es mache, und das werde ich.« Sie geht auf meinen Dad zu und hält ihm das Klemmbrett hin. »Schreiben Sie auf, was ich machen soll. Und versuchen Sie, es in normaler Sprache zu formulieren, damit ich es auch verstehe.«

Dad nimmt das Klemmbrett, hockt sich auf die Kante des Ruderboots und beginnt zu schreiben.

Meine Mutter hält mich noch fester. »Das ist nicht klug, Rachel.«

Ich gehe mit ihr auf Abstand. Plötzlich bleibt sie stehen,

und mir wird klar, dass ihre Fußkette sie nicht weitergehen lässt.

»Ma, hierzubleiben und Heda tun zu lassen, was sie will, ist auch nicht klug. Nani braucht uns.«

»Ich habe dich schon einmal verloren. Und selbst wenn uns nicht gefällt, wie Heda die Dinge handhabt, hat sie vielleicht recht. Die Kräfte der Liebesgöttinnen helfen der Welt.«

»Im Ernst, Ma?« Ich fasse nicht, dass sie weiterhin so denkt, obwohl ich mich manchmal sogar dasselbe gefragt habe – ob es eine Menge unserer Probleme lösen könnte, wenn ich meine Kräfte annehme. »Du weißt, dass sie mir Blut abzapfen und Menschen verletzen muss, um die Macht der Liebesgöttin zurückzubekommen, oder?«

Sie scheint betrübt, als ihr klar wird, was sie vorschlägt. »Tut mir leid. Ich komme mir nur so hilflos vor und weiß nicht, was ich tun kann. Als ich noch meine Kräfte hatte, ging es mir nie so.«

Zu resignieren ist untypisch für sie und schwer auszuhalten.

Kyle klatscht laut in die Hände. »Idioten. Ihr alle zusammen!«

Dad sieht nur kurz auf, um stumm »Wow« zu sagen.

»Hör auf damit«, fährt Ma ihn an. »Wir tun unser Bestes.«

Marissa sieht durch die Containertür zum schlafenden Eros. Ihr Gesichtsausdruck verrät mir, dass sie sich ohne ihre Kräfte genauso fühlt wie meine Mutter.

»Das reicht!«, sage ich streng. »Hört alle auf.« Sie verstummen, mit Ausnahme von Kyle, der noch eine letzte Beleidigung vor sich hin murmelt, ehe er zu seinem Container geht und sich in den Türrahmen hockt.

226

»Ob es uns gefällt oder nicht, wir sind Gefangene«, erkläre ich. »Und selbst wenn Hedas Plan für die Liebesgöttinnen gut wäre, geht sie ihn abscheulich an. Sind wir uns in dem Punkt einig?«

Alle bejahen leise.

»Dann hört auf damit. Lasst Marissa und mich diese Karte besorgen. Nur so erfahren wir, wo Heda den Bo… Nani hat«, korrigiere ich rasch. Dad wirft mir einen nervösen Blick zu und sieht zu Marissa, ob sie meinen Versprecher mitbekommen hat.

Sie scharrt mit dem Fuß auf dem Boden und schaut in eine andere Richtung, was hoffentlich bedeutet, dass ihr nichts aufgefallen ist.

»Vielleicht gehe ich lieber mit«, ruft Kyle dazwischen. »Nichts für ungut, aber bei einem Kampf gegen die Wachen habe ich eine bessere Chance als ihr, und ich bin wirklich schnell.«

Ich strecke als Antwort nur meinen nackten Knöchel vor, und er schaut zu der Goldkette an seinem. »Stimmt, das verfluchte Teil.«

»Mir passiert nichts, und ich bin auch schnell.«

»Sie hat in der Schule einen Pokal fürs Laufen gewonnen«, sagt Ma, deren mütterlicher Stolz für einen Moment den Wunsch überwiegt, mich von meinem Plan abzubringen.

Es ist niedlich, wie stolz sie auf mich ist, denn den Pokal gab es schon für die reine Teilnahme. Allerdings bin ich wirklich eine gute Läuferin. Es ist das Einzige, was ich in New York allein machen durfte, also bin ich sehr viel gelaufen.

»Was dann?«, fragt Marissa.

»Was meinst du?«

»Ich verstehe immer noch nicht, was passiert, wenn wir die Karte haben. Was bringt es zu wissen, wo sie deine Nani haben, wenn ihr nirgendwohin könnt?«

Ich erzähle ihr nicht, was ich aus dem Versteck im Lüftungsschacht vor dem Ichor-Raum holen muss, denn so gerne ich ihr vollständig vertrauen möchte, sie hat mich früher auch schon verraten. Wie vertrauenswürdig sie wirklich ist, wird dieser Ausflug zeigen.

»Das überlege ich mir dann. Eines nach dem anderen. Wie machen wir es?«

Sie seufzt. »Na schön. Jetzt sollte ich wohl irgendwas Bescheuertes sagen wie ›folge mir‹.«

»Ja, ›folge mir‹ passt.« Ich lächle und umarme Ma nur ganz kurz, da ich fürchte, dass ich sonst noch auf sie höre und bleibe. »Alles wird gut, Ma.« Sie strengt sich zu sehr an, nicht zu weinen, um mir zu antworten. Als ich mich umdrehe, steht Dad vor mir.

»Hier«, sagt er und gibt mir den Stift und das Klemmbrett.

»Danke.« Ich halte die Sachen vor meine Brust und bin unsicher, ob ich ihn umarmen soll oder nicht.

Er dreht sich halb weg, dann wieder zurück und drückt mich einmal kurz an sich. »Sei vorsichtig.«

»Bin ich.«

Er lächelt.

Marissa ist schon an den Haupttüren. Sie öffnet eine Tür, blickt nach draußen und gibt mir ein Zeichen, dass die Luft nicht rein ist.

»Du da«, sagt sie zu jemandem auf dem Korridor. Wir sind

alle sehr still und warten ab, ob unser Plan schon scheitert, bevor wir überhaupt damit angefangen haben. »Geh Le-Li holen und sag ihm, dass Rachel bereit für den Ichor-Raum ist.«

Ich schleiche mich zu ihr und lausche.

»Ich darf diesen Posten erst verlassen, wenn meine Ablösung da ist.«

»Ich bin hier, also ist sie nicht unbeaufsichtigt.«

»Trotzdem.« Die Wache klingt unsicher.

Ich beiße mir auf die Unterlippe, als Marissa ihre Angriffspose einnimmt. »Darla, richtig?«

»Ja, warum?«

»Ach, ich will Heda nur sagen können, wer verhindert hat, dass sie ihre nächste Dosis bekommt.« Marissa zieht sich aus der Tür zurück und wendet sich zu mir. Leider reagiert die Wache nicht. Sie hat Marissa ihre Lüge offenbar nicht abgenommen, und jetzt hängen wir hier fest, bis sie geht. Marissa zuckt mit den Schultern. »Ich habe es versucht«, sagt sie stumm und zieht ganz langsam die Tür zu. In letzter Sekunde schiebt sich ein grauer Handschuh in den Spalt.

Marissa grinst, setzt jedoch gleich wieder eine strenge Miene auf, als sie erneut nach draußen sieht. »Ja?«, fragt sie verärgert.

»Ich hole ihn«, sagt Darla.

»Gut. Danke dir.« Sie wartet, bis die Wache fort ist. »Wir müssen uns beeilen. Sie wird einige Zeit nach Le-Li suchen, weil er die Einrichtung verlassen hat, um noch mehr von diesem medizinischen Zeug zu besorgen. Es sollte genügen, dass wir die Karte besorgen, ehe er zurück ist.« Als ich nichts sage, fragt sie: »Bist du sicher, dass du das willst?«

Ma, Dad und Kyle stehen so weit von ihren Containern entfernt, wie es ihre Fußketten erlauben, und beobachten mich stumm.

»Bin ich.«

»Sei vorsichtig«, wiederholt Dad.

»Zeig's denen«, sagt Kyle.

»Ich liebe dich«, sagt Ma.

Ich nicke nur.

Marissa schaut zu Kyle und reckt ihr Kinn. »Ich tue das für dich. Es ist ein Teil meiner Wiedergutmachung.«

Er schnaubt, und sie öffnet die Tür und winkt mich durch. Ich ignoriere den Anflug von Angst, der sich in mir breitmacht, weil ich riskiere, meine Familie nie wiederzusehen, und gehe hinaus.

## KAPITEL 30

Aus den großen Lüftungsschächten bläst mir schweflige kalte Luft an die Beine, und die blaue Jogginghose hält die Kälte nicht wirklich ab.

Marissa führt mich zum Ichor-Raum. Als wir an meinen Schacht kommen, bleibe ich ein paar Schritte zurück und ziehe eine Ecke des Gitters ab. Sofort sehe ich Paisleys Gesicht wieder vor mir und kämpfe mit den Tränen, während ich in den Schacht greife und die Spritzen und Ampullen ertaste. Wegen des ungünstigen Winkels und des Kondenswassers, das sich auf ihnen gebildet hat, sind sie schwierig herauszuangeln. Ich schaffe es, die Spritzen zu bekommen, aber die Nachschub-Ampullen kullern außer Reichweite. Natürlich könnte ich das Gitter ganz abnehmen, aber das würde Marissa bemerken. Die Spritzen müssen reichen. Ich schiebe sie in meinen BH, drücke das Gitter wieder fest und jogge hinter Marissa her.

»Atme nicht so laut«, sagt sie. Ich lächle und nicke nach vorn.

Wir kommen problemlos an dem Ichor-Raum vorbei in den Bereich des Korridors, den ich bisher noch nicht erkundet habe. Ich schwenke meine Hände schwungvoll beim Gehen, sodass Marissa nicht mitbekommt, wie ich an jeder Ecke kleine Markierungen an den Wänden mache. Nach wie vor traue ich ihr nicht ganz. Das Lügen fällt ihr einfach zu leicht. Sie hat die Wache belogen, dass Le-Li geholt werden muss, und Heda vorgelogen, dass sie auf ihrer Seite ist. *Und mich hat sie auch schon oft genug belogen.*

»Wir sind gleich da«, sagt sie, als wir wieder um eine Ecke biegen.

Auf einmal sind Schritte vor uns zu hören. Marissa packt meine Hand und läuft mit mir in die nächste Türnische. Dort drückt sie mich mit dem Rücken an die Tür, sodass sie mich mit ihrem Körper abschirmt. Sie hält einen Finger an ihre Lippen, und wir stehen so dicht zusammen, dass er fast meinen Mund streift.

»Hinter dir«, sagt sie stumm. »Die Tür.«

»Ja, die drückt mir in den Rücken.«

Sie blickt mich finster an. »Da wollen wir nicht hin, aber ich bin ziemlich sicher, dass es da ein Schaltpult gibt. Kannst du an dem die Karte aufrufen?«

Ich zucke mit der Schulter. »Mein Dad sagt, die müsste in jedem System zu finden sein.«

Marissa nickt, zieht eine Schlüsselkarte aus ihrer Vordertasche und hält sie an das Lesegerät. Das rote Licht blinkt grün, und die Tür geht mit einem Klicken auf. Ich will reingehen, da höre ich Marissa keuchen.

Jemand räuspert sich.

»Was haben wir denn hier?«, fragt eine tiefe Stimme.

Langsam drehe ich mich um und sehe eine bullige Frau, deren Schultern fast zu beiden Seiten der Nische an die Wand stoßen. Sie hält Marissa wie eine Puppe hoch.

Marissa will sich losreißen, gibt aber schnell auf und sagt trotzig: »Ich bringe sie zu Heda.«

Mich beeindruckt, wie geistesgegenwärtig sie reagiert, doch die Wache glaubt ihr nicht. »Hier geht es aber nicht zu Heda.« Sie sieht mich an und greift Marissas Arme noch fester. »Lauf nicht weg, sonst wird deine Freundin verletzt.«

»Hör sofort auf!«, faucht Marissa zappelnd.

Während die Wache auf Marissa konzentriert ist, greife ich in mein Shirt und ziehe die Spritzen heraus.

Ich brauche zwei Anläufe, um hinter meinem Rücken die Haube von der ersten Spritze abzuziehen. Etwas von dem Mittel kleckert mir auf die Finger.

Die Wache lässt Marissa mit einer Hand los und holt damit ihr Funkgerät hervor. Doch ehe sie den Empfänger berühren kann, ramme ich ihr die Spritze in den Arm.

»Was soll das?« Sie taumelt rückwärts. Marissa nutzt die Gelegenheit, um sich aus dem Griff der Wache zu entreißen und ihr gegen das Schienbein zu treten. Ich reiße die Hülle von der nächsten Spritze und springe nach vorn. Die Wache will nach mir schlagen, aber Marissa blockiert ihren Arm, und ich kann die Nadel zwischen die Rippen stoßen. Sie verdreht die Augen und lässt beinahe ihr Funkgerät fallen. In Zeitlupe schwenkt sie die Arme, als sie zu Boden sinkt.

»Schnapp dir ein Bein«, sage ich, schiebe mir das Klemmbrett und den Stift unter den Arm und hebe einen Fuß der Frau an. Marissa macht widerwillig mit und lässt mich ächzend wissen, dass sie nicht begeistert ist, die riesige Frau in den Kontrollraum zerren zu müssen.

»Was ist, wenn die Wirkung nachlässt und sie das hier per Funk meldet?«, fragt sie.

»Wir nehmen das Funkgerät mit«, sage ich und will es aufheben, doch Marissa rammt ihren Absatz in das Gerät und kickt es in die Ecke.

»Da, Problem gelöst.«

»Mehr oder minder.« Ich hätte es gern behalten, um die Wachen abzuhören.

»Was ist mit ihr?« Sie zeigt auf die Frau.

»Sie wird verwirrt sein, wenn sie zu sich kommt, und sich wahrscheinlich an nichts erinnern.« Zumindest schien es bei Le-Li so gewesen zu sein.

»Hoffentlich überprüft sie nicht, wessen Schlüsselkarte benutzt wurde.«

»Wie gesagt, sie wird verwirrt sein.«

Gemeinsam ziehen wir sie an den Füßen das letzte Stück nach drinnen, und die Tür fällt hinter uns zu. Marissa lässt den Fuß, den sie gehalten hatte, fallen und dreht sich zu mir. »Trägst du das Zeug mit dir herum?«

»So ungefähr.«

Prüfend blicke ich mich um und entdecke einen Computerbildschirm an der Wand, der erst kürzlich angebracht worden sein kann, denn die Kabel sind noch vollkommen staubfrei, während alles andere hier drinnen total verstaubt ist. Ich laufe hin und lehne die Anweisungen meines Vaters auf den Kabelwust. Marissa atmet direkt hinter mir, was mich ablenkt. Ich sehe über die Schulter zu ihr.

»Müsstest du nicht vor der Tür stehen?«

»Damit mir noch so eine Kuh den Arm grün und blau

drückt? Nein danke. Ich bleibe hier.« Sie geht zur Tür und hält ein Ohr daran, was für sie zweifellos ein Kompromiss ist. Und ich habe keine Zeit für Diskussionen.

Ich lese die Handschrift meines Vaters. Mich erschreckt fast, wie sehr sie meiner ähnelt, sie ist nur ein wenig geneigter und unordentlicher. So habe ich sie noch nie gesehen; früher hat er alles in sauberer Druckschrift und nur in Großbuchstaben geschrieben. Wie viel von ihm werde ich noch neu entdecken?

Ich tippe sein erstes Kommando ein und atme auf, als kein Alarm losgeht, dafür aber ein Bild vor mir auf dem Computerbildschirm aufleuchtet. Seine Anweisungen sind einfach zu verstehen, und bald habe ich eine Karte der Einrichtung vor mir. Ich versuche zu erkennen, wo sich die Korridore und die Lüftungsschächte kreuzen, falls ich die Schächte mal brauchen sollte. Dann halte ich das Blatt nach oben und zeichne den Weg vom Ichor-Raum zu Hedas Büro ein. Wenn ich die Karte richtig lese, ist es nicht weit von hier. Nur den Korridor hinunter und durch eine Tür.

»Warst du mal in Hedas Büro?« Ich muss herausfinden, wo sie den Bogen und die Pfeile verwahrt.

»Ja, warum?«

»Wie sieht das Büro aus?«

»Weiß nicht.« Marissa sieht verärgert zu mir. Sie hält die Frage für Zeitverschwendung. »Wie alle Büros, mit einem Schreibtisch und einem Aktenschrank eben.«

Wenn das die einzigen Einrichtungsgegenstände sind, ist es tatsächlich eher unwahrscheinlich, dass Pfeil und Bogen dort aufbewahrt werden.

Ich mache meine Zeichnung fertig und will sie schon zusammenfalten und in mein Shirt stecken, als ich die letzte Notiz meines Vaters sehe. »Interne Kommunikation, Gesichtserkennungs-Software unter folgender Tastenkombination suchen: Command, Shift, F3.« Ich sollte gehen, denn ich habe, was ich will, aber mein Dad hat das sicher nicht ohne Grund aufgeschrieben. Also drücke ich die Tastenkombination, und sofort öffnet sich ein Bildschirm: *Scannen* erscheint mit einem Suchfeld, das einen Namen verlangt. Ich tippe *Hedone* ein. Ein Mitarbeitereintrag mit ihrem Bild taucht auf und einer Bitte, meine Auswahl zu bestätigen.

»Wieso dauert das so lange?«, fragt Marissa mit ihrem Ohr an der Tür.

»Fast geschafft«, sage ich, drücke *Bestätigen* und beobachte, wie Kameras alle Gesichter in der Einrichtung absuchen, bis sie Hedas finden und ranzoomen.

Orangenes Licht bewegt sich über ihr Gesicht, als stünde sie vor einem im Sonnenuntergang glühenden Meer. Alles andere ist zu dunkel, um etwas zu erkennen. Ich steuere das Lautsprechersymbol in der Ecke an, und ihre Stimme ertönt.

»Mach das aus!«, kreischt Marissa und kommt zu mir gerannt. »Bist du bekloppt? Die hören uns hier drinnen.« Dann sieht sie zu dem Bildschirm und reißt die Augen weit auf. »Wie ist dir das denn gelungen?«

»Pst.«

»Wir haben einen kleinen Rückschlag erlitten«, sagt Heda gerade zu jemandem.

»Unser Zeitplan erlaubt keine Verzögerungen. Wir brauchen

unsere Armeen.« Die Stimme, die ihr antwortet, ist tief und rau.

»Hades, wenn Ihr zuhören würdet …«

Hades? Es kann unmöglich *der* Hades sein. »Das kann nicht sein«, murmle ich und sehe Marissa an. Sie senkt nur den Blick, was meine schlimmsten Befürchtungen bestätigt. Also arbeitet Heda irgendwie mit dem Gott der Unterwelt zusammen.

»Bei meiner Rückkehr erwarte ich bessere Neuigkeiten«, sagt Hades.

»Und wann wird das sein, mein Herr?«

»Heute Abend. In acht Stunden.«

Mir wird eiskalt. Wenn der Gott der Unterwelt Teil von Hedas Plan ist, stecken wir in größeren Schwierigkeiten, als wir dachten.

Neben uns bewegt sich ein Bein der Wache und erschreckt uns. Marissa und ich schreien auf und springen zur Seite, als die Wache sich noch mehr bewegt.

Leider habe ich nichts mehr von Paisleys Schlafmittel, das ich ihr geben kann. Und ich will nicht weg, ehe ich alles gehört habe.

Heda redet immer noch. »Das gibt uns reichlich Zeit mit dem neuen Versuchsobjekt …« Marissa greift nach der Taste, die den Bildschirm abschaltet. »… sie verkraftet die Behandlung besser als die anderen.«

»Sekunde noch.« Ich schlage Marissas Hand weg. »Heda sagt etwas.«

Marissa stößt mich zur Seite und schließt das Fenster. »Uns bleibt keine Sekunde. Wir müssen weg.«

»Sie hat gesagt, dass es Nani gut geht.«

»Sie lügt, Rachel. Hades soll nicht wissen, dass sie versagt.«

»Was?«

Sie ignoriert mich und zeigt zu der Wache. »Wir müssen gehen. Sofort!«

»Gut.« Ich schnappe mir das Papier und benutze den Stift, um mir damit das Haar zu einem Knoten aufzustecken. Das Klemmbrett lasse ich hier. Es würde mich nur verlangsamen, wenn wir rennen müssen. Auf einem der Rohre an der Wand nahe der Tür steht eine Digitaluhr. Ich stecke sie in mein Top, steige über die Wache und ziehe die Spritzen aus ihrem Körper, falls ich sie noch mal brauche. Ich warte, während Marissa ihre Schlüsselkarte einscannt und die Tür aufzieht. Sie lässt sich nur einen schmalen Spalt öffnen, weil die Wache sie halb blockiert. Ich muss meinen Bauch einziehen, um mich hindurchzuquetschen.

Wir laufen den Korridor hinunter und bleiben vor jeder Ecke stehen, um uns zu vergewissern, dass die Luft rein ist. Als wir an dem Lüftungsschacht vorbeikommen, der mir als Versteck dient, werfe ich die Spritzen hinein und renne weiter, wobei ich eher meinen Markierungen folge als Marissa. Im Geiste spiele ich das kurze Gespräch von Heda mit dem Mann durch, den sie Hades genannt hat. Er braucht eine Armee von Liebesgöttinnen, und das bald.

Mir kommt ein Bild in den Sinn von Hunderten Leichensäcken, aufgereiht, um nacheinander verbrannt zu werden, bis ich ihre Gesichter sehe: meine Freunde, meine Lehrerinnen, meine Familie. Ich darf nicht zulassen, dass das mit ihnen passiert.

Hades hatte gesagt, dass er in acht Stunden wiederkäme, und dann werde ich in diesem Raum warten. Mir ist gleich, was nötig ist, um dort hinzukommen. Ich muss den Rest ihres Planes erfahren.

Marissa bleibt abrupt stehen, und ich laufe in sie hinein, sodass wir beide umfallen. Der Stift löst sich aus meinem Haar und kullert über den Boden.

Ächzend richtet Marissa sich wieder auf und klopft ihre Uniform ab. »Was soll das?«, flüstert sie.

»Entschuldige, ich war abgelenkt.«

»Bleib mal bei der Sache, Rachel. Wir sind da.« Sie zeigt auf die Türen zur Containerhalle.

Als ich aufstehe, überlege ich, ob ich den Stift holen soll, doch da bemerke ich etwas anderes auf dem Boden. Es dauert einen Moment, ehe ich begreife, dass es Marissas Schlüsselkarte ist. Rasch stelle ich einen Fuß drauf und hoffe, dass sie nichts mitbekommen hat. Marissa benimmt sich seltsam, seit sie Heda auf dem Bildschirm gesehen hat, und ich kann mich nicht darauf verlassen, dass sie mich heute Abend noch einmal zu dem Kontrollraum bringt.

Das hier ist der glückliche kleine Zufall, den ich brauche. Marissa beginnt, nach der Karte zu suchen, daher schlage ich vor, dass sie einen Code benutzt, so wie Ben es gemacht hatte. HUM-Irgendwas. Den muss sie ohnehin als Ersatz haben.

Ich bücke mich und gebe vor, meinen Schuh zu binden, während ich die Karte heimlich unter meinen Fuß hervorhole. Plötzlich schnappt Marissa laut nach Luft. Sie starrt den Korridor hinunter, wiegt sich hin und her, als wisse sie nicht, was sie tun soll. Ich folge ihrem Blick und sehe Ben und eine Handvoll Wachen in einem Kreis ein Stück weiter stehen.

Ben sieht in unsere Richtung – und mir in die Augen. Seine Schultern sind gestrafft, und er greift mit einer Hand nach dem Taser an seiner Hüfte.

# KAPITEL 31

Unser Schicksal liegt in seinen Händen. Er kann Alarm schlagen und den anderen Wachen sagen, dass ich mich außerhalb der Containerhalle befinde. Wer weiß, was Heda dann mit mir macht? Ich schüttle den Kopf und sage nur stumm *Bitte*.

Marissa läuft den Flur entlang, und ihre lauten Schritte besiegeln mein Schicksal. Die anderen Wachen beginnen sich umzudrehen.

Ich bin wie erstarrt, halte die Schlüsselkarte in der Hand, die Tür auf der einen, Ben und die Wachen auf der anderen Seite. Bens Hand umfängt den Taser, und mir bricht das Herz aufs Neue.

Das also ist seine Antwort. Er steht wirklich auf Hedas Seite.

Jede Hoffnung in mir erlischt, und am liebsten möchte ich zu Boden sinken. Aber damit wäre nichts gelöst. Die Wachen werden mich fangen, und ich kann meine Freunde und meine Familie nicht mehr retten.

Im Kopf höre ich meinen Vater sagen: »Diesmal brauchst du ihn nicht, damit er dich rettet. Du brauchst nur dich selbst.« Und obwohl ich nicht so empfinde, weiß ich, dass er recht hat.

Ich wappne mich, um meine spärliche Kampferfahrung zu nutzen. Ich werde losrennen. Wenn ich den Wachen lange genug entkommen kann, um es zurück zum Kontrollraum zu schaffen, könnte ich mehr über Heda erfahren und einen anderen Ausweg suchen. Als ich mich schon umdrehen und hinter Marissa herlaufen will, knallt auf einmal etwas neben den Wachen auf den Boden. Sie hocken sich hin und heben die Einzelteile auf. Ben bleibt aufrecht stehen und sieht zu mir. Sein Taser ist weder in seiner Hand noch an seinem Gürtel. Jetzt verstehe ich, was er getan hat. Er hat seinen Taser hart und laut genug auf den Boden gepfeffert, dass er kaputtgegangen ist und die anderen dadurch abgelenkt hat.

Um mir die Flucht zu ermöglichen.

Dankbar nicke ich ihm zu und widerstehe dem Wunsch, ihm weiter in die Augen zu sehen. Stattdessen wische ich mit der Schlüsselkarte über das Feld zum Einlesen, gehe in die Halle und schließe leise die Tür hinter mir. Drinnen lehne ich mich an die Tür, um zu verschnaufen und mein hämmerndes Herz zu beruhigen.

»Rachel?« Es ist mein Dad. Er steht so weit weg von den Containern, wie er kann. Rasch kommen Ma und Kyle zu ihm gelaufen. »Alles okay?«, fragt er.

»Ja«, antworte ich und denke nur an Ben.

# KAPITEL 32

Ich setze mich neben meinen Vater in das Ruderboot. Er blickt von der Zeichnung auf. »Die Sache mit der Gesichtserkennung hat funktioniert. Woher wusstest du davon?«, frage ich.

»Ach, sie hat also wirklich funktioniert?« Er lächelt und streckt sich stolz. »Die habe ich vor Jahren als Sicherheitssystem in ihrer Athener Zentrale installiert. Ich hatte gehofft, dass sie die auch auf dieses System übertragen haben.«

Ich spiele mit dem Saum meines Sweatshirts und denke wieder daran, wie vieles ich über meinen Dad nicht weiß. Wenn er dieses System entwerfen konnte, bevor er zum Opfer des Fluchs wurde, wozu sonst wäre er heute fähig?

»Hast du irgendwas gesehen?«, fragt er.

Ich blicke auf. »Ja, die Gesichtserkennung hat mir Heda gezeigt. Sie hat mit Hades geredet.«

»Hades?« Er legt die Karte auf seine Knie und starrt mich an, als wolle er in meinem Kopf nachschauen, was ich gesehen habe. Aber nur einer von uns beiden kann Gedanken lesen.

Bevor ich ihm antworte, hüpft Kyle ins Boot und nimmt seinen Lieblingsplatz vorn am Bug ein. Auch Ma steigt zu uns über den Bootsrand, ganz elegant allerdings. Nani ist bisher nicht zurückgebracht worden, und nach dem, was Heda zu Hades gesagt hat, mache ich mir Sorgen, dass sie auch nicht mehr zurückgebracht wird.

»Eros kommt nicht raus«, sagt Ma. »Er glaubt, die Wirkung der Salbe lässt langsam nach, und darum will er die schmerzfreie Zeit nutzen, um Schlaf nachzuholen. Wir müssen also auf seine Hilfe verzichten.«

»Sollen wir nach Mrs. Turner sehen?«, frage ich. »Sie ist schon sehr lange in ihrem Container.«

»Nein, schon gut. Sie braucht Zeit«, antwortet Ma und blickt unsicher zu dem Container hinüber. Mir ist klar, dass sie sich um ihre Freundin sorgt, aber sie will ihr Zeit zum Trauern lassen.

»Also nur wir vier«, sage ich und nicke zu der Karte. Dad hält sie in die Höhe, und jeder von uns nimmt eine Ecke zwischen Daumen und Zeigefinger. Es ist seltsam, unsere Hände so dicht beieinander zu sehen, unsere Hoffnung quasi greifbar.

Dad beugt sich tief über die Karte, um sie zu inspizieren. »Ich habe mir das eben schon mal angesehen. Ist das hier das Lüftungssystem?«

»Ja.«

Seine Augen leuchten auf. »Sehr gut, dass du das mit eingezeichnet hast!« Wieder sieht er zur Zeichnung. »Ich hätte dir sagen sollen, dass du auch die Stromleitungen einzeichnen sollst. Dann könnte ich erkennen, wo besondere Leitungen verlaufen. Sie haben gewiss ein Extrasicherungssystem für die Pfeile. Hat Marissa dir irgendwas erzählt?«

Ich nehme mir vor, heute Abend nach den Stromleitungen zu sehen. »Marissa weiß nicht, wohin sie Nani gebracht haben, und sie sagt, Hedas Büro sähe ganz normal aus.«

»Was bei ihr nichts heißen will. Der Bogen und die Pfeile können trotzdem dort sein«, sagt Kyle.

»Ja, kann sein.«

Kyle lehnt sich so schwungvoll zurück, dass das Boot wackelt. »Demnach haben wir nichts Brauchbares?«

»Wir wissen wenigstens, wo wir nicht suchen müssen. Und ich weiß ein bisschen mehr darüber, wo wir sind.«

»Was hat Heda zu Hades gesagt?«, fragt Dad.

»Hades?« Ma sieht mich mit großen Augen an. »Was ist mit Hades?«

»Ich konnte eine Videoüberwachung von Heda aufrufen. Sie war mit jemandem zusammen, den sie Hades genannt hat, und sie hat ihm erzählt, dass ihr Versuchsobjekt die Behandlung verträgt. Ich nehme an, damit hat sie Nani gemeint.«

»Dann geht es ihr gut?«, fragt Ma, lässt die Karte los und faltet die Hände unterm Kinn, als wolle sie beten.

»Weiß ich nicht«, antworte ich. »Marissa hat behauptet, dass Heda lügt.«

Kyle verengt die Augen. »Wenn einer eine Lügnerin erkennt, dann ja wohl sie.«

Mas Knie zittert, und wieder schwankt das Boot.

Dad legt eine Hand auf ihren Arm. »Wir holen sie zurück, Priya. Keine Sorge.«

Ihr Zittern hört auf. Es ist der natürlichste Körperkontakt, den ich je zwischen ihnen gesehen habe, und für einen

Moment vergesse ich fast, wie meine Eltern zusammengekommen sind. Ma nickt, schiebt die Hände unter ihre Beine und sieht wieder zu mir. »Erzähl mir, was Hades gesagt hat.«

Ich erzähle ihr nicht, dass Hades heute Abend wiederkommt, in ungefähr sechs Stunden, weil sie dann sicher ahnt, dass ich versuchen werde, erneut in den Kontrollraum zu kommen, um die beiden zu beobachten. Deshalb verrate ich auch nicht, dass ich Marissas Schlüsselkarte habe, obwohl sie das Instrument ist, das wir zur Durchführung unseres Plans brauchen – unbemerkt zu kommen und zu gehen, Waffen und Vorräte heranzuschaffen, die wir brauchen, um Pfeile und Bogen zu holen und von hier zu verschwinden. Doch es ist sinnlos, ihnen gerade jetzt noch mehr Stress zu machen, bei all dem Bangen um Nani. Ich werde mich rausschleichen, wenn sie schlafen.

»Er sagt, dass sie die Armee brauchen ...«, beginne ich, da ertönt auf einmal ein Knall. Wir springen auf, was das Boot abermals ins Schwanken bringt, sodass ich die Arme ausstrecke, um mich auszubalancieren. Die Haupttüren fliegen auf, und eine Handvoll Wachen kommt mit erhobenen Waffen herein, gefolgt von Ben und Marissa.

Rasch schiebt Dad die Karte in seinen Ärmel.

Die Wachen kommen auf uns zu und umringen das Boot. »Ihr seid nicht in euren Containern«, sagt eine von ihnen.

»Wir vertreten uns die Beine«, lüge ich.

»Ihr steht in einem Boot.« Stirnrunzelnd sieht sie zu Ben.

»Sie dürfen in diesen Bereich«, sagt er.

Ich beiße mir auf die Unterlippe, um mir ein weiteres Dankeschön für die Rettung vorhin zu verkneifen oder ihn zu fragen, was das für uns bedeutet. Trotz allem hofft ein Teil von mir immer noch, dass es ein *Uns* geben kann. Jetzt, da ich Ben auf unserer Seite weiß, kann ich es zugeben. Doch egal, was geschieht: jemanden in den feindlichen Linien zu haben, macht alle sehr viel einfacher. Ich muss ihm irgendwie von meinem Plan erzählen. Vielleicht weiß er sogar, wo Bogen und Pfeile verwahrt werden, und kann uns helfen, sie zu bekommen.

»Darf ich kurz allein mit Ben reden?«, frage ich und hoffe aus unerfindlichen Gründen, sie würden es mir erlauben.

»Ich regle das hier«, sagt Ben und entlässt die Wachen. Unwillkürlich lächle ich und bedeute meiner Familie, ebenfalls zu gehen. Sie hocken sich in die Eingänge ihrer Container. Als ich mich allerdings wieder umdrehe, ist Marissa noch da.

»Allein«, wiederhole ich.

Sie bleibt neben Ben stehen, und ich werde skeptisch.

Die Wachen warten an den Türen.

»Ich treffe euch gleich draußen«, sagt Ben.

»Rachel …«, beginnt Marissa.

»Weißt du, wie es meiner Nani geht?«, frage ich, ehe sie mehr sagen kann.

»Nein.«

»Dann haben wir nichts zu bereden.« Ich recke mein Kinn und wende mich an Ben. »Danke für vorhin«, platze ich heraus, ehe die Türen sich hinter den Wachen geschlossen haben.

Marissa rümpft die Nase. »Danke? Was habe ich verpasst?«

»Nachdem du mich ausgeliefert hattest?« Mich erschreckt, wie zickig ich klinge, aber ich bin wütend, dass sie einfach weggerannt ist. »Ben hatte für Ablenkung gesorgt, damit ich nicht erwischt werde.«

Kyle hatte recht. Selbst wenn sie auf unserer Seite steht, darf man ihr nicht trauen, sich um irgendjemanden anderen zu scheren als um sich selbst. Ich sehe Ben an, und mir stockt der Atem. Er steht stocksteif und sichtlich wütend da.

»Ablenkung?«, fragt er.

Ich stutze. »A-als du deinen Taser fallen gelassen hast, damit ich in die Halle kann.« Ich bemerke, dass er einen neuen Taser am Gürtel hat.

»Meinen Taser fallen gelassen? Irgendein Loser hat mich angerempelt. Dank nicht mir dafür. Hätte ich dich gesehen, dann hätte ich sofort Alarm geschlagen.«

Was heißt hier *hätte er mich gesehen*? Aber er hatte mich doch direkt angesehen. Dessen bin ich mir sicher. Doch was, wenn ich bloß dachte …

»Sie ist einfach durcheinander«, mischt Marissa sich ein. »Sie haben ihr gestern zu viel Ichor abgenommen, und sie hat seit dem Vorfall in der Cafeteria nichts Richtiges gegessen. Deshalb redet sie wirr. Was sie gemeint hat, ist, dass sie außerhalb des Containers ihrer Ma war, hier im Gemeinschaftsbereich.« Sie legt mir eine Hand auf die Schulter und beugt sich vor, bis wir auf Augenhöhe sind. »Das hast du doch gemeint, nicht?« Meine Antwort wartet sie nicht ab. »Weißt du noch, dass ich dir erzählt habe, du darfst in diesem Bereich sein? Mach dir keine Sorgen, dass die Wachen dich hier erwischen.« Dann tätschelt sie meinen Kopf, als wäre ich ein kleines Kind, und ich bin zu verwirrt, um sie zu stoppen. Beschützt sie mich vor Ben? Vor dem Ben, von dem ich sicher bin, dass er mich erst vor Kurzen vor den Wachen beschützt hat? Ich begreife gar nichts mehr. Kann ich irgendeinem von ihnen trauen?

»Warum bist du hier?«, frage ich sie.

»Ich habe meine Schlüsselkarte verloren«, sagt sie sehr langsam, um den Ernst der Lage zu betonen. »Ben und seine Crew sollen mir helfen, sie zu finden.« Dabei sieht sie mich mit großen Augen an. Offenbar will sie mich warnen, dass wir beide Schwierigkeiten bekommen könnten, wenn die Karte von der falschen Person gefunden wird. Ich verrate ihr nicht, dass das bereits geschehen ist.

»Marissa, warst du kürzlich hier?«, fragt Ben sie.

»Nein«, lügt sie prompt.

»Dann suchen wir woanders weiter. Wir müssen die Schlüsselkarte finden, bevor Heda verlangt, dass wir das ganze System neu programmieren.«

»Neu programmieren?«, platze ich heraus.

Marissa drängt sich zwischen uns. »Ich muss kurz mit Rachel reden. Wir sehen uns draußen.«

Ben sieht uns fragend an. »Beeil dich«, sagt er und geht zur Tür. Ich will ihn zurückhalten, bremse mich jedoch. Momentan gibt es ein größeres Problem.

Sobald die Tür hinter ihm zugefallen ist, sagt Marissa: »Tut mir leid, dass ich weggelaufen bin, aber ich kann euch nicht mehr helfen, wenn sie mich ertappen. Mir blieb keine andere Wahl.«

Das soll ich glauben? Dass sie tatsächlich nur daran gedacht hat, was das Beste für mich ist?

»Ja, na ja …«

»Ich weiß, dass du eine Flucht planst«, sagt sie. »Die ganzen

Fragen und die Karte. Es geht nicht bloß darum, deine Nani zurückzuholen.«

Ich überlege, was ich entgegnen kann.

»Ist okay, Rachel. Ich will helfen.«

Ben klopft an die Tür, bevor er öffnet und hereinsieht. »Wie lange noch? Wir haben Befehl, mit dem Neuprogrammieren anzufangen. Heda will, dass es in vierundzwanzig Stunden abgeschlossen ist.«

Ich schlucke. »Vierundzwanzig Stunden?«

»Ich muss gehen, Rachel. Ich sehe so bald wie möglich nach dir.« Sie wartet meine Antwort nicht ab, sondern eilt zur Tür.

Als sie weg sind, drehe ich mich zu meiner Familie um. Unser wohldurchdachter Plan zerbröselt angesichts der neuen Frist. Eine Neuprogrammierung bedeutet, dass die Schlüsselkarte nutzlos wird und wir innerhalb von wenigen Stunden handeln müssen.

Meine Familie kehrt zurück zum Ruderboot. Ich muss mich zusammenreißen, sie nicht zur Eile anzutreiben. Meine Hände schwitzen, und mir wird die Kehle eng.

»Ich habe dir gesagt, dass wir ihr nicht trauen können«, bricht Kyle das Schweigen, ehe ich es kann. »Sie hat dich wahrscheinlich längst an die Wachen verraten und gibt nur vor, dass sie ihre Schlüsselkarte verloren hat. Jetzt werden sie alle Schotten dichtmachen, bis sie die gefunden haben. Das bedeutet, du kannst nichts mehr auskundschaften.«

»Ich weiß auch nicht, ob wir ihr trauen können.« Ebenso wenig weiß ich, ob Ben zu trauen ist, aber darüber will ich nicht nachdenken. Nicht, wenn ich nur vierundzwanzig

Stunden habe, um alles zu beschaffen, was wir brauchen, und zu ergründen, was Heda und Hades vorhaben. Ich sehe Kyle an. »Aber mit der Sache mit der Schlüsselkarte hat sie mich nicht reingelegt.«

»Woher willst du das wissen?«, fragt Kyle.

Ich ziehe die Schlüsselkarte aus meinem Top, und er grinst.

# KAPITEL 33

Ma geht neben dem Boot auf und ab. »Auf keinen Fall. Wir lassen dich das nicht allein machen.«

»Ich stimme deiner Ma zu, Rachel«, sagt Dad.

Kyle lehnt sich in dem Boot zurück, wirft mal wieder seine zusammengeballte Socke hoch, fängt sie und will anscheinend etwas sagen. Doch ich komme ihm zuvor.

»Ich kann hier raus. Ich habe keine Fußkette, und fürs Erste öffnet die Schlüsselkarte noch die Türen.«

»Ich komme mit dir«, sagt Ma.

»Und wie willst du mit der Fußkette hier rauskommen?«, frage ich.

»Ich säge mir den Fuß ab, wenn es sein muss. Du brauchst mich.«

»Erinnerst du dich daran, wie du mir früher immer gesagt hast, ich solle kein Theater machen, wenn ich mich beschwert habe, auf die St. Valentine's gehen zu müssen?« Ma schmunzelt nicht. Sie sieht auf ihre Hände, und ich weiß, dass sie sich wünscht, sie könnte die nächste Wache berühren, die hier reinkommt, und zwingen, ihre Fußkette abzunehmen. Aber das kann sie nicht. Ihre Kräfte sind weg, und sie hasst das.

»Ma, mir passiert nichts.«

»Das kannst du nicht wissen. Es ist nicht mehr nur Hedone. Hades ist jetzt auch noch irgendwie in die ganze Sache verwickelt.«

Kyle wirft die Socke zu hoch, und sie landet auf Dads Schoß. Seufzend gibt er sie an Kyle zurück, ehe er sich zu mir dreht. »Aber was passiert, wenn du einer Wache über den Weg läufst?«

Ganz gleich, wie sehr meine Familie dagegen ist, ich werde herausfinden, was Heda und Hades planen. Das muss ich.

»Antworte deinem Vater, Rachel«, sagt Ma. »Was tust du, wenn du einer Wache über den Weg läufst?«

Beinahe muss ich lachen. Wie lange habe ich mir gewünscht, sie würden mich wie richtige Eltern ermahnen, und jetzt, da es endlich geschieht, ist das Timing denkbar schlecht. »Ich verstecke mich in einem Lüftungsschacht, bis sie weg sind«, sage ich, obwohl das echt kein toller Plan ist.

»In einem Lüftungsschacht!« Ma wirft die Hände in die Höhe.

»Das ist nicht wirklich ein Plan«, sagt Dad.

»Ich habe es schon mal gemacht«, erzähle ich ihnen. Bei der Erinnerung daran wird mir allerdings schlecht.

Ma sieht mich an. »Wie bitte?«

Ich hole tief Luft. »Ich muss zurück zum Kontrollraum. Dann finde ich heraus, wie die Stromversorgung läuft, suche nach allem, was helfen kann, der Waffenkammer, sonst was. Und danach hole ich euch.«

Kyle schüttelt sein Bein. »Und was ist mit denen hier? Selbst wenn wir sie abkriegen, können wir die Halle nicht verlassen.«

Mist, er hat recht. Mir fällt nur eine Person ein, die wissen könnte, wie wir sie runterkriegen. Und das wird Kyle nicht gefallen.

»Wir fragen Marissa. Sie soll herausfinden, wie man die Fußketten abnimmt.«

»Kommt nicht infrage«, sagt Kyle.

Dad beugt sich vor, faltet die Karte und breitet sie wieder aus. »Und selbst wenn es funktioniert, gehen dann nur wir und lassen alle anderen hier?«

Kyle malt mit einem Finger einen Kreis in die Luft. »Ihr habt alle gehört, dass sie Marissa mit reinziehen will, oder halluziniere ich?«

»Wir holen Hilfe und kommen zurück, um die anderen zu befreien«, sage ich, ohne auf Kyle zu achten. »Ohne den Bogen und die Pfeile kann Heda wenig Schaden anrichten.«

Kyle schlägt sich auf den Bauch und verschränkt die Arme.

»Ich weiß, dass das alles nicht ideal ist«, sage ich wütend. »Aber die verlorene Schlüsselkarte wurde schon gemeldet, womit mir nur noch heute Abend bleibt, sie zu nutzen. Ich muss die Informationen und die Werkzeuge auftreiben, die wir brauchen. Ob es euch gefällt oder nicht, das ist unsere beste Chance.«

»Ich weiß nicht, Rachel.« Kyle wirft die Socke wieder hoch und fängt sie einhändig. »Das wäre irgendwie alles zu leicht.«

»Was?«

»Erklär uns bitte, was du genau damit meinst«, sagt Ma.

»Na ja«, antwortet er. »Sie haben uns nicht einmal durchsucht. Wenn sie wissen, dass die Schlüsselkarte futsch ist, und

254

nachdem du zu Ben gesagt hast, dass du draußen warst, warum haben sie uns nicht durchsucht? Ben ist nicht blöd.«

»Er hat recht«, sagt Dad. »Das könnte eine Falle sein.«

»Eine Falle? Dann müssten sie irgendwas von uns wollen. Aber was könnte das sein, das sie nicht schon haben?«

Alle denken nach. Dad, der zum Boden gesehen hat, reißt den Kopf hoch und blickt von meinem Knöchel zu seinem. »Du hast keine Fußkette. Das ist der einzige Unterschied zwischen uns. Warum? Warum haben sie dir keine angelegt? Sogar Eros hat dieses Halsband.«

»Na ja, die Fußkette kontrolliert dich mit der Macht des Gleichgültigkeitspfeils«, antworte ich.

»Aber den hast du schon einmal überwunden«, sagt Dad.

»Ja, irgendwie schon. Außerdem steckt er rein theoretisch noch in mir.«

»Und das Halsband?«, fragt er.

»Das hemmt Magie«, wiederhole ich, was Heda mir erzählt hatte. »Aber Heda braucht Zugriff auf die Unsterblichkeit, die in meinem Blut entsteht, also wird sie mir eher kein Halsband anlegen.«

»Also würde das Halsband deinen Übergang zur Unsterblichkeit bremsen?«, hakt Ma nach.

»Ja, das glaube ich zumindest.« Ich erinnere mich, dass Eros mir erzählt hat, ohne das Halsband wäre sein Blut dunkler. »Oder würde den Übergang zumindest verlangsamen.«

Kyle fängt seinen Sockenball und hält ihn fest. »Trägt Eros deshalb das Halsband, obwohl sie immer noch sein Blut benutzen kann?«

»Gute Frage«, sagt Dad. »Es verhindert, dass er seine Kräfte nutzen kann, aber sein Blut bietet immer noch Heilung und Unsterblichkeit, richtig?« Er sieht mich an. »Wenn das stimmt, was heißt das für dich, Rachel?«

»Weiß ich nicht genau. Eros hat erwähnt, dass Unsterblichkeit der erste Teil des Übergangs ist, deshalb bin ich nicht sicher, ob das Halsband diesen Übergang beeinträchtigen würde.«

»Das war es dann also«, sagt Ma.

Wir alle sehen sie verwundert an und verstehen nicht, warum es sie so deprimiert.

»Deine Verwandlung«, sagt sie. »Heda will, dass du deine Kräfte benutzt. Sie will, dass du deine Umwandlung abschließt.«

»Aber warum?«, fragt Kyle.

Und jetzt begreife ich es: Die Unterhaltung zwischen Heda und Le-Li, die ich belauscht habe. »Le-Li«, flüstere ich. Doch nun sehen alle zu mir. »Le-Li kann mein Liebesgöttinnen-Gen nicht isolieren, solange meine Verwandlung andauert.«

# KAPITEL 34

Eine Stimme ertönt hinter uns. »Dann verwandle dich nicht, und sie bekommt das Gen nicht aus dir«, sagt Eros, der in der Tür des Containers steht und mit den Fingern über die Haut um sein Halsband streicht.

»Nicht verwandeln?«, fragt Ma. »Ist das denn möglich?«

»Wie viel hast du gehört?«, frage ich.

»Genug, um meinen Hintern vom Bett zu schwingen und dir zu helfen, Liebes.«

»Wird auch Zeit«, sagt Kyle.

Eros bewegt sich vorsichtig in dem Türrahmen, als könne er keine angenehme Haltung finden, und nickt zu meinem Vater. »Hast du ihn gefragt?«

Ich verkrampfe mich und merke, dass ich rot werde, als ich den Kopf schüttle.

»Was?«, fragt Dad.

»Nichts«, sage ich rasch.

Ma neigt den Kopf zur Seite und scheint mal wieder direkt in meine Seele zu gucken. »Es ist nicht nichts.«

»Muss es sein, weil ich dieses Gespräch nicht führen will.«

»Rachel?«, fragt Dad.

Ich drehe mich weg.

»Eros, erzähl du es mir«, drängt Dad.

»Tut mir leid, Liebes.«

Mir wird der Brustkorb eng. Ich ertrage es nicht, mich zu ihnen zu drehen und mit anzusehen, wie Eros die ganze Sache meinem Dad erklärt.

»Ich bin ein Vater«, beginnt er. »Gäbe es irgendwas, das meiner Tochter das Leben retten könnte, ich würde es wissen wollen.«

»Ihr Leben retten?«, haucht Ma.

»Sie kann die Unsterblichkeit rückgängig machen«, sagt Eros.

*Konnte ich, aber kann ich nicht mehr.*

»Wie?«, fragt Dad skeptisch.

Eros zögert. Mir ist klar, dass er auf mich wartet, doch ich weigere mich. »Sie muss die Lebenskraft eines sterblichen Verwandten in sich aufnehmen.«

»Eines sterblichen Verwandten?«, fragt Kyle. »Wie von mir?«

»Nein«, sagt Dad. »Wie von mir.«

Ich blicke mich um und sehe Eros, der mir mit seinem traurigen Lächeln sagt, er wünschte, es wäre nicht so. Dad steht allein in dem Boot und beobachtet mich. Was Eros nicht weiß, ist, warum ich diese Unterhaltung mit meinem Dad nicht führen wollte.

Meine Ma läuft wieder auf und ab, wirft Eros, Dad und mir Blicke zu. »Was bedeutet ›Lebenskraft aufnehmen‹ genau?«, fragt sie.

»Sie muss eine Tasse oder so von seinem Blut trinken«, sagt Eros.

Ich habe meine Fähigkeiten allerdings schon zu oft benutzt, das fühle ich. Es ist also zu spät für diese Lösung.

Wir alle werden still. Ich vor allem, weil ich nicht weiß, wie ich das Gespräch beenden kann, ehe ich gestehen muss, dass ich Stimmen gehört habe, und der Rest von ihnen begreift, was das bedeutet.

Ich kann Eros hören, der sich in der Containertür bewegt. »Es dürfte nicht viel nötig sein, oder, Liebes?«

Ich drehe mich um und sehe seine blauen Augen, die mich anstieren. Mir ist klar, was er fragt. Er will wissen, ob ich meine Fähigkeiten benutzt habe.

Mir wird flau. »Es könnte mehr nötig sein, als wir denken«, flüstere ich, doch er hört mich trotzdem.

»Wie viel mehr?«

Ich senke den Blick.

»Wie oft?«, fragt er. »Zweimal?«

Ich trete gegen den Estrich.

»Dreimal?«

Ich zähle die vielen Male nach, die ich Stimmen gehört habe, die Wachen auf rätselhafte Weise auf dem Boden landeten, das Mal, als ich diesen Aussetzer hatte und Bident in die Hand gestochen habe. Eindeutig mehr als dreimal.

Mein Schweigen ist für ihn Antwort genug.

»Es geht also so schnell bei dir? Das habe ich nicht gewusst. Tut mir leid.«

»Was bedeutet das?«, fragt Dad.

»Das bedeutet«, antwortet Eros und füllt den Türrahmen mit seiner großen Gestalt aus, während er die Stimme senkt und sie dennoch befehlend klingt – zum ersten Mal wirkt er tatsächlich wie ein Gott – »dass Rachel schon viel weiter in ihrer Umwandlung ist, als ich gedacht habe. Sie müsste dein Herz essen, um jetzt noch ihre Unsterblichkeit rückgängig zu machen.«

Ma schreit auf und hält sich eine Hand an die Brust.

Dad setzt sich wieder hin, allein in dem Boot. Er faltet die Karte auseinander und wieder zusammen, bevor er sie unter sein Bein schiebt und die Arme auf die Knie lehnt. »Okay«, sagt er. »Wie machen wir das?«

»Nein! Das ist nicht okay!«, widerspreche ich. »Und es ist nicht mal witzig, auch nur darüber zu sprechen. Ich habe hier auch mitzureden, und sofern du nicht vorhast, mich zu fesseln und mir dein Herz in die Kehle zu drücken, findet nichts dergleichen statt.«

Dad sieht mir in die Augen. »Wir sollten wenigstens das mit dem Bluttrinken versuchen. Es kann so viele Menschen retten. Wenn sie die Macht nicht aus deinem Blut gewinnen kann, kann sie auch keine Liebesgöttinnen schaffen. Und wenn es mehr als mein Blut braucht, bin ich immer noch dabei.«

Mir ist bewusst, wie sehr er hasst, wozu Liebesgöttinnen fähig sind, und es ist furchtbar, dass ich das alles nicht aufhalten kann.

»Ich will nicht …« Ich sehe zu Dad und erkenne an seinem Blick, dass er weiß, was ich meine.

Er wischt sich übers Gesicht, steht auf und kommt zu mir. Die Karte lässt er auf der Bank im Boot liegen: ein erbärmliches Symbol unseres Fluchtversuchs. Dann legt er mir beide Hände auf die Schultern. »Ich war in deiner Kindheit nicht für dich da, Rachel, nicht richtig. Und das hasse ich. Ich sehe in deinen Augen, wie sehr ich gefehlt habe. Du trägst eine Menge Schmerz in dir, und ich bin einer der Gründe dafür. Wenn es eine Möglichkeit gibt, das alles wiedergutzumachen, dir ein Leben zurückzugeben, in dem du ohne jeden Zweifel weißt, dass deine Eltern dich lieben, dann wähle ich diese Möglichkeit, ohne zu zögern.«

Ma schluchzt, und für einen flüchtigen Moment glaube ich, dass das Geräusch von mir kommt. Sie presst die Hände auf ihren Bauch, als könnte so der Schmerz weggehen, und ich frage mich, ob ich das auch versuchen soll.

»Und was, wenn sie ihre Unsterblichkeit annimmt?«, fragt Kyle.

Ich sehe ihn an, und Dad nimmt seine Arme herunter.

»Das kann sie nicht«, sagt Dad und sieht mich an. »Wenn sie den Wandel vollendet, wird sie zu dem, was sie verachtet.« Er benutzt dieselben Wörter wie ich in so vielen Gesprächen mit Ma, und mich schockiert, dass er tatsächlich zugehört hat. Was den Worten irgendwie noch mehr Gewicht verleiht. *Alles, was ich verachte.*

Mag es Schwäche oder Liebe sein, in diesem Augenblick weiß ich es ganz genau: Wenn ich wählen könnte zwischen einem Leben, in dem ich meine Familie tausendmal überleben würde, und einem endlichen Leben, in dem ich meinen richtigen Dad kennenlernen kann, würde ich sofort das letztere nehmen. Ich kann jetzt meinen Übergang nur so lange wie möglich hinauszögern, damit Heda ihr Heilmittel nicht bekommt.

»Werde ich nicht«, sage ich. »Endlich habe ich dich, und ich will dich nicht verlieren.«

»Du könntest mich nie verlieren.« Dad lächelt.

Kyle springt auf, wirft die Socke in seinen Container und trifft natürlich auf Anhieb durch die angelehnte Tür. »Ich schätze, dann ziehen wir das mit dem Bluttrinken durch.«

Eros humpelt einen Schritt vor, bleibt stehen und hält sich an dem Metalltürrahmen fest. »Ein interessanter Vorschlag, doch es wird nicht funktionieren. Sie braucht freie Magie, um das Blut in sich aufzunehmen.«

»Freie Magie?«, frage ich. Das letzte Mal hatte er mir im Skulpturengarten in Little Tokyo von freier Magie erzählt und mir eine Phiole mit Ambrosia zu trinken gegeben.

»Etwas wie den Kelch von Kronos, Poseidons Dreizack … oder meine Pfeile.«

Die Erwähnung der Pfeile lässt Alarmglocken in mir schrillen. Es scheint ein bisschen zu praktisch, dass ich seine Pfeile brauche, um meine drohende Unsterblichkeit rückgängig zu machen. Doch egal, wie ich es drehe und wende, es bleibt bei meinem Plan. Ich werde mich rausschleichen und herauszufinden versuchen, wo Heda die Pfeile verwahrt.

Eine kleine Stimme in mir flüstert:

*Vielleicht gibt es noch Hoffnung.*

*Vielleicht hast du noch nicht zu viele deiner Fähigkeiten genutzt.*

*Vielleicht kannst du noch das Blut trinken.*

Eros zeigt auf seinen Hals. »Ich weiß, wo sie die nötigen Schlüssel haben.«

Ich balle die Fäuste. »Und das sagst du mir erst jetzt?«

»Das Thema ist nie aufgekommen«, sagt er achselzuckend. »Und ich war nicht direkt in Plauderlaune.« Wie zum Beweis hustet er.

»Sind die Schlüssel auch für die Fußketten?«, fragt Kyle.

»Sind sie.« Seine Worte klingen sehr heiser, als fiele ihm das Atmen schwer.

Er zeigt zu einem Punkt unterhalb von Hedas Büro. »Zwei Stockwerke tiefer, im Keller, gibt es einen Tresor. Ich würde vermuten, dass sie dort auch Pfeile und Bogen lagert, wenn sie die nicht bei sich hat.«

»Woher weißt du das?«, fragt Dad.

»Wenn sie die nicht bei sich hat?«, hake ich nach.

Eros sieht erst Dad, dann mich an. »Während der Essenszeiten der Gefangenen, wenn sie ihre Infusionen bekommt.«

»Dein Ichor?«, frage ich.

Er nickt. »Und deines.«

»Warum erzählst du uns das?«

Lächelnd sieht er Ma an. »Weil ich weiß, dass ihr gute Leute seid. Und ich fühle mich für das verantwortlich, was hier geschieht. Ob ihr es glaubt oder nicht, auch mir ist die Familie sehr wichtig.« Er verzieht das Gesicht, beugt sich vor und ringt nach Luft.

»Du quälst dich«, sagt Ma. »Leg dich wieder hin.«

Eros klammert sich an den Türrahmen und hat sichtlich Mühe zu stehen. »Er ist bewacht«, keucht er. »Du brauchst Hilfe.«

Die Schlüsselkarte brennt auf meiner Haut. Ich ziehe sie aus meinem Top und drücke sie in meiner Faust, als wäre sie mein Rettungsring. Dann gehe ich an Eros vorbei in den Container meiner Mutter und sehe nach der Uhr. Es ist, wie ich gedacht hatte. Mir bleiben noch zwei Stunden, bevor Hades wiederkommt. Die reichen allemal aus, um es in den

Kontrollraum zu schaffen, doch ich habe noch weit mehr zu tun, als nur in den Raum zu gelangen.

Ich stürme an Eros und meiner Familie vorbei zum Ausgang.

»Wo willst du hin?«, fragt Ma. »Es ist mitten in der Nacht.«

»Du weißt, wohin ich will.«

»Rachel!«, ruft Dad. »Warte.«

»Wir haben genug Zeit vergeudet«, entgegne ich.

»Lasst sie«, sagt Kyle. »Auch wenn es zum Kotzen ist, sie muss es tun.«

Ich grinse ihm zu und nehme mir einen Moment, jeden von ihnen richtig anzusehen, bevor ich die Karte einscanne und die Tür öffne. Der lange Korridor ist wie ein Schlund voller dunkler Schatten, der mich verschlingen will. Ich hole tief Luft, ignoriere den Wunsch, zurück zu meinen Leuten zu laufen, und trete in die Dunkelheit.

# KAPITEL 35

Der Computer braucht nicht lange, um Heda zu finden, und komischerweise bin ich enttäuscht darüber. Irgendwie hatte ich auf noch einen kleinen Moment Ruhe allein in diesem Kontrollraum gehofft. Es ist lange her, seit ich eine Chance hatte, durchzuatmen und nachzudenken, ohne dass Marissa oder meine Familie etwas von mir erwarten.

Die Kamera zoomt auf Hedas Gesicht. Sie sieht müde aus, und die Falten in ihren Augenwinkeln haben sich tiefer gegraben. Als sie vortritt, leuchtet wieder dieses grelle orangene Licht auf sie. Dann bleibt sie stehen. Ein grüner Blitz zuckt durch den Raum, und etwas spiegelt sich in ihren Augen. Nein, nicht etwas. Jemand.

Könnte ich doch nur mehr als ihr Gesicht sehen! Mein Blick fällt auf eine Reihe von Symbolen in der oberen Ecke des Bildschirms. Ich steuere sie an, und ein kleines Fenster öffnet sich. Unter anderem erscheint ein Feld mit *Camera Zoom*. Lächelnd wähle ich es an und bewege die Kamera so weit zur Seite, wie ich kann. Aus dem neuen Winkel kann ich den Rücken eines großen Mannes in einem grünen Kostüm ausmachen, das nach Halloween aussieht. Der Mann füllt einen aufwendig gearbeiteten frei stehenden Torbogen aus, über dessen Holzrahmen große, rollende Muster verlaufen. Dann kann ich erkennen, dass er einen maßgeschneiderten Anzug und einen goldenen Helm mit Stierhörnern trägt, der ihn umso größer wirken lässt. In der Hand hält er ein goldenes Zepter mit den gleichen Hörnern.

Mein Herz rast, als mir klar wird, dass es kein Zepter ist, sondern ein Zweizack – ein Bident.

*Das also ist Hades.*

Ich sollte ängstlicher sein, als ich tatsächlich bin. Seine Aufmachung entspricht dem, was man beim Gott der Unterwelt erwarten würde, und das so sehr, mitsamt Krähe auf seiner Schulter, dass es fast schon ironisch erscheint. Zuerst denke ich, die Krähe gehört zum Kostüm, wäre ein Requisit wie der Helm und der Zweizack, doch dann plustert sie sich plötzlich auf und schmiegt sich dicht an Hades' Hals.

»Mein Herr«, sagt Heda und verbeugt sich.

»Ich habe keine Zeit für Nettigkeiten. Wo stehen wir?«

»Der Pfeil bricht das Türsiegel«, antwortet sie prompt. »Es sollte nicht mehr lange dauern.«

Er schnaubt. »Benutze mehr als den Klacks Gleichgültigkeit, den du bisher einsetzt, und Zeit wird kein Problem mehr sein.«

»Mein Herr«, sagt sie höflich, obwohl ihr gekünsteltes Lächeln verrät, dass sie aufgebracht ist, »Ihr wisst, dass ich das meiste vom Pfeil brauche …«

»Ja, ja, um deine Horden zu kontrollieren. Wie bedauerlich.« Er neigt den Kopf zur Seite, sodass die Stierhörner beinahe den Torrahmen schrammen. »Vielleicht ist die Verzögerung ein Versuch, Zeit zu schinden. Ich habe immer noch keinen Beweis gesehen, dass du das Liebesgöttinnen-Gen isolieren kannst.«

»Um meine Horden zu kontrollieren, ja. Aber wie Ihr Euch sicher erinnert, öffnen wir die übrigen Portale, nicht nur Eures. Und ich habe Euch bereits gesagt, dass es dem ersten Mädchen an Kraft gemangelt hat.« Heda reckt trotzig ihr Kinn.

Das erste Mädchen. Meint sie Paisley? Im Geiste sehe ich Blut – die blutrote Uniform der Wache, die sie ermordet hat –, und ich habe Mühe, nicht die Faust in den Bildschirm zu rammen.

»Wie ich heute schon erwähnt habe, reagiert das neue Versuchsobjekt besser auf die Dosen«, fährt sie fort. »Ich bin sicher, dass wir jetzt die nötigen Antworten bekommen werden. Wir werden zahlenmäßig stark genug sein, bis Ihr hier seid.«

»Jetzt ist sie noch nicht bereit?«

»Bald«, antwortet Heda.

Die Krähe keckert ihm etwas ins Ohr, und Hades hebt eine Hand mit breiten Silberringen an allen Fingern, um den Vogel zu streicheln. Er nickt, als hätte er verstanden, was die Krähe sagte, bevor er sich wieder Heda zuwendet. »Bald genügt nicht.«

»Wir können es nicht beschleunigen, ohne …«

»*Können nicht*, sagen nur Narren. Es gibt immer eine Möglichkeit. Bring es zu Ende.« Er schwenkt seinen Zweizack zum Torbogen.

»Wenn wir schneller machen, riskieren wir viele Verluste«, sagt Heda zu ihm.

»Die gibt es immer.«

»Hm«, erwidert sie mürrisch.

»Wenn ihr nicht liefert …«

»Das werden wir«, sagt Heda schnell. »Und ich vertraue darauf, dass Ihr Euren Teil der Abmachung einhaltet.«

»Ja«, zischt er und dreht an einem der Zacken, worauf sich der ganze Zweizack dreht. »Haben wir erst die Armeen unter unserer Kontrolle, werden wir nicht aufzuhalten sein.«

Etwas an seinen Worten ruft mir die von früher ins Gedächtnis; »Wir brauchen unsere Armeen« … »unsere Armeen« … »Armeen«.

Mir wird übel.

Nicht Armee, sondern Plural. Armeen.

Ich gehe auf und ab und sehe immer wieder zum Bildschirm. Bei dem Gedanken an die Liebesgöttinnen in den Containern muss ich zittern – Hedas Armee. Langsam fügen sich die Einzelteile zusammen. Marissa hat mir erzählt, dass Heda versprochen hatte, Ben mit seiner Familie zu vereinen. Seiner toten Familie. Das kann sie nur, wenn Hades nicht der Einzige ist, der die Unterwelt verlässt.

*Armeen.*

Hades und Heda vereinen ihre Kräfte.

Mit all den Leuten, die jemals gestorben sind, ist Hades' Heer gewaltig.

Es wird so stickig im Raum, dass ich nach Luft ringe und zu dem Tisch schaue, den ich sicherheitshalber vor die Tür geschoben hatte. Aber ich fühle mich nicht sehr sicher.

Eine Armee von Untoten und eine von Liebesgöttinnen. Was haben sie mit denen vor? Die Antwort trifft mich wie ein Hieb in die Magengrube.

Der Olymp. Das hatte Heda gemeint, als sie sagte, sie

würde ihr Tor aufbrechen und sie dazu bringen, sich vor ihr zu verneigen. Sie wollen den Olymp zerstören.

»Gut«, sagt Heda da auf einmal, was meinen Blick zurück zum Bildschirm lenkt. Ich konzentriere mich wieder darauf, ruhig zu atmen, damit ich sie verstehe.

»Wie lange muss ich noch in diesem Höllenloch bleiben?« Hades boxt gegen den Torrahmen und sieht nach oben. »Die Wortwahl war Absicht«, ergänzt er.

»Wir schätzen, noch eine Woche, bevor der Pfeil …«

»Der Bruchteil von ihm.«

Sie räuspert sich. »Bevor die verfügbare Menge des Pfeils das Siegel bricht. Leider können wir ihn nicht auf die Weise mit Eros' Bogen reproduzieren, wie es bei dem Pfeil der Betörung gelungen ist. Es gibt nur einen, und die Nachfrage ist groß.«

»Nun, wenn wir kommen, darf es keine Verzögerungen mehr geben. Meine Anwesenheit wird Aufmerksamkeit erregen.«

»Wir werden bereit für Euch sein«, sagt sie, was nicht sehr überzeugt klingt.

»Ich stehe zu meinem Wort.« Er stockt und neigt den Kopf zu seiner Krähe, als die ihm wieder etwas ins Ohr keckert.

»Interessant«, sagt Hades. Ruhig dreht er sich um, und ich sehe auf einmal sein Gesicht – es ist ein Spiegelbild von Eros, nur dass sein Haar und seine Augen schwarz und seine Haut von einem warmen Bronzeton sind. Fast fühle ich mich zu ihm hingezogen – bis er das Standbein wechselt und Schatten auf sein Gesicht fallen.

Die falsche Vertrautheit ist dahin, das ist Hades, nicht Eros. Mir stockt der Atem, denn er starrt in die Kamera, als würde er mich direkt ansehen.

# KAPITEL 36

Unbemerkt schaffe ich es zurück zur Containerhalle und stelle fest, dass drinnen alles dunkel ist. Anscheinend schlafen alle. Ich bin erschöpft und besorgt, aber froh, dass ich diesmal auf dem Rückweg keinen Wachen begegnet bin. Nach Hades' Blick war ich mir sicher, Heda würde die Wachen auf mich hetzen. Das Letzte, was sie gebrauchen kann, bin ich, die sie aufzuhalten versucht. Es bleibt nur eine Woche, bis Hades hier ist, eine Woche für Heda, um aus meinen Freunden und meiner Familie eine Armee zu formen – mit meinem Blut.

Und ich weiß nicht einmal, wie es Nani geht. Die vorherige Person, an der mein Ichor getestet wurde, war am Ende tot.

Mich überkommt panische Angst, intensiver als die Stromschläge, die sich beim Angriff der Wachen durch mein Blut bewegt haben. Intensiver als der erste Kuss mit Ben. Wenn ich nichts unternehme, könnte meine ganze Familie so enden wie Paisley. Oder schlimmer.

Sie könnten wieder Liebesgöttinnen werden.

Aus dem Container meiner Mutter höre ich ein Rascheln, dann geht drinnen Licht an. Sie kommt zur Tür, eine Decke über ihren Schultern. »Rachel? Den Göttern sei Dank, dass du zurück bist.«

Ich zucke zusammen. Die Götter hatten sehr wenig mit meiner Rückkehr zu tun. »Ich glaube, ich habe alles, was wir brauchen«, sage ich und hoffe, dass Ma mir nicht anhört, was für riesige Angst ich habe.

Lächelnd streckt sie einen Arm aus und winkt mich zu sich. »Komm, lass uns gemeinsam meditieren. Es wird dir durch den Tag helfen.«

Ich bräuchte sehr viel mehr als eine Meditation, um es durch den Tag zu schaffen, nachdem ich nun weiß, dass noch eine anderer, größerer Countdown abläuft. Heute ist der erste Tag von sieben, bevor Hades erscheinen wird, und es ist die zehnte Stunde von vierundzwanzig Stunden mit der Schlüsselkarte.

»Ma, eigentlich muss ich mit dir reden. Mit euch allen. Es ist wichtig. Können wir Eros wecken?«

Stirnrunzelnd lässt sie mich herein. Ihre Miene wird sanfter, sobald sie mich genauer mustert. Als könnte sie direkt in meine ängstlichen Gedanken schauen.

»Ich wecke ihn«, sagt sie.

Ich gehe zu Dads Container, klopfe an und gehe dann hinein. Dad schläft auf einer Matratze, die er ganz in die Ecke geschoben hat, vollkommen ruhig und bekleidet wie jemand, der sich nur kurz hingelegt hat. Er spürt im Schlaf eine Veränderung und schießt hoch.

»Ich bin es bloß, Dad«, sage ich.

»Oh, Rachel, hi. Ist alles in Ordnung?«

»Ich muss mit euch allen reden. Es ist wichtig.«

»Du siehst aus, als wärst du einem Geist begegnet.«

»Nein, keinem Geist.« Obwohl Paisley ohne Ende durch

meine Gedanken spukt, um mich daran zu erinnern, was Heda getan hat. »Schlimmer.«

»Tja, in dem Fall beeile ich mich natürlich.« Dad steht auf und geht an sein Waschbecken, um sich das Gesicht mit kaltem Wasser zu waschen, ehe er sich zurück zu mir dreht. »Geh lieber schon mal Kyle wecken. Das kann manchmal eine Weile dauern.«

Ich nicke, verlasse seinen Container und gehe zu Kyles. Anders als mein Dad, der vollständig bekleidet und in einer ordentlichen Position geschlafen hat, trägt Kyle nur seine Boxershorts und liegt quer auf seiner zerwühlten Decke. Ich tippe mit dem Fuß gegen sein Bein. Brummelnd dreht er sich um.

Ich tippe fester. Dieselbe Reaktion. Mein Blick fällt auf das Waschbecken in der Ecke. Ich gehe hin, schöpfe etwas Wasser mit den Händen – meine verletzte Hand schmerzt wenigstens nicht mehr – und schleudere es Kyle ins Gesicht.

Er setzt sich ruckartig auf, schlägt mit den Händen in die Luft. »Was zur Hölle …?«

Seine Wortwahl lässt mich frösteln. *Hölle, oh ja.*

Kyle reibt sich die Augen und hält verwirrt seine nasse Decke in die Höhe. Als er wach genug ist, sieht er mich an. »Was ist los?«

»Ich muss mit euch allen reden. Du solltest dir was überziehen.«

»Wo bleibt dann da der Spaß?«, fragt er grinsend.

Als ich nicht grinse, springt er auf und schnappt sich sein blaues Shirt. Während Kyle sich anzieht, gehe ich nach draußen und steige ins Ruderboot, wo Dad bereits die handgezeichnete Karte ausbreitet.

Kyle lehnt sich auf seinem Platz im Boot zurück. »Also, um hier wieder rauszukommen, müssen wir es mit dem Gott der Unterwelt aufnehmen?«

»Wir müssen nur Eros' Bogen und Pfeile haben, ehe sie herausfinden, wie sie die Kraft aus meinem Blut extrahieren«, antworte ich. »Sie zu bekommen ist der heikle Teil.« Wenn wir das schaffen, werden wir zumindest Hedas Armee verhindern.

Eros zeigt zu seinem Halsband. »Und den Schlüssel.«

Kyle atmet laut aus und nickt ihm zu. »Du wirkst ziemlich gechillt, obwohl du eben erfahren hast, dass deine Tochter mit Hades zusammenarbeitet.«

Eros antwortet nicht, und das sagt uns alles. Er wusste es schon.

Dad verschwendet keine Zeit mehr. »Eine Woche, ja? Damit bleiben uns nicht viele Optionen.«

Kopfschüttelnd drehe ich die Schlüsselkarte zwischen meinen Fingern. »Wir müssen sie aufhalten. Die Macht der Liebesgöttinnen darf nicht zurückkommen.«

»Ja«, sagt Eros heiser, und ich frage mich, ob er müde ist oder wieder Schmerzen hat. »Sobald wir den Bogen, die Pfeile und den Schlüssel haben, kommt dieses Halsband ab und ich kann meine Kräfte nutzen, um sie zu stoppen. Und wenn Heda die Liebesgöttinnen nicht kontrollieren kann, wird es ein viel leichterer Kampf.«

Ma macht ihren Rücken gerade. »Was ist, wenn ich mich freiwillig …«

»Nein«, falle ich ihr ins Wort.

»Hör zu«, sagt sie. »Wenn ich es tue und meine Kraft wiederhergestellt ist, kann ich damit bei dem Kampf helfen.«

»Ich komme damit nicht zu dir, um deine Kräfte zu retten. Ich will dein Leben retten. Paisley ist an dem gestorben, was sie mit ihr gemacht haben. Wir haben keine Ahnung, was mit dir passieren würde. Denn sie *werden* dich sowieso holen.«

»Eher früher als später«, fügt Dad hinzu. »Heda wird dich als Druckmittel einsetzen wollen, damit Rachel tut, was sie will. Deine Mutter hat sie ja schon geholt.« Seine Augen leuchten auf, als wäre ihm eine Idee gekommen. »Sie hat gesagt, dass die Experimente mit dem neuen Versuchsobjekt gut laufen, oder?« Mir gefällt nicht, dass er von *Versuchsobjekt* spricht. Andererseits wäre es noch schlimmer, wenn er Nani beim Namen nennen würde. »Selbst wenn das gelogen ist, bleibt es dann nur eine Frage der Zeit, bevor sie mit anderen anfangen.«

»Dann werde ich mich freiwillig melden«, sagt Ma. »Es ist schließlich unsere Pflicht, die Kraft der Liebesgöttin zu schützen.«

»Ma, hör auf!« Ich klatsche die Hände auf die Knie. »Das hier ist größer als wir oder die Lebensweise der Liebesgöttinnen.«

Ma strafft ihre Schultern und zeigt mit einem Finger auf mich. »Wäre uns die Kraft der Liebesgöttin nicht genommen worden, würde Heda nicht zu solchen Maßnahmen greifen, um sie zurückzuholen. Unsere Lebensweise ist alles, was wir haben.«

»Ma«, sage ich erschöpft, »es geht um mehr als das. Verstehst du denn nicht? Heda kontrolliert das Gremium seit Jahren. Unsere Lebensweise wird schon seit Langem sabotiert, und wir werden für ihr Spiel manipuliert.«

Zunächst ist sie sprachlos. Dann sagt sie: »Ich habe schon seit einer Weile das Gefühl, dass mit dem Gremium etwas nicht stimmt. Aber ich mag nicht nutzlos sein. Wir müssen irgendwas tun.«

»Wir müssen das Richtige tun.« Dad zupft an einer Ecke der Karte. »Und in diesem Fall ist das Richtige zu verhindern, dass Heda und Hades die Kontrolle über uns bekommen. Die Götter allein wissen, was er mit einer Armee von Liebesgöttinnen anfängt, die ihm hörig ist. Rachel hat recht, unser vorrangiger Plan muss sein, an den Bogen und die Pfeile zu kommen.«

Kyle hält sein Bein in die Höhe. »Wie wollen wir das anstellen?«

Ich blicke auf. »Mit Marissas Hilfe.«

Er widerspricht nicht, sieht aber auch nicht glücklich darüber aus.

»Wir müssen sofort loslegen«, sagt Dad. »Wie stellen wir Kontakt zu ihr her?« Er blickt sich in dem Raum um. »Ich wette, über die Schalttafel an der Tür lässt sich ein Alarm auslösen.«

Kyle zieht seinen Schuh aus und wirft ihn – schnurgerade auf das Eingabefeld.

Es ist ein eindrucksvoller, allerdings überflüssiger Treffer. »Dir ist klar, dass ich auch einfach hingehen und draufdrücken kann, oder?«

»Macht aber weniger Spaß«, erwidert er grinsend, und ich kann mich nicht entscheiden, ob ich sauer sein soll, weil er in so einem Moment Scherze reißt, oder dankbar, dass einer in dieser Situation noch seinen Humor behalten hat.

»Apropos, kannst du mir meinen Schuh zurückholen?«, fragt er und hält das Bein mit der Fußkette in die Höhe. »Ich komme da nicht hin.«

Bevor ich antworten kann, fliegen die Türen auf, und eine Gruppe von Wachen stürmt herein, bewaffnet mit Tasern und Stromschwertern. Hinter ihnen kommt Ben mit der Wache in Rot an seiner Seite.

»Wir sind zu spät«, flüstert Ma.

# KAPITEL 37

Ben bedeutet Bident und den anderen Wachen zurückzubleiben. Sie gehorchen mit Ausnahme einer der grauen Wachen, die ihm folgt, als er sich uns nähert. Ich bin froh, dass Bident im Hintergrund bleibt, denn ich muss meinen Zorn bändigen. Eros hat uns erzählt, dass Heda den Bogen und die Pfeile während der Mahlzeiten der Gefangenen einschließt, und es könnte jeden Moment so weit sein. Also darf ich nicht riskieren, wegen eines Aufruhrs das Zeitfenster für meine Suche zu verpassen.

»Unsere Funkgeräte haben Alarm ausgelöst«, sagt Ben misstrauisch. »Ist hier drinnen alles in Ordnung?«

Die Wache hinter ihm strafft ihre Schultern, eine Hand an ihrem Taser.

Ich nicke zu Kyle. »Wir haben mit seinem Schuh Fangen gespielt, und er ist versehentlich an die Schalttafel geflogen.«

»Das erklärt das hier«, sagt jemand hinter uns. Kyles Schuh kommt über den Fußboden zu uns geschlittert und stößt gegen das Boot.

Die Wache neben Ben murrt: »Sucht euch einen anderen Zeitvertreib, statt unsere Zeit zu verschwenden.«

Kyle zieht seinen Schuh wieder an und grinst ihr frech zu.

»Viel kann man hier ja nicht machen. Und in diesem Ding wird Pirat spielen irgendwann langweilig.« Er klopft auf die Bootskante, und ich muss mir ein Lachen verkneifen.

Die Wache zückt ihren Taser, doch Ben packt ihren Arm. »Schau lieber nach, ob der Alarm noch funktioniert.«

Sie dreht sich zu den Wachen an der Tür um. Zwei von ihnen sind über die Schalttafel gebeugt, ziehen Teile auseinander und verbinden Drähte neu. »Funktioniert es?«, brüllt sie.

Ben stöhnt genervt.

»Nein«, ruft eine Wache zurück. »Bident holt den Techniker.«

Ich sehe Bident durch die großen Stahltüren hinausgehen, und prompt lässt meine Anspannung nach. Automatisch lockere ich die Fäuste, die ich so fest geballt hatte, dass meine Fingernägel kleine Halbmonde in den Handballen hinterlassen haben. Bident ist noch keine Minute weg, da kommt Marissa hereingelaufen und eilt direkt auf uns zu. Neben der anderen Wache bei Ben bleibt sie stehen.

»Was ist los? Ich habe Bident auf dem Korridor gesehen.« Marissa sieht ernstlich besorgt um uns aus und blickt sich hastig um, ob es allen gut geht.

»Der Alarm ist losgegangen«, sagt Ben. »Alles in Ordnung.«

Sie atmet auf. »Gott sei Dank. Ich hatte schon Angst, dass es um deine Nani gehen könnte, Rachel.«

Ma sieht sie erschrocken an, und ich bekomme ein schlechtes Gewissen. Aber den Bogen und die Pfeile zu bekommen hat Vorrang. Danach retten wir Nani.

Ich hoffe, sie hält so lange durch.

Das Funkgerät der anderen Wache piept. Sie macht es von

ihrem Gürtel ab und hält es an ihr Ohr. Es ist zu leise, sodass ich nichts als statisches Rauschen höre. Nach wenigen Sekunden nickt sie, drückt einen Knopf und spricht hinein: »Wird gemacht.« Dann sieht sie zu meiner Familie. »Die akustischen Signale funktionieren nicht, deshalb begleiten wir euch nach unten zum Frühstück.«

»Ich habe keinen großen Hunger«, sagt Ma. »Wenn es euch nichts ausmacht, bleibe ich hier.«

»Geht nicht. Dann verpasst du die Injektion.«

Kyle brummelt: »Ich hasse die Spritzen. Von denen wird mir schlecht.«

»Das kann bei hohen Vitamindosen passieren«, sagt Ben. »Aber sie verhindern, dass ihr krank werdet. Bei so vielen Menschen auf engem Raum kann schon eine gewöhnliche Erkältung zur Epidemie werden.«

»Und wenn schon, ich will diese Spritzen nicht«, erwidert Kyle.

»Ich sehe, was ich tun kann«, sagt Ben. »Aber ihr müsst mit uns kommen.«

Seufzend steigt Kyle aus dem Ruderboot. Auch Dad steigt aus und reicht Ma seine Hand. Sie nimmt sie lächelnd, doch als sie zu mir sieht, zuckt sie traurig mit den Schultern. Ihr ist klar, dass meine Pläne nun ruiniert sind.

»Du auch.« Die Wache winkt mich heran. »Sie wollen, dass du isst, damit du für die nächste Blutabnahme bei Kräften bist.«

Die Wache hält ihr Funkgerät in die Höhe, und die Schulglocke ertönt. »Zur Tür«, befiehlt sie, und meine Familie geht in Reih und Glied zum Treppenhaus. Ben macht einen Schritt auf sie zu, hält jedoch inne, als er merkt, dass ich mich nicht rühre. »Komm mit«, sagt er.

»Ich bleibe bei Marissa. Wir holen euch gleich ein.«

Ben sieht zu Marissa, und ich höre auf zu atmen, während ich warte, ob es noch eine Chance gibt und sie zu ihrem Hilfsangebot steht.

»Ja, geht schon vor«, sagt sie zu ihm. »Wir sind gleich bei euch.«

Da die Wachen alle zur Cafeteria führen, sind die Korridore leergefegt. Wir müssen uns daher keine Sorgen machen, dass wir Lärm machen könnten, und beeilen uns einfach. Als wir zu dem Treppenaufgang joggen, den Eros mir auf der Karte gezeigt hatte, schlagen meine Converse im Takt meines Pulses auf den Boden.

Marissa blickt zu mir. »Ich fasse es nicht, dass du mich schon wieder überredet hast«, japst sie.

*Und ich fasse nicht, dass du mitmachst.* »Ich bin nur froh, dass du helfen willst.«

»Natürlich will ich das.« Sie bleibt stehen, stemmt die Hände auf die Knie und verschnauft. »Es war kein Scherz, als ich gesagt habe, dass mir leidtut, was ich mit Kyle gemacht habe – das war richtig übel von mir. Und egozentrisch. Und du verdienst eine bessere Freundin.«

Ich trete einen Schritt zurück und stoße gegen das kalte Metall eines Lüftungsgitters. Nach dem Laufen fühlt sich die Klimaanlage angenehm an. »Tja, wenn du das ernst meinst, warum hast du dann die ganze Zeit Heda geholfen?«

»Ich bin eine Überlebenskünstlerin, Rachel. Ich habe mich

praktisch selbst großgezogen, während meine Mom durch die Weltgeschichte getingelt ist. Das Erste, was man dabei lernt, ist, den Weg des geringsten Widerstandes zu wählen. Heda hat mir sofort geglaubt, dass ich wieder eine Liebesgöttin sein will. Und ich musste ja nicht mal lügen. Aber als ich mitbekommen habe, dass du dafür verletzt werden würdest, war mir klar, dass ich etwas unternehmen muss. Du bist die Einzige, die jemals …« Sie sucht nach den richtigen Worten. »Was sagst du dauernd?« Dann leuchten ihre Augen auf. »Du wünschst dir jemanden, der deine schlimmsten Seiten sieht und dich immer noch lieben will. Tja, du bist nun mal der einzige Mensch, der das für mich tut. Und wenn ich ehrlich sein soll, ist dein hirnrissiger Plan quasi auch der Weg des geringsten Widerstands. Deshalb sind wir hier allein auf dem Korridor und brauchen ganz dringend eine Maniküre.«

Es ist wahr, was sie über das Lügen sagt, und eventuell liegt ihr tatsächlich an mir, aber was mich vor allem verwirrt, ist, dass ich der Sache mit der Maniküre zustimme.

»Wir müssen weiter.«

Nun gehen wir einfach nur schnell, anstatt zu joggen, und bald kommen wir am Ichor-Raum vorbei. Ich sehe nach meinen Wegmarkierungen.

»Es kommt einem wieder ganz wie damals auf der St. Valentine's vor«, sagt sie. »Als wäre uns dieser Weg von Anfang an vorgezeichnet gewesen.«

»Was meinst du damit?«

»Eine der mächtigsten« – sie zeigt auf mich – »und eine der überzeugtesten Liebesgöttinnen« – hier zeigt sie auf sich –

»kämpfen gemeinsam gegen das Unrecht. Es ist wie dieses T-Shirt, das du immer anhattest.«

»Mein Wonder-Woman-Shirt?«

»Ja, genau das.«

Ich werde ein wenig schneller, und kurz darauf passieren wir den Kontrollraum, wo meine Markierungen enden. Jetzt folgen nur noch graue Wände und Estrichboden, beleuchtet vom flackernden gelblichen Licht der Deckenlampen. Das Treppenhaus, das Eros meinte, ist ein Stück weiter vorn.

Mir weht eine Wolke von ihrem Shampooduft zu, und sofort kommt mir Kyles Warnung in den Sinn: *Wir dürfen ihr nicht trauen, egal wie glaubwürdig sie scheint.* Ich kenne Marissa besser als irgendwer sonst, und ich bin nicht naiv. Sie hilft uns, weil es für sie einen Nutzen hat. Welcher Nutzen das ist, weiß ich allerdings noch nicht. Was hat sie davon, dass sie uns hilft?

Leider fehlt mir die Zeit, das herauszufinden. Ich kann ihr bloß zu dem Raum folgen, von dem Eros denkt, dass er die Waffen enthält.

Wir kommen zu einem Treppenhaus, und ich hole die Karte hervor.

Marissa reißt sie mir aus der Hand. »Dort ist es?«, fragt sie und zeigt auf einen Punkt auf der Karte.

»Ja, das glaube ich zumindest.«

Sie nickt, klemmt sich die Karte unter den Arm, streicht ihr Haar glatt und zurrt ihren Gürtel fest, bevor wir in das Treppenhaus gehen. Ich verkneife mir, die Karte zurückzuverlangen, und folge ihr zwei Stockwerke nach unten. Das Licht wird schwächer, und unten, wo sie mir voraus durch einen weiteren Korridor geht, ist die Beleuchtung dämmrig, die Decken sind niedrig, und es gibt keine Lüftung. Die Kombination aus Sweatshirtstoff und Laufen hat zur Folge, dass ich die kalten Flure oben vermisse. Bald mündet der Gang in eine Art Empfangsbereich mit zusammenpassenden Bürosesseln. Wieder bleibt Marissa stehen, um sich kurz zu erholen. Bisher konnten wir die Wachen meiden.

Und abermals höre ich Kyle in meinem Kopf. *Es ist zu einfach.*

Er hat recht, das ist es. Marissa kreuzt auf, als ich Hilfe brauche, und alle Gänge sind leer, weil die Wachen die Gefangenen eskortieren. Wenn ich eines gelernt habe, dann ist es, dass »leicht« bedeutet, dass wir besonders auf der Hut sein müssen.

Etwas tief in mir sagt, dass ich ihre Absichten erfahren könnte. Ich könnte meinen Geist für ihre Gedanken öffnen. Aber dann ist da die andere Stimme, noch viel tiefer, die flüstert, dass ich bereits zu viel riskiert habe. Jedes weitere Nutzen der Kraft bedeutet, dass ich mehr vom Blut meines Vaters brauchen werde. Oder es möglicherweise sogar kein Zurück gäbe. Heda hätte, was sie will, und ich würde die Ewigkeit allein verbringen – weil jeder, den ich liebe, altert und stirbt, während ich immer noch ein Teenager bin.

Also verschließe ich meinen Geist und gehe mit Marissa weiter durch das dunkle Untergeschoss.

Von Sensoren gesteuerte Lichter flackern auf und erlöschen wieder, wenn wir vorbei sind. Obwohl Marissa mit der Karte vorangeht, bedaure ich, keinen Stift mitgebracht zu haben, um unseren Weg zu markieren. Wir sind so nahe an dem

Raum, in dem Heda die Pfeile verwahrt, dass ich ein leises Ziehen nach rechts spüre und mein Körper sich vor Verlangen nach den Pfeilen anspannt.

Ich ermahne mich, warum ich hier bin, für wen ich kämpfe, und rufe mir die Gesichter meiner Familie, meiner Freunde und das von Paisley immer wieder ins Gedächtnis, um das Verlangen nach Macht in mir zu bändigen. Es hilft allerdings nur wenig, wobei die Erinnerung an Paisleys Gesicht noch den stärksten Effekt auf mich hat. Sie ist die Letzte, die ich enttäuschen will. Ihre Mutter und unsere Schulfreundinnen zu retten wird sie nicht zurückbringen. Aber wenigstens würde es bedeuten, dass sie nicht umsonst gestorben ist.

Marissa hält auf einmal eine Hand in die Höhe und stoppt mich, bevor sie um die nächste Ecke späht. »Sechs Wachen«, flüstert sie und zieht mich hinter die Wand. »Wir müssen ein Versteck finden.«

Sechs von ihnen, bewaffnet und trainiert, und wir sind bloß zwei.

## KAPITEL 38

Als Eros gesagt hat, das Versteck wäre bewacht, hatte ich mehr Wachen erwartet. Dennoch erfordern sechs einen Kampf, für den ich nicht ausgebildet bin. Die Selbstverteidigungskurse in St. Valentine's haben uns nur beigebracht, wie wir unsere Angreifer in die richtige Position bringen, um sie dann zu küssen. Das dürfte uns hier nichts bringen.

»Was machen wir jetzt?«, frage ich und balle die Fäuste. Gegen meine unwillkürlichen Körperreaktionen kann ich nichts tun. Ich weiß, wie sich die Stromschläge anfühlen, und will nicht noch einmal einen abbekommen. Eine vertraute Wärme breitet sich in meinen Armen und meiner Brust aus, und ich sehe weißes Licht wie in dem Moment, bevor ich das Messer in Bident gerammt habe. Ich löse die Fäuste, schüttle meine Arme und blinzle, um klarer sehen zu können. Ob es an dem drohenden Kampf liegt oder am Sirenengesang der Pfeile – jedenfalls gefällt mir nicht, dass sich meine Kräfte in mir aufbäumen.

»Du weißt, was du machen musst.« Marissas Gesicht liegt halb im Schatten. Trotzdem ist deutlich zu erkennen, was sie denkt: *Habe ich dir doch gesagt!*

Es stimmt. Das Einfachste wäre, meine Unsterblichkeit

anzunehmen und die Kräfte freizusetzen, die ich zurückhalte. Aber dann wäre ich endgültig unsterblich, müsste eine Ewigkeit ohne meine Familie ertragen, und Ben würde mir niemals verzeihen.

Traurig erinnere ich mich daran, wie ich damals zum ersten Mal im Gefängnis mit Ben gesprochen habe. An seinen fransigen Ärmeln und dem Ausdruck in seinen Augen habe ich ihm angesehen, dass er einsam und traurig war. Erst später, bei unserer Tour nach Little Tokyo, hat er mir erzählt, dass er seine Familie verloren hat. Er weiß, wie es sich anfühlt, zurückgelassen zu werden.

*»Es ist schlimmer als der Tod meiner Familie, Rachel. Sie haben sich nicht dazu entschieden, mich zu verlassen.«* Und jetzt begreife ich, warum er mich verlassen hat, bevor ich ihn verlassen konnte. Er ertrug die Vorstellung von einem gemeinsamen Leben nicht, in dem er eine Ewigkeit getrennt von mir verbringen müsste.

Wenn ich diese Kraft annehme, tue ich es ihm aufs Neue an. Und diesmal wäre es wirklich meine Entscheidung. Mein ganzer Körper zittert bei dem Gedanken.

Erst als Marissa mich wütend ansieht und »Pst!« zischt, wird mir bewusst, dass ich hyperventiliere – und dabei alles andere als leise bin.

Ich darf meine Kräfte also einfach nicht einsetzen. »Das mache ich nicht, Marissa. Kommt nicht infrage.« Fast glaube ich schon zu fühlen, wie die Stromschwerter wieder auf mich einschlagen, wie es brennt und sich mein Mund mit dem metallischen Geschmack von Ichor füllt.

»Sei nicht blöd, Rachel«, sagt sie. »Was man hat, zeigt man

her.« Sie wirft sich das Haar über die Schulter, genauso wie sie es früher immer getan hat, wenn wir Touristen am Times Square beobachtet haben und sie mit den Jungen geflirtet hat, die an uns vorbeigingen.

»Nein«, erwidere ich ein bisschen zu laut.

Sie erschrickt und linst wieder um die Ecke. Fast erwarte ich, dass Licht angeht, weil Wachen auf uns zugeprescht kommen, doch nichts passiert, und wir bleiben im Dunklen.

»Wir haben nur einen Versuch«, flüstert sie streng. »Wenn sie die anderen Wachen verständigen, wird in der gesamten Einrichtung Alarm ausgelöst. Wir müssen also schnell sein.«

*Wir müssen deine Kräfte nutzen*, drängt sich ihr Gedanke in meinen Kopf. Ich wehre ihn ab, kneife die Augen zu und drücke gegen meinen Kopf, um ihn zu verscheuchen.

*Was für eine Diva! Keine fünf Minuten hält sie es aus, nicht im Mittelpunkt zu stehen. Was glaubt sie eigentlich, wer sie …*

»Was machst du?«, fragt sie.

Ich öffne ein Auge und stelle fest, dass sie die letzte Frage laut gestellt hat. »Oh, den Göttern sei Dank!«

»Denen dankst du? Die haben uns doch überhaupt erst in diese Lage gebracht.« Sie stemmt eine Hand in die Hüfte. »Du verlierst langsam den Verstand.«

Eigentlich bemühe ich mich, genau das nicht zu tun.

»Wie ist dein Plan?«, frage ich, um das Thema zu wechseln und mich von meiner Angst abzulenken.

»Erinnerst du dich, wie du mich so fies angegriffen hast?«

Ich bin unsicher, was sie meint. »Als du uns nicht die Schlüssel zu dem SUV geben wolltest?«

»Nein«, stöhnt sie. »Das andere Mal.«

»Als du dich über meine Kleidung lustig gemacht hast und ich dich dann geschubst habe?«

»Ich glaube, ganz so ist es nicht abgelaufen, aber ja. Jedenfalls, als ich am Boden war, habe ich dir die Knie weggekickt.«

»Willst du, dass ich zu ihnen krabble und ihnen die Knie wegkicke?«

»Schwachsinn. Das Licht würde nur angehen, und sie sehen uns kommen.«

»Was dann?«

»Dann gehen wir eben in voller Beleuchtung auf sie zu.«

»Okay, jetzt bist du bescheuert.«

Sie seufzt. »Ich tue so, als wärst du meine Gefangene, stoße dich zu Boden, und während sie abgelenkt sind, kickst du ihnen die Knie weg, und ich schnappe mir einen Taser. Wenn wir schnell genug sind …«

Ich überlege. »Wir müssten sehr schnell sein.«

Sie drückt sanft meinen Arm, und ich glaube, ihr Blick würde weicher werden, wenn er so etwas nur könnte. »Bist du sicher, dass du deine Kräfte nicht benutzen willst?«

Vor meinem geistigen Auge tauchen Bens zerfranste Ärmel auf. »Bin ich.«

»Na gut. Ziehen wir es durch.« Dann packt sie meinen Arm – jetzt gar nicht mehr sanft – und schiebt mich vor sich her auf die Wachen zu. Um uns herum gehen schlagartig die Lichter an.

Die Wachen greifen nach ihren Waffen und stellen sich uns in den Weg.

## KAPITEL 39

Alle sechs Wachen richten ihre Taser auf uns. Ich zucke zusammen und ringe mit dem weißen Feuer, das mich erfüllt, als Marissa mich vorwärtsschiebt.

»Die habe ich auf dem Korridor gefunden«, sagt sie.

»Ach ja?«, fragt die Wache, die mir am nächsten ist. »Und wie bist du rausgekommen?« Als sie einen Schritt auf uns zumacht, erkenne ich ihren Gang und ihre Körperhaltung wieder. Es ist die Wache, die Marissa und mich vor dem Kontrollraum angegriffen hatte. Sie würde ich als Erste ausknocken müssen.

»Ich kenne dich«, sagt sie, und plötzlich werden ihre Augen größer.

Marissa drückt meinen Arm zweimal. Mein Zeichen.

Ich sehe zu dem Waffengürtel. Ihre Hand ruht auf dem leeren Halfter, und sie hält keinen Taser, sondern eine Waffe. Rasch blicke ich mich in der Gruppe um. Sie alle haben Schusswaffen, was ich es bisher noch bei nie bei den Wachen gesehen habe. Mir bleibt keine Zeit, panisch zu werden, ich muss einfach schnellstens eine Waffe finden. Marissas Finger bohren sich in meine Schultern. Jeden Augenblick wird sie mich nach unten stoßen. Ich schaue zum Halfter auf der anderen Seite des Gürtels und sehe, dass sie ein Stromschwert trägt, dessen Sicherheitsriemen gelöst ist. Beim Einatmen taucht alles, was ich tun muss, wie eine Karte in meinem Geist auf.

Marissa stößt mich zu Boden. Ich nutze den Schwung, um nach dem Stromschwert zu greifen. Meine Angst ist wie weggeblasen, und der Raum wird glasklar. In einer einzigen Bewegung umfasse ich das Heft und ziehe das Schwert heraus. Dann drücke ich die Aktivierungstaste. Der Stromblitz schießt schon heraus, ehe die Wachen begreifen, was geschieht.

Ich bin auf den Knien, als sie zurückspringen – aber nicht schnell genug. Wie Jeanne d'Arc oder Athene schwinge ich das Schwert im Kreis und schlage es gegen ihre Knie. Es ist, als würde ich von oben beobachten, wie sie zusammensacken und ich mich in ihrer Mitte um die eigene Achse drehe.

Da ist kein weißes Licht, kein Brennen der Kraft. Dennoch weiß ich, dass mich die reine Kämpferinnen-Intuition antreibt und es nicht natürlich ist, wie sich mein Körper bewegt. Aber anscheinend kann ich auch nicht aufhören. Ich dränge das Gefühl beiseite und rechne es meiner neu gewonnenen Fertigkeit an, die ich mir im Kampf gegen die Wachen angeeignet habe. Leider war ich noch nie gut darin, mir meine eigenen Lügen zu glauben.

Hinter mir ringt Marissa mit der großen Wache außerhalb des Kreises. Ihre Bewegungen sind langsam und schwerfällig, dennoch höre ich sie sehr deutlich. Es ist, als wüsste ich, dass sie es schafft, sich die Waffe zu schnappen, aber die größere Frau lässt nicht los. Ich schlage die letzte Wache nieder, hole mit dem Schwert aus, die Augen geschlossen, und stoppe mitten im Schwung. Als ich die Augen öffne, ist die Schwertspitze nur Zentimeter von der Kehle der Frau entfernt.

Mein Herz rast vor Panik.

Und tief im Innern ist mir klar: *Ich mag, wie sich das hier anfühlt.*


Marissa hilft mir, die letzte Wache in die Abstellkammer zu schleppen und sie an einem der vielen Regale dort abzulegen. Nachdem wir ihnen die Hände und Füße mit Kabelbindern gefesselt haben, die Marissa in dieser Kammer gefunden hat, nehmen wir ihnen die Waffen, die Helme und die Walkie-Talkies ab und stapeln alles auf einem Tisch in der Mitte zusammen. Marissa findet eine Rolle Textilklebeband und fängt an, allen die Münder zuzukleben. Als sie fertig ist, tritt sie einen Schritt zurück, um ihr Werk zu betrachten, und die sechs Wachen starren sie mit weit aufgerissenen Augen an.

»Noch nicht ganz fertig«, sagt sie, geht zum Tisch und nimmt sich eine Armladung Stromschwerter. Die positioniert sie um die Wachen herum und schaltet sie alle nacheinander ein. »So. Falls eine von euch sich zu rühren versucht, wird es fies.«

Die Wachen rücken so weit von den Waffen weg, wie sie können. Marissas Entschlossenheit weckt die Frage in mir, ob ich die ganze Zeit falsch lag. Ich kann es nicht erwarten, Kyle davon zu erzählen.

»Tja«, sagt sie, richtet sich auf und klopft sich die Hände ab. »Finden wir die Pfeile.« Sie streicht sich das Haar aus dem Gesicht und geht auf die dicke Stahltür hinten im Raum zu. »Kommst du?«

»Sollten wir nicht erst mal das alles hier durchsuchen?«, frage ich mit Blick zu den Regalen voller Kartons, Koffern und anderem.

»Das ist die Abstellkammer des Hausmeisters. Hier gibt es garantiert nichts von Wert. Wenn du mich fragst, wette ich auf den Tresor hinter der Stahltür.«

Ich steige über eine Wache und folge Marissa, die zu dieser Tür marschiert. Sie hat eine Schlüsselkarte in der Hand, die wahrscheinlich einer der Frauen gehört, die sie gefesselt hat, denn ihre eigene ist weiterhin in meinem Oberteil versteckt. Aber ich hatte nicht mitbekommen, wie sie einer der Wachen eine Karte abgenommen hat. Als ich sie fragen will, woher sie die hat, liest Marissa sie schon ein. Das Licht über der Tür blinkt rot, und ein Bildschirm senkt sich von der Decke.

»Im Ernst? Ein Netzhaut-Scanner?« Sie wendet sich zurück zu der Gruppe, wo alle versuchen, sich aus ihren Fesseln zu befreien. »Wer von euch hat eine Freigabe?«

Sie alle zucken mit den Schultern und murmeln etwas gegen das Klebeband.

»Wir können das auf die harte Tour machen und euch sicherheitshalber einer nach der anderen einen Stromschlag verpassen«, sagt sie.

Ich komme mir hilflos vor. Wir sollten nicht zu lange hier sein. Jede Sekunde ist eine weitere Sekunde mehr, in der Heda

Nani sonst etwas antun kann. Aber wir sind zu nahe dran, um jetzt umzukehren. Ich weiß es, weil mein Körper vor Verlangen förmlich summt.

Ohne Zweifel besitze ich die Fähigkeit herauszufinden, wer uns helfen kann, und deren Gedanken zu lesen. Aber die habe ich schon zu oft benutzt. Eine der Stimmen in mir sagt, dass ich bereits über den Punkt hinaus bin, an dem es noch ein Zurück gegeben hätte, und akzeptieren muss, für immer zu leben.

Doch alle, die mir lieb sind, würden früher und erheblich qualvoller sterben, wenn ich nicht in diesen Raum gelange.

Wir sind so weit gekommen und so dicht dran.

*Nur dieses eine Mal*, sage ich mir. *Gedankenlesen erfordert nicht viel Kraft.* Ich werde nur ganz kurz meinen Geist öffnen, und sobald ich weiß, wer es ist, schließe ich ihn sofort wieder. Dann aber schwingt sich eine der Wachen auf ihre Knie. Sie sagt etwas, das von ihrem Knebel erstickt wird.

Offensichtlich wollen die anderen nicht, dass sie sich verrät, so wie sie sich vor sie zu lehnen versuchen. Ich kann mir ungefähr vorstellen, was Heda ihnen angedroht hat, sollten sie die Pfeile nicht um jeden Preis verteidigen.

»Gut«, sagt Marissa und geht auf die Frau zu. Sie löst ihre Fußfesseln, zieht sie auf die Beine und schiebt sie vor den Scanner. Marissa ist so wild darauf, die Pfeile zu bekommen, dass ich mir inzwischen vorkomme, als würde eher ich ihr helfen statt umgekehrt.

Nun blinkt das Licht über der Tür gelb. Ich trete zurück, als ein breiter Strahl aus dem Beamer schießt und die junge

Frau ableuchtet, bis eine exakte Aufnahme ihrer Augen auf dem Bildschirm erscheint.

Das Licht leuchtet grün, und mit einem Klicken öffnet sich die Tür.

# KAPITEL 40

Marissa hievt den Hebel der Tresortür nach oben, und heißer Dampf quillt aus den Spalten. Ich bin sofort durchnässt, halb durch Schweiß, halb durch diesen Dampf. Wir schirmen unsere Gesichter ab und warten, dass sich der Dampf legt, bevor wir die Tür ganz aufmachen. Marissas Haar hängt schlaff nach unten, und ihr Mascara rinnt ihr über die Wangen. Im Leben würde sie nicht so gesehen werden wollen! Na ja, außer von mir.

Unsere schon immer etwas schwierige Freundschaft, die ich oft nicht mal als solche bezeichnet hätte, fühlt sich gerade realer denn je an. »Hey, Marissa?«

»Ja?«

»Danke.« Ich lächle. »Für alles. Du bist eine gute Freundin.«

Tränen steigen ihr in die Augen, und sie nickt nur, weil sie offenbar nicht sprechen kann.

Der Dampf legt sich endlich so weit, dass wir hineingehen können. Wir sind so dicht davor, diese Geschichte mit Heda zu beenden und hier rauszukommen. »Wollen wir?«

»Also los!« Sie zieht die Tür weit auf, wobei sie mit dem Gewicht davon zu kämpfen hat. Ich helfe ihr, und bald betreten wir Seite an Seite die Schatzkammer. Sie sieht völlig anders aus, als ich sie mir je hätte vorstellen können. Bei dem Raum handelt es sich um eine gigantische Felsenhöhle, in deren Wände und Deckengewölbe aufwendige Muster gemeißelt wurden. Dampf gleitet über den Boden und eine glänzende vergoldete Wand hinab. Um uns herum stehen niedrige Marmorsäulen, auf denen Samtkissen mit allem Möglichen liegen, angefangen von rubinverzierten Waffen bis hin zu Schmuck und Kunstwerken, alle unter Glasglocken.

Marissa bleibt vor einer dieser Glasglocken stehen, in der sich eine Menge Türkise befinden, die so auf langen Ketten aufgezogen sind, dass sie eine Art Schal ergeben. »Ich will das alles haben«, sagt sie. »Wer hätte gedacht, dass es hier solche tollen Sachen gibt?«

Wir erkunden die nächsten Glasglocken. Ich komme an einem Kelch vorbei, einem Porzellanschuh und einem Bogen – leider ist es nicht der von Eros. Dieser hier ist lang und schlicht, ohne die Amethyst-Einlagen oder die Schnitzereien von Eros, und er ist türkis getönt. Dann sehe ich ein kleines Schild neben ihm in der Glasglocke: *Bogen des Herakles.*

»Marissa«, rufe ich. »Das musst du dir ansehen!«

Es ertönt ein Rascheln, und als Nächstes sehe ich Marissa in einem rostfarbenen Kleid, das ihr in Wellen von einer Schulter herab nach unten fällt und das sie einfach über ihre Uniform gezogen hat. Sie trägt außerdem eine leuchtend blaue Diamantenkette und ein Diadem, das aussieht, als wäre es aus Sternen geschmiedet.

»Zieh das aus!«, sage ich. »Du hast keine Ahnung, wem das gehört.«

»Genau genommen gehörte es Harmonia, und der Schmuck ist von Hippolyte. Wie irre ist das denn?«

»Dieser Bogen hat Herakles gehört«, sage ich und zeige zur Glocke.

»Ist das der, mit dem er Hydra getötet hat? In der Schule war das meine Lieblingsgeschichte.«

»Es ist so bizarr, das alles zu sehen. Wir könnten hier tagelang herumstöbern.«

»Das sollten wir«, sagt Marissa und richtet ihr Diadem. »Hier ist so viel zum Plündern für mich.«

»Finden wir erst mal Eros' Bogen und Pfeile. Diesen Kram können wir später noch holen.«

»Später holen? Hier drinnen könnte doch etwas viel Mächtigeres sein. Wir würden unseren Auftrag schlecht erfüllen, wenn wir nicht nach so etwas suchen.«

»Wir haben Ben gesagt, dass wir gleich in der Cafeteria sein werden. Er hat inzwischen sicher gemerkt, dass wir nicht kommen, und wird nach uns suchen.«

»Was *merkt* er nicht?«, fragt sie ungerührt.

»Eben! Das ist irgendwie unheimlich.«

Sie lacht. »Unglaublich, wie gut wir uns verstehen. Wer hätte das gedacht? Und jetzt plündern wir sogar gemeinsam.«

Das Ziehen in meinem Körper lenkt mich nach links. »Nein, erst müssen wir …«

»Ja, klar, die Pfeile finden.« Sie dreht sich und lässt den metallischen Stoff um sich wirbeln. Als sie abrupt stehen bleibt, bewegt sich der Stoff weiter wellenförmig um sie herum. Marissa hebt den Arm und zeigt nach links. Funkelnde Edelsteine zieren jeden ihrer Finger. »Schau mal!«, sagt sie.

Ich folge ihrem Blick zu einer Lücke zwischen den Exponaten vor der goldenen Wand. Ein einzelner Lichtstrahl fällt von dem Deckengewölbe auf ein größeres Podest, das sich deutlich von den anderen abhebt. Was es auch sein mag, es ist das Herzstück dieser Sammlung, das ist klar zu erkennen.

Wir wechseln einen Blick und hoffen beide, dass es das ist, was wir denken. Das Ziehen in mir verrät, dass wir recht haben.

»Wer als Erste da ist«, sagt Marissa, streift ihre hohen Schuhe ab und rennt los.

Ich bin vor ihr dort. Es ist genau das, was wir dachten: Der Bogen, allerdings ohne Sehne, das Kästchen mit dem schwarzen Armreif und dem Pfeil, nun offen ausgestellt, und daneben liegen die Federn des goldenen Pfeils auf einem großen roten Samtkissen. Der Rest des Pfeils muss für die Fußketten eingeschmolzen worden sein. Ich wische mir den Schweiß von der Stirn. Ehrlich gesagt kann ich gar nicht sagen, wie oft ich das Gemälde von Eros und seinem goldenen Bogen mit dem Griff aus Weißgold und Amethyst sowie den Schnitzereien von der himmlischen Schlachtenszene gesehen habe. Jetzt ist derselbe Bogen direkt vor mir und wird bald in meinen Händen liegen.

Ich blicke auf und sehe, dass Marissas Hände flach auf dem Glas liegen und ihre Augen so riesig sind, wie meine wohl auch sein dürften.

»Es ist seltsam, sie zu sehen, oder?«, frage ich.

Marissa schaut zu mir. »Und es bricht einem das Herz, was sie damit gemacht hat.«

So hatte ich es bisher nicht betrachtet, aber ich bin auch nie mit solcher Überzeugung eine Liebesgöttin gewesen wie Marissa.

»Hilf mir, das hochzuheben«, sage ich und schiebe meine Finger unter die Glaskuppel.

»Was ist, wenn es ein Alarmsystem gibt?« Sie tritt einen Schritt zurück.

»Wir sind so weit gekommen. Falls es einen Alarm gibt, benutzen wir die Pfeile gegen jeden, der uns aufhalten will.«

»Oder«, ertönt eine Stimme hinter uns, »ihr geht einfach weg, bevor ihr verletzt werdet.«

Wir fahren herum. Heda und die Wachen, die wir in der Kammer gefesselt hatten, kommen mit erhobenen Waffen aus dem Nebel und den Schatten. Sie sieht Eros in diesem Moment besonders ähnlich: schön, stark und tödlich. Und sie hat uns umzingelt.

Ich drücke mich an das Glas.

»Haltet sie auf!«, brüllt Heda.

»Marissa, Achtung!« Ich werfe mich mit meinem gesamten Gewicht gegen die Glasglocke. Sie kippt zur Seite und fällt krachend zu Boden. Der Bogen und die Pfeile landen in einem Scherbenmeer neben Marissa. »Schnapp dir die Pfeile!«, schreie ich.

Die Wachen kommen von hinten angerannt. Ich krabble über das Podest und suche nach den goldenen Pfeilfedern. Dabei schneide ich mir die Finger an den Scherben, sodass Ichor überall hin tropft, doch das bremst mich nicht.

Marissa schreit und wird von zwei Wachen nach oben gerissen. Sie halten ihre Stromschwerter an ihren Hals und entwinden ihr den Bogen. Eine weitere Wache hebt vorsichtig den schwarzen Armreif auf.

»Keine Bewegung«, warnt Heda mich, »oder deine Freundin stirbt.«

Langsam stehe ich mit erhobenen Armen auf und überlege, ob ich diesen Kampf gegen sechs Wachen und Heda aufnehmen kann. Selbst wenn ich meine Kräfte aktiviere, wird es nicht leicht. Aber ich habe es schon einmal getan und kann es wieder schaffen. Neben meinem Fuß liegt eine Scherbe, die groß genug ist, um sie als Dolch zu benutzen.

Ich balle die Fäuste, bereit, nach der Waffe zu greifen.

»Sieh dir das genauer an«, befiehlt Heda.

Le-Li tritt hinter ihr aus den Schatten. Sein schwarzer Mantel bläht sich in dem Dampf, und sein lila Haar ist offen und nach hinten gegelt. Er nähert sich mir, allerdings wirkt er dabei nicht bedrohlich. Ich behalte die Scherbe im Blick, warte auf den richtigen Moment, mich nach ihr zu bücken und Le-Li als Geisel zu nehmen. Doch er bleibt in einigem Abstand stehen und hebt ein Stück blaues Glas auf. Nein, es ist doch kein blaues Glas, sondern Glas mit meinem Ichor darauf.

»Teste es«, sagt Heda und streckt einen Arm vor, worauf ihr eine Wache den schwarzen Armreif anlegt. Sie verzieht das Gesicht vor Schmerz und beißt die Zähne zusammen, behält den Reif aber an. Als sie sich bewegt, bemerke ich einen Infusionsständer hinter ihr – mit zwei Beuteln dunkelblauen Ichors und einem von meinem hellblauen, die sich in einem Schlauch vermengen und im Ausschnitt ihrer Robe verschwinden. Kein Wunder, dass sie jünger und stärker wirkt.

Sie verjüngt sich um Jahre und bekommt gleichzeitig ihren Kick.

Le-Li läuft weg. Ich rücke zu der Scherbe und bemerke ein kleines Goldglitzern unter einem Scherbenhäufchen in der Nähe. Vorsichtig bewege ich mich noch näher dorthin, was ein leises Klimpern verursacht. Heda dreht sich zu mir um. »Ist dir egal, ob ich Marissa töte?«

Ich recke mein Kinn.

»Dir gehen die Freundinnen aus«, ergänzt sie.

Ich sehe zu Marissa, die mich stumm anfleht, ja nichts Blödes zu tun. Aber ganz gleich, was wir tun, Heda bringt uns sowieso um, wenn sie fertig ist. Bevor ich handeln kann, kehrt Le-Li zurück, und Heda dreht sich zu ihm um.

»Und?«

Er schüttelt den Kopf. »Aber näher dran.«

Heda atmet laut und genervt aus. »Bringt sie her.«

Die Wachen stürmen auf mich zu, und ich zögere nicht. Ich greife nach der Glasscherbe, halte sie wie einen Dolch und stürze mich auf Heda, ziele direkt auf ihr Herz. Sie reißt die Augen weit auf vor Todesangst. Die Wachen sind hinter mir. Aber sie können Heda nicht mehr retten. Die scharfen Kanten schneiden in meine Hand, und mein Ichor macht die Scherbe glitschig, aber ich halte sie so fest es geht.

Heda streckt den Arm mit dem Reif vor. Mir ist egal, ob sie mich trifft, solange ich sie vorher erwische. Mich trennt nur noch eine Armlänge von ihr.

Dann nehme ich eine verschwommene Bewegung wahr, als jemand hinter einem Ausstellungsstück vorspringt und sich vor Heda stellt. Ich will demjenigen schon die Scherbe ins

Herz rammen, da sehe ich in die vertrauten blauen Augen und lasse die Scherbe fallen.

Ben.

Ben rettet Heda.

# KAPITEL 41

Ich werde nach unten und mit dem Gesicht in die Scherben gedrückt. Sie stechen auf mich ein wie Dutzende Bienen. Jemand rammt mir sein Knie in den Rücken.

»Aufhören!«, brüllt Marissa, jault auf und verstummt.

Heda kommt näher, wobei ihre blaue Robe durch den Dunst schneidet wie ein Schiff durch Wellen. Sie packt eine Handvoll von meinem Haar, reißt meinen Kopf nach hinten und hält ihren Armreif an meine Kehle. Die Pfeilspitze durchdringt meine Haut.

»Der Pfeil der Gleichgültigkeit ernährt sich von Magie, und wenn keine mehr da ist, nimmt er dir die Gefühle. Eine kleine Berührung, und dich interessiert nichts und niemand mehr. Klingt traumhaft, nicht wahr?«

Mit zusammengebissenen Zähnen sehe ich sie an. Das ist die Frau, die meinen Vater umbringen wollte, die meine Freundin ermordet hat und droht, alle, die mir wichtig sind, wieder in Liebesgöttinnen zu verwandeln.

»Lass mich los!«, zische ich.

Sie grinst. »Sonst passiert was?«

»Sonst sorge ich dafür, dass du niemals den Olymp sehen wirst.«

»Ach ja? Und wie?«

Meine Hände scharren in dem Glas, als ich mich aufstützen will. Gleichzeitig suche ich in meinem Körper nach neuen Kräften, fühle jedoch nur ein leises Vibrieren, das von dem schwarzen Pfeil rührt.

Heda lacht. »Kämpfen ist sinnlos. Du hast mir perfekt in die Hand gespielt. Als du Sarahs Auge gescannt hast«, sie blickt sich über die Schulter um und reißt meinen Kopf weiter hoch, damit ich die Wache hinter ihr sehe, die Marissa an den Netzhaut-Scanner gehalten hatte. Das Mädchen winkt, indem es seine Waffe schwenkt. Heda fährt fort: »In genau dem Moment wurde ich verständigt, dass ihr hier seid.«

»Nein!«, haucht Marissa.

Meine schlimmsten Befürchtungen bewahrheiten sich – Ben, der nicht nach der Schlüsselkarte sucht; keine Wachen auf den Korridoren; wie schnell wir zwei die sechs Wachen hier überwältigt hatten. Kein Wunder, dass es so leicht war. Heda hat uns die ganze Zeit an der Nase herumgeführt.

Womit die Frage bleibt …

… woher wusste sie, dass ich die Pfeile holen komme?

»Hebt sie hoch«, sagt Heda. »Wenn sie Ärger macht, dann verpasst ihr einen Stromschlag.«

Sie ziehen mich grob auf die Beine. Ein Stromschwert weist auf meinen Bauch, bereit, beim nächsten Tastendruck loszugehen. An meinem Rücken fühle ich die Brust einer Wache, die sich hebt und senkt. Heda hält den schwarzen Pfeil nur Zentimeter von meiner Kehle entfernt. Ich sehe zu Ben, der alles vollkommen emotionslos beobachtet, ohne mir in die Augen zu schauen.

Ich habe so viele Fragen an ihn. Zum Beispiel, wie er dastehen und nichts tun kann oder warum er ein Leben für *sie* riskiert.

Heda schreitet einen weiten Bogen ab, den Infusionsständer mit sich ziehend. Die Wache, die mich von hinten festhält, führt mich hinter ihr her, sodass die Pfeilspitze auf mich gerichtet bleibt.

Ich verdrehe die Augen. Der schwarze Pfeil ist eine leere Drohung. Sie wird ihn nicht benutzen, weil sie die Magie in meinem Blut braucht.

Heda weist zu der vergoldeten Wand und blickt ehrfürchtig an ihr empor. Erst jetzt erkenne ich, dass sie nicht aus purem Gold besteht, wie ich zunächst vermutet habe, sondern dass es sich um einen Stapel von vergoldeten Schädeln handelt.

»Eindrucksvoll, nicht?«, fragt sie sarkastisch. »Das sind die Reste der Halbgötter nach der Mordorgie des Gremiums. Die Waffen und die Kleider, mit denen ihr beide so ungehörig umgegangen seid, haben mal ihnen gehört.« Sie zeigt zu den Exponaten und zur Wand. Die Wache, die meinen Kopf festhält, zwingt mich zuzuschauen, wie Heda mit der freien Hand über die Schädel streicht. »Manchmal komme ich her und frage mich, welcher Schädel welchem Freund gehört hat.« Sie poliert ein goldenes Kinn mit ihrem Ärmel. »Ist das mein teurer Freund Pollux, der gestorben ist, als er mich vor dem Gremium gerettet hat?« Ihre Hand wandert zu einem anderen Schädel. »Und ist das hier sein Bruder Castor?«

Mir ist klar, dass sie mein Verständnis für ihre Sache gewinnen will. Dass das Gremium ihre Freunde und ihre Familie gejagt hatte, muss schrecklich für sie gewesen sein. Aber sie ist dabei selbst zu einem Monster geworden.

Heda sieht mich wieder an. »Nur sehr wenige von uns sind davongekommen, und sie wurden vom Gremium benutzt. Ich jedoch nicht. Ich lasse mir ungern erzählen, dass mein Wert vom Dienst an anderen abhängt, also habe ich ihnen gezeigt, was ich wert bin, habe das Gremium infiltriert und einen nach dem anderen umgedreht, bis das Gremium unter meiner Kontrolle war.« Sie blickt in die Ferne, als würde sie sich gerade in jene Zeit zurückversetzt fühlen, und lächelt matt, wird aber gleich wieder ernst. »Du hast mir die Fähigkeit geraubt, mich zu schützen.«

Sie drückt den Pfeil näher an meine Kehle. Obwohl ich das physische Ziehen seiner Kraft spüre, weiche ich instinktiv zurück zu der Wache, um wegzukommen.

Heda ergreift meinen Arm. »Zum Glück kann ich deinen Fehler rückgängig machen, und so, wie man einen gebrochenen Knochen abermals brechen muss, um ihn zu richten, wird das Resultat danach umso stärker sein.« Sie drückt fester zu. Ich reiße meinen Arm weg, und sie zeigt auf ihren Assistenten. »Le-Li hat dafür gesorgt, dass die Biologie die Kraft der Liebesgöttin nicht mehr einschränkt. Ich werde eine Armee aufbauen, gezeugt durch mein Blut, groß genug, um den Olymp zu stürzen.« Ihr Grinsen ist fies. »Dann herrsche ich nicht nur über das Gremium. Dann herrsche ich über alles.«

»Gezeugt?«, frage ich und hoffe, sie hört mir meine Angst nicht an.

Ihr scheußliches Lächeln entblößt nur einen kleinen Spalt

Zähne. »Denkst du, das Liebesgöttinnen-Gen zu isolieren ist alles, woran Le-Li arbeitet?«

Ich bemühe mich, mir meine Panik nicht anmerken zu lassen, doch jetzt grinst Heda richtig.

»Du hast doch nicht ernsthaft geglaubt, meine Gäste würden Vitamine gespritzt bekommen, oder?«

Im Geiste sehe ich die Schlange von blau gekleideten Gefangenen vor mir, die ihre Ärmel aufkrempeln, um von einer Wache eine Injektion zu bekommen. Ich schlucke einen riesigen Kloß in meinem Hals herunter.

»Ach, Schätzchen, wie naiv du bist.« Sie zieht eine Kette unter ihrer Robe hervor und hält sie in die Höhe. Ich fühle die Macht sofort.

»Weißt du, was das ist?«, fragt Heda.

Es ist ein verknoteter Goldfaden mit einer Pfeilspitze im selben Stil wie Eros' Bogen, doch anstelle der eingravierten Kampfszene bildet sie einen Garten mit sich umarmenden Liebenden ab.

Das Bild ist so schön, dass der Hass in mir beinahe seltsam scheint. »Das ist der Pfeil der Betörung«, antworte ich.

Heda nickt. »Weißt du, was er tut?«

»Es zwingt Menschen zur Liebe.«

»Es zwingt sie zum Gehorsam«, korrigiert sie. »Und dies« – sie dreht die Schnur, sodass der Pfeil herumwirbelt – »ist die Sehne von Eros' Bogen.« Sie lehnt sich noch näher zu mir. »Lass es mich dir buchstabieren: Wer diese Sehne und die Original-Pfeilspitze hat, der kann unbegrenzt Kopien des goldenen Pfeils anfertigen. Die Fußketten sind …«

»Die Pfeile.«

»Puh, ich war schon in Sorge, dass du es nie begreifen würdest.«

»Und die Injektionen?«, frage ich, denn ich bin immer noch unsicher, wozu sie die braucht, wenn sie alle über die Fußketten kontrolliert.

»Le-Li hat einen Weg gefunden, Gleichgültigkeit zu injizieren, ohne den Zauber der Fußkette zu beeinträchtigen. Leider wirkt das Mittel noch nicht permanent, daher sind tägliche Injektionen nötig. Ich kann ja nicht zulassen, dass sie sich verlieben und die Macht ihrer Fußketten überwinden. Übrigens ein großes Dankeschön an dich und Ben, dass ihr auf diesen Fehler hingewiesen habt. Liebe ist die mächtigste Magie, bla-bla-bla.« Sie lehnt sich an den Ichor-Tropf und hält den Infusionsständer wie einen Hirtenstab. »Ich hätte da eine Lektion für dich, die sie euch nicht in der Schule lehren: Der Pfeil der Betörung wirkt, indem er Liebe *gibt*, und der Pfeil der Gleichgültigkeit, indem er sie *nimmt* und so ihren Zauber bricht. Solange sie die Injektionen bekommen, können sie ohne magische Hilfe nicht lieben. Und ohne diese Fähigkeit werden sie den Bann meiner Fußketten niemals brechen.«

Ich drehe meinen Kopf so weit, wie es der Pfeil an meinem Hals zulässt. Dort ist Ben, eine verschwommene graue Gestalt am Rande meines Sehfeldes.

Hat sie das mit ihm gemacht?

Ihm seine Fähigkeit zu lieben genommen?

Etwas sticht mir in den Hals, und warme Flüssigkeit rinnt über meine Haut. Ich sehe auf und rechne mit dem schwarzen Pfeil, aber der Armreif ist es nicht. Heda drückt mir irgendwas anderes an die Kehle.

Ich trete näher, obwohl sich das scharfkantige Etwas so noch tiefer in meine Haut bohrt. Mir ist klar, was ich zu tun habe: sie um jeden Preis stoppen. »Du kannst sie nicht kontrollieren, wenn du tot bist«, sage ich.

Für einen Sekundenbruchteil zittert das Ding an meinem Hals, als fürchtete Heda, dass ich meine Kräfte benutzen werde, um sie aufzuhalten.

Und sie hat recht, das werde ich.

Ben ist kein ausreichendes Gegenargument mehr. Ebenso wenig wie eine Ewigkeit ohne meine Familie. Wenn ich sie nicht aufhalte, werden alle bezahlen.

Der Trick besteht darin, es zu schaffen, bevor sie mehr von meinem Ichor nimmt.

Wieder packt sie mein Haar und dreht meinen Kopf zur Wand mit den Schädeln.

»Wenn du stirbst, stecke ich dich neben Pollux.« Sie tippt auf den Schädel, den sie vorhin gestreichelt hatte. »Oder war das hier Castor? Ich kann mir nie merken, wer wer ist.«

»Weder noch«, sage ich und achte darauf, mich nicht zu bewegen oder gegen das Stromschwert an meinem Bauch zu stoßen. Trotzdem riskiere ich weitere Schmerzen. Sie muss verstehen, dass sie genauso böse ist wie das Gremium, das ihre Freunde gejagt und ermordet hat. »Wahrscheinlich ist es Paisley.«

»Paisley?« Sie sieht überrascht zu mir und lächelt. Die Haut um ihre Augenwinkel sackt ein wenig nach unten, und ich könnte schwören, Falten zu sehen, die sich dort vor meinen Augen ganz langsam formen. Entweder braucht sie mehr Ichor, oder der Pfeilarmreif tut ihr das an. Oder beides.

Die Blutbeutel sind fast leer.

Ein Grinsen erscheint auf Hedas Gesicht. »Nein, meine Gute, das ist nicht Paisley. Aber ich bringe dich zu ihr.«

Sie bohrt die Finger in meinen Arm und zieht uns von der Wand weg, während sie mir das scharfe Objekt immer noch an den Hals hält. Ich fühle, wie das Stromschwert von meinem Bauch ebenso verschwindet wie die Wache in meinem Rücken. Jetzt sind es nur noch wir zwei.

Ich nehme an, dass wir zu dem Verbrennungsofen gehen werden, zu dem sie Paisley nach deren Ermordung gebracht haben. Aber Le-Li kommt mit einer Kiste voller medizinischer Instrumente und einem zusammengefalteten roten Tuch von derselben Farbe wie Bidents Uniform zu uns. Das Einzige, dessen ich mir sicher bin, ist, dass das alles hier nichts Gutes bedeuten kann.

Ich wünschte, ich könnte nachsehen, ob Ben und Marissa mit uns kommen, kann jedoch meinen Kopf nicht weit genug drehen.

Le-Li geht voraus an vielen Glasglocken mit Schätzen vorbei, Erinnerungsstücke an Halbgötter, die einst auf der Erde wandelten. Es ist schmerzlich, dass sie aus dem Olymp gezwungen wurden, weil sie nicht ganz unsterblich waren, um dann gejagt und getötet zu werden, weil sie hier zu göttlich waren. Ich weiß, was es heißt, zwischen zwei Welten zu leben und zu keiner richtig zu gehören. Nicht schwarz oder weiß zu sein, sondern das Grau dazwischen. Es ist ein einsames Schattendasein.

Auch wenn Heda und ich uns auf viele Arten unterscheiden, kann ich doch dieselbe Einsamkeit bei ihr erkennen. Sie hat ihre Freunde verloren, wurde von ihrer Familie verlassen. Ich mag mir nicht einmal ausmalen, wie sich das anfühlt. Meine Familie ist mir das Wichtigste im Leben.

Und ich muss herausfinden, wie ich sie rette.

Mir fällt ein, was Marissa mir erzählt hat – wähl den Weg des geringsten Widerstandes; und: Eine Lüge fällt leichter, wenn sie zum Teil wahr ist.

»Es tut mir sehr leid, dass sie dir das angetan haben«, sage ich.

Heda bleibt so abrupt stehen, dass ich unwillkürlich meinen Kopf nach unten neige. Ich sehe den Dampf um unsere Füße gleiten und ein Messer an meinem Hals. Ihre Reaktion ist exakt die, die ich mir erhofft hatte. »Es war falsch vom Gremium, sie zu töten«, sage ich, ein bisschen würgend wegen der Klinge. »Es war nicht ihre Schuld, dass sie als Halbgötter zur Welt kamen. Sie hatten es sich nicht ausgesucht.« All diese starken Gefühle, eine Liebesgöttin und dazu mit dieser monströsen Macht verbunden zu sein, holen mich bei meinen Worten ein.

Heda geht noch einen Schritt vor und zerrt mich mit sich. Ich muss sie auf andere Gedanken bringen, sie verwirren, damit sie einen Fehler macht und ich eine Chance zum Angriff bekomme. Sind Heda und der Armreif erst weg, kann mich niemand mehr zur Blutabnahme zwingen.

Deshalb sage ich die eine Sache, von der ich weiß, dass sie Heda aus dem Konzept bringen wird: »Es tut mir leid, dass es deinem Vater wichtiger war, den Fluch zu brechen, als dich zurück nach Hause zu holen, wo du hingehörst.«

Erneut hält sie abrupt an und umklammert meinen Arm fester. »Sei still!«

Also ist ihr Vater tatsächlich ihr schwacher Punkt. Ich versuche, nicht zu lächeln.

Jetzt muss ich diese Schwäche ausnutzen.

# KAPITEL 42

Wir wandern einen engen Gang hinunter in den Felsen. Le-Li geht voraus, und Heda ist hinter mir, den Arm mit dem Pfeilreif um meine Schultern und eine Klinge an meiner Kehle. Dampf quillt aus der Tiefe und erhitzt den schmalen Korridor, sodass es sich anfühlt, als würden wir in einen Ofen hinabsteigen. Meine Hose klebt an meinen Beinen, und Hedas Knie, die gegen mich stoßen, erschweren das Gehen zusätzlich. Doch ich setze einen Fuß vor den anderen und folge Le-Li ins Ungewisse.

An den Wänden stehen lauter beschlagene Glaskästen. Durch den Kondensschleier kann ich skelettartige Überreste in ihnen ausmachen: knochige Finger an Dolchen, an Schilde gehakte Arme, Wirbelsäulen und Rippen in Kettenhemden, Schienbeinknochen, die aus Stiefeln ragen. Es ist, als wäre in diesem Gang eine Schlacht gekämpft und verloren worden und man hätte die Toten danach hinter Glas verwesen lassen.

Heda bemerkt meine Neugier. »Das hier sind diejenigen, die ich getötet habe.«

Ich ringe mit dem Impuls, sie gleich hier in der makabren Ausstellung anzugreifen. Meine Entschlossenheit, meine Fähigkeiten einzusetzen, ist klarer denn je. Heda ist gefährlich.

Abermals versuche ich, das elektrische Summen in mir herbeizubeschwören, das jedoch durch den schwarzen Pfeil blockiert wird. Es ist, als wäre ich hohl. Alles, was ich fühlen kann, ist Schmerz.

Heda wird immer langsamer, woran ich mich anpassen muss. Liegt es an dem steiler werdenden Abgang, oder wird sie langsam müde? Ihr Atem geht tief und laut, andererseits setzt uns allen die Hitze zu.

Sie stöpselt ihre Infusion aus und lässt den Ständer mit den leeren Ichor-Beuteln zurück.

Langsamer gehen wir weiter nach unten, vorbei an noch mehr Glaskästen, die so sehr beschlagen sind, dass ich nicht hineinsehen kann. Der Dampf fühlt sich an, als würde er kochen, und inzwischen bin ich vollkommen nass geschwitzt. Hinter uns sind schwere Schritte zu hören. Ich weiß nicht, was mit Marissa ist, hoffe aber, dass es ihr gut geht.

Unten bleibt Le-Li stehen. Der Dampf vermengt sich mit Rauch, der so hoch steigt, dass er die Sicht auf den Weg vor uns versperrt und das Atmen erschwert. »Wir sind da«, sagt er, balanciert seine Kiste in einer Hand und wedelt durch die Luft, damit Heda sein Gesicht sehen kann. Er hebt seine Last höher, wobei er einen Knopf an seinem Herzen berührt, und die Übertragung eines Baseball-Spiels hallt in den Tunnel, *»und es wird gelaufen … durch die Mitte … Strike eins«.*

Heda beugt sich um mich herum, sodass ihr Körper unangenehm gegen mich drückt. »Schalt das aus, und mach lieber die Ventilatoren an.«

Le-Li stellt seine Kiste ab, klatscht auf seine Brust und zieht ein Tablet aus seiner Kitteltasche. Er streicht sich einige schweißnasse lila Haarsträhnen hinters Ohr und tippt einen Befehl ein. Das Surren großer Ventilatoren füllt den schmalen Korridor aus. Bald zieht sich die Rauchwolke zurück, und ich stelle fest, dass wir am Anfang eines Durchgangs zu einer anderen Höhle stehen, die seltsam orange schimmert. Dort habe ich Heda und Hades gesehen, als ich ihre Unterhaltung über den Bildschirm verfolgt habe.

Ohne den Rauch scheint dieser Bereich noch größer als die Höhle mit den Halbgöttern. Abgesehen von wenigen Glaskästen an der Wand nahe dem Eingang ist diese Höhle nicht mit Schnitzereien und Gold verziert. Spitze Stalaktiten hängen von der Decke, und es ist so heiß, dass die Luft sich wie Brei in meiner Kehle anfühlt.

Heda führt mich an Le-Li vorbei und aus dem Gang hinaus zu einer Reihe großer Industrieventilatoren, von denen jedes Rotorblatt meine Größe hat. Sie legt ihren Kopf in den Nacken und lässt sich die Robe und das lange blonde Haar aufwehen, um sie zu trocknen. Es hilft nur wenig gegen die Hitze.

Heda dreht mich um. Der Rauch zieht sich so weit zurück, dass ich die Quelle des orangenen Lichtes erkennen kann. Erschrocken will ich zurückweichen, doch Heda hält mich neben sich fest.

»Schön, nicht wahr?« Sie zieht mich mit sich nach vorn und zeigt zu einem Fluss aus flüssiger Lava, aus dem Flammen gegen die hohen Felsufer schlagen wie Wellen an einem stürmischen Tag. »Rachel, das ist Phlegethon, einer der fünf Flüsse, die den Eingang zur Unterwelt schützen.«

Das Surren der Rotorblätter übertönt mein pochendes

Herz. Die Rauchwand weicht noch weiter zurück und gibt eine Felsformation frei, die eine kleine Insel mitten im Fluss bildet mit einer Brücke aus drei Stahlkabeln zu dieser Uferseite. Auf der Felseninsel sind zwei Torbögen. Bei dem ersten handelt es sich um den geschnitzten Holzrahmen, in dem ich Hades stehen gesehen hatte. Nun ist er von Schatten ausgefüllt, die zu weit weg sind, um sie genauer zu erkennen. Trotzdem läuft mir inmitten dieser Hitze ein kalter Schauer über den Rücken.

Der andere Torbogen ist vollständig aus Gold und mit aufwendigeren Verzierungen als der von Hades; auf der Spitze wirbeln große Sphären. Dieses Tor ist geschlossen, doch ein Laserstrahler leuchtet beide an, wobei der Strahl, der auf Hades' Tor gerichtet ist, größer ist. Es muss eine weitere von Le-Lis Erfindungen sein. Ich vermute, die Strahlen lösen die Siegel, sodass Hades und seine Armee aus der Unterwelt kommen und mit Heda und ihren Truppen zum Olymp marschieren können.

Heda stößt mich vorwärts, bis ich so nahe am Flussrand stehe, dass ich zwischen den Torbögen einen Haufen bemalter Steinbrocken sehe. Dort muss einst noch ein dritter Durchgang gewesen sein. Wenn der goldene zum Olymp führt und der hölzerne in die Unterwelt, bleibt nur noch der zum Elysium.

Ich reiße den Kopf herum und schaue nach Ben. Wenn das Tor zum Elysium zerstört ist, wird er seine Familie niemals wiedersehen, egal, was Heda ihm erzählt.

»Nicht bewegen«, sagt Heda. »Das wirst du sehen wollen.« Sie zeigt zu der Wand aus Rauch, aber ich suche weiter nach Ben.

Heda dreht mich um, hält die Klinge an meinen Hals und behält den schwarzen Pfeil in meiner unmittelbaren Nähe. Ihr Blick wandert über meine Schulter. »Pass auf sie auf«, sagt sie zu jemandem hinter mir.

Das Summen des Stromschwertes erklingt im Ventilatorenrauschen an meinem Rücken. Die Hand mit dem Armreif gleitet von meiner Schulter, die Klinge von meinem Hals. Gerade hat Heda ihren ersten Fehler gemacht.

Kaum ist der Pfeil der Gleichgültigkeit weiter weg von meinem Körper, regen sich die Kräfte in mir. Ich schaue zu den Wachen hinter mir und hoffe, Ben unter ihnen zu finden. Ich muss ihn ein letztes Mal so sehen, wie ich bin, bevor ich mich ganz der Unsterblichkeit ergebe.

Er befindet sich tatsächlich unter den anderen Wachen, hat seinen Arm um Marissa gelegt und hält ihr ein Stromschwert an den Hals. Gerade flüstert er ihr etwas ins Ohr, und sie nickt.

Mir wird flau. Er ist nicht mehr mein Ben. Ob Heda ihn gezwungen hat, so zu sein, indem sie ihm die Fähigkeit zu lieben genommen hat, oder ob es die ganze Zeit seine Entscheidung war, ich kann nicht mehr auf ihn warten, sondern muss jetzt handeln. Tränen fluten meine Augen, als ich meine Kräfte herbeirufe. Alle von ihnen, jedes vergessene oder verbotene Beben.

Plötzlich strömt weißes Licht aus mir und bildet eine schützende Kuppel um meinen Körper, von der die Wache zurückprallt. Sie rappelt sich hoch und stürzt sich auf mich, um gleich wieder von diesem Licht umgeworfen zu werden. Ich strecke eine Hand nach der Kuppel aus und betaste sie, verblüfft, dass meine Kräfte dies geschaffen haben.

Mehr Wachen stürmen auf mich auf und prallen von der Kuppel ab. Sie versuchen es immer wieder, doch jedes Mal wehrt die Kuppel sie ab.

Das Licht um mich herum flackert. Ich bin ungeübt, und meine Energie wird aufgebraucht, was sich ähnlich anfühlt wie an der Ichor-Maschine, die mir das Blut abpumpt. Die Kuppel schwankt. Ich konzentriere mich darauf, den Schutz zu erhalten, und drehe mich rechtzeitig um, dass ich Heda auf mich zukommen sehe, den Armreif wie ein Schild erhoben. Mühelos durchschneidet sie die Kuppel. Meine Beine zittern, meine Arme sind zu schwach, als dass ich sie anheben kann. Die Kraft nimmt mir alles.

Le-Li und eine Handvoll Wachen folgen Heda. Ich sacke zu Boden. Stromschläge treffen mich, und etwas sticht in meinen Arm, und ich spüre, wie mir wieder Blut entnommen wird.

Irgendwie gelingt es mir, mich auf die Knie zu stemmen, und ich werde gepackt und hochgerissen. Heda rammt mich gegen einen Glaskasten, der unter der Wucht erbebt und einen Sprung bekommt. Eine scharfe Kante drückt in meinen Rücken. Wieder ist der schwarze Pfeil an meiner Kehle, und diesmal sticht sie richtig hinein.

»Danke«, sagt sie. »Du hast uns gegeben, was wir brauchen.« Sie blickt zu Le-Li, der uns von der Rauchwand aus beobachtet und eine Kanüle mit leuchtend blauem Blut in der Hand hält. Nicht pastell- oder hellblau, sondern so königsblau wie das Blut der Unsterblichen.

»Jetzt sieh hin«, sagt Heda.

Meine Lippen beben, als weitere Ventilatoren angehen und

den Rauch noch ein ganzes Stück zurücktreiben, sodass ich eine Treppe zu einem gläsernen Raum über dem Flammenfluss erkenne, ungefähr eine Footballfeld-Länge hinter der Insel mit den Portalen. Le-Li dreht sich um, läuft hinauf zu dem Raum und schaltet dort das Licht ein. Das Innere wirkt wie ein Krankenhaus- oder Universitätslabor, und drinnen ist Nani an ein Bett geschnallt.

»Nani!«, schreie ich und reiße an Hedas Armen. »Nani, ich bin hier!«

Heda drückt mich nur weiter in den zerbrochenen Glaskasten.

»Rachel?«, weht auf einmal die Stimme meiner Mutter über Hedas schweres Atmen, den Ventilatorenlärm und das Knistern des Feuerflusses hinweg. Sie ist so schwach, dass ich nicht sicher bin, ob ich richtig gehört habe. Vielleicht ist sie bloß in meinem Kopf. Unruhig schaue ich mich nach ihr um, doch außer dem Fluss, dem hängenden Glasraum und der Insel mit den Toren sehe ich nichts als Rauch.

»Rachel?«, ruft sie wieder.

»Ma? Ma, ich bin hier!«

»Sieh ganz genau hin«, sagt Heda und dreht meinen Kopf zu der Rauchbarriere.

Sie bewegt sich wie ein Tsunami in Zeitlupe rückwärts. Bald taucht die andere Seite des Flusses aus dem Qualm auf und entpuppt sich als weitere Höhle, doppelt so groß, wie ich gedacht hätte, und voller Reihen von blau gekleideten Gefangenen. Es sind Hunderte, womöglich Tausende, aufgestellt wie eine marschbereite Armee. Und ganz vorn an der Uferkante steht meine Familie – Ma, Dad, Kyle, Mrs. Turner. Sogar

Tante Joyce ist da und klammert sich an Kyles Arm, als hätte sie Angst, jeden Moment in den Flammenfluss zu stürzen. Ich hatte bisher nicht mal gewusst, dass Heda sie auch gefangen hält.

»Ma!« Ich winke. »Geh zu Nani!« Dann zeige ich zu dem gläsernen Raum über ihnen, aber Heda versenkt den Pfeil tiefer in meine Haut, worauf ich den Arm senke und verstumme.

## KAPITEL 43

Heda drückt den Pfeil so fest in meinen Hals, dass ich würgen muss. Ben ist in meinem Sichtfeld, und ich sehe, dass sein Blick zu dem Glaskasten hinter mir wandert. Ich greife hinter mich und streiche über das Glas, bis ich den großen Spalt ertaste und der Bruchkante nach unten folge. Meine Finger streifen etwas, das sich wie ein Schwertheft anfühlt, und mein Herz schlägt schneller. Mit dem schwarzen Pfeil an meiner Kehle kann ich meine Kräfte nicht benutzen, sehr wohl aber eine Waffe.

Ich ziehe das Heft zum Sprung in der Scheibe. Fast habe ich es nahe genug, um das Schwert herauszuziehen, kann das Heft jedoch nicht richtig fest zu packen bekommen. Ich strecke meinen Arm so weit nach hinten, wie es geht, ohne dass Heda etwas bemerkt. Dann rutschen meine Finger allerdings am Schwertheft ab.

Ich stöhne frustriert auf, und Heda lächelt, weil sie glaubt, dass meine Reaktion ihr gilt. Sie drückt mich weiter zurück und damit tiefer in den Kasten. Jetzt kann ich das Schwert richtig greifen. Eine Bewegung, eine Chance, den Pfeil von mir zu bekommen.

Ich stürze mich hinein, werfe Heda zurück und reiße das

Schwert aus dem Kasten. Doch es verfängt sich in dem Sprung, und ich werde zurückgerissen. Heda hat Mühe, mich erneut zu packen. Gleichzeitig lässt Ben Marissa los und eilt zu Hedas Rettung herbei, wirft sich gegen den Kasten und reißt uns alle drei um, ehe die Wachen überhaupt begreifen, was geschieht.

Er wühlt durch die Scherben, findet ein anderes, größeres und aufwendiger verziertes Schwert als das in meiner Hand. Ich drehe mich auf den Rücken, halte das Schwert vor mich und versuche, meine Kräfte erneut zu aktivieren.

Ben schwingt das Schwert herum. Ich umklammere meines fester und warte auf den Schlag.

Doch Bens Klinge richtet sich nicht auf mich.

Sie richtet sich auf Heda.

Ben reicht mir seine Hand. Ich zögere, weil ich unsicher bin, ob es wieder eine Falle ist und er nur vorgibt, mir zu helfen. Aber als sich unsere Hände berühren, feuert die Elektrizität in sämtlichen Nerven, und sie ist wie eine kühle Welle, die über mich hinwegrollt. Ben zieht mich nach oben und stellt sich zwischen Heda und mich.

Das hat mir gefehlt. Er. Wir, die Seite an Seite kämpfen.

Heda weicht mit erhobenen Armen zurück. »Die Schwerter haben meinem Großvater Ares gehört, dem Gott des Krieges. Sie gehören zu den wertvollsten Gegenständen, die ich besitze. Angeblich können sie alles durchdringen.« Offensichtlich schindet sie Zeit, damit ihre Wachen uns umzingeln können.

Ben hebt sein Schwert an. »Ja, davon habe ich gehört.«

Ehe ichs mich versehe, schlägt Ben mit seinem Schwert

zu. Heda will seinen Hieb mit ihrem Armreif parieren. Doch die Klinge schneidet durch Haut und Knochen wie durch Wasser.

Ein ohrenbetäubender Schrei hallt durch die Höhle, als Heda ihr Handgelenk umfasst, an dem nun die Hand fehlt. Ben springt nach vorn, greift nach der Kette mit dem Pfeil und schneidet sie ihr vom Hals. Dann hebt er ihre abgetrennte Hand auf, schüttelt den Armreif herunter und befestigt den goldenen Pfeil am schwarzen. Ich stehe zitternd da und halte mein Schwert mit beiden Händen fest.

Seine Augen sind so kalt, sein Handeln ist so brutal, dass ich Angst habe, Heda könnte ihm den freundlichen, sanften Mann ausgetrieben haben, den ich geliebt habe. Ben richtet seine Schwertspitze mit einer Hand auf Hedas Hals und wirft mir mit der anderen Hand die Schnur und die Pfeile zu. Doch bevor er loslässt, stürzt Heda sich auf ihn, sodass die Pfeile in einem komischen Winkel fliegen und über den Boden zu den Wachen schlittern. Marissa wirft sich nach vorn, ergreift sie und sieht uns an.

»Das Feuer!«, brüllt Ben.

Ich halte den Atem an, warte auf ihre Reaktion, doch als sie zum Flussufer läuft und sie über die Lava hält, weiß ich, dass sie tatsächlich zu mir steht.

»Pfeife deine Wachen zurück«, sagt Ben, geht auf Abstand zu Heda und stellt sich schützend vor mich. »Oder ich sage Marissa, sie soll die Pfeile fallen lassen.«

Heda beginnt zu lachen. Sie steht auf, ignoriert das Schwert an ihrem Hals und umwickelt ihren Armstumpf mit ihrer blauen Robe.

Die Wachen wechseln verwirrte Blicke, senken jedoch zögerlich ihre Waffen.

»Du dämlicher Junge«, sagt Heda, kommt voller Selbstvertrauen auf uns zu und zwingt Ben und mich, näher an das Ufer zu treten. »Hast du gedacht, dass du mich täuschen kannst? Schon als wir dich hergebracht haben, hast du beim Aufwachen die Fäuste geschwungen und gedroht, jeden zu töten, der dich von Rachel fernhält. Du hast Le-Li sogar die Nase gebrochen.«

Unwillkürlich sehe ich hinauf zu dem Glaskasten mit Le-Li und Nani. Er injiziert ihr etwas, von dem ich hoffe, dass es nicht mein Blut ist.

»Nein!«, schreie ich mit Blick zu den Trümmern dessen, was mal der Eingang zum Elysium gewesen sein muss. Falls Nani stirbt, wohin geht sie?

Le-Li sieht Heda an, nickt und tippt etwas auf seinem Tablet an.

»Dann«, fährt Heda fort, »als wir dir angeboten haben, dich wieder mit deiner Familie zu vereinen, warst du sehr schnell dabei, mir zu folgen und Rachel hinter dir zu lassen.«

»Das war alles gelogen«, sage ich. »Das Portal zum Elysium ist zerstört, Ben. Sie kann dir deine Familie nicht zurückgeben.«

»Das weiß ich«, sagt Ben. Als er mich ansieht, verraten mir seine blauen Augen so viel mehr, als es Worte jemals könnten. »Ich habe das immer gewusst.«

Mein Herz flattert.

Und Heda grinst hämisch. »Bedauerlicherweise ist das Elysium fort. Das Gremium hat die Portale alle vor Jahren zerstört oder mit magischen Siegeln versehen. Jetzt bleibt den Toten nur noch die Unterwelt. Ein Jammer, nicht wahr?«

Ben und ich sehen uns besorgt an.

»Wo waren wir?«, fragt Heda, die Ben ansieht. »Ach ja, beim Anfang. Ich bin keine Närrin. Jeder konnte damals erahnen, was wir heute sehen, Ben – dass du für Rachel alles aufgeben würdest, selbst nachdem sie die Unsterblichkeit dir vorgezogen hatte. Du hättest sogar deine Familie aufgegeben.« Heda zeigt zu der Insel mit den Portalen.

Wir blicken uns um und stellen fest, dass sich Hades' Torbogen in den wenigen Sekunden verbreitert hat, in denen wir nicht hinsahen. Nun wartet drinnen eine Vielzahl von Leuten darauf, dass das Siegel bricht. In ihrer Mitte steht Paisley. Mit dem Schwert in der Hand dränge ich mich an den verwirrten Wachen vorbei zum Flussufer.

»Keine Bewegung!«, ruft Ben Marissa zu, bevor er Heda hinter sich lässt und zu mir kommt. Die Stahlseilbrücke ist nur wenige Schritte entfernt, und ich bin versucht, hinüber zu Paisley zu eilen. Ich hätte nie gedacht, dass ich sie wiedersehen würde.

»Paisley?«, rufe ich mit bebender Stimme, weil ich meinen Augen nicht traue.

»Mom?«, sagt Ben.

Ich sehe ihn an. »Mom?« Dann blicke ich hinüber zu der Frau, die er anstarrt. Sie hat langes dunkles Haar, die gleichen allzeit wachsamen Augen wie er und steht neben Paisley. Aus dem Schatten hinter ihr erscheinen ein älterer Mann und ein Junge im Teenageralter, der wie eine Miniversion von Ben aussieht, vielleicht in meinem Alter oder ein Jahr jünger. Sie flankieren die Frau, als ein weiterer Mann hinzukommt, sich hinter sie stellt und seine Arme um ihre Schultern legt.

»Dad? Luca? Opa?«, bringt Ben mühsam heraus.

Noch mehr Leute drängen sich in den frei stehenden Torbogen der Unterwelt, warten darauf, herausgelassen zu werden. Hades' gehörnter Umriss füllt den Raum hinter ihnen aus. Es ist befremdlich, sie alle zu sehen und zu wissen, dass ich um diesen Bogen herumgehen könnte, ohne sie zu berühren, als wären sie eine dreidimensionale optische Täuschung. Sie sind hier, aber nicht wirklich.

Die Liebesgöttinnen am anderen Ufer sehen sie auch, und einige fangen an, nach ihren Lieben zu rufen. Sie rücken weiter vor, drängen meine Familie dichter an die Kante. Mein Dad versucht, sie zu beruhigen, und hält die Hand meiner Mutter.

Bens Familie beobachtet mich. Sie haben gehört, wie Heda gesagt hat, dass Ben mich ihnen vorgezogen hat.

»Bring mir die Pfeile«, ruft Heda. »Wir bekommen deine Lieben nur mit meinem Armreif heraus. Der Laser braucht mehr Treibstoff. Sei nicht blöd. Denk an die Leute, die du liebst!«

Marissa ist wenige Schritte entfernt, hält die Pfeile immer noch über den Rand der Lava, unsicher, was sie tun soll. Ben sieht von ihr zu seiner Familie. Ich sehe von Nani zu den Gefangenen.

Was sollen wir tun? Wenn wir die Pfeile fallen lassen, müssen wir uns wieder voneinander verabschieden. Wenn wir sie Heda geben, wird sie mit meinem Blut eine Armee bilden und jeden kontrollieren, den ich liebe.

»Wir dürfen sie ihr nicht überlassen«, flüstere ich.

Bens Schultern sinken ein, und er tritt auf sie zu. »Mom, ich bin …«

»Alles ist gut«, sagt sie. Ihre bebenden Lippen biegen sich zu einem Lächeln, und Tränen rinnen ihr über die Wangen. »Ich bin froh, dass du die Liebe gefunden hast. Nur das habe ich mir für dich erträumt.« Ihr Blick löst sich von ihm, und für einen kurzen Moment richtet sich ihr Lächeln auf mich, bevor sie wieder ihren Sohn anblickt. »Sie sieht reizend aus.«

Mr. Blake reibt ihre Arme und zieht sie näher zu sich, während er sich selbst die Tränen abwischt. »Wir sind stolz auf dich, Junge.«

Ein hoher Schrei wie von einem verwundeten Tier dringt aus Bens Kehle, und er sinkt auf alle Viere, zitternd vor Kummer. Es ist herzzerreißend, ihn so gebrochen zu sehen, und sanft berühre ich seine Schulter. Dann richtet er sich wieder auf, neigt den Kopf nach hinten und holt tief Luft, bevor er wieder zu seiner Familie sieht. »Es tut mir leid«, sagt er, während er einen nach dem anderen anblickt.

»Alles ist völlig richtig so«, antwortet seine Mutter, und sein Großvater nickt zustimmend.

»Du fehlst mir«, sagt Ben zu seinem Bruder Luca.

»Du uns auch«, antwortet Luca und wischt sich mit dem Arm übers Gesicht.

»Es tut mir leid«, wiederholt Ben, der sie alle ein letztes Mal ansieht, bevor er zu Marissa sagt: »Tu es. Lass die Pfeile fallen.«

# KAPITEL 44

Marissa hält die Pfeile über die Lava.

»Worauf wartest du? Lass sie fallen!«, brüllt Ben.

Die riesigen Ventilatoren wehen uns das Haar auf. Ich streiche mir meines aus dem Gesicht und beobachte Marissa, warte darauf, dass sie endlich loslässt.

Heda versucht zu klatschen, indem sie auf ihren Bauch schlägt, und tritt einen Schritt vor, den verwundeten Arm erhoben. »Ihr vergesst den Teil unserer kleinen Unterhaltung, in dem ich gesagt habe, dass ich keine Närrin bin.«

»Was?« Ben sieht von ihr zu Marissa.

»Was ist los?«, ruft Bens Dad aus dem Portal.

Ben sieht zu ihm. »Ich weiß es nicht.«

Heda tritt noch näher, und ich hebe mein Schwert.

»Du hast doch nicht ernsthaft geglaubt, dass ich dich für vertrauenswürdig halte?«, fragt sie Ben lachend. »Ich wusste, dass du mir nur gehorchst, um Rachel helfen zu können.« Sie schwenkt ihren nicht mehr vollständigen Arm im weiten Bogen. Der blaue Stoff ist vollgesogen mit Blut, sodass er violett schimmert. »Und jetzt ist es soweit, nicht wahr?«

Ben wirft ihr einen wütenden Blick zu und sieht Marissa an. »Lass sie schon fallen!«

»Lieber nicht, Schätzchen. Komm, bring sie mir.« Heda winkt Marissa zu sich.

»Marissa?«, frage ich. Das Schwert zittert in meiner Hand, als ich zu ihr sehe. Etwas stimmt nicht.

Sie lächelt mir zu, bevor sie die Pfeile vor ihren nackten Füßen ablegt. Dann steigt sie aus dem Kleid, das sie sich in der ersten Höhle angezogen hatte, und im nächsten Moment auch aus der grauen Uniform, um die rote Lederuniform von Bident zu enthüllen.

»Nein!«, hauche ich. Mir gleitet das Schwert aus der Hand, und meine Beine drohen einzuknicken. Marissa ist Bident. Sie hat Paisley ermordet. Sie hat mich reingelegt. »Bitte, sag mir, dass das ein Scherz ist.«

»Du warst es!«, ruft Paisley von der anderen Seite.

Ben packt meine Schultern, um mich aufrecht zu halten. Aber nicht mal er kann mich jetzt beruhigen. All die Jahre, unsere komplizierte Freundschaft, jede »zweite Chance«, die ich ihr gegeben habe, prasseln auf mich herein. Es fühlt sich ähnlich dem Verlust von Paisley an, nur mit sehr, sehr viel mehr Wut.

»Ah, so ist es besser«, sagt Marissa und wirft ihre graue Uniform in die Flammen. »Ich habe es gehasst, diesen Mist zu tragen.« Sie streicht sich mit den Händen über den Körper, ehe sie nach den Pfeilen greift und zu Heda läuft.

»W-warum?«, frage ich. Inzwischen bin ich so wacklig, dass mich die Ventilatoren hin und her pusten.

Heda hält ihre unversehrte Hand hin, in die Marissa das goldene Pfeilende und die Bogensehne fallen lässt, bevor sie ihr den Armreif wieder anlegt. Und Marissa sieht mich an.

»Du bist wahrscheinlich die einzige Freundin, die ich je hatte. Aber du stellst dich gegen alles, woran ich glaube.« Sie blickt über den Fluss zu meiner Familie. »Ich kann nicht zulassen, dass du alles störst. Dafür haben wir zu hart gearbeitet.«

»Aber du hast Paisley umgebracht!« Ich erhebe mein Schwert, bin bereit, es in sie hineinzurammen, doch Ben hält mich zurück.

»Rachel, lass dich nicht von ihr ködern«, sagt er und presst seine Lippen auf mein Haar. »Genau das wollen sie.«

»Paisleys Tod war Teil unserer Strategie«, sagt Marissa. »Wir mussten ausprobieren, wie wir unsere Macht wiederherstellen können. Außerdem wusste ich, dass ich sie bald wiedersehen würde.« Sie nickt an uns vorbei zu dem Portal, in dem Paisley und Bens Familie stehen.

Heda legt ihren verstümmelten Arm auf Marissas Schulter. »Du kennst meine Tochter doch schon so lange. Überrascht dich das wirklich so sehr?«

»Tochter?«, fragen Ben und ich im Chor.

Ohne Frage sind sie gleich groß, haben die gleichen blauen Augen, das gleiche blonde Haar – auch wenn Hedas rapide grau wird. Ihre Verletzung bewirkt, dass sie innerhalb von Sekunden um Jahre altert. Kein Wunder, dass ich das Gefühl hatte, Heda von irgendwoher zu kennen. Ich komme mir blöd vor, dass ich das nicht früher erkannt habe.

Mir dreht sich der Magen um. Ich benutze das Schwert als Stütze und strenge mich an, mich nicht zu übergeben.

»Fällt es dir wieder ein?«, fragt Heda. »Wir sind uns schon begegnet.«

Ich erinnere mich schwach. Wir sind uns nur einmal flüchtig begegnet. Damals war ihr Haar zu einem Bob geschnitten und schwarz gefärbt, und sie trug einen goldenen, maßgeschneiderten Hosenanzug. Deshalb war Marissa immer allein und hat sich Ausreden ausgedacht, warum ihre Mutter nicht da war. Ich hasse mich dafür, dass ich Hedas Gesicht vergessen hatte. Hätte ich mich doch nur daran erinnert, ich hätte Marissa niemals getraut und mich in diese Falle locken lassen.

Heda wendet sich an eine der Wachen und weist zu ihrer abgetrennten Hand auf dem Boden, die in einer kleinen Blutlache liegt. »Nimm die, ja? Ich brauche ein bisschen Ichor, um das zu heilen, und etwas sagt mir, dass Rachel kooperieren wird.«

»Lieber hacke ich dir die andere Hand ab«, sage ich.

Heda lächelt. »Siehst du?«

Sie und Marissa gehen auf die Treppe zu, die zum Glasraum führt, da bleibt Heda auf einmal stehen und wendet sich zurück an ihre Wachen. »Ach, und: Tötet sie.«

Sie nehmen sofort ihre Waffen auf, und weitere Wachen strömen aus dem Durchgang. Es sind mindestens zwanzig von ihnen gegen uns.

Ben und ich sind Seite an Seite, unsere Schwerter erhoben. Ich konzentriere mich auf meinen Zorn, will ihn in Elektrizität umwandeln, in ausströmendes Licht, doch er wirbelt durch meinen Körper, und ich scheine ihn nicht fassen zu können.

Ben neigt sich zu mir. »Das wäre jetzt ein günstiger Zeitpunkt für dieses Lichtkuppeldings.«

»Ich versuche es ja. Das ist nicht so einfach, wie es aussieht.«

Die Wachen rücken näher, und wir weichen zurück. Die Hitze des Flusses greift nach unseren Waden. Ben rutscht mit einem Stiefelabsatz über die Kante.

»Vorsicht!«, schreien unsere Familien im Chor.

Ich packe seinen Ärmel und helfe ihm, das Gleichgewicht wiederzufinden. Die Wachenformation kommt mit gezückten Stromschwertern auf uns zu. Ben blickt zu der Seilbrücke zwischen uns und der Felseninsel, die nur ein paar Meter rechts von uns ist.

Ich nicke, und wir rennen dorthin.

Ben erreicht sie Sekunden vor mir und greift mit einer Hand ein Stahlseil, in der anderen sein Schwert. Das Seil wippt unter seinem Gewicht. Die Brücke ist eindeutig nur für jeweils eine Person gedacht, aber die Wachen sind fast bei uns.

Ich steige hinter ihm auf das Seil, und es biegt sich so tief durch, dass Flammen an unseren Füßen züngeln.

Ben faucht und macht einen Schritt nach vorn.

Das Seil zum Festhalten schneidet in meine Hände, sodass es mit leuchtend blauem Blut benetzt wird. Ich habe Mühe, mich festzuhalten und das Schwert dabei nicht zu verlieren. Die Energie in mir regt sich, ein bisschen spät, aber immerhin ist sie wieder da. Als wir mit dem Seil das nächste Mal nach oben schwingen, nutze ich es, um das Schwert auf die Felsen zu werfen. Es landet nur wenige Schritte von der Brücke entfernt.

Ben dreht sich kurz zu mir um. »Nicht schlecht!« Er hält sein Schwert wie einen Speer, balanciert auf der schwingenden Brücke und wirft es dann. Es trifft gegen die Felsenseite und fällt in die Lava. »Verdammt.«

»Macht nichts«, sage ich. »Beeil dich.«

Da wir nun beide Hände frei haben, können wir uns schneller bewegen, allerdings wippt die Brücke auch stärker, weil die Wachen uns folgen. Jeder Schritt bringt uns näher an die Flammen. Die Elektrizität beginnt, unter meiner Haut zu brennen.

Als Ben drüben ist, jubelt seine Familie ihm vom Portal aus zu.

»Rachel, Vorsicht!«, ruft Paisley. Ich zucke zusammen, denn ein Stromblitz zischt nur Zentimeter an meinem Kopf vorbei.

»Oh verdammt, nein!« Da Ben außer Gefahr ist, halte ich das Stahlseil fester umklammert und lasse meine Elektrizität frei. Weißes Licht explodiert zu einer Kuppel um mich herum und schleudert die Wache hinter mir den Feuerfluss – eine Dampfwolke steigt auf, wo sie von der Lava nach unten gesogen wird. Zwei sind gestolpert und versuchen, sich irgendwie festzuhalten, als ich das letzte Stück laufe.

Ben hilft mir von der Brücke, und ich schnappe mir Ares' Schwert. Mehr Wachen folgen auf die Seilbrücke, ziehen ihre Kameraden wieder nach oben, und gut ein Dutzend wartet darauf, ihnen nachzukommen.

Ich erinnere mich an das, was Heda gesagt hatte. »Angeblich durchschneidet das Schwert alles. Wollen wir es an den Kabeln ausprobieren?«

»Dann sitzt ihr fest«, sagt Bens Vater hinter uns.

»Ja, aber sie auch«, entgegne ich.

»Ich mag sie«, sagt sein Bruder.

»Sie ist sagenhaft, nicht?«, fragt Paisley. »Wir sind beste Freundinnen. Komplizinnen!« Sie zwinkert mir zu.

Ich lächle und senke mein Schwert auf einen der Stahlhandläufe. Das Seil schnellt nach oben, worauf sich die ganze Brücke verdreht. Wachen schreien Warnungen und klammern sich aneinander.

»Zurück!«, ruft die Wache, die mir am nächsten ist.

Sie weichen zurück und bilden eine Linie auf der anderen Seite, um unsere Rückkehr abzuwarten.

»Wenn einer von euch es noch mal versucht, kappe ich das andere Seil, klar?«

Sie nicken.

»Klar«, sagt Heda von weiter weg mit einem amüsierten Ton in der Stimme. »Allerdings weiß ich nicht, wie deine Isolierung jemandem außer mir nützen könnte.«

Ich drehe mich um und stelle fest, dass sie in einem offenen Metallaufzug von dem Glasraum zu der Menge blau gekleideter Liebesgöttinnen auf dem anderen Ufer hinabgleitet. Marissa, eine graue Wache, Le-Li und meine Nani sind bei ihr.

»Nani!«, rufe ich. »Nani!«

»Hört sie dich nicht?«, fragt Paisley.

»Ich weiß es nicht.« Die Art, wie Nani sich an dem Aufzuggestänge festhält und sich in kleinen Kreisen bewegt, ist besorgniserregend. Ich weiß nicht, ob es an dem Ruckeln des Aufzugs liegt oder an etwas, das Le-Li ihr gespritzt hat, dass sie sich so verhält.

Als der Aufzug unten ankommt, öffnet die graue Wache die Tür und rollt einen neuen Infusionsständer nach draußen. Die Beutel sind voll mit königsblauem Blut. Ich habe keinen Schimmer, ob es das von Eros ist oder meines, und das jagt mir einen Schauer über den Rücken. Heda kommt als Nächste heraus. Ihre verletzte Hand ist irgendwie in einer Schiene an ihrem Arm, aus dem ein Infusionsschlauch hängt, und ihr Haar nimmt schon wieder seinen goldblonden Ton an.

»Macht uns Platz«, sagt Heda, und die Menge tritt zurück, um einen Kreis um meine Familie zu bilden. Heda winkt Le-Li vor. »Nimm Priyas Fußkette ab. Ich muss mich vergewissern, dass es funktioniert.«

Meine Eltern wechseln einen Blick und schauen zu mir.

»Wenn sie ab ist, dann lauf los!«, flüstere ich.

Le-Li bückt sich vor die Füße meiner Mutter und hakt die Kette los. Bevor das goldene Band auch nur den Boden berührt, rennt Ma zum Aufzug, springt hinein und betätigt den Hebel.

Heda steht still da und beobachtet, wie die Plattform ein paar Zentimeter nach oben steigt, dann beugt sie sich zu meiner Nani neben ihr. »Nimm ihr den Willen, und hol sie zu mir zurück.«

»Nein!«, rufe ich. Nani läuft zu dem Metallkorb, packt das Bein meiner Mutter und presst ihre Lippen auf deren Haut.

Beiden schreien vor Schmerz, als Nanis Macht durch den Körper meiner Mutter schießt. Dad versucht zu ihnen zu laufen, aber Marissa hält ihn mit ihrem Stromschwert zurück.

Ma zittert an dem Metallgestänge und kippt wie eine Stoffpuppe über den Rand.

»Komm zu Heda«, sagt Nani.

Sofort steht Ma auf, hält den Lift an, springt raus und geht zu Heda.

»Ist das nicht lustig?«, fragt Heda. »Es lässt sich so viel mehr erreichen, wenn jeder jeden verwandeln kann.«

»Du bist ein Monster!«, brülle ich.

»Bin ich? Tja, wenn du es sagst.« Sie grinst mir zu und wendet sich wieder zu Nani. »Befiehl ihr, in die Flammen zu springen.«

»Wag es ja nicht!« Ich laufe zur Brücke, da kommt rund ein Dutzend weitere Wachen aus dem Glasraum und gesellt sich zu denen auf der anderen Seite.

»Gehorche ihr«, sagt Nani.

»Ma, nein! Hör nicht auf Nani. Sieh mich an, Ma. Ma!« Ich schwenke mein Schwert, um sie auf mich aufmerksam zu machen, und laufe zur anderen Seite der Felseninsel, damit ich ihr näher bin, wobei ich über einen Strahl springen muss, den Le-Li aus irgendeinem Gerät auf mich abschießt. Ma tritt an die Uferkante. Flammen züngeln wie Arme nach oben, um sie zu greifen.

»Ma, bitte, sieh mich an!« Ich suche in meinem Geist nach ihrer Stimme und hoffe, meine Kräfte nutzen zu können, um in ihren Kopf einzudringen und sie aufzuhalten. Doch die einzige Stimme, die ich höre, ist Dads, der ihren Namen schreit. Und die einzige, die Ma hört, ist Nanis.

Sie blickt zurück zu Nani, die ihr zunickt. Dann schaut Ma zu mir, und ihre Augen geben alles preis, was die Macht der Liebesgöttin in ihr hemmt.

Sie zögert und tritt über die Kante.

# KAPITEL 45

Dad schubst Marissa zur Seite und bekommt im nächsten Moment einen Blitz von ihr in den Rücken. Er schreit auf vor Schmerz und stolpert vor, schafft es aber, Hedas Arm zu packen und sich so abzufangen. Auf diese Weise hält er sich an ihr fest und greift gleichzeitig nach Ma, bevor sie fällt. Alles geht so schnell. Eben noch ging meine Mutter über die Uferkante, im nächsten Augenblick schwankt Dad am Rand, hat Heda gepackt und hält meine Mutter an ihrem Sweatshirt oben. Sie bilden eine Kette mit Heda als dem Anker. Sollte sie ihn abschütteln, sterben meine Eltern beide.

Marissa rennt zu ihnen, und Heda bewegt den Infusionsständer vor sich, um damit nach Dad zu schlagen.

»Aufhören!«, brülle ich.

Heda hält ihren geschienten Arm nach oben, um Marissa zurückzuhalten. »Oder was?«

»Oder …« ich blicke mich nach irgendeinem Druckmittel um. Dad gelingt es, Ma nach oben zu ziehen, und sie sind beide an der Uferkante bemüht, das Gleichgewicht zu halten.

»Es öffnet sich!«, schreit Paisley.

Wir drehen uns um und sehen, dass sich im Unterweltportal ein kleiner Riss auftut, ähnlich dem Sprung in einer Eisfläche.

Paisley steckt eine Hand hinein, zieht sie wieder raus und schüttelt sie. »Da drinnen ist es echt heiß.«

Hades tritt aus den Schatten heraus und schiebt Paisley zur Seite. Dann streckt er seinen Zweizack hindurch. Ein schiefes Grinsen erscheint auf seinem Gesicht. »Fast ist es so weit. Bereite den nächsten Schritt vor, Hedone.«

Das Lasergerät ist auf den Felsen aufgestellt, und der Strahl scheint auf die Torbögen. Hedas Arm ist alles, was meine Eltern am Leben hält. Plötzlich brenne ich richtig darauf, etwas mit dem Schwert zu zerschlagen.

»Wenn du sie fallen lässt, sorge ich dafür, dass Hades niemals rauskommt.« Ich stelle mich mit erhobenem Schwert vor den Laser. Erst jetzt bemerke ich, dass eine schwarze Metallscherbe von derselben Farbe wie Eros' Halsband und Hedas Armreif an die Kabel angeschlossen ist. Anscheinend versorgt sie die Maschine mit Energie. Das ist es, was Heda und Hades gemeint haben, als sie über das Pfeilfragment sprachen, das Heda zur Öffnung der Portale benutzt hat. Natürlich nimmt sie den schwarzen Pfeil, um den Zauber des Gremiums aufzuheben.

Ben blickt mit großen Augen zwischen seiner Familie und mir hin und her. Er weiß, dass ich Heda aufhalten muss, auch wenn er darüber nicht froh ist.

Heda funkelt mich erbost an, während sie meine Eltern von der Uferkante zerrt und beide auf dem Boden zusammensinken. Dann steigt sie über sie hinweg. »Rachel, zurück!« Ihre Worte sind ruhig und tief, und ich spüre ein Flattern im Bauch. Meine Eltern eilen in die Menge zurück, zu Kyle und Joyce, wo sie außer Reichweite von Heda sind.

»Hör auf sie und geh zur Seite, kleines Mädchen«, sagt Hades. Die Krähe auf seiner Schulter krächzt zustimmend.

Ich umfange das Schwertheft fester.

Ben lacht. »An deiner Stelle würde ich sie lieber nicht so nennen.«

»Das kleine Mädchen mit dem kleinen Messer spricht gewaltige Drohungen aus«, erwidert Hades.

»Rachel, nein«, warnt Heda.

Ich blicke zu meiner Familie, dann zurück zu dem Portal mit Paisley und den Blakes.

Hades' Zweizack ragt aus der Öffnung, und ein unheimlich grünes Leuchten beginnt unten an ihm, um hinauf zu den Spitzen zu wandern.

»Rachel, Vorsicht!«, ruft Paisley.

»Versuch es nicht mal«, sage ich und senke das Schwert näher zu den Kabeln.

»Wenn sich das kleine Messer dem Laser nähert, puste ich dich in Phlegetons Feuer.«

»Tu es, Rachel!«, ruft Paisley.

Hades zieht seinen Zweizack aus dem Spalt, dreht sich um und zielt auf sie. Die grüne Energie umkreist ihren Körper, und Paisley geht krampfend zu Boden.

Ich zwinge meine Tränen zurück und möchte zu ihr rennen; doch selbst wenn ich es täte, könnte ich nicht dorthin. Es ist nichts als ein frei stehender Türrahmen in einer Höhle. Der einzige Weg zu ihr wäre der, diesen Laserstrahl das Siegel brechen zu lassen, und das kann ich nicht tun.

Hades' Zweizack lädt erneut auf, und er zielt wieder auf die Öffnung.

»Ja«, sage ich zu Hades. »Mit diesem kleinen Messer.« Und ich knalle das Schwert nach unten.

Die schwarze Pfeilscherbe fliegt im Bogen durch die Luft und über die Felskante in den Flammenfluss. Die Strahler erlöschen stotternd.

»Nein!«, schreit Heda und rennt mit Marissa und Le-Li zum Aufzug.

»Du kleine Närrin«, sagt Hades. Er eröffnet das Feuer. Grüne Energiefäden schießen aus dem Portal. Ich ducke mich zur Seite, um festzustellen, dass sie nicht auf mich gerichtet sind.

Ben fällt zu Boden, von oben bis unten in einem leuchtenden grünen Netz gefangen.

Ich krieche zu ihm, als Hades seinen Zweizack ein weiteres Mal lädt.

»Nur ein Vorgeschmack auf das, was ich mit dir tun werde«, sagt er.

Noch eine Ladung kommt, und ich aktiviere meine Energiekuppel.

»Das kann nicht sein«, sagt Hades. »Der Einzige, der das kann, ist der Gott des Krieges.«

»Tja, rein technisch gesehen sind wir verwandt«, entgegne ich, packe Ben und ziehe ihn in meine Arme. Die letzten grünen Fäden erlöschen an seinen Füßen, doch er wacht nicht auf.

»Ben?« Ich schlage ihm leicht an die Wange und schüttle ihn. »Wag es ja nicht, mich jetzt zu verlassen. Es gibt noch viel zu vieles, wofür ich dich anschreien muss.« Wieder schüttle ich ihn, diesmal gröber.

Er öffnet ein Auge. »Wenn du sagst, ›viel zu vieles‹, hast du eine ungefähre Schätzung, in welchen Schwierigkeiten ich stecke? Denn ich sehe schon das weiße Licht am Ende des Tunnels, und eventuell ist es sicherer, diesen Weg zu wählen.«

Inmitten dieses Chaos bringt er mich zum Grinsen. Ich gebe ihm einen Klaps auf den Arm. »Das ist nicht witzig!«

Noch ein grüner Blitz trifft die Kuppel, und sie beginnt zu flackern.

»Kannst du aufstehen?«, frage ich. »Wir müssen aus seiner Schusslinie.«

Er nickt. Ich helfe ihm auf die Beine und stütze ihn, wobei ich das Schwert als Krücke nutze, um uns hinter die frei stehenden Torbögen zu bringen. Als wir dort sind, sehen wir eine Spiegelung des Bildes vorn. Die Blakes hocken um Paisley herum, und Hades ist in dem Rahmen, aus dem sein Zweizack ragt. Er ist beinahe wieder aufgeladen.

»Das ist unpraktisch«, sagt Ben.

Hades' grüner Energiestrahl kommt auf uns zu. Ich springe und Ben mit mir. Er verfehlt uns nur knapp. Das grüne Netz breitet sich auf dem Boden aus, wo Teile des Felsens abbrechen und in die Lava fallen.

»Da drüben«, sagt Ben und zeigt zur anderen Seite des goldenen Portals. »Da kann er uns nicht erreichen.«

Ich lege seinen Arm über meine Schultern, und wir humpeln hinüber in den Schutz des Olymp-Portals. Hedas Wachen sind nach wie vor an der Seilbrücke, und Heda scheucht noch mehr in den Aufzug. Dann drängen sie, Marissa und Le-Li sich mit hinein.

»Wir können immer noch das Siegel brechen!«, schreit sie

herüber und wedelt mit ihrem schwarzen Armreif. »Hör auf, alles zusammenzuschießen. Wir sind gleich da.«

Nani schließt die Aufzugtür, sodass sie von Heda getrennt ist. »Pass auf die Injektionen auf«, sagt Heda zu ihr. Nani bejaht stumm. Ich hasse es, sie unter Hedas Fuchtel zu sehen.

Le-Li tippt etwas in sein Tablet, und ein Roboterarm streckt sich aus dem Glasraum über die Armee der Liebesgöttinnen. Reihen von Schläuchen fallen unten heraus, ähnlich einer Fütterungsstation für Rinder. Heda steht in dem Aufzug und hält die goldene Pfeilspitze in ihrer heilen Hand. »Bildet Reihen und holt euch eure Injektionen. Unsere Stunde ist nahe. Ihr werde eure Kräfte wiederhaben.«

Keiner jubelt oder applaudiert. Sie stellen sich alle wortlos in Reih und Glied.

Le-Li tippt noch einen Befehl ein. Der Aufzug fährt nach oben, das Kabel wird eingezogen, und der Korb wechselt die Richtung, sodass er zu uns zeigt. Ben ist noch zu schwach, um zu kämpfen, und ich habe keine Ahnung, was wir tun sollen, wenn Hedas Aufzug voller Wachen die Felseninsel erreicht.

Dann lösen sich drei Gestalten aus der Masse der Blaugekleideten. Ich ringe nach Luft, als ich sehe, wer es ist – Ma, Dad und Kyle.

Nani tritt vor Ma, und meine Mutter bleibt sofort stehen. Dad und Kyle laufen weiter, springen von der Uferkante und halten sich an der Aufzugseite fest.

Kyle zieht sich nach oben und ringt mit Marissa und zwei Wachen. Dad ist an der Seite nahe Heda, schafft es jedoch nicht über das Gestänge, bevor Heda ihn wegstößt und sein Fuß von der unteren Stange abrutscht. Er fällt. Mir wird schlecht. Irgendwie kann er noch ihren Kimono packen und baumelt an dem Ärmel unterhalb des Aufzugs.

»Und genau das«, ruft sie, als sie der Aufzug höher über den Flammenfluss zieht, »ist der Grund, warum besonders Männer die regelmäßigen Injektionen brauchen. Sie haben keine Verbindung zur Macht der Liebesgöttin, und die Liebe ist so eine verteufelte Angelegenheit.« Heda fängt an, sich ihre Robe auszuziehen, und Dad sackt weiter nach unten. Kyle ist von einer Handvoll Stromschwerter in eine Ecke gedrängt worden.

Der Aufzug nähert sich der Insel. Dad ist etwa einen Meter entfernt; nur noch ein kleines Stück, dann kann ich nach ihm greifen.

Ehe ich ihm sagen kann, dass er springen soll, stürzt Kyle vor, schnappt sich ein Stromschwert und schwingt es wie einen Baseballschläger. Er wird von mehreren Stößen getroffen, und das Energiegefecht bringt den Felsen zum Beben. Jemand fällt gegen Le-Li, und das Tablet gleitet ihm aus den Fingern. Heda will es abfangen, stolpert und fällt über das Gestänge, sodass sie halb aus dem Aufzugkorb hängt und wild mit den Beinen in der Luft strampelt. In jeder anderen Situation würde das urkomisch wirken.

Dad greift nach oben und umfängt den schwarzen Armreif an ihrem Handgelenk.

»Daniel«, knurrt Heda, »du raubst mir mal wieder den letzten Nerv.«

In der anderen Ecke des Aufzugs hält Marissa Kyle fest. Er versucht, sich ihr zu entwinden. »Ich wusste, dass du lügst!«, sagt er wütend.

Sie versetzt ihm erneut einen Stromschlag, doch er weigert sich, vor Schmerz zu schreien. Jedes Mal, wenn sie ihm einen Stromschlag verpasst, lächelt sie zu mir. Ich sehe abwechselnd zu Kyle und meinem Dad und platze fast vor Sorge.

Wachen packen Heda und wollen sie wieder nach oben ziehen, was durch Dads zusätzliches Gewicht jedoch erschwert wird.

»Schneller«, befiehlt Heda, deren Haar und Robe gefährlich dicht über den Flammen hängen – und mein Vater ist ihnen noch näher.

Aus dem Augenwinkel bemerke ich eine Masse goldener Locken. Da ist Eros, der eine Axt im weiten Bogen schwingt, sodass die Wachen vor der Brücke zurückweichen. Er steigt auf den schiefen Seilsteg, und mein Herz entspannt sich. Mit seiner Hilfe können wir es schaffen, meinen Dad zu retten und ihn auf den Felsen zu ziehen.

»Eros!«, rufe ich. »Schnell!«

Heda klammert sich mit der geschienten Hand an das Gestänge und dreht sich zu ihm um. »Daddy!«, knurrt sie.

Eros bewegt sich wie ein Profi über die Seilbrücke, ist innerhalb von Sekunden auf der Insel und geht an dem Portal zur Unterwelt vorbei. »Hades«, sagt er nickend.

»Du!«, faucht Hades.

»Heb mich hoch«, sage ich zu ihm. »Dann kann ich meinen Vater herziehen.«

»Ich schaffe den Sprung«, erwidert Eros.

Ben schüttelt den Kopf. »Das Risiko ist es nicht wert.«

Doch Eros ignoriert ihn und nimmt Anlauf für den Sprung. Er läuft los und stößt sich mit ausgestreckten Armen von der

Felskante ab. Mit einem Rumms landet er an der Aufzugseite. Der Korb wackelt, und alle halten sich fest, als Eros hineinsteigt.

Er zieht Heda weit genug über die Seite, dass sie nicht mehr fallen kann, dreht sich um und zieht auch meinen Vater nach oben. Der kann einen Fuß auf das Gestänge setzen, hat aber den Halt an Hedas Armreif verloren.

»Lass ihn fallen«, befiehlt Heda.

»Was?«, fragt Eros und hebt meinen Dad etwas höher.

»Eros, nein!«, schreie ich.

»Obwohl, warte.« Hedas Stimme dröhnt durch die Höhle, und alle werden still. Sie richtet ihr Haar und ihre Robe, drückt die goldene Pfeilspitze stolz an ihre Brust. Die zerschnittene Bogensehne ist mit großen, dürftigen Knoten repariert. Heda tritt an die Korbkante, sieht hinunter zu meinem Dad, dann zu mir und lächelt wie eine Katze, die ihre Beute in der Kralle hat. »Bist du traurig, wenn er stirbt?«, fragt sie. »Oder wenn deine Chance, wieder sterblich zu werden, futsch ist?«

»Was glaubst du?«, antworte ich.

»Was meint sie?«, fragt Ben.

»Falls es dir hilft, Daddy hat dich belogen«, fährt Heda fort. »Du musst das Herz deines Vaters nicht essen. Das ist doch lächerlich. Es gibt einen ganz anderen Weg, Unsterblichkeit aufzuheben.«

»W-woher weißt du das?«, frage ich.

»Oh bitte, der Ichor-Raum verfügt über eine Sprechanlage. Ich habe alles gehört, was ihr zwei geredet habt. Außerdem hat Eros es mir selbst erzählt. Daddy würde mich nicht verlassen, nicht mal, wenn er die Möglichkeit dazu hätte.«

Heda nickt Le-Li zu, der zu ihr kommt, einen Schlüssel unter seinem Shirt hervornimmt und in Eros' Nacken greift, um das Halsband zu lösen.

»Zieh meinen Dad nach oben!«, schreie ich.

Eros' Halt an meinem Vater lockert sich, als er das Band abnimmt und sich den Hals reibt. Meine Knie knicken ein, sodass Ben mich aufrechthalten muss.

»Worauf wartest du?« Ich weigere mich zu glauben, was ich sehe. Auch ohne das Halsband löst Eros sich nicht in Luft auf, wie er es jetzt eigentlich könnte. »Hol meinen Vater nach oben, und dann geh weg von ihnen. Nutze deine Kräfte. Du bist frei!«

Heda lehnt sich lässig an das Gestänge neben ihm. »Er wird mich nicht verlassen, Rachel.«

»Warum?«, bringe ich mühsam heraus.

Marissa lacht. »Weil es mit uns spaßig ist«, antwortet sie für ihn.

»Das ist nicht der Grund, wie du sehr wohl weißt«, sagt Eros im selben Ton, in dem Nani sonst mit mir schimpft. Er dreht sich zurück zu mir. »Es gibt viele Gründe, weshalb ich meine Pläne ändern musste, aber der wichtigste ist, dass sie meine Tochter ist und mein Blut braucht. Ohne mich stirbt sie.« Traurig schaut er zu, wie Le-Li das Halsband in das Kästchen von Hedas Armreif legt. Mein Vater zappelt wild, versucht, sich nach oben zu ziehen. Eros tut nichts weiter, als ihm eine Hand zu reichen.

»Aber es hat dich verbrannt. Sie hat dir wehgetan«, murmle ich.

Eros sieht zum Fluss.

Mir kommen Dads Worte in den Sinn, als er sagte, er würde mir sein Herz geben. *»Ohne zu zögern, egal um welchen Preis.«*

Eros tut das für Heda. Dennoch ist es falsch. Seine Tochter verdient diese Art Liebe nicht. Nicht nach dem, was sie ihm und allen anderen angetan hat.

Mir reicht es mit dieser Unterhaltung. Mein Dad baumelt über dem Feuer. Nani lässt Ma am anderen Ufer knien, während die Liebesgöttinnen ihre Injektionen bekommen. Elektrizität durchströmt mich und vermengt sich mit meiner Wut. Ich bin wie eine durchgebrannte Sicherung, kurz vor der Explosion.

»Also, wie?«, frage ich.

»Wie was?«, fragt Heda.

»Du hast gesagt, man kann Unsterblichkeit anders aufheben. Wie?«

»Meine Güte, was für ein forderndes kleines Ding du bist.« Sie streckt ihren Arm mit dem Reif vor. »Durch den Pfeil der Gleichgültigkeit, geschaffen von Heph, als Gegenmittel gegen den Zauber der Betörung. Und nicht nur das. Zufällig hebt er jedwede Magie auf.«

Ich hasse mich dafür, dass ich die Scherbe verloren habe.

Ben sieht mich auf einmal voller Hoffnung an. Und jetzt fällt es mir ein. Auch ohne das Pfeilfragment könnte mein Dad überleben und ich wieder sterblich sein. Ich brauche nichts weiter als ihren Armreif.

Heda nickt Eros zu. »Zieh ihn hoch. Ich muss mit ihm reden.«

Eros hebt Dad nach oben, bis er von Angesicht zu Angesicht mit Heda ist, nur durch das Gestänge getrennt.

»Du hast mich ein ums andere Mal enttäuscht, Daniel. Jetzt musst du bezahlen.« Dad will nach der Brüstung greifen, doch Heda stößt ihn weg, und der Schwung bewirkt, dass Eros ihn loslässt.

»Nein!«, schreie ich und sinke auf die Knie.

Kampflos fällt Dad nicht. Er packt Hedas Arm, worauf der Armreif herunterrutscht, und reißt ihr mit der anderen Hand die Sehne mit dem goldenen Pfeilkopf vom Hals. Sie kreischt, will sie sich zurückholen und kann zwar den goldenen Pfeilkopf erwischen, aber die Sehne von Eros' Bogen bekommt sie nicht zu greifen.

Und alle,

der schwarze Pfeil,

die Sehne

und mein Vater

… fallen in die Flammen.

Ich lehne mich über den Rand des Felsens, und meine Tränen verdunsten schon, bevor sie über meine Wangen rollen können. Mein Vater kämpft gegen den Schmerz an und lächelt mich an, während die Lava ihn langsam ganz verschluckt. Der Armreif und die Sehne sinken neben ihm in die feurige Tiefe.

Es bleibt nichts außer einer aufsteigenden Dampfwolke zurück.

Mein Vater und meine Chance auf Sterblichkeit sind verschwunden.

»Nein!«, ruft Hades, dessen grüne Blitze das Portal erschüttern.

»Lass das Theater«, erwidert Heda und hält das schwarzgoldene Kästchen in die Höhe. »Wir haben das Halsband und können immer noch das Siegel brechen.«

Die Trauer zerreißt mich fast. Mein Vater ist grundlos gestorben, und meine Mutter hat nie erfahren, wie er für sie empfunden hat. Ich will, dass Heda für das bezahlt, was sie ihm angetan hat.

Und die Trümmer des Elysium-Portals bringen mich auf eine Idee.

Ich nehme mein Schwert auf und stürme auf Hades zu. Dabei schwinge ich meine Waffe wie irre gegen das Holzfundament des Torbogens. Dieses Portal muss einstürzen.

Hades schießt grüne Energieblitze gegen meine Kuppel, aber ich schlage fester zu, angetrieben von meinen Tränen. Paisley ist noch neben ihm auf dem Boden. Die Blakes drängen sich zusammen und sehen die ganze Zeit Ben an.

Mein nächster Hieb durchtrennt die rechte Seite, und der Rahmen verdreht sich.

»Aufhören!«, befiehlt Hades. Er holt mit dem Zweizack zum Schlag aus und schickt seine Krähe durch den Spalt. Sie kreist und geht in den Sturzflug auf Ben. Er wehrt sie ab. Hades zielt mit dem Zweizack auf mich und stößt zu. Die Kuppel erlischt, und die Krähe kommt auf mich zu, zerkratzt mir mit ihren Krallen das Gesicht.

Ich drehe mich weg, schwinge das Schwert nach unten und hacke wieder und wieder zu. Es ist schwierig, durch die Tränen und das blaue Blut etwas zu erkennen, zumal die Krähe weiterhin angreift. Ben kommt zu mir gehumpelt, immer wieder muss er den Vogel abwehren. Meine Arme brennen vor Anstrengung, und jeder Schlag richtet weniger Schaden an als der zuvor.

Hades schießt seinen nächsten Blitz auf Ben ab. Ich will ihn blockieren, aber meine Klinge verfehlt ihn. Das grüne Netz umhüllt Ben jetzt vollständig, und er zittert so sehr, dass ihm Blut aus dem Mund rinnt. Er fällt zu Boden, aber ich kann meinen Plan nicht beenden, um ihm zu Hilfe zu kommen. »Tut mir leid, Ben«, rufe ich. Das erst zu Ende zu bringen ist jetzt wichtiger.

Ich schwinge mein Schwert schneller, versuche, die Krähenattacken abzuwehren, aber sie geht auf meine Hände los, und Hades lädt seinen Zweizack neu.

Ich bin erst halb durch den Rahmen, als Heda ihren Wachen befiehlt, eine menschliche Leiter zu bilden, um auf die Insel zu gelangen. Sollte mich das grüne Netz erwischen, kann ich dieses Portal nicht zum Einsturz bringen, bevor sie hier ist.

Also konzentriere ich mich auf Paisley, lasse all den Schmerz, den ich durch Heda erlitten habe, meine Kraft befeuern – und es wirkt: Sie flackert aufs Neue in mir auf. Doch es gelingt mir nicht, eine Kuppel zu formen. Hades' Zweizack glüht, bereit zum Feuern. Ich blicke hinüber zu Nani, die über Ma steht, und zu den Reihen von Liebesgöttinnen, die sich an den Injektionsposten anstellen. Eine andere Kraft regt sich in mir.

Kurz entschlossen greife ich durch die Siegelöffnung in die eisige Dunkelheit der Unterwelt und packe Hades' Arm.

Meine ruhenden Liebesgöttinnen-Kräfte entladen sich mit einem Schlag auf ihn.

Er verkrampft sich, und ich schreie. Auch Heda schreit. Dann geht Hades zu Boden.

Ben beginnt, sich wieder zu rühren, denn das Netz fällt von ihm ab.

»Meine Liebste«, sagt Hades zu mir. Meine Liebesgöttinnen-Kraft hat ganze Arbeit geleistet – Hades ist mir jetzt völlig ergeben.

»Nein!«, kreischt Heda.

»Erschieße sie«, sage ich. »Und lass deine Krähe diese Injektionsschläuche zerhacken.«

Hades schiebt seinen Zweizack durch den Spalt und zielt auf sie.

Nie habe ich die Macht der Liebesgöttin so geschätzt wie jetzt.

»Bring uns hier raus!«, brüllt Marissa.

Eine Wache ergreift den Hebel und beginnt, den Aufzug zurück zum Glasraum zu lenken. Hades' Schuss verfehlt Heda, weil der Winkel zu steil ist. Das Ende des grünen Netzes erwischt eine der Wachen, die miteinander eine menschliche Leiter formen, und breitet sich auf ihren Armen aus. Die Wache stürzt in den Fluss und reißt alle anderen mit sich.

Die Krähe fliegt an Heda vorbei.

»Lass das!«, brüllt Heda und hält die goldene Pfeilspitze in ihrer Faust.

Marissa schleudert ihr Stromschwert nach dem Tier, doch die Krähe weicht mühelos aus. Hiermit bietet sich Kyle eine Gelegenheit, die er sofort nutzt. Er springt über das Gestänge des Aufzugs und landet knapp neben der Felseninsel, kann sich aber an der Kante abfangen.

»Kann mir hier mal jemand unter die Arme greifen?«, ächzt er.

»Ben! Schnell!« Ich laufe zu Kyle, packe seine Hand und ziehe mit aller Kraft. Ben kommt herbeigetorkelt, und obwohl er von der zweiten Attacke geschwächt ist, hilft er Kyle nach oben, indem er hauptsächlich mich hält. Ich umarme meinen Cousin flüchtig und sehe, wie die Krähe nach den Schläuchen greift und sie mit ihren Krallen verknotet.

Hades' nächster Blitz zielt direkt auf Heda. Eros rupft das Halsband aus dem Kästchen und wehrt mit ihm das Netz ab. Hades feuert wieder, in schnellen, steten Schlägen, und jedes Mal lenkt Eros sie ab.

Während die Götter kämpfen, wendet Heda sich ihrer Armee von Liebesgöttinnen auf der anderen Seite zu. »Jemand muss die Krähe aufhalten!«, schreit sie.

Drüben bricht hektische Betriebsamkeit aus, als alle versuchen, die Krähe zu fangen. Sie werfen Steine nach dem Vogel, und ich zucke bei jeder Attacke zusammen. Es bleibt nur zu hoffen, dass die Schläuche ausgerissen sind, bevor noch mehr von ihnen ihre Kräfte zurückhaben. Für die Krähe kann ich nichts tun, aber ich kann Hades' Armee daran hindern, an jene Schläuche zu gelangen.

Also hacke ich abermals und mit aller Kraft auf den Portalrahmen ein. Mit Kyle und Bens Hilfe ist er bald von seinem Fundament abgetrennt und fällt krachend um. Hades ist nicht wütend, nicht mal ein bisschen. Er weint nur, als wir das Portal zur Kante zerren und uns bereitmachen, es ins Feuer zu kippen.

Wir halten inne, als wir drinnen Paisley und die Blakes sehen.

»Los, tut es«, sagt Bens Mutter.

»Du warst die beste kriminelle BFF, die sich ein Mädchen wünschen kann«, sagt Paisley.

»Ich liebe dich, mein Sohn«, kommt von Mr. Blake.

Ben und ich schlucken unsere Tränen hinunter und nicken. Wir bringen beide keinen Laut heraus. Zu dritt stemmen wir uns zum letzten Stoß gegen das Portal. Wenn wir es jetzt nicht tun, werden wir es nie.

»Halt, meine Liebste. Verlass mich nicht«, bittet Hades.

»Sei gut zu denen dort unten«, entgegne ich, und wir schubsen das Portal in die Flammen. Als es fort ist, überkommt mich eine neue Trauer, die mit Hoffnungslosigkeit und Verlust vermischt ist. Ich werde sie nie wiedersehen. Sie alle sind für immer fort.

Heda und der Aufzug sind beinahe bei dem Glasraum. Sie dürfen nicht mit dem Halsband entkommen. Wer weiß, was sie damit anstellt.

»Haltet sie auf«, rufe ich. Doch die Liebesgöttinnen auf der anderen Seite sind genauso hilflos wie ich auf dieser Insel. Selbst wenn sie nicht unter dem Bann der goldenen Pfeilspitze stünden, gibt es keine Treppe von der Seite zu dem Raum, nur den Aufzug.

Heda hält grinsend das Kästchen in die Höhe. Eros legt das Halsband zurück hinein, sichtlich erleichtert, es endlich loszulassen. Bevor Heda das Kästchen schließt, legt sie die goldene Pfeilspitze daneben. »Ich nehme an, du willst das hier«, ruft Heda mir zu. »Anscheinend hast du nicht bei allem gewonnen.«

Aus dem Nichts rammt der schwarze Schnabel in Hedas geschiente Hand. Sie schreit auf, schlägt nach der Krähe, und das Kästchen gleitet ihr aus den Fingern, um im Bogen durch die Luft zu fliegen. Hades' Krähe weicht gekonnt ihrem Angriff aus, schnappt dann das Kästchen in der Luft und fliegt damit auf mich zu.

»Das ist deine letzte Chance auf Sterblichkeit«, warnt Heda mich.

Ich blicke zu der Krähe. Mir ist klar, was der Inhalt bedeutet, und ich sehe Ben an.

Er nickt einmal kurz und sieht nach unten. Obwohl er es nicht will, weiß er, dass es richtig ist.

Und ich weiß es auch.

»Lass es in die Lava fallen!«, rufe ich, und der Vogel gehorcht, lockert seine Krallen und gibt das geöffnete Kästchen frei.

Der blutrote Samt,

Eros' schwarzes Halsband,

die goldene Pfeilspitze

und das Kästchen … verbrennen wie Zunder in dem Feuerfluss.

Auf der anderen Uferseite bricht Chaos aus, als damit auch Hedas Kontrolle über die Fußketten mit der Pfeilspitze verschwindet. Diejenigen, die ihre Injektion bekommen und damit ihre neuen Kräfte gewonnen haben, wehren die anderen ab.

Heda hält sich an dem Korbgestänge fest, als der Aufzug am Glasraum stoppt. Ihre Brust hebt und senkt sich, und ihr Haar wirbelt wild auf. »Ich bringe dich um!«, brüllt sie. Ich sehe zu Marissa, die ihre Mutter in den Raum schiebt. So viele Gefühle liegen in unserem Blickwechsel – Wut, Enttäuschung,

Verrat, Trauer, Verlust –, dann verschwindet sie hinter Heda in dem Raum und schließt die Tür.

Mich erfüllt eine neue Art von Zorn. Ich werfe das Schwert auf den Boden, und das Heft schlägt gegen einen der Holzstümpfe des Unterweltportals, um von da zu den Trümmern des Elysiums abzuprallen. Ich werde Paisley oder meinen Dad nie wiedersehen können, weil ich nie sterblich sein werde. Sehnlich wünsche ich mir, dass Heda denselben Zorn empfindet. Denselben Verlust. Alles, was sie will, ist, den Olymp zu stürzen, damit sich die Götter vor ihr verneigen. Aber ich weiß, wie ich ihr das nehmen und dafür sorgen kann, dass sie nie wieder einen Weg findet, das Siegel zu brechen. Ich greife mir das Schwert, stelle mich vor das goldene Portal und schwinge meine Klinge.

# KAPITEL 46

Zu dritt verlassen wir die Felseninsel über die Seilbrücke und gehen zu der Treppe, die in den Glasraum führt. Die Tür ist unverschlossen, und als wir eintreten, geht das Licht an. Flecken von rotem und blauem Blut sind auf der Liege, auf der Nani gelegen hatte. Ich hoffe, wir können den Schaden wiedergutmachen, den Heda angerichtet hat.

»Da ist die Tür zum Lift«, sagt Kyle und weist zu einem Balkon, der zur anderen Flussseite zeigt, wo die Liebesgöttinnen in Gruppen versammelt sind und warten, was als Nächstes passiert.

Etwas fällt hinter uns um, und ein lila Blitz huscht zur Tür.

»Oh, echt jetzt«, sagt Ben. Er sprintet hin und hechtet über den Operationstisch.

Es folgt ein Gerangel, dann zieht Ben Le-Li nach oben und schubst ihn ans Fenster. »Seht mal, wer hier nach Vorräten gesucht hat.«

»Werfen wir ihn in den Fluss«, sagt Kyle.

»Ich kann euch helfen!«, ruft Le-Li, dessen Finger zucken. »Ich wollte nie für sie arbeiten.«

»Ist wahrscheinlich gelogen«, raunt Kyle.

»Ich hatte keine Wahl.« Le-Li sieht uns verzweifelt an. »Sie hat die Schmiede meines Vaters kontrolliert«, ergänzt er panisch.

Kyle verschränkt die Arme vor der Brust. »Klingt für mich nach einer lahmen Ausrede. Probieren wir mal aus, ob er untergeht oder schwimmt.«

»Es stimmt«, fleht er. »Wer die Schmiede kontrolliert, kontrolliert auch mich.«

Ich erinnere mich, dass Heda gesagt hatte, Automaten würden alles tun, was man ihnen befiehlt. »Warten wir noch ein bisschen, ja?«, sage ich, und die Jungen sehen mich verwundert an. »Wir könnten ihn für uns arbeiten lassen. Schließlich kennt er ihre Pläne.«

»Ja«, stimmt Le-Li zu. »Verletzt mich nicht. Jetzt habt ihr die Kontrolle über die Schmiede. Ich erzähle euch alles, was ich weiß.«

»Die Schmiede?«, fragt Ben.

»Nee«, sagt Kyle, der sich nahe zu Le-Li beugt. »Wir brauchen nicht noch mehr Verräter unter uns.« Er packt Le-Lis Schulter und stößt dabei gegen dessen Brust. Daraufhin ertönt die Baseball-Übertragung. »... *Base, der erste Treffer für die Colorado Rockies ...* «

Le-Li schaltet es schnell wieder aus.

Kyle hält nachdenklich inne. »War das ihr Shea-Stadion-Spiel von 1995 gegen die New York Mets?«

»Magst du Baseball?«, fragt Le-Li scheu.

»Mögen? Ich war dabei, Profi zu werden, hatte sogar Scouts, die zu meinen Spielen kamen, bevor ich in dieses Drama reingezogen wurde und die Playoffs verpasst habe.«

Le-Li beginnt zu zittern. »B-blutest du lila?«, fragt er wie ein Kind, das einen neuen Freund gefunden hat, der seinen Jargon versteht.

Kyles Blick schweift zu Le-Lis Haar. »Du meinst die Team-farbe?«

»Gibt es einen anderen Grund?«

»Okay.« Kyle lässt ihn los und dreht sich zu uns um. »Jeder, der mein Lieblingsteam mag, hat eine zweite Chance ver-dient.«

»Ich mag sie nicht bloß, sie sind buchstäblich Teil von mir.« Er hebt sein Shirt hoch, um seinen Patchwork-Metalltorso mit dem Kassettendeck zu zeigen. Drum herum ist die Haut gerötet und zusammengenäht wie bei einem Baseball. Ich finde den Anblick verstörend. »Dies ist eine Aufnahme von genau diesem Spiel«, erklärt er, »und die hängt da drinnen fest, seit ich gemacht wurde.«

»Ist ja ziemlich verkorkst«, sagt Kyle. »Aber irgendwie auch genial.«

»Na gut«, sagt Ben im Ton einer Mutter, die ihre aufge-drehten Kinder zu bändigen versucht. »Verrate uns dann bitte, wie wir auf die andere Seite kommen.«

Le-Li nickt und eilt zum Aufzug. Ein breites Lächeln er-strahlt auf seinem Gesicht, als er einen Befehl in ein Tablet tippt. Wir steigen ein, und bald landen wir auf dem anderen Ufer, umgeben von unseren Freunden und unserer Familie. Ma kommt angelaufen und reißt mich in ihre Arme, bevor ich noch richtig auf festem Boden stehe. Kyle und Joyce um-armen sich ebenfalls. Unweigerlich tut mir Ben leid, der seine Hand schützend auf Le-Lis Schulter gelegt hat und alles be-obachtet.

Ich habe meinen Vater verloren, aber mir sind wenigstens meine Ma und meine Nani geblieben. Er ist vollkommen allein und musste seine Familie ein zweites Mal verlieren.

Hinter meiner Mutter sitzen Frauen Rücken an Rücken auf dem Boden und kämpfen mit den Schläuchen, die sie fesseln.

»Was ist das?«

»Auf diese Weise«, sagt Ma, »haben wir verhindert, dass sie mit Heda fliehen. Wir haben sie allerdings nicht alle erwischt.« Ich bemerke eine der Nonnen von St. Valentine's darunter und sehe weg.

Dann fällt mein Blick auf Bens traurige Augen.

»Ich finde, wir sollten eine Schweigeminute für alle einlegen, die wir verloren haben«, sage ich, nehme die Hand meiner Mutter und führe sie zum Ufer. Wir stellen uns entlang des Ufers auf, schauen hinunter in die Flammen, und ich bin überrascht, dass das Holzportal noch da ist. Es wippt auf den Lavawellen.

Etwas flackert in der Öffnung. Ich halte mich an Ma fest und beuge mich weiter rüber.

Mir wird die Brust eng, als ich Paisley erkenne.

»Rachel? Hi«, sagt sie.

Gestalten bewegen sich hinter ihr, und Bens Familie schart sich um Paisley und sieht zu, wie ihre Chance, die Unterwelt zu verlassen, in Lava versinkt.

Ich strenge mich an, nicht zu weinen. »Hi, Leute.«

»Mom?«, sagt Ben. »Dad?«

Einige andere Liebesgöttinnen versammeln sich neben uns an der Klippe. Mrs. Turner kommt zu uns nach vorn und stützt sich auf den Arm meiner Mutter. Ich weiß nicht, wo Nani ist.

»Hi, Mum«, sagt Paisley und zuckt zur Seite, als eine große Flamme nach ihr züngelt. »Es geht mir gut hier unten, ehrlich. So schlecht ist es hier gar nicht.«

Mrs. Turners Antwort wird von Tränen erstickt.

Etwas an Paisleys Reaktion auf den Fluss aus Lava ist eigenartig. »Kannst du das Feuer fühlen?«

»Ja«, antwortet sie, »aber ist schon okay. Es ist ein letztes Lebwohl wert.«

Ein letztes Lebwohl. Diese Worte kreisen durch meinen Kopf. Ein letztes Lebwohl. Egal, wie oft ich sie wiederhole, sie fühlen sich falsch an. Wenn sie die Flammen spüren kann, ist das Portal nicht richtig versiegelt. Wenn die Flammen hinein können …

Kann sie heraus.

Mein Herz fängt an zu rasen, und ich schaue mich in der Höhle nach etwas um, irgendwas, womit ich helfen könnte. Das Brückenseil, das ich durchgeschnitten hatte, hängt auf der anderen Seite ins Feuer. Es ist nicht lang genug und gewiss zu heiß und schwer, außerdem müsste ich erst den ganzen Weg dorthin. Ich sehe die gefesselten Liebesgöttinnen und die verknoteten Infusionsschläuche hinter ihnen. Näher kommen wir nicht.

»Holt die Schläuche«, sage ich und sehe zu der Krähe, die oben auf dem Metallarm hockt. »Bring sie mir.« Sie fliegt los und pickt an den Schläuchen. Einer nach dem anderen fallen sie herunter.

»Wie praktisch«, sagt Kyle.

»Wem sagst du das?« Solange Hades mir dient, tut es seine Krähe offenbar auch. Die Liebesgöttinnen sammeln die Schläuche ein, und ich wende mich wieder zu Paisley. »Halte durch.«

Ma bringt einen Haufen Schläuche. Stirnrunzelnd blickt sie zu dem Portal, das nun halb versunken ist.

Ich wickle mir einige Schläuche um die Taille und verknüpfe sie mit anderen, bis ich genügend Länge habe, um Paisley zu erreichen. Testweise ziehe ich und schätze, dass sie ausreichend stark sind, um jemanden zu ziehen.

»Rachel, warte«, warnt Ben, der eine Hand auf meinen Rücken legt.

»Vertrau mir«, erwidere ich, binde noch zwei Schläuche zusammen und gebe ihm eines der Enden. »Und jetzt halt fest.«

Er legt die Hände an meine Hüften, und ich fühle ein Flattern in meinem Bauch. Ich nehme die Schläuche in die Hand.

»Paisley, fang!«

»Was?«

Ich werfe ihr die Schlauchrolle zu, und sie landet neben dem Portal, wo die Flammen an den Enden zehren. »Oh nein«, knurre ich, ziehe sie zurück und trete das Feuer mit den Füßen aus.

»Gib her«, sagt Kyle.

Die Nummer mit dem Schuh hat überzeugend bewiesen, dass er besser zielen kann als ich, und sofort reiche ich ihm die Schläuche.

»Die sind nicht lang genug«, sagt er.

»Beeilung«, sagt eine Stimme aus dem Feuer. Ich schaue hinüber. Nun ist auch Dad dort, steht neben den Blakes. Hastig löse ich die Schläuche von meiner Taille. »Helft alle mit!«, schreie ich. Ben und ich nehmen die Enden, und Kyle holt aus, zielt auf die Öffnung inmitten der Flammen und wirft. Ich halte die Luft an, habe Angst, dass er nicht trifft, sondern noch mehr verbrennt. Doch die Schlauchleine landet direkt in Paisleys Hand.

»Guter Wurf«, sagt Le-Li, der brav neben Ben steht.

»Klettere rauf!«, rufe ich und sehe über die Schulter zu Kyle. »Ein Glück, dass wir dich haben.«

Er grinst. »Ja, ich weiß.«

Die Schläuche straffen sich, und bald spüre ich ein kräftiges Ziehen, bei dem meine Sohlen auf dem Felsen rutschen. Kyle greift mit nach dem Schlauch, hilft Ben und mir, ihn einzuholen. Wir gehen rückwärts, scheren uns nicht darum, dass die Schläuche unsere Handflächen aufschürfen oder unsere Arme schmerzen – denn am anderen Ende sind unsere Freunde und unsere Angehörigen. Immer mehr Schlauch kommt über die Kante. Paisley will sich nach oben ziehen.

»Halt fest, wir ziehen dich rauf.«

Andere Liebesgöttinnen packen mit an, und sogar Le-Li kommt zur Hilfe. Ich blicke mich zu den Jungs um, und sie schlingen sich die Enden um die Hände, während sie mir zunicken. Ich laufe zur Felskante. Sobald Paisley näher ist, packe ich ihren Arm. Schwester Hannah Marie greift nach ihrem anderen Arm, und gemeinsam heben wir Paisley auf festen Boden. »Kyle! Die Schläuche!«

Rasch wickelt er sie lose auf, und ich umarme meine Freundin.

»Ich hätte nie gedacht, dass ich dich wiedersehe.«

»Damit wären wir schon zwei«, sagt sie.

Mrs. Turner zieht Paisley von mir weg, und die beiden fallen sich weinend in die Arme.

Der Rest der Gruppe drängt sich aufgeregt flüsternd am Ufer. Mir wird mulmig, als ich sehe, wie viel von dem Portal bereits in den Flammen versunken ist. Bens Familie und mein Dad hocken in der Öffnung.

»Dad! Halte durch!«

Ben ist neben mir und verkrampft sich. »Wir bekommen sie nicht alle heraus.«

»Sag das nicht.«

Ma legt eine Hand auf meine Schulter. »Er hat recht. Wir können sie nicht alle retten. Das Portal geht jeden Moment unter. Mit viel Glück bekommen wir noch einen heraus.«

»Nein, wir …«

Ma tippt mir auf die Schulter und beugt sich über die Kante. »Es ist nur noch genug Zeit, um einen von euch zu retten«, ruft sie nach unten. »Tut uns leid.«

Kyle wirft, verfehlt, holt die Schläuche wieder ein und tritt die Flammen aus, bevor er sie erneut aufwickelt. Ich weigere mich, den Blick vom Portal abzuwenden. Beim nächsten Wurf trifft Kyle, und Bens Bruder beginnt aus den Flammen zu steigen.

»Es ist Luca«, sage ich, und sofort sieht Ben viel glücklicher aus. Mit frischer Entschlossenheit zieht er. Ich beobachte, wie Luca sich abmüht sich festzuhalten, während ihm die Kleider verbrennen.

»Ziehen! Zieht!«

Ich greife mir die Schläuche vor mir, und mit dem Team hinter mir schafft Luca es schnell nach oben. Ben läuft zur

Kante und zieht ihn das letzte Stück. Kyle holt die Schlauchleine ein, und ich laufe wieder nach vorn.

Dads Gesicht füllt alles aus, was von der Öffnung noch übrig ist. Er lächelt erst mir, dann Ma zu. »Ich liebe euch beide. Das wisst ihr hoffentlich.«

»Dad, bitte, warte, wir werfen das Seil noch mal.« Doch während ich es zu ihm nach unten rufe, überwinden die Flammen den letzten Rest des Portals.

Da ist nur noch Feuer.

Sie sind fort.

Alle von ihnen. Für immer.

Ich sacke auf dem Boden neben Ben zusammen, der vor seinem Bruder kniet und ihn festhält, als fürchtete er, Luca könnte davonschweben – oder, schlimmer noch, untergehen.

Dads Stimme ertönt so leise in meinem Kopf, dass ich sie beinahe überhöre. *Du bist das Beste, was mir jemals passiert ist, Rachel.*

»Ich liebe dich auch«, rufe ich ins Feuer.

Ich bleibe an der Kante, wünsche mir noch ein Flüstern von meinem Vater, doch es kommt keines. Es ist ein seltsames Gefühl, meine Freundin und Bens Bruder zurückzuhaben, aber meinen Vater nochmals sterben zu sehen und zu wissen, dass es jetzt endgültig keine Chance mehr gibt. Mich erfüllt eine Mischung aus Glück und Kummer, und ich weiß nicht, ob ich lächeln oder weinen soll. Doch dann sehe ich zu Ben, der seinen kleinen Bruder drückt, und zu Paisley und ihrer Mutter, und mir wird bewusst, dass wir gesegnet sind.

Meine Ma legt mir die Hände auf die Schultern. »Ich konnte ihm nie sagen, was ich für ihn empfinde.«

»Er hat es gewusst«, sage ich.

»Also.« Kyle schubst Le-Li zu uns. »Was machen wir mit dem hier?«

»Bitte«, fleht Le-Li, ehe wir irgendwas sagen. »Ich kann euch helfen. Es liegt in meiner Natur, euch zu geben, was ihr braucht.«

»Was wir brauchen?«, fragt Ma.

Le-Li sieht von Ma zu mir und stammelt etwas.

»Was war das?«, frage ich.

Er zeigt zu der Felsenformation. »Du hast den Laser zerstört, aber das Stück von dem schwarzen Pfeil ist da irgendwo.«

»Das Stück von dem schwarzen Pfeil?«, wiederholt Ma. »Wozu sollten wir das brauchen?«

Ich schaue hinab zu meinen Händen, deren Innenflächen von den Schläuchen aufgeschürft sind, sodass blaues Ichor hervorsickert.

»Meine Sterblichkeit«, sage ich. »Der schwarze Pfeil kann mir meine Sterblichkeit zurückgeben. Aber als ich den Laser zerstört habe, ist die Scherbe in die Flammen gefallen.«

»Was?« Ben kommt zu uns. »Sagt mir bitte, dass das ein Scherz ist. Alles, was wir brauchen, ist ein Stück von dem Pfeil?«

»Ja«, antwortet Le-Li.

»Ihr hört mir nicht zu.« Ich bin eher von meiner Situation genervt als von den Jungs. »Der Pfeil, das Halsband und auch das abgebrochene Stück sind in die Flammen gefallen. Alles ist weg, klar? Es gibt keine Chance mehr für mich, sterblich zu werden.«

Ein Tropfen Blut fällt von meiner Handfläche auf meine Schuhspitze und färbt sie blau. So wird es jetzt immer sein.

Da greift Ben in seine graue Uniformjacke und zieht ein kleines Glas hervor, ähnlich dem, das er mir gegeben hatte, um aus Achilles' Schild eine Paste für Eros zu rühren. Er schraubt den Deckel ab und zeigt mir ein kleines schwarzes Objekt. »Meint ihr, so wie das hier?«, fragt er, hält das Glas in die Höhe und lächelt strahlender, als ich es je gesehen habe.

Ich fixiere seine Hand. »Ist das ...«

»Ja«, sagt er stolz. »Ich wusste damals, dass du sie an dich genommen hast, und da habe ich deine Bewegungen nachvollzogen, bis ich dieses Teil hier unter Mrs. Patels Container fand. Fast hätte ich es übersehen. Zuerst dachte ich, es sei nur ein Stein.«

Das also war mit der Pfeilscherbe geschehen, die ich gestohlen hatte.

Ich bin so glücklich, dass ich ihn umarmen möchte. Und zu verwirrt, um es zu tun. »Warum hast du mir die Pfeilscherbe nicht gegeben?«

»Ich war nicht sicher, was sie bewirken kann, und ich wollte nicht, dass du dich damit verletzt.«

Das quittiere ich mit einem Augenrollen.

»Wenn es um magische Gegenstände geht, hast du die Angewohnheit, selbstverletzende Entscheidungen zu fällen«, sagt er.

Dem kann ich nun mal unmöglich widersprechen.

»Was ist das denn?«, sagt Kyle plötzlich.

Wir drehen uns zu ihm um, als er sich bückt und etwas

vom Boden aufhebt, was verblüffend nach einer blutigen Halloween-Requisite aussieht.

»Bäh!«, sagt Kyle und wirft es angeekelt weg. »Wer hat denn hier einen Finger verloren?«

Alle sehen auf ihre Hände, aber noch bevor wir eine Antwort gefunden haben, fällt Luca ein Ohr ab und landet platschend auf dem Boden. Lucas Hand schnellt nach oben und bedeckt das Loch an seinem Kopf. Er starrt entsetzt auf die Ohrmuschel zu seinen Füßen.

Ich blicke mich in der Gruppe um. Paisley starrt auf ihre vierfingrige Hand.

»Nein«, hauche ich.

»Können sie denn nicht außerhalb der Unterwelt leben?«, fragt Ma.

»Nein, das kann nicht sein.« Ich weigere mich, das zu glauben. Wir sind nicht so weit gekommen, damit sie jetzt vor uns auseinanderfallen.

Ich beobachte, wie Luca sein Ohr aufhebt, und mein Blick streift den blauen Flecken auf meiner Schuhspitze. Mein Blut ist unsterblich und hat Heilkräfte. Vielleicht … Ich blicke zu Bens Hand mit dem letzten Fragment vom schwarzen Pfeil, dann zu dem Ohr in Lucas Hand. »Gib mir das«, sage ich.

Er runzelt die Stirn und erst, nachdem Ben ihm zugenickt hat, folgt er meiner Bitte. Dann drücke ich meine Hand auf das Ohr und lasse es von meinem blauen Blut benetzen.

»Was machst du?«, fragt Luca und will es sich zurückholen, aber Ben hindert ihn daran.

»Hier«, sage ich und gebe Ben das Ohr. Zwar rümpft er die Nase, nimmt es aber. »Halte es an die richtige Stelle.«

Er legt das Ohr an Lucas Kopf und hält es dort.

»Wie lange dauert das?«, fragt Kyle skeptisch.

»Das habe ich gehört!«, sagt Luca. »Mit meinem Ohr. Ich kann nämlich trotz allem damit hören!« Er rückt von Ben weg, doch das Ohr bleibt dran. Paisley hebt ihren kleinen Finger auf, und ich wiederhole das Ganze – Blut, ankleben, warten. Bald wackelt sie mit allen fünf Fingern.

»Wenn ich vielleicht etwas sagen dürfte«, meldet sich Le-Li scheu zu Wort. »Vermutlich brauchen sie regelmäßige Ichor-Gaben, da sie rein technisch tot sind, was sich nach ihrer Flucht aus der Unterwelt nicht geändert hat.« Er verstummt, während wir alle verarbeiten, was er gesagt hat. »Also, möchtest du immer noch, dass ich dir zeige, wie du das Pfeilstück benutzt?«

Ich sehe zu Paisley und ihrer Mutter, zu Luca und Ben, und ich weiß, dass ich mir selbst nicht den Vorzug vor ihnen geben darf.

»Nein. Sie werden mein Blut brauchen.« Mrs. Turner, Paisley und Luca entspannen sich sichtlich. Bens Schultern sinken ein. Er klopft seinem Bruder auf den Rücken, doch seine andere Hand bleibt an seiner Seite, ballt eine Faust um das Gläschen mit der Pfeilscherbe.

Ich wische mir die Stirn ab und betrachte die müde, erschöpfte Gruppe. »Verschwinden wir von hier.«

Alle nicken zustimmend.

»Was machen wir mit diesem Ort?«, fragt Ben.

Ich bleibe stehen und drehe mich zu ihm um. »Ich wäre dafür, dass wir den Laden in Schutt und Asche legen.«

*Ich bin
eine Löwin,
die keine Angst mehr hat,
die Welt
ihr Brüllen hören zu lassen.*

*Eine Ode an mich*

*— Amanda Lovelace,
The Princess Saves Herself in this One*

# EPILOG

Die Tür am Ende des Flurs ist offen, und warmes Sonnenlicht strömt herein, durchbricht die Schatten mit goldenen Streifen. Ich nehme meinen ersten schwefelfreien Atemzug. Die Luft ist salzig wie das Meer und erinnert mich an meine Zeit mit Ben auf dem Boot. Meine Gefühle für ihn haben dort alles andere übertrumpft. Ich war nicht sicher, wie ich ohne ihn leben könnte. Jetzt weiß ich, dass ich es kann, bin allerdings immer noch unsicher, ob ich es will. Selbst als ich herausgefunden habe, dass er nie wirklich auf Hedas Seite war, fühle ich eine Menge Dinge, und eines davon ist das Gefühl der Kränkung.

Die Krähe fliegt mir voraus, und Kyle nimmt meinen Arm, um mich durch den Flur zum Licht zu ziehen. Wir treten hinaus auf den felsigen Hügel mit Blick über das Meer. Alle Furcht und Nervosität bleiben in der Einrichtung zurück. Das Gras wächst in langen, rauen Büscheln, doch das macht mir nichts. Ich gehe an einem gemähten Bereich vorbei, der wie ein Hubschrauberlandeplatz aussieht, und dort lege ich mich auf die Erde, warte darauf, dass meine Augen sich dem Sonnenschein anpassen, und blicke hinauf zu dem klarblauen Himmel und den weißen Schäfchenwolken. Nach allem, was wir durchgemacht haben, möchte ich diesen Moment auskosten.

Erschöpft schließe ich die Augen und lasse meine Sorgen von der Meeresbrise wegwehen. Jemand ruft meinen Namen. Zuerst bin ich unsicher, ob ich träume, doch meine Ohren filtern das Wellenkrachen an den Felsen und das Windrascheln im Gras aus. Nein, es ist kein Traum, oder zumindest kein guter. Ben ist hier, und wie es sich anhört, ist Kyle davon nicht begeistert.

»Ich habe keine Ahnung, was du hast, Kyle. Drinnen bist du doch auch mit mir klargekommen.«

»Ja, und dann ist mir wieder eingefallen, was für ein Arsch du zu Rachel warst.«

»Das verstehe ich nicht«, sagt Ben. »Ich wollte ihr nie wehtun. Ich habe getan, was ich für das Beste hielt.«

»Kapierst du denn nicht? Du hast meiner Cousine das Herz gebrochen. Ich lasse dich nicht in ihre Nähe.«

»Ich will dir ja nicht zu nahe treten, Alter, aber ich sorge mich schon sehr viel länger um ihr Herz als du.«

Und prompt setzt mein verräterisches Herz einen Schlag aus.

Kyle schnaubt. »Sicher doch.«

»Ich habe Fehler gemacht, das weiß ich, aber ich habe immer versucht, Rachel zu helfen«, sagt Ben.

»Pah! So wie du mitgeholfen hast, Rachel nach unten zu drücken und festzuhalten, damit sie ihr eine Nadel in den Arm stechen konnten?«

»Das kann ich erklären …«

»Dann erkläre es mir.«

»Es ist … ich … ich muss wirklich mit Rachel reden. Sie sollte es als Erste hören.«

»Weißt du noch, wie ich dachte, du wärst ein knallharter Typ, als du all die Männer bei der Kirche abgewehrt hast?«, fragt Kyle.

»Ja?«, antwortet Ben verwirrt.

»Das denke ich inzwischen nicht mehr. Jetzt glaube ich, dass du eine lahme, erbärmliche Witzfigur von einem Freund bist.«

»Okay, das habe ich verdient.« Er schweigt eine Weile und seufzt. »Wenn du mich einfach mit Rachel reden lassen würdest, wird sie vielleicht …«

»Was?«, fällt Kyle ihm ins Wort. »Mir zustimmen?«

»Kann sein«, sagt Ben so leise, dass ich nicht sicher bin, ob ich ihn richtig gehört habe.

Ich sehe hinüber, als Kyle Ben zu mir winkt und wieder zum Himmel hinaufsieht. Die Krähe kreist verspielt über uns, und Bens Schritte knistern im trockenen Gras.

»Hi, Rachel«, flüstert er mit brüchiger Stimme. »Wir haben unser Gespräch nie beendet, und ich frage mich …«

Ich strecke meine Arme nach oben. »Hilfst du mir auf?«

Er wirft mir ein charmantes Lächeln zu und zieht mich nach oben. Seine Berührung ist auf positive Art elektrisierend. Er hält meine eine Hand weiter fest und zieht mich auf Abstand zu Kyle einen schmalen Pfad im hohen Gras entlang. Ich widerstehe dem Wunsch, meine Finger mit seinen zu verweben. Mein Körper will es, aber zwischen uns steht jetzt so vieles. Wir sind nicht mehr die hoffnungsvollen Jugendlichen, die wir auf jener Bootstour waren. Wir sind verletzt worden und haben uns gegenseitig verletzt. Und dennoch scheine ich meine Hand nicht wegziehen zu können. Der Pfad ist steil, und Bens Griff hilft mir, nicht das Gleichgewicht zu verlieren – ein guter Grund, um sie nicht loszulassen.

Schließlich ist die Felswand links von uns und das Meer rechts. Der Wind weht mein Haar umher, und ich koste die kühle Brise aus, denn Bens Hand an meiner bewirkt, dass mein ganzer Körper wie entflammt ist.

Wir gehen um eine Biegung, und ich rutsche aus. Sofort dreht Ben sich zu mir, fängt mich ab und hebt mich hoch. Nun ist mein Rücken an den Felsen gedrückt, und unsere Gesichter trennen nur Zentimeter.

Bens Blick fällt auf meine Lippen.

Elektrizität regt sich in mir, doch ich fürchte nicht, dass meine Macht ihn brechen könnte. Vielmehr mache ich mir Sorgen, seine Macht über mich könnte mich brechen. Er lehnt sich näher zu mir.

Meine Lippen beben vor Verlangen.

Kieselsteine fallen klimpernd von dem Felsen. Mein Herz fällt mit ihnen. Ben umfängt meine Taille. Seine Wärme streichelt meine Haut. Als ich mich nicht rühre, nimmt er das als Ja.

Die Berührung unserer Lippen ist wie eine Heimkehr nach einer langen Reise. Seine Hände lösen sich von meiner Taille, wandern seitlich nach oben, über meine Schultern und meine Arme hinunter. Dabei bleiben seine Lippen fest auf meinen. Mir ist, als würde ich schweben.

Er wickelt die Hände um meine Handgelenke, doch anstelle seiner Finger fühle ich dort die Lederriemen, mit denen er mich angeschnallt hatte. Ich werde panisch. »Nein.« Rasch stoße ich ihn weg und versuche durchzuatmen.

In seinen Augen ist nichts als Angst. Ich bin drauf und dran, meinen Geist zu öffnen, um seine Gedanken zu lesen.

»Tut mir leid«, sage ich. »Es ist bloß …«

»Du kannst nicht vergessen, was ich dir angetan habe.«

Bildfetzen von ihm, wie er mich auf der Liege festhält und droht, meiner Familie etwas zu tun, wirbeln durch meinen Kopf. »Mir ist klar, dass du das getan hast, von dem du geglaubt hast, es tun zu müssen.«

»Rachel.« Er streicht mir eine Locke hinters Ohr, und ich verkrampfe mich, aber nicht, weil es mir nicht gefällt, sondern weil ich nichts dagegen tun kann, dass mein Körper sich an ihn lehnen will.

Ben nimmt seine Hand herunter und lehnt sich neben mir an die Felsenwand mit Blick auf das Meer. »Als ich erfahren hatte, dass Heda sich mit Hades zusammentut, wusste ich nicht, was ich machen sollte, Rachel. Aber ich …«

»Du hättest es mir erzählen müssen.«

»Ja.« Er sieht mich an.

»Warum hast du es mir dann nicht erzählt?«

»Aus so vielen Gründen.« Zunächst wird er nachdenklich, dann grinst er. »Weil du eine furchtbare Lügnerin bist und so viel auf dem Spiel stand.«

Ich gebe ihm einen Klaps auf den Arm. »Bin ich nicht!«

Er wird wieder ernst. »Ich wusste, dass du Le-Li mit dem Schlafmittel angegriffen und dich aus dem Raum geschlichen hattest. Und das schon, bevor ich gesehen habe, wie die Spritzennadel unter deinem Shirt herausragte. Und ich wusste, dass du von Paisleys Tod wusstest. Oder liege ich da falsch?«

»Nein«, antworte ich leise. Ich fühle, wie meine Schutzmauern fallen, ehe ich dafür bereit bin. »Du hast gedroht, meine Ma und meine Nani schlagen zu lassen, wenn ich nicht gehorche.«

Bei meinem plötzlichen Themenwechsel zuckt er zusammen. »Aber das war für mich gar kein Thema. Ich wusste, dass du es ohnehin nie so weit kommen lassen würdest, und so haben die Wachen aufgehört, dich zu schlagen.«

Mein Herz schlägt schneller. »Aber dann haben sie mein Blut genommen.«

»Das hätten sie so oder so.«

Er hat recht, trotzdem will ich ihn noch nicht vom Haken lassen. »Und bei welcher Sache hast du mich noch gleich durchschaut?«, frage ich.

Er sieht mich prüfend an. »Ich habe dich in der Nacht mit Marissas Schlüsselkarte vor der Tür gesehen.«

Wieder gebe ich ihm einen Klaps, diesmal fester. »Wusste ich es doch! Und du wolltest mir einreden, dass ich mir das bloß eingebildet habe.«

Er lacht. »Das verdiene ich«, sagt er und wird ernst. »Ich war nicht sicher, ob ich ihr trauen kann.«

»Ihr?« Aber ich begreife schon, wen er meint. *Marissa.* Ben hatte ihr nie getraut. Und ich hätte es auch nicht machen dürfen.

»Warum hast du mich davon abgehalten, Heda zu töten? Ich hätte alles beenden können. Wir hätten deine Familie und meinen Dad retten können.«

Er senkt den Blick zu seinen Händen. »Sie hatten den Wachen befohlen, dich zu erschießen, sollte ihr irgendwas passieren. Und ich konnte nicht noch mal mit ansehen, wie du niedergeschossen wirst.« Seine blauen Augen füllen sich mit Tränen.

»Oh.« Ich sehe weg, weil mich bei diesem Anblick der Drang überkommt, ihn in die Arme zu nehmen und zu trösten.

Er rückt von der Seite dicht an mich heran, während er weiter zum Meer sieht.

»Mir ist egal, dass du unsterblich bist. Na ja, es ist nicht das Tollste, was uns passieren konnte, aber wir kriegen das hin. Wir können einen Weg finden, zusammen zu sein, falls du das noch möchtest.«

Nun sieht er mich an und wartet auf eine Antwort. Sie liegt mir auf der Zunge, will mir jedoch nicht über die Lippen.

Nach längerer Stille senkt er den Blick wieder. »Falls das nicht jetzt gleich möglich ist, werde ich warten, Rachel.« Er verspannt sich spürbar. »Ich warte so lange, wie du brauchst, denn ein Leben mit dir ist schon mehr, als ich verdiene.«

Meine Antwort will immer noch nicht kommen, aber ich schaffe es, spöttisch zu schnauben, worauf er mich erneut ansieht. »Ich meine, du bist unglaublich. Wochenlang habe ich nach einem Weg gesucht, dich zu retten, und innerhalb von Tagen hast du uns alle ganz allein gerettet. Du bist der stärkste Mensch, den ich kenne.«

»Ich hatte Hilfe«, stammle ich und werde rot.

»Es tut mir leid, dass ich nicht mehr machen konnte, Rach. Ich dachte, dass ich mein Bestes ...«

»Hör auf mit den Selbstvorwürfen. Du hast getan, was du für richtig gehalten hast. Das kann ich dir nicht vorwerfen, auch wenn ich nicht verstehe, warum du es so weit getrieben hast, anstatt mich einfach einzuweihen.«

»Das weiß ich«, sagt er. »Doch zu meiner Verteidigung möchte ich anführen, dass ich Hinweise hinterlassen habe, wie das ›Punisher‹-Zitat.«

Ich habe Mühe, nicht laut zu lachen. »Dir müsste doch klar sein, dass ich so gut wie nichts über den ›Punisher‹ weiß!«

Er nimmt meine Hand und malt sacht die Abschürfungen in der Handfläche nach. »Keine Lügen mehr und keine Distanz.« Gedankenverloren streicht er mit den Fingerspitzen über einen getrockneten Ichor-Streifen. Auf einmal blitzen seine Augen mit einer Mischung aus Trauer und Hoffnung auf. Diesen seltsamen Blick habe ich noch bei ihm gesehen.

»Dein Blut …«

Ich begreife, was er meint, und ziehe meine Hand zurück, wenn auch eher vor Schreck. Wie leicht könnte ich für immer mit ihm zusammen sein. Wenn es nötig ist, könnte er mein Blut, *mein Ichor*, trinken, und der Tod würde uns nichts anhaben.

Ben schiebt die Hände in die Taschen. »Entschuldige, ich will dich nicht unter Druck setzen.« Er glaubt, dass ich zurückgeschreckt war, weil ich nicht so sehr von unserer Beziehung überzeugt bin, dabei trifft eigentlich das Gegenteil zu. Doch wie kann ich ihn bitten, mein Blut zu trinken und zu dem zu werden, was er ablehnt – und was ich eigentlich genauso ablehne.

»Ich werde deine Hand nicht mehr halten oder irgendwas

in der Richtung tun, bis du nicht ganz sicher bist, dass du es willst«, sagt er.

Mein Herz flattert bei dem Gedanken. Zum ersten Mal in meinem Leben steht mir die Zukunft offen. Ich darf tatsächlich wählen, was ich will.

Oben auf der Klippe ist ein Scharren zu hören. »Rachel?«, ruft Paisley.

»Hier unten!«, antworte ich und wende mich zu Ben. »Wir sollten zurückgehen.«

Er nickt, obwohl er nicht gehen möchte, ehe ich ihm geantwortet habe. Das wird ganz deutlich an der Art, wie er hinter mir zurückbleibt. Doch noch weiß ich nicht, was ich sagen soll. Wir müssen erst so vieles klären. Genügt meine Liebe zu ihm, um ihn zu bitten, mir eine Ewigkeit zu schenken? So eine Frage beantwortet man nicht spontan.

Ich laufe den Hang hinauf, wo Paisley in ihren normalen Sachen steht, Jeans und T-Shirt, mit einer Wildblume hinterm Ohr und ihrer Alien-Raumschiff-Kette um den Hals. Unweigerlich muss ich grinsen. Es fühlt sich richtig an, die Kette wieder bei ihr zu sehen.

»Deine Mutter hat mich gebeten, dich zu holen«, sagt sie.

Die Krähe landet neben uns und pickt im Gras. »Du kannst hierbleiben«, sage ich ihr. »Ich bin gleich wieder da.«

Wir folgen Paisley in die Einrichtung, und das fehlende Sonnenlicht trifft mich wie ein Schlag. Ben und ich gehen nebeneinander, sodass sich unsere Arme streifen, unsere Hände sich jedoch nicht berühren. Paisley führt uns durch die Halbgötterhöhle zum Flammenfluss und erklärt uns, dass er früher die Magmakammer eines Vulkans war. Hier befindet sich eine weitere Treppe verborgen, hinter der, die zum Glasraum führt. Wir gehen sie hinunter, wobei wir uns dicht an der Felswand halten, weil es kein Geländer zum Fluss hin gibt. Die Flammenhitze macht das Atmen schwierig, erst recht weil ich damit rechne, das Portal mit meinem Vater darin in der Lava zu sehen.

»Hier entlang«, sagt Paisley und weist zu einem in den Felsen geschlagenen Raum.

Wir betreten eine altmodische Schmiede mit einem Ofen, der mit goldenem Metall so dekoriert ist, dass er dem schreienden Zeus gleichen soll, und zusätzlich andere gruselige Verzierungen aus Metall trägt, die in die Wände und die seitlichen Werkbänke eingearbeitet sind. Le-Li beugt sich zu Zeus' Mund und gießt geschmolzenes Metall in eine Gussform. Ma, Schwester Hannah Marie und Mrs. Turner füllen den wenigen freien Raum beinahe vollständig aus.

»Ah, Rachel«, sagt Ma und dreht sich zu mir um. Über ihrer Schulter hängt Eros' ungespannter Bogen. »Endlich seid ihr hier. Willkommen in Hephaistos' Schmiede.«

»Wo sind Joyce, Luca und Nani?«, frage ich.

Schwester Hannah Marie lächelt. »Joyce und Luca sind auf der Suche nach Kyle.«

»Und Nani?«, frage ich.

Die Züge meiner Mutter verhärten sich. »Wir glauben, dass Heda sie mitgenommen hat, zusammen mit einigen der Liebesgöttinnen, die noch ihre Injektionen bekommen hatten.«

*Und Marissa ist eine von ihnen.* Wenigstens weiß ich jetzt, dass sie endlich bei ihrer Mutter ist.

»Wie holen wir sie zurück?«, frage ich.

Ben sieht mich mitfühlend an.

»Da wir nun Zugang zur Technologie des Gremiums haben und die Schmiede kontrollieren, sollte es mit Le-Lis Hilfe nicht lange dauern, sie aufzuspüren und zu überwältigen. Problematisch wird lediglich, Eros zu bändigen, ehe er sich wehren kann.«

»Die Pfeile«, sage ich, weil mir einfällt, welche Angst ich hatte, als ich gesehen habe, wie die Pfeile Eros und Ben bei meiner vorgetäuschten Beerdigung außer Gefecht gesetzt haben. Das ängstigt mich enorm, und nach allem, was ich hinter mir habe, würde es mich wahnsinnig machen.

»Ja«, sagt Ma. »Das Gremium hat Zugriff auf viele Instrumente, die Göttern und Halbgöttern helfen.« Bei dem Wort »Halbgötter« verharrt ihr Blick ein wenig zu lange auf mir.

Ich bin jetzt eine Halbgöttin.

Ich bin das, was das Gremium all die Jahre gejagt hat. Zu einer anderen Zeit wäre mein Schädel vergoldet an der Wand gelandet. Doch diesmal bietet sich so die Möglichkeit, Nani und die Liebesgöttinnen von Heda zurückzuholen.

»Wie kann ich helfen?«

Ma bedeutet mir stumm, dass sie darüber später mit mir reden will. Jetzt sagt sie: »Fürs Erste hilfst du dann am meisten, wenn du weiter dein Ichor spendest. Wir entwickeln dann einen Plan, wie wir Nani retten.«

Sie scheint alles im Griff zu haben, was meine Sorge um Nani ein wenig lindert. Ich zeige zu Le-Li. »Was wird das da?«

Die Schweißerbrille lässt seine Glupschaugen noch vorgewölbter wirken.

»Da Eros, Heda und ihre Crew noch auf freiem Fuß sind, dürfen wir diese Waffen nicht herumliegen lassen, wo sie leicht gestohlen werden können. Wir haben entschieden, dass wir die Verantwortung aufteilen«, erklärt Ma. »Le-Li schmiedet sie zu Armreifen.« Sie weist zu einem Tisch, wo bereits sechs goldene Pfeilarmreife liegen. Ich trete näher heran.

Mich verwirrt, warum sie das tun. »Nein, werft sie in den Fluss. Das Letzte, was wir brauchen, ist, dass sie eine Methode findet, diese Armreife zu kontrollieren.«

Ma bekommt große Augen. »Daran hatten wir nicht gedacht.«

Le-Li taucht seine neueste Arbeit in einen Wassereimer. Dampf steigt in dem kleinen Raum auf, und als er sich gelegt hat, zieht Le-Li seine Zange wieder heraus. An deren Ende ist ein schwarzgoldener Armreif. »Diesen habe ich nur für Rachel gemacht.«

Das Schwarz durchzieht das Gold, sodass es wie eine Holzmaserung aussieht. Es ist ein komischer Gedanke, dass meine Sterblichkeit darin eingearbeitet ist.

Ma muss die Angst in meinen Augen sehen und legt eine Hand auf meine Schulter. »Du musst das nicht tragen.«

»Weiß ich.«

Le-Li legt den Armreif ab. »Wenn du bereit bist, es rückgängig zu machen, trenne ich die Metalle wieder und fertige ein richtiges Instrument für dich an, um den schwarzen Pfeil in dein Herz zu stechen.«

»Danke«, sage ich, so befremdlich es auch ist, sich dafür zu bedanken. »Ich möchte mein Ichor nutzen, um anderen zu helfen.« Paisley ergreift meine Hand und lehnt sich an meine Schulter.

382

»Diese Fähigkeit kann dir der Pfeil der Gleichgültigkeit nicht nehmen. Die Magie des goldenen Pfeils nährt ihn, und solange beide zusammen sind, haben sie nicht mehr Kraft als irgendein beliebiges Stück Metall.«

Ich bin maßlos erleichtert, denn ich will wirklich nicht, dass der goldene Pfeil meine Fähigkeiten noch mehr fördert. Wenn ich schon diese Macht in mir haben muss, dann soll sie bitte tief in mir vergraben bleiben. Auf die Weise kann ich besser kontrollieren, wann und wo ich sie heraufbeschwöre.

Ben streift meinen Arm. Mit ihm, Paisley und Ma habe ich alles, was ich brauche – und mehr. »OK, ich werde ihn tragen«, sage ich.

Tatsache ist, dass ich meine Sterblichkeit in Reichweite behalten möchte.

Le-Li testet die Hitze vorsichtig mit seinen Fingern, bevor er den Armreif in die Hand nimmt. »Roll deinen Ärmel hoch.«

Das tue ich. Und während er mir den Reif fest auf den Unterarm schiebt, ergreife ich Bens Hand, verschränke unsere Finger und erlaube mir ein wenig von der Nähe, nach der ich mich sehne. Ben lächelt. Er kennt meine Antwort.

Und dann klopft auf einmal die Macht des Pfeils wieder an meine Haut – aber diesmal von beiden Seiten.

# Estelle Maskame

## Dark Love

### Das Traumpaar der letzten Jahre ist zurück – Tyler und Eden!

»Estelle Maskame ist eine brilliante junge Autorin. Sie schreibt eine ganz wundervolle Liebesgeschichte – und das in diesem jungen Alter!«
Anna Todd

978-3-453-27063-3

978-3-453-27064-0

978-3-453-27065-7

978-3-453-42343-5

Leseproben unter **www.heyne.de**

**HEYNE**